« … CET ÉBLOUISSANT THRILLER TRADUIT ADMIRABLEMENT CETTE FIN DE SIÈCLE OÙ L'INDIVIDU TOUT ENTIER – SA CHAIR, SON SANG ET SON ÂME – EST LIVRÉ AU CHAOS. »

Ici

« UNE MÉCANIQUE DE PRÉCISION AUX ROUAGES PARFAITEMENT HUILÉS [...] RIEN NE MANQUE, MÊME PAS L'HUMOUR, DÉCAPANT EN PLUS D'UNE OCCASION. »

Le Devoir

« LES INTRIGUES PULLULENT, LES DOMAINES TOUCHÉS ABONDENT [...] TOUT COMME L'HUMOUR. IMPRESSIONNANT ! »

Le Soleil

« UNE FRESQUE PASSIONNANTE [...] DES HEURES ET DES HEURES DE GRANDS PLAISIRS DE LECTURE. »

SRC – Indicatif Présent

« [...] LA PREMIÈRE TRANCHE D'UNE ŒUVRE QUADRIPARTITE FOLLEMENT AMBITIEUSE. »

La Presse

« AMBITIEUX ET CAPTIVANT, PARFOIS DRÔLE [...] LE ROMAN DE PELLETIER ENFLAMME NOTRE IMAGINATION. »

Voir – Montréal

« UNE HISTOIRE DE MEURTRES ET DE TRAFIC D'ORGANES COMME ON LES AIME, QUI TOUTEFOIS DÉBORDE LES LIMITES HABITUELLES DU THRILLER. »

Voir – Québec

« PLUS QU'UN SIMPLE ROMAN POLICIER OU D'ESPIONNAGE, BIEN PLUS QU'UN EXCELLENT THRILLER, VOICI UN COMMENTAIRE SUR LE MONDE DE NOTRE TEMPS. »

Nuit blanche

« REMARQUABLEMENT AMBITIEUX ET PORTÉ PAR UN TRÈS LARGE SOUFFLE. »

La Tribune

« UN SUSPENSE À LA FOIS PASSIONNANT ET COMPLEXE. »

Progrès-dimanche

« VOILÀ UN THRILLER D'UNE RARE INTENSITÉ. »

Impact Campus

« LES AMATEURS DE THRILLERS PUISSANTS VONT ÊTRE RAVIS. »

Le Peuple

L'Homme trafiqué

Les Débuts de F

Du même auteur

L'Homme trafiqué. Roman.
Longueuil : Le Préambule, 1987. (épuisé)
Beauport : Alire, Romans 031, 2000.

L'Homme à qui il poussait des bouches. Roman.
Québec : L'instant même, 1994.

La Femme trop tard. Roman.
Montréal : Québec/Amérique, Sextant 7, 1994. (épuisé)
Beauport : Alire, Romans 048, 2001.

Caisse de retraite et placements [C. Normand]. Essai.
Montréal : Sciences et Cultures, 1994.

Blunt – Les Treize Derniers Jours. Roman.
Beauport : Alire, Romans 001, 1996.

L'Assassiné de l'intérieur. Nouvelles.
Québec : L'instant même, 1997.

Les Gestionnaires de l'apocalypse

1- La Chair disparue. Roman.
Beauport : Alire, Romans 021, 1998.

2- L'Argent du monde. Roman. (2 volumes)
Beauport : Alire, Romans 040/041, 2001.

3- Le Bien des autres. Roman. (2 volumes)
Lévis : Alire, Romans 072/073, 2003/2004.

4- La Faim de la Terre. Roman.
Lévis : Alire. (à paraître)

L'Homme trafiqué

Les Débuts de F

Jean-Jacques Pelletier

ALIRE

Illustration de couverture
JACQUES LAMONTAGNE

Photographie
YVAN BINET

Diffusion et distribution pour le Canada
Québec Livres
2185, autoroute des Laurentides, Laval (Québec) H7S 1Z6
Tél. : 450-687-1210 Fax : 450-687-1331

Diffusion et distribution pour la France
DNM (Distribution du Nouveau Monde)
30, rue Gay Lussac, 75005 Paris
Tél. : 01.43.54.49.02 Fax : 01.43.54.39.15
Courriel : liquebec@noos.fr

Pour toute information supplémentaire
LES ÉDITIONS ALIRE INC.
C. P. 67, Succ. B, Québec (Qc) Canada G1K 7A1
Tél. : 418-835-4441 Fax : 418-838-4443
Courriel : info@alire.com
Internet : www.alire.com

Les Éditions Alire inc. bénéficient des programmes d'aide à l'édition de la Société de développement des entreprises culturelles du Québec (SODEC), du Conseil des Arts du Canada (CAC) et reconnaissent l'aide financière du gouvernement du Canada par l'entremise du Programme d'aide au développement de l'industrie de l'édition (PADIÉ) pour leurs activités d'édition.
Les Éditions Alire inc. ont aussi droit au Programme de crédit d'impôt pour l'édition de livres du gouvernement du Québec.

Premier dépôt légal : 1er trimestre 2001
Bibliothèque nationale du Québec
Bibliothèque nationale du Canada

15 14 13 12e MILLE

À Carl.

I can never get out of here.
I don't want to just float in fear.
A dead astronaut in space.
Marilyn Manson, *Dissociative*

On trouve toujours l'épouvante en soi.
Il suffit de chercher assez profond :
heureusement, on peut agir…
André Malraux, *La Condition humaine*

Table des matières

Repères bibliographiques

La première version de ce roman est parue en 1987 aux Éditions Le Préambule. La présente édition propose une nouvelle version révisée et légèrement augmentée qui en constitue la version définitive.

PRINTEMPS 1978

Rio das Mortes, Brésil

À l'extrémité de la rivière, le ciel faisait une trouée dans l'épaisse couverture de la forêt. Le soleil tombait sur l'horizon et ses rayons se noyaient dans une eau couleur de sang.

L'homme avait les bras et les jambes en croix à la manière d'un parachutiste qui plonge. Immobile, il semblait flotter, à plat ventre, au-dessus de la rivière.

L'eau montait.

Ses chevilles et ses poignets étaient retenus par des cordes attachées aux branches d'un arbre gigantesque qui surplombait le cours d'eau.

À côté de lui, deux autres corps étaient attachés, chacun un peu plus près de l'eau, dans la même position.

L'eau montait toujours.

Maintenant, elle avait presque rejoint le corps le plus bas. Un corps plus petit que les deux autres et dont les cris, entrecoupés de hoquets, allaient se perdre sur l'autre rive.

Il aurait suffi que l'homme réponde à une question, une seule, pour qu'on les détache. Qu'ils soient tous délivrés. Mais il ne pouvait pas.

Brusquement, ils se mirent tous les trois à crier. À se débattre.

L'eau, qui venait d'atteindre le plus petit des corps, bouillonnait avec d'horribles gargouillis, comme si elle était tout à coup devenue vivante.

Très vite, le corps disparut.

Puis la surface rougie de la rivière redevint calme.

Et l'eau continuait de monter.

L'homme attaché voyait des poissons au dos gris vert s'agiter nerveusement sous lui. Les orages des derniers jours, qui avaient gonflé le cours d'eau, semblaient les avoir affolés.

On lui reposa la question.

Il eut beau crier, se tordre, promettre n'importe quoi: en vain. Il ne connaissait pas la réponse.

Ses muscles, épuisés par le poids de son corps, devenaient de plus en plus lourds. Il avait de la difficulté à respirer.

Sans avertissement, l'eau recommença à s'agiter. Le deuxième corps se débattit avec plus de vigueur. Un peu plus longtemps aussi.

Mais l'homme ne savait toujours pas la réponse.

Et l'eau montait.

L'agitation, les cris, puis les gargouillements s'éteignirent. La surface rougie de la rivière redevint calme. Seules quelques rides troublaient encore les reflets du soleil couchant.

On lui posa de nouveau la question.

À force de lutter, ses membres n'étaient plus que douleur. Chaque gorgée d'air était le fruit d'un combat, d'un effort qui lui tordait tous les muscles.

Et l'eau montait.

Elle montait vers lui régulièrement.

À quelques pouces de ses yeux, il pouvait voir les poissons qui le dévisageaient au passage. Le rouge orangé du ventre leur remontait jusque sous la gueule.

Une dernière fois, on lui reposa la question. Mais il ne connaissait toujours pas la réponse. Il ne l'avait jamais sue.

Et l'eau le rejoignit.

Il sentit instantanément la douleur exploser dans son corps. Depuis le bas du ventre, elle remonta jusqu'à sa gorge. Au même instant, il y eut un immense fracas, comme si la rivière lui explosait tout entière au visage. Le rouge devint noir. Et le noir l'avala.

La pluie de gouttelettes acheva de retomber.

À la surface de la rivière, des centaines de poissons morts flottaient sur le dos, gueule ouverte, les mâchoires crispées sur un dernier coup de dents qui ne viendrait jamais. Le soleil scintillait doucement sur les écailles de leur ventre orangé.

Les cordes, attachées aux branches de l'arbre, continuaient de pendre mollement dans l'eau.

RAMAT GAN, ISRAËL

Il arrivait directement de Londres. C'était l'homme le plus puissant du Syndicat. La réunion avait été convoquée à sa demande.

Il s'assit dans le fauteuil, au bout de la table, et posa l'énorme diamant bleuté devant lui. Ce n'était pas de la provocation. Simplement de l'aisance. Le diamant n'était pas une copie. Ils le savaient tous. Même si, officiellement, l'original était exposé au Louvre.

— Ma visite n'est pas pour vous une surprise totale, je présume, se contenta-t-il de dire en guise d'introduction.

Puis il prit le temps de les balayer du regard, de contempler leur inquiétude. Quinze des personnalités financières, politiques et militaires les plus influentes d'Israël. Tous des hommes. Ils étaient au dernier étage de l'une des deux tours de la Bourse du diamant, à Ramat Gan, aux portes de Tel-Aviv.

Il y avait le premier ministre, le ministre de la Défense et le président de la Bourse du diamant. Lui, songea l'homme de Londres, c'était sans doute un des principaux architectes du complot israélien.

Il y avait également trois des plus importants banquiers du pays, deux militaires haut gradés, plus quelques autres ministres apparemment convoqués en catastrophe et qui paraissaient encore sous le coup de l'étonnement.

Il y avait aussi le représentant officiel du Mossad ainsi que l'homme à l'œil de pirate. Ce dernier, même s'il n'occupait plus aucune fonction officielle, était encore une des personnalités les plus en vue du pays. On l'avait sûrement consulté avant de se lancer dans une telle aventure.

Finalement, au bout de la table, il y avait un rabbin vêtu du costume traditionnel. C'était le seul que l'homme de Londres ne connaissait pas. Le seul sur qui ses services de renseignements n'avaient pu lui fournir de dossier avant la réunion. Peut-être un obscur fonctionnaire, songea-t-il d'abord. Puis il se ravisa: c'était probablement le chien de garde des groupes religieux ultra-orthodoxes. La rumeur voulait qu'en échange de leur appui à la coalition gouvernementale, ils aient obtenu le droit de placer des observateurs un peu partout dans l'appareil politique.

— Pour ne rien vous cacher, reprit le représentant du Syndicat, Londres a suivi vos récentes initiatives avec un certain agacement. Un agacement qu'il convient de circonscrire.

— Qu'est-ce que vous voulez, au juste? l'interrompit un des militaires.

L'homme de Londres prit le temps de regarder son contradicteur et de lui sourire. Son sourire était légendaire. On racontait que, lorsqu'il voulait éviter une question, il souriait. On racontait aussi qu'il souriait presque toujours.

— Je suis certain que vous auriez intérêt à écouter jusqu'au bout, dit-il de sa voix feutrée, comme s'il s'efforçait de parler plus doucement encore.

Le militaire amorça une réplique, mais un signe du premier ministre le fit taire.

Le Syndicat, comme on l'appelait le plus souvent en Israël, avait la main haute sur quatre-vingt-cinq pour cent du commerce mondial du diamant. Il contrôlait tout, depuis les mines d'Afrique du Sud jusqu'aux luxueuses boutiques de New York ou de Paris, en passant par les ateliers de Calcutta, d'Anvers et de Tel-Aviv. Rien ne lui échappait.

Constitué en grande partie de Juifs malgré son siège social en Afrique du Sud et son origine remontant à l'empire colonial britannique, ce réseau de courtiers, de banques, de distributeurs, d'ateliers et de revendeurs avait maintenant la dimension d'un empire supranational. On le donnait pour l'exemple type du monopole réussi : cinquante ans de contrôle absolu sur le prix et la distribution mondiale du diamant.

Inutile de dire que toute l'activité de cet empire tournait autour d'une préoccupation majeure : protéger le « pipeline ». Voir à ce que rien ne vienne entraver, à aucune étape, la délicate alchimie qui transformait des morceaux de carbone cristallisé en symboles de richesse, de pouvoir et d'amour éternel.

Or, ce qu'avait fait Israël, c'était justement de bloquer le « pipeline ». D'introduire dans cette tuyauterie raffinée une dérivation qui envoyait les diamants s'accumuler dans les coffres des banques israéliennes. Une partie de plus en plus importante des stocks n'atteignait jamais le marché. Tout le savant équilibre élaboré par le Syndicat entre l'offre et la demande menaçait de s'écrouler.

Pour le Syndicat, les conséquences s'annonçaient catastrophiques : au mieux, ce serait la perte d'une part significative de son monopole aux mains d'Israël ; au pire, la ruine pure et simple à cause de l'effondrement du cours du diamant. Dans les deux cas, c'était la fin du Syndicat tel qu'il existait.

La réaction de l'homme de Londres était compréhensible et le premier ministre ne savait que trop bien où celui-ci voulait en venir. C'est sans véritable surprise qu'il écouta la suite de son discours.

— Jusqu'à maintenant, nous avons toujours respecté la même politique : à toutes les cinq semaines, nos trois cent quarante-deux intermédiaires exclusifs viennent chercher le lot que nous leur avons attribué et ils le redistribuent. Moyennant profit. Un profit raisonnable. Et ils le redistribuent à nos conditions. En respectant les consignes. Ils savent qu'il y a toujours un grand nombre de candidatures sur la liste d'attente. Beaucoup de gens ne demanderaient pas mieux que de prendre leur place… C'est ainsi que le système fonctionne. Et il fonctionne parce que nous contrôlons, à peu de chose près, la totalité de la distribution mondiale. C'est ce qui nous permet de constamment ajuster l'offre à la demande, de mettre sur le marché juste un peu moins que ce que les consommateurs sont prêts à acheter. Les années de grande production, on retient une partie des nouveaux stocks ; les années de faible production, on écoule une partie des réserves. Toujours pour s'ajuster à la demande. Juste un peu au-dessous, pour être exact. Ainsi, les prix augmentent régulièrement. Peut-être pas de façon spectaculaire, mais régulièrement.

L'homme de Londres fit une pause avant de poursuivre. Personne n'en profita pour placer un mot.

— Bref, reprit-il, nous préférons de beaucoup un profit sûr, garanti sur une longue période, à une flambée des prix qui gonflerait les revenus pendant quelques mois – quelques années peut-être – mais qui détruirait le système.

Il ralentit alors son débit, accentuant les pauses entre certains mots.

— C'est ici qu'intervient votre… initiative. Des acheteurs de chez vous, soutenus par des banques israéliennes, se sont mis à accumuler des stocks. À acheter tout ce qu'ils pouvaient. Nous avons beau mettre de plus en plus de diamants sur le marché, ils ne se rendent pas aux consommateurs. Et les prix montent. Beaucoup trop. Beaucoup trop vite. Cela crée un inconvénient.

Maintenant qu'il arrivait aux événements les plus récents, il pouvait lire l'intérêt sur leurs visages, un intérêt nuancé d'appréhension. Sous sa fine moustache grise, son sourire s'affila un peu plus.

— Ma présence ici a pour but d'apporter un correctif à cet inconvénient. Je suis certain que nous parviendrons à une entente. Mais d'abord, laissez-moi vous faire état des mesures que j'ai déjà prises. Premièrement…

Il s'interrompit.

Quelqu'un venait de pénétrer dans la pièce et de murmurer quelque chose à l'oreille du rabbin. Ce dernier esquissa un imperceptible sourire et l'homme de Londres eut l'impression, l'espace d'une seconde, d'être transpercé par un regard froid et acéré. Mais, l'instant d'après, le regard du rabbin avait retrouvé son attention tranquille et poliment intéressée.

L'homme de Londres poursuivit son histoire.

— Premièrement, les quatre-vingt-neuf courtiers qui ont enfreint nos consignes en vous revendant leur part ont été rayés de la liste de nos intermédiaires accrédités. Ils apprendront la nouvelle dans les prochains jours, lorsqu'ils se présenteront pour recevoir leur lot habituel. Cela devrait avoir un effet prophylactique chez les autres… Ensuite, une nouvelle hausse des prix de trente pour cent s'ajoutera à celle de quarante pour cent du mois dernier. Il s'agit encore une fois, bien sûr, d'une hausse temporaire. Je suppose que vous saisissez les implications de cette mesure. Une augmentation temporaire. Qui peut être annulée à tout moment… Je suis curieux de savoir quelle sera la réaction de vos banquiers lorsqu'ils sauront qu'ils ont en garantie des pierres dont la valeur peut tomber de la moitié du jour au lendemain. Cela créera un certain problème de liquidités. Avec l'inflation qui a déjà cours dans votre pays... Sans parler des faillites qui ont récemment eu lieu... Et, si vous essayez de liquider vos stocks trop vite, le prix du diamant va s'écrouler. Vous allez perdre encore plus. Je ne serais pas autrement étonné que toute votre économie finisse par... Enfin, vous comprenez. Surtout que les banques étrangères, elles aussi, vont probablement accentuer leurs pressions. Que l'inflation va augmenter de plus en plus vite...

L'homme de Londres s'arrêta de nouveau: à la fois pour les tenir en haleine et pour prendre le temps d'observer le rabbin. Voir s'il pourrait retrouver ce regard inquiétant.

En vain. Le rabbin le fixait avec le même intérêt contenu et poli qu'au début.

Sans être parvenu à dissiper totalement son malaise, l'envoyé du Syndicat reprit:

— D'après moi, il ne sera pas nécessaire d'aller jusqu'à appuyer certains de vos voisins dans leurs revendications territoriales, ni de soutenir monétairement leurs luttes. Je suis certain que nous allons parvenir à nous entendre.

Pendant que l'envoyé du Syndicat parlait, le vieux rabbin admirait son habileté. Si seulement les politiciens et les militaires avaient écouté ses avertissements!... Mais non! Ils étaient pressés. Ils avaient voulu faire vite. Et le Syndicat avait réagi. Une réaction brutale. Toute la structure financière du pays menaçait de s'effondrer!

Maintenant que l'opération s'écroulait, bien sûr, tout le monde s'en lavait les mains. C'était son plan à lui, c'était lui qui l'avait conçu: c'était donc de sa faute.

Son plan!

Il ne le reconnaissait plus, son plan, tellement les politiques et les militaires l'avaient trituré! Ils avaient chambardé le calendrier des événements, modifié l'ampleur des interventions, précipité les échéances...

Avec le résultat prévisible : une perte sèche de plusieurs milliards, des dizaines d'institutions financières ruinées ou en difficulté – sans compter que le pays restait avec un fabuleux stock de diamants sur les bras. Des diamants qu'il ne pourrait pas écouler avant plusieurs années. Et encore, ce serait à perte.

Un désastre national, avait résumé le premier ministre.

Pourtant, il y avait encore une chance de tout sauver. De prendre une revanche éclatante. Il venait juste d'en recevoir la confirmation.

Au Brésil, ils avaient retrouvé Kat : en état de choc, à demi noyé, mais vivant. Malgré des blessures sérieuses, il s'en tirerait. Ils l'avaient récupéré de justesse.

Au cours de l'opération de sauvetage, la plupart des adversaires avaient subi des « désagréments extrêmes ». Un seul semblait s'en être tiré : Athanase Bort. Un des contractuels les plus réputés du Syndicat. L'homme que tout le monde dans l'univers du renseignement, en Israël, appelait le Rabbin, avait déjà eu affaire à Bort. C'était un adversaire redoutable. Pas étonnant qu'il ait réussi à s'échapper. Peut-être avait-il simplement disparu dans l'explosion de la rivière, avaient suggéré les analystes. Mais le Rabbin jugeait plus prudent de le considérer vivant… jusqu'à preuve du contraire.

Désormais, le Rabbin allait concentrer toutes ses énergies à sa revanche. Ce serait une entreprise de longue haleine, une entreprise qui exigerait de lourds sacrifices de sa part. Le vieil homme ne le savait que trop.

Tout de suite après la réunion, il mettrait ses affaires en ordre et il s'envolerait pour une destination connue de quelques personnes seulement. Pendant plusieurs années, pour l'ensemble du monde, il disparaîtrait. Il ne remettrait plus un pied dehors. Ses dispositions étaient déjà prises. Là où il allait, il y avait peu de chances qu'on le retrouve. La haute direction du Mossad avait approuvé les grandes lignes de son projet.

Pour le reste, il avait exigé qu'on lui fasse confiance. Personne ne connaissait l'endroit exact où il allait se réfugier. Avant de partir, il ne lui restait qu'à obtenir l'autorisation finale des politiques. Une autorisation pour la forme. Dont il n'y aurait de trace nulle part, et dont tout le monde se dépêcherait de nier l'existence si jamais les choses tournaient mal.

Au début de la réunion, le Rabbin avait eu un moment d'inattention. Il n'avait pas contrôlé son regard et l'homme de Londres s'était tout de suite aperçu de quelque chose. Mais l'Israélien s'était immédiatement repris. Et, même si l'autre l'avait ensuite observé à plusieurs reprises, il n'avait vu que les yeux attentifs, un peu fatigués peut-être, d'un vieux rabbin.

Le reste de la rencontre se déroula rapidement. Le Syndicat offrit d'aider les banques israéliennes à éponger leurs pertes financières en rachetant une partie de leur stock de diamants. Il promit également de ne pas forcer la fermeture de la Bourse de Tel-Aviv.

En échange, Israël autoriserait l'organisation à laisser des « conseillers » sur place pour voir à ce que les accords et les quotas soient respectés. Bien sûr, il n'y aurait aucune aide du Syndicat aux pays arabes. Avec les années, les choses pourraient reprendre leur cours normal. Les profits retrouveraient leur croissance régulière. Ce serait la prospérité. Pour certains un peu plus que pour d'autres. Mais, comme l'expliqua ironiquement l'homme de Londres, en ce bas monde, rien n'est jamais parfait.

Ils furent rapidement d'accord. Ce qui était prévisible. Les révélations de l'homme de Londres ne leur laissaient aucun choix.

Sitôt la réunion terminée, le Rabbin fut convoqué chez le premier ministre pour expliquer l'essentiel de son nouveau plan. Deux heures plus tard, il avait obtenu de ce qu'il voulait.

Bien sûr, on ne lui faisait pas totalement confiance. Mais, comme le Rabbin l'avait prévu, ils n'avaient pas d'autre solution. Ils lui donneraient les crédits qu'il demandait. De toute façon, ils ne pourraient pas les utiliser avant longtemps, ces fameux crédits. Parce que c'était de diamants qu'il avait besoin. Et des diamants, Israël en avait maintenant à ne plus savoir qu'en faire. Il se passerait des années avant que le pays puisse mettre sur le marché la moitié des réserves dont il disposait. C'était ça, d'ailleurs, qui faisait la beauté de son plan : il utiliserait cette fabuleuse réserve de pierres précieuses sans avoir à vraiment les mettre sur le marché !

À peine sorti de cette deuxième réunion, le Rabbin téléphona à un de ses agents, à Lucerne.

— Le premier dépôt aura lieu comme prévu, la semaine prochaine, dit-il.

Il raccrocha.

Encore un ou deux autres coups de fil, pour s'assurer que les opérations de Russie, du Zaïre et d'Australie étaient en marche, et il pourrait partir. Quant aux rumeurs, elles commenceraient à se propager quelques heures à peine après son départ.

◆

L'homme de Londres reprit l'avion presque tout de suite. Il était satisfait. Il avait tout réglé exactement comme il l'avait prévu. Un détail continuait toutefois de le tracasser, sans qu'il parvienne à savoir pourquoi : ce curieux regard qu'il avait eu l'impression de surprendre chez le vieux rabbin. Il n'avait pourtant pas rêvé…

Après un moment d'hésitation, il décida de penser à autre chose. Il prit la pierre bleutée dans sa poche et la regarda à la lumière du hublot. Il était normal que la pierre magnifique lui appartienne. Il était Otto Oberkfeld.

Mais, surtout, il était le Régent.

ÉTÉ 1983

LE CULLINAN B

1

Depuis quelques minutes déjà, les mains noueuses palpaient son corps avec une minutie délicate mais insistante, comme un acheteur qui examine une bête magnifique et qui cherche le défaut caché.

Pas une once de graisse. Rien que des os et des muscles. Des muscles qu'on aurait dit dessinés au couteau, mais en douceur, pour qu'ils se coulent sans peine sous le galbe élancé de la peau. Il se dégageait d'elle une impression à la fois de force brute et d'élégance raffinée. Une merveilleuse machine vivante.

— Elle ne respire presque plus, dit l'homme qui l'examinait.

Karl ne répondit pas. Teint cuivré, cheveux noirs, menton carré malgré l'aspect charnu du visage et des lèvres, sa forte musculature lui donnait un air trapu en dépit de sa taille. Adossé au cadre de la porte, les bras croisés, il ne lâchait pas des yeux le corps étendu sur la table.

— Ça fait longtemps ? demanda l'homme en blanc, en poursuivant son examen.

— Je l'ai trouvée comme ça quand je suis revenu de Montréal. J'étais parti depuis trois jours.

— Tu as bien fait de l'amener tout de suite.

Il passa la main sur le corps brun pour le plaisir de sentir les muscles onduler sous ses doigts, puis il lui écarta les mâchoires et il s'approcha jusqu'à sentir son haleine.

— On dirait qu'elle a quelque chose dans la gorge, déclara-t-il après un instant. C'est peut-être ça qui l'empêche de respirer… Tu veux m'aider ?

Il lui désigna d'un geste un instrument destiné à maintenir les mâchoires ouvertes.

— Bon… Ça y est, dit-il, après être parvenu à installer l'appareil.

Il essaya de récupérer ce qu'elle avait de coincé dans la gorge à l'aide d'une pince.

Karl posa délicatement sa main sur le corps étendu.

— Tranquille, Loki. Tranquille. Ça achève.

Malgré les caresses, malgré les paroles apaisantes, il sentait ses muscles se contracter par secousses de façon involontaire.

— Ça bloque presque toute la gorge, articula péniblement le vétérinaire, entre deux efforts. Elle n'a sûrement pas mangé depuis qu'elle a ça. Même pour respirer, ça ne doit pas être facile…

Il abandonna sa pince pour y aller carrément avec les doigts.

— Ça y est, dit-il au bout d'un moment. Ça vient. On dirait…

Pour toute explication, il sortit ce qu'il avait réussi à dégager. Dans la main, il avait deux doigts. Deux doigts vidés de leur sang et que les sucs digestifs avaient commencé à entamer.

— Il reste quelque chose, dit-il.

Il plongea de nouveau la main dans la gueule du doberman, récupéra un troisième bout de doigt et le mit dans un petit bassin de métal, avec les deux autres.

— Il va falloir trouver la personne qui va au bout de ces doigts-là, fit-il en se tournant vers Karl.

C'est alors qu'il prit conscience de l'étrange prostration dans laquelle ce dernier était plongé.

Ses mains tremblaient, ses yeux étaient dilatés et tout son corps semblait vibrer à force de tension. Il regardait fixement devant lui, comme si ce qu'il voyait était à des milliers de kilomètres.

◆

Cela avait commencé par un sentiment confus de gêne. Tous ses gestes étaient devenus plus difficiles, plus lents, comme s'il devait se déplacer dans un milieu plus dense que l'air. Presque gluant.

Puis le tourbillon rouge l'avait envahi... Il tombait, tombait, sans jamais atteindre le fond. Toute sa volonté se crispait dans ses muscles. Le moindre de ses nerfs était une corde trop tendue. Paralysé, il luttait de toutes ses forces pour se débattre. Il arrivait à peine à bouger. Et l'horrible gargouillis allait s'intensifiant.

Déjà, il sentait les mâchoires de l'eau partout sur son corps. Il entendait les cris qui remontaient à travers les bouillonnements. Qui l'appelaient, le suppliaient...

La fatigue le clouait sur place. Malgré ses efforts, malgré sa rage et sa peur, tout son corps était devenu de plomb. Une masse pesante, vulnérable... Le tourbillon l'absorbait. Inexorablement. Et soudain la douleur jaillit, lui monta jusqu'à la gorge. L'eau vivante l'avait rattrapé. Elle s'apprêtait à l'avaler de toutes parts...

Puis ce fut le noir. Le repos.

◆

Quand il revint à lui, il était assis dans un fauteuil. Le vétérinaire était penché sur lui, visiblement secoué.

— J'ai... j'ai eu une autre... absence ? parvint à articuler Karl.

— Un peu, oui !

— Combien de temps ?

— Trois ou quatre minutes. Ça t'arrive encore souvent ?

Karl but le whisky que l'homme lui tendait.

— De moins en moins, finit-il par répondre. Pas besoin de t'inquiéter.

— Tu devrais retourner voir le médecin.

— On verra…

En fait, ça voulait dire non. Le vétérinaire le savait bien. Depuis trois ans, il avait appris à le connaître : secret, doucement buté, allergique à toute forme de soin. Un mur. Sauf avec quelques amis, parfois. Quelques amis dont il faisait partie. À cause de Loki. Karl avait apprécié ce qu'il avait fait pour elle.

Sur la table, le doberman reposait. Son corps se soulevait maintenant avec régularité, au rythme de la respiration.

— Pour elle, ça va aller, dit le vétérinaire. Un peu affaiblie, mais rien de grave. Je vais la garder encore un jour ou deux. Par précaution.

— Et pour ça ?

Karl montrait les trois bouts de doigts, dans le petit bassin. L'autre se détourna pour les examiner.

— Un homme, dit-il après un moment. Pour le reste, c'est difficile à dire.

— C'est une bague d'homme, confirma Karl, en désignant la bague qui était restée enfilée dans un des doigts.

— Il va falloir que je rédige un rapport, reprit l'autre.

Karl fit signe qu'il comprenait.

— Tu peux me la montrer ? demanda-t-il.

— La bague ?

— Oui.

Le vétérinaire la dégagea avec précaution du bout de doigt, pour ne pas abîmer davantage la chair. Il la passa ensuite sous l'eau du robinet, l'essuya et la tendit à Karl.

Une bague en or, unie, sans incrustation ou motif apparents.

— Du dix-huit carats, fit Karl. Il y a quelque chose de gravé à l'intérieur. Un chiffre… 45,42.

— Ça te dit quelque chose ?

— Peut-être. Mais ce que je ne comprends pas, c'est comment Loki a pu mordre quelqu'un : elle ne sort jamais du terrain. À moins que…

Une vague d'inquiétude crispa les muscles de son visage.

— … que quelqu'un soit entré chez toi ? compléta le vétérinaire.

— Quand je suis arrivé, la porte du jardin était fermée.

— À clé ?

— Non. Un crochet.

— Un cambrioleur ?… Tu n'as rien remarqué dans la maison ?

— Je ne suis pas entré. Quand je l'ai vue, couchée dans la cour…

— Il y a autre chose, fit le vétérinaire. J'ai découvert une petite blessure sur l'épaule. Comme la trace d'une aiguille. J'ai l'impression qu'elle a été droguée.

Après un moment de réflexion, Karl referma le poing sur la bague.

— Tu me fais une faveur, dit-il. Tu n'en parles pas aux flics.

— De la bague ?… Tu es sûr ?

— Sûr, non… Mais il faut que je vérifie quelque chose.

— Si tu veux.

— Donne-moi une heure, reprit Karl, comme s'il venait subitement de prendre une décision. Puis appelle les flics. Raconte-leur tout, sauf pour la bague. Et dis-leur que je les attends là-bas.

Il eut un dernier geste pour l'animal, le gratta derrière l'oreille, puis sortit en lui recommandant d'être sage.

◆

Trois jours auparavant, Karl avait décidé d'aller à Montréal sur une impulsion. Assis devant son bureau, il relisait pour la cinquième fois l'article qu'un correspondant anonyme lui avait fait parvenir. Ça ne collait pas. C'était trop incroyable. L'article faisait état d'indices selon lesquels la partie manquante du Cullinan avait été retrouvée par Williamson, plusieurs années auparavant. Ce dernier l'aurait obtenue peu de temps avant sa mort et l'aurait mise en sécurité dans un endroit secret, sans parler à personne de sa découverte. On venait juste d'en retrouver la trace, disait l'article. Par hasard, en fouillant dans de vieux papiers.

Ce qui était le plus incroyable, ce n'était pas l'histoire. Après tout, ce n'était pas la première fois qu'un diamant célèbre porté disparu serait retrouvé. Certains l'avaient même été au bout de plusieurs siècles.

Le plus incroyable, c'était que l'article lui ait échappé. Depuis trois ans qu'il écumait les revues, les livres et les banques de données pour rédiger son dictionnaire de joaillerie, il n'avait jamais vu la moindre allusion à cet article. Ni même au Cullinan B, comme l'auteur appelait la partie manquante… Une information de cette importance n'aurait pas dû passer inaperçue.

Pour ajouter à sa perplexité, la photocopie de l'article qu'on lui avait expédiée ne contenait aucune indication d'origine.

C'était à ce moment que Karl avait décidé d'aller à l'Université McGill. À la fois à cause de l'excellence de sa bibliothèque sur le sujet, mais aussi parce que le Williamson en question était un des anciens élèves les plus célèbres de l'institution.

Études en droit, docteur en philosophie, docteur en géologie, John Thornburn Williamson était le seul être humain à avoir réussi le double exploit de découvrir une mine de diamants et d'en devenir le seul et unique propriétaire-exploitant. Pour ajouter à ce conte de fées, la mine s'était avérée une des plus importantes du monde.

À son arrivée à McGill, Karl avait eu droit à toute une série de questions tatillonnes sur son identité, sur les motifs de sa recherche, sur ses sources de financement… Finalement, son statut de lexicographe avait prévalu : il avait eu accès à la bibliothèque générale et, chose plus importante, au fonds Williamson, dans la section des archives.

Il s'était donc mis au travail.

En vain.

Après deux jours de recherches minutieuses, il n'avait pas le plus petit indice.

Midi et soir, lorsqu'il quittait les lieux, le préposé aux archives se dépêchait de s'enfermer dans son bureau pour faire rapport : à quoi le visiteur s'intéressait-il ? Avait-il photocopié quelque chose ? Quels renseignements avait-il demandés ?

Le dernier soir, lorsque le préposé téléphona pour rendre compte des activités de Karl, il eut le plaisir de s'entendre dire qu'on appréciait ses services. L'enveloppe serait, comme chaque fois, dans la boîte aux lettres de son domicile.

Les besoins « intimes » du préposé aux archives ne correspondaient guère à l'image habituelle de l'ancêtre serein qui veille avec sagesse sur les reliques du passé. Il lui fallait des endroits spéciaux et de l'argent. Beaucoup d'argent. Et c'est justement ce que son mystérieux bienfaiteur lui procurait, chaque fin de mois, en échange de menus services : par exemple, de l'avertir chaque fois que quelqu'un s'intéressait au fonds Williamson.

Depuis quatre ans, il n'avait eu que huit ou neuf rapports positifs à faire. Mais le chèque avait toujours été là. Au début, ça l'intriguait. Il avait essayé, discrètement, de découvrir l'identité de son mystérieux bienfaiteur. Puis il y avait renoncé. Du moment que l'enveloppe arrivait à la fin de chaque mois…

◆

À son retour de Montréal, Karl n'était pas entré dans la maison. En voyant Loki se traîner avec peine dans le jardin, il l'avait tout de suite amenée chez le vétérinaire.

Maintenant qu'il était de nouveau devant la porte, il hésitait. Qu'allait-il trouver à l'intérieur ? Parce que c'était la seule possibilité : comme Loki ne sortait jamais du terrain, quelqu'un était venu. Était-il entré dans la maison ?

Dans la cuisine, il y avait des traces de lutte : chaises renversées, cendriers par terre… Il flottait également une odeur bizarre dans l'air, une odeur qui éveillait en lui des impressions confuses et désagréables.

Karl eut beau faire le tour des pièces, il ne découvrit aucun indice sur l'identité du visiteur.

Comme il s'assoyait dans la salle de travail pour réfléchir, il remarqua que son ordinateur était allumé. Il était pourtant certain de l'avoir fermé avant de partir pour Montréal.

Il appuya sur une touche.

L'écran s'éclaira et il vit qu'un dossier était demeuré ouvert. Celui sur les pierres célèbres. Il appuya alors sur les touches nécessaires pour ouvrir la rubrique « Cullinan ».

L'écran se contenta d'afficher une seule ligne :

No data under this entry

La perte de ces informations ne le contrariait pas trop. Il avait un double de tous ses dossiers dans le coffre. Ce qui l'inquiétait davantage, c'était que quelqu'un ait pris la peine de s'introduire chez lui pour les faire disparaître.

En allant au réfrigérateur pour prendre quelque chose à boire, il remarqua des taches rouges devant la porte de la cave.

La cave ! C'était le seul endroit où il n'avait pas regardé !

Trouver le corps ne fut pas très difficile. Il gisait, affalé dans les dernières marches, la face contre l'escalier. Sur le plancher, une flaque de sang coagulé s'était fait un chemin jusqu'au drain.

L'odeur était maintenant beaucoup plus puissante.

Karl descendit quelques marches, s'appuya sur la rampe pour s'assurer de son équilibre, et s'assit finalement dans l'escalier.

Le son du bouillonnement augmenta jusqu'à devenir assourdissant. Un voile rouge descendit sur ses yeux et la douleur explosa en lui.

Quand il reprit conscience, il tenait toujours la rampe. Ses jointures avaient blanchi sous l'effort.

Il relâcha sa prise, s'enfouit le visage dans les mains et se frotta les yeux, comme pour effacer un mauvais rêve. Puis il releva la tête.

Le corps était toujours là.

Le teint brun, la quarantaine, l'individu portait un costume bleu foncé probablement confectionné sur mesure. Ses cheveux noirs, ondulés vers l'arrière, commençaient à céder devant la poussée du gris. Il se dégageait de ses traits, de son costume, de ses souliers de cuir fin, une impression de classe que ni le sang séché, ni la position absurde de son corps, ni même la grimace d'horreur fixée sur son visage ne parvenaient à masquer.

Pas du tout le type habituel du cambrioleur. Même ses ongles étaient bien faits. Du moins, ceux qui lui restaient, songea Karl, aussitôt mal à l'aise d'avoir eu cette réflexion.

Le déroulement probable des événements se reconstituait dans son esprit. Loki avait dû reprendre conscience plus tôt que prévu. L'homme, surpris en train de fouiller sur le terminal, s'était alors fait mordre à la main. Il avait réussi à s'enfuir dans la cave, mais il y était resté piégé.

Était-il mort au bout de son sang ? C'était peu probable. Il avait dû avoir un infarctus ou quelque chose du genre. Parce que, normalement, le mécanisme de coagulation aurait dû limiter la perte de sang. Mais la flaque brun rouge, sous l'escalier, était impressionnante.

Poussé comme par un réflexe professionnel, Karl entreprit de fouiller méthodiquement les poches du cadavre. Il ne trouva rien. Absolument rien. Même pas le traditionnel paquet d'allumettes qui permet de remonter à un obscur associé ou à une mystérieuse maîtresse. Toutes les poches étaient soigneusement vides. Il décida de remonter attendre l'arrivée des policiers.

Ses absences, qu'il avait cru disparues depuis six mois, étaient revenues. Toujours le même cauchemar incompréhensible. Réveillé par la vue du cadavre, probablement. Était-ce le simple fait du traumatisme ? Peut-être y avait-il un lien entre la vue du sang et le bouillonnement rouge dans lequel il se sentait aspiré…

2

En apercevant les deux policiers, Karl ne put s'empêcher de songer à un duo de comiques. Le plus petit, sec, la moustache étriquée, avait le teint jaune. Le foie, probablement.

Ses yeux, embusqués dans des orbites profondes et cerclées de couperose, sautaient d'un objet à l'autre avec la brusquerie d'un guetteur sur une proie. On devinait facilement les vingt-cinq années qu'il avait passées à distribuer des contraventions, à harceler des témoins et à intimider des prévenus.

Une fois qu'on avait vu le premier, l'autre pouvait se décrire en deux mots : le contraire. Grand, bâti comme un lutteur, la calvitie souriante, il avançait avec sérénité, précédé d'un ventre qui disait à la fois son amour de la bonne chère, son goût de la tranquillité ainsi qu'une aversion marquée pour l'effort inutile.

Le plus petit attaqua. Sa voix criarde était aussi désagréable que l'annonçait son allure.

— Inspecteur Gratton.

— Inspecteur Lefebvre, fit l'autre policier avec un sourire bienveillant. Gustave Lefebvre.

Gratton prit l'initiative de l'enquête.

— On a reçu un coup de fil. Il paraît que votre doberman a fait des dégâts.

Puis, avant que Karl n'ait eu le temps de répondre, il ajouta :

— Cette idée, aussi, de garder ces animaux-là chez soi ! À mon avis, il faut être un peu sadique... Tu ne penses pas, Gustave ? ajouta-t-il en se tournant vers son collègue.

L'intimé haussa les épaules, dans un geste qui semblait signifier que les mystères de l'âme humaine étaient insondables.

Gratton sortit un calepin qu'il tritura entre ses doigts. La cigarette les avait jaunis encore plus que le reste de sa personne.

— Vous êtes seul ici ?

— Non. Dans la cave...

— Dans la cave ? Il y a quelqu'un qui demeure dans la cave ?

— Il y avait quelqu'un, quand...

— Et maintenant ?

— Il y est toujours, mais...

— Donc, il y a encore quelqu'un qui habite dans la cave ?

Le rythme des questions empêchait Karl de terminer ses phrases. Pour parler, il aurait eu besoin de silence. De temps. Mais l'autre le harcelait. Le bousculait.

— Allez voir, finit par dire Karl, en leur désignant la porte.

À la vue du cadavre, les réflexes des représentants de l'ordre se réveillèrent comme des bêtes bien entraînées. Gratton se dépêcha d'engueuler le constable de service, à l'autre bout du téléphone, pendant que son volumineux collègue, mine de rien, avec des gestes un peu lourds, tournait autour du corps et notait tout ce qu'il était possible d'observer ou de déduire.

— Le photographe s'en vient, résuma Gratton en raccrochant. Avec l'équipe technique.

Puis il pivota vers Karl.

— Si vous le voulez bien, nous allons avoir une petite conversation amicale.

Au ton, il était facile de deviner que la conversation ne serait pas précisément petite. Ni très amicale.

— Nom ?

— Karl.

— Nom complet ?

— Karl Adamas Thornburn.

— Un nom russe ? s'enquit soupçonneusement le policier.

— Non.

— Adamas… Bizarre. Je n'ai jamais entendu ça.

— Ça veut dire « diamant » en grec.

— Ah, vous êtes Grec !

— Canadien.

— On dit ça…

— Si vous voulez voir mon passeport…

— Métier ?

— Je ne sais pas comment vous expliquer. Je… je fabrique des dictionnaires.

— Des dictionnaires ? reprit l'homme au teint jaune en levant les yeux de son calepin d'un air surpris. Vous êtes imprimeur ?

— Non. Je…

— Éditeur ?

— Non. Je suis lexicographe. J'écris des dictionnaires sur les…

— C'est bon. Si on reprenait depuis le début. Le type, vous le connaissez ?

— Jamais vu. Je viens juste de le trouver en revenant de chez le vétérinaire.

— Dans la maison, est-ce que vous avez relevé des traces d'effraction ?

— Ç'aurait été difficile…

— Je comprends, se dépêcha d'approuver Gratton, avec un coup d'œil narquois sur le désordre de la cuisine.

— Quand je pars…

— Alors, résumons-nous. Premièrement, il ne vous connaissait pas : il n'avait donc pas la clé. Deuxièmement, il n'y a aucune trace d'effraction. Et troisièmement, nous n'avons retrouvé sur lui aucun instrument pour forcer les serrures… Alors, dites-moi : selon vous, comment est-il entré ?

Gratton reprit sa question avec un éclair de triomphe dans les yeux.

— Expliquez-moi, monsieur… Thornburn… c'est bien ça, Thornburn ?

Karl fit signe que oui.

— Expliquez-moi comment est-ce qu'il a bien pu faire pour entrer.

— La porte n'était pas fermée à clé.

— Évidemment ! J'aurais dû y penser.

— Elle était ouverte.

— C'est un nouveau sport ? On laisse la porte ouverte pour attirer les curieux avec un doberman qui les attend à l'intérieur ? Excusez mon manque de largeur de vue, mais je ne comprends pas. Si vous m'éclairiez…

Refrénant une forte envie de lui faire avaler son calepin, Karl entreprit d'expliquer patiemment, à travers les interruptions, que la porte de la cour, elle, était fermée avec un crochet. Chaque fois qu'il s'absentait, il laissait celle de la maison ouverte pour que Loki puisse sortir à sa guise. Avec le robinet du bain légèrement ouvert, pour l'eau, et une réserve suffisante de nourriture sèche, il n'y avait rien à craindre. Il pouvait facilement s'absenter trois ou quatre jours. Ce n'était pas la première fois.

— Et les autres locataires ?

— Je ne comprends pas.

— Qu'est-ce qu'ils font, les autres locataires, quand vous n'êtes pas là et que le doberman est en liberté dans le jardin ?

— Je suis le seul à avoir accès au jardin.

— Vous en êtes sûr ?

Installé dans un fauteuil, à bonne distance, Lefebvre considérait la scène avec un sourire magnanime. Il avait bourré sa pipe. À travers un nuage de fumée, il regardait son partenaire faire la démonstration de ses talents particuliers.

— Vous étiez à Montréal, vous dites ? enchaîna Gratton. Pour quelle raison ?

— Une recherche. Dans les archives de l'Université McGill. Pour un article sur le diamant.

— Tiens, tiens… Et le chien ? Pour quelle raison, lui ?

— Je ne croyais pas que ça prenait une raison pour avoir un chien.

— Et pour avoir un cadavre dans sa cave, vous ne pensez pas que ça prend de raison, je suppose ?

— Je « n'ai » pas un cadavre dans ma cave, corrigea Karl, sur un ton exagérément retenu. Il y « a » un cadavre dans ma cave.

— Admettons… pour l'instant. Est-ce qu'il y a quelque chose d'autre que vous pensez devoir porter à notre attention ?

Karl resta un moment pensif, à dévisager le policier, se demandant si ce qu'il pourrait ajouter ne serait pas simplement utilisé contre lui pour le harceler davantage.

Sur le divan, l'abondant inspecteur Lefebvre continuait de fumer benoîtement sa pipe. Son air bon enfant ne trompait pas : ce devait être lui qui dirigeait l'enquête – à distance.

— Je crois savoir pourquoi il est venu, finit par dire Karl.

— Vraiment ? Vous ne le connaissiez pas, vous ne l'avez jamais rencontré, mais vous savez pourquoi il est venu !… Seriez-vous un peu devin, des fois ?

Gratton ne perdait décidément aucune occasion d'être désagréable. Karl ignora l'ironie et se lança dans une assez longue explication : il leur parla du terminal ouvert, de ses doutes, des informations effacées. Il dut expliquer ce qu'était le Cullinan, quelle était sa valeur, les rumeurs sur la partie manquante, plus fabuleuse encore…

Le policier au teint jaune parut alors se radoucir. C'est d'un ton presque cordial qu'il demanda :

— Les pierres, sur votre bureau, ce sont des vraies ?

— Non. Synthétiques…

— Des fausses ?

— Pas fausses, synthétiques. Il y a quatre variétés : les pierres naturelles, les pierres traitées, les synthétiques et les imitations.

— Donc, elles sont fausses, s'obstina l'homme au teint jaune.

— Synthétiques, corrigea de nouveau Karl, dont la voix trahissait l'impatience. Ce sont de vraies synthétiques. Il est presque impossible de les distinguer des pierres naturelles : elles ont les mêmes propriétés. Ou à peu près. Ce ne sont pas des imitations.

Après un moment de réflexion, Gratton lui demanda, sur un ton faussement naïf et avec un début de jouissance qu'il parvenait mal à dissimuler :

— Vous êtes sûr que c'est légal ?

— Laisse tomber, Fred, intervint alors son collègue à la calvitie souriante.

Comme si quelqu'un avait subitement actionné un interrupteur, l'homme au teint jaune ferma son calepin et l'enfouit dans sa poche de manteau.

— C'est tout ? demanda Karl.

— Pour l'instant, répondit Gratton. Évidemment, vous venez au poste pour nous aider à mettre tout ça par écrit, ajouta-t-il sur un ton faussement cordial.

— Évidemment.

— Je compte sur vous pour que votre déposition officielle soit conforme à ce que vous nous avez raconté.

Encore le même ton insidieusement poli, les mêmes menaces à demi-mot.

— Vous pouvez compter sur moi, répondit Karl, avec une politesse tout aussi excessive.

— L'équipe technique devrait arriver d'un moment à l'autre, fit alors l'inspecteur Lefebvre en amorçant son extraction du fauteuil.

Le geste lui coûtait un effort visible. Son sourire s'atténua quelques secondes, comme s'il y avait eu une panne momentanée d'énergie, quelque part à l'intérieur, tellement l'acte de se lever était exigeant. Puis le courant se rétablit et le sourire retrouva son territoire habituel.

— Il va falloir relever les empreintes, examiner le cadavre et vérifier les pierres, poursuivit Lefebvre.

— Les pierres ? s'étonna Karl.

— Écoutez, vous nous dites que ce sont des synthétiques. Je veux bien vous croire… mais j'aimerais mieux en être sûr. Nous allons vous les emprunter pour quelques jours.

Karl fit signe qu'il comprenait.

— Désolé de devoir vous imposer cet inconvénient, conclut l'homme au bon sourire. Mais un cadavre, ça a des exigences.

◆

Assis dans son fauteuil roulant, à côté de son lit, le vieillard attendait. Tout près, dans l'autre partie de la chambre, une tente à oxygène, un appareil EEG et divers instruments de diagnostic ou de réanimation attendaient eux aussi. À la moindre défaillance, ils pourraient servir. Tout était sur place. Enfin, presque tout.

Et il attendait.

Mais, contrairement à la plupart des gens de son âge, le vieillard attendait quelque chose de précis. Quelque chose qui n'était pas la mort. Ni la prochaine quinte de toux – même s'il savait qu'elle allait venir.

Il attendait un appel. Cela faisait des années qu'il espérait ce moment. Le long travail de préparation était terminé. Le plan pouvait maintenant entrer dans sa phase finale. Avec un peu de chance, il serait encore là pour assister au dénouement. Enfin, presque.

Par la fenêtre, il pouvait voir les lumières de la ville, plusieurs centaines de pieds plus bas. Chaque fois qu'il sentait l'oppression due à une trop longue attente le gagner, il faisait approcher son fauteuil de la fenêtre. L'effet était souverain. De voir tous ces gens s'agiter en tous sens avec la secrète rigueur qu'aurait pu imaginer un programmeur fou, ça ramenait son impatience à une plus juste proportion.

Une légère vibration se fit entendre, comme une sonnerie dont on aurait assourdi les aigus. Un petit détail, mais qui avait un effet bienfaisant sur la tension nerveuse du malade.

Une jeune femme en uniforme lui tendit l'appareil. Grande, mince, cheveux noirs, l'air décidé, elle ressemblait moins à une infirmière qu'à un de ces mannequins professionnels qui posent pour mettre en valeur des uniformes.

Le Rabbin écouta en ponctuant son silence de brefs commentaires.

— Oui… Très bien. Vous l'avez identifié ?… Ni dans les agences régulières, ni dans le dossier sur le Syndicat ?…

Sa voix, plutôt faible et tranquille, donnait néanmoins l'impression d'être tranchante, comme si chaque syllabe avait été découpée dans un bloc de métal, au terme d'un effort précis.

— Peut-être un nouveau, mais j'en doute, continua le vieillard. Essayez de voir si les « locaux » n'ont pas quelque chose sur lui. Pour ce qui est de Kat, vous continuez de le surveiller. Mais n'oubliez pas que les « locaux » vont aussi l'avoir à l'œil. Sans compter « ceux d'en face »… Évitez à tout prix de vous faire repérer.

Il redonna l'appareil à la jeune femme, qui le posa sur une tablette encastrée dans le mur.

— C'était Moh, dit-il, comme si ça expliquait tout.

Elle était habituée au style elliptique du Rabbin. Lui poser des questions n'aurait fait que ralentir le processus syncopé et imprévisible par lequel il révélait l'information qu'il jugeait nécessaire de partager.

— Ça commence à prendre forme, reprit-il, pendant que son regard s'attardait sur les hanches de son assistante.

— Ça suffit, espèce de voyeur !

Mais ce n'était pas vraiment un reproche. Plutôt une vieille blague, une formule rituelle qui permettait à chacun de savoir où il en était.

— Le Seigneur a créé la beauté de l'univers pour réchauffer le cœur des vieillards, protesta sentencieusement le malade. Vous ne pouvez pas aller contre Sa Volonté !

Cette fois, l'indignation manquait encore davantage de conviction. La jeune femme répliqua avec quelques remarques tout à fait crues sur les vieux rabbins voyeurs et les châtiments qui leur étaient réservés dans l'au-delà.

Au milieu de l'évocation du troisième supplice, le vieillard jugea bon de faire diversion et il lui tendit une épaisse chemise de carton bleu sur laquelle on pouvait lire, en gros caractères : K.A.T.

— Laissez-la sur la table, dit-il. Nous allons en avoir besoin tout à l'heure.

Elle prit le dossier et alla le porter sur une petite table, à l'autre bout de la pièce.

— Ils commencent à s'intéresser sérieusement à lui, reprit le Rabbin. Je suis certain que c'était quelqu'un « d'en face », dans la cave.

— Vous pensez qu'ils vont essayer de l'éliminer ?

— Kat ? Non. Je ne crois pas. Pas pour l'instant, du moins. Tant qu'ils n'auront pas découvert ce qu'ils cherchent…

Puis, examinant tout à coup la jeune femme avec plus d'intérêt, il ajouta :

— Dites-moi, mademoiselle Dubreuil, vous n'auriez pas un faible pour lui, par hasard ?

— Qu'est-ce que votre esprit tortueux a encore imaginé ? répliqua-t-elle avec une certaine brusquerie. Vous savez très bien sur quel plan se situent mes rapports avec lui.

Le ton était moitié agressif, moitié moqueur. Le Rabbin en conclut qu'il n'y avait aucune raison de s'inquiéter : la très indépendante et très avertie mademoiselle Dubreuil était simplement sensible au charme habituel de Kat. C'était à prévoir. Kat était loin d'être pour elle un inconnu, il avait tendance à l'oublier. Mais elle saurait garder la tête froide. Elle saurait résister au mélange de fascination, de curiosité et d'attendrissement que Kat provoquait souvent chez les femmes. Par ailleurs, le fait d'avoir feuilleté son dossier à des dizaines de reprises l'avait sûrement immunisée.

La jeune femme revint vers lui et fit rouler le fauteuil jusqu'à côté du lit.

— C'est l'heure de votre sieste, dit-elle.

— J'attends encore un appel, protesta le vieillard. Notre contact au bureau des « locaux » est censé nous faire rapport de l'interrogatoire.

— Je le prendrai sur cassette.

— Il y a aussi Sam qui doit…

— Pour le compte rendu des dépôts ?

— Oui. Mais j'aimerais mieux…

— Je vais m'en occuper.

Puis, sans écouter davantage ses protestations, elle le souleva du fauteuil roulant et l'installa sur le lit, où il se recroquevilla sous les couvertures.

Par la fenêtre, on pouvait voir les voitures et les piétons qui continuaient silencieusement de s'agiter.

3

Karl se frotta les yeux et regarda la petite horloge dorée posée sur le bureau : onze heures vingt-cinq. Trois heures de travail ininterrompu devant l'écran cathodique.

Depuis la veille, il avait revu toute la documentation. Sans résultat. Pas le moindre fait nouveau sur le Cullinan B. Pas même une allusion, dans les bibliographies, au mystérieux article.

Depuis qu'il était revenu de faire sa déposition officielle, la veille, il n'avait pas arrêté. Il avait travaillé toute la nuit, avait dormi quelques heures, puis s'était réinstallé devant le terminal.

Pour finir, il avait tenu à relire une fois encore la liste des diamants célèbres qui défilait sur l'écran. Il la connaissait par cœur et il se contentait de la parcourir en diagonale.

NOM	**CARATS**	**COULEUR**	**FORME**
Cullinan	530,20	Blanc	Poire (74 facettes)
Nizam	277,00	Blanc	Dessus dôme, dessous concave, en partie facetté
De Beers	234,50	Jaune	?
Red Cross	205,00	Jaune canari	Carré
Black Star of Africa	202,00	Noir	?
Orloff	189,62	Blanc, légers reflets verdâtres	Demi-œuf, taillé en rose sur le dessus
Régent	140,50	Blanc bleuté	Coussin
Florentin	137,27	Jaune clair	Double coussin taillé en rose
Tiffany	128,51	Jaune or	Coussin
Jonker	125,65	Blanc	Émeraude
Étoile de la terre	111,59	Brun	Poire
Croix d'Asie	109,26	Champagne	Table
Koh-I-Noor	108,93	Blanc	Ovale
Shah (le Perse)	99,52	Jaune	Table rectangulaire
Hope	45,42	Bleu	?
Dresden Green	42,00	Vert pomme	Amande
Wittelsbach	35,32	Bleu	?
Williamson	23,60	Rose	?

C'était le dernier document. Un tableau qu'on lui avait demandé de confectionner pour une revue. Du travail alimentaire. Ils voulaient une liste de diamants qui incluraient les pierres les plus grosses, les plus belles et les plus célèbres. Encore une dizaine et ça devrait aller, se dit-il, songeant qu'il avait encore une fois négligé de la terminer. Depuis le temps que ça traînait…

45,42… Les chiffres inscrits à l'intérieur de la bague.

Ça lui avait tout de suite sauté aux yeux. Le poids exact, en carats, de l'un des diamants les plus célèbres : le Hope. Mais, même s'il avait reconnu les chiffres, ça ne l'éclairait pas pour autant sur l'identité du cadavre ou sur les motifs qui l'avaient amené à pénétrer chez lui. Au contraire, les choses n'en devenaient que plus confuses.

Il s'enfouit de nouveau le visage dans les mains pour se reposer les yeux, les coudes appuyés sur la table, et il resta là, immobile, saisi peu à peu d'une étrange torpeur.

Quand il releva la tête en sursaut pour regarder l'heure, la petite horloge indiquait onze heures cinquante-cinq.

« Ça recommence », se dit-il. Cette fois, cela avait duré vingt minutes.

Ses « absences »…

Il en ressortait tremblant, couvert de sueur et presque au bord de l'épuisement.

La plupart du temps, il ne se rappelait rien. Quelquefois, cependant, le souvenir confus d'un gargouillis, d'un liquide rouge bouillonnant surnageait dans sa mémoire, accompagné d'un sentiment de malaise oppressant.

Avec le temps, les crises s'étaient espacées, avaient perdu de leur violence, jusqu'à devenir exactement ce que le médecin les avait appelées la première fois : des absences. En fait, depuis six mois, il avait pu se croire guéri.

Mais hier les crises étaient revenues : d'abord chez le vétérinaire, puis en découvrant le cadavre. Et aujourd'hui…

Aujourd'hui, il n'y avait rien eu de spécial. Il était seulement plus fatigué qu'à l'habitude. Il avait travaillé toute la nuit. Peut-être était-ce là l'explication… Il s'était pris le visage dans les mains, pour se détendre. Il avait pensé à sa déposition auprès des policiers, à la hargne fielleuse du petit maigre au teint jaune… Et puis rien. Le noir total. Quand il s'était éveillé en sursaut, vingt-cinq minutes avaient passé.

« À part la blessure, qui est en bonne voie de cicatrisation, tout est normal », lui avait dit le médecin, quatre ans plus tôt. « Du point de vue physique, je ne vois pas de problème. Le blocage est probablement dû à un choc psychologique. C'est comme si vous effaciez de votre mémoire ce qui est trop douloureux. Avec le temps, vous devriez récupérer vos souvenirs. Une bonne partie, en tout cas. »

Ils l'avaient retrouvé sur un banc, dans un parc, avec un portefeuille bourré d'argent. Il devait être là depuis plusieurs heures, lorsqu'une patrouille s'était avisée de sa présence. Au début, à cause de son air égaré, de ses vêtements en désordre et de l'argent, ils avaient cru avoir affaire à un drogué qui venait de faire un coup. Mais ses papiers et la photo du passeport confirmaient son identité.

Karl Adamas Thornburn. Aucune famille connue.

Ils avaient d'abord retrouvé l'adresse de son appartement à Québec, dans le quartier Champlain. Puis, progressivement, ils avaient reconstruit son histoire. Presque toute son histoire…

Après le collège, il avait fréquenté divers milieux marginaux, frayant même à l'occasion avec la petite pègre locale.

Un jour, il s'était mis à la bijouterie. Comme artisan. Très vite, il s'était fait un nom. Il aurait pu facilement vivre de son travail. Mais il était parti. Aux États-Unis. Une offre d'emploi dans une obscure agence gouvernementale. On y demandait quelqu'un qui avait des connaissances sur les pierres, les bijoux, et qui aimait voyager. Karl avait alors passé deux semaines à se farcir tout ce qu'il avait pu trouver sur le sujet et il était allé passer l'entrevue.

À partir de là, on perdait sa trace. Sur son passeport, la dernière estampille était celle du Brésil. Les pages précédentes avaient été arrachées.

Peu à peu, Karl avait retrouvé la mémoire. Sauf pour les dernières années. À partir du moment où il était allé aux États-Unis, c'était le trou noir. Mais, pour le reste, rien ne s'opposait à ce qu'il retourne à sa vie antérieure.

Pourtant, au lieu de reprendre son métier d'artisan, il avait préféré s'orienter vers les livres, vers la recherche sur les bijoux et les pierres précieuses. C'est à ce moment qu'il avait eu l'idée du dictionnaire. Quelques mois plus tard, il obtenait la bourse qu'il avait demandée sans trop y croire. Puis tout s'était enchaîné. Il avait acheté le micro-ordinateur, le logiciel de traitement de texte, s'était abonné à des revues… Peu à peu, il avait eu accès à des bibliothèques, à des banques de données. Et, finalement, Elsevier avait accepté de publier son dictionnaire.

Pendant ce premier travail, il avait accumulé une impressionnante documentation. Cela lui permit de produire d'autres ouvrages sur divers sujets connexes. En définitive, tout avait été assez facile. Sa nouvelle carrière progressait de façon satisfaisante.

Côté personnel, il s'était refait des habitudes: le travail, les pèlerinages dans les bars de jazz, les gens de la rue qui lui racontaient leurs problèmes, les promenades avec Loki… Tout ça occupait pleinement ses journées.

Il y avait aussi sa visite presque quotidienne, le midi, à la petite maison blanche, près du local des débardeurs.

Sa vie semblait avoir repris un cours normal.

Pourtant, quelque chose continuait à clocher, à miner cette belle apparence de sérénité. Il y avait d'abord le trou de trois ans et demi, ses « absences »… Il y avait aussi toutes sortes de détails qui lui revenaient à l'occasion : des numéros de téléphone, des protocoles d'accès, des séries de chiffres et de lettres qui devaient sans doute correspondre à des codes…

Il notait soigneusement tout ce qui lui revenait par bribes, mais il refusait généralement de s'en servir. Selon toute vraisemblance, cela venait de sa période oubliée et il préférait en rester à distance prudente : il n'était pas sûr d'être prêt à digérer ce qu'il aurait pu y découvrir. Laissons les morts enterrer les morts…

À quelques reprises, néanmoins, il avait osé. Par essais et erreurs, il avait réussi à entrer en communication avec des banques de données qui n'étaient mentionnées nulle part. Une fois, il avait même décroché toute une liste de banques de données, avec leurs protocoles d'accès. Mais il n'osait pas les utiliser.

Chaque fois qu'il se risquait sur le réseau clandestin, comme il l'appelait, il le faisait avec appréhension. Il craignait de se faire repérer par un usage trop systématique. C'est pourquoi il se contentait d'y avoir recours de façon sporadique, se limitant aux banques qui portaient spécifiquement sur l'or, l'argent et les pierres précieuses. Le reste, il n'y touchait pas. Mais ce n'était déjà pas si mal. Cela lui avait fait gagner un temps énorme dans la rédaction de son dictionnaire.

Après s'être remis de son absence, Karl se réinstalla au terminal et entreprit de revoir une fois encore sa documentation. Il commença par le mystérieux article sur le Cullinan B. L'auteur précisait que la pierre était complètement dégagée de sa gangue, qu'elle ressemblait à un gros bloc de verre translucide dont les arêtes auraient été émoussées, sauf à la surface du plan de clivage, où son éclat trahissait sa valeur. Pour ce qui était de sa dimension, l'article se contentait de mentionner qu'elle était beaucoup plus importante que celle du Cullinan original.

Karl fut interrompu par la sonnerie du téléphone.

— Oui ?

— Vous vous intéressez toujours au Cullinan B ? fit une voix éraillée et un peu traînante qu'il trouva nettement désagréable. Elle lui rappelait celle de l'inspecteur Gratton, mais avec un timbre un peu moins criard.

— Qui êtes-vous ?

— J'ai des informations. Combien êtes-vous prêt à payer ?

— Ça dépend. Je…

— Je serai à Montréal demain. Dans les toilettes du cinéma The Beef. Au sous-sol.

— Mais…

— Demain après-midi, coupa de nouveau la voix éraillée, sans s'occuper de la réponse de Karl. À une heure trente.

— D'accord. Une heure trente.

Le déclic lui apprit que son interlocuteur avait raccroché.

Karl reposa l'appareil et resta un instant figé, à regarder dans le vide. Pourquoi ce rendez-vous qui avait des allures de film de série B ? Que pouvait bien lui vouloir cet inconnu ? Était-il relié à l'homme au complet bleu, celui qui était venu mourir dans l'escalier de sa cave ?

Mais, avant de répondre à cette question, il en avait une autre, plus urgente : où pouvait bien être situé le cinéma The Beef ?

◆

Le Rabbin recula légèrement son fauteuil roulant de son bureau.

— Et alors ? demanda-t-il.

— Ils l'ont contacté. Rendez-vous demain, à Montréal. Au sous-sol du Beef. C'est un cinéma spécialisé dans les films trois x.

L'homme assis en face du vieillard, dans le fauteuil de cuir, était brun, trapu et il avait les yeux très noirs. Son costume de confection gris bleu rehaussait le teint foncé de sa peau et lui donnait l'allure d'une imitation boiteuse de diplomate arabe. Mohammed Ibn Sa'id.

Pour abréger, le Rabbin l'appelait toujours Moh.

— Contact direct ?

— Non, téléphone.

— Vous avez identifié le correspondant ?

L'Arabe fit signe que non.

— Rien dans les banques d'empreintes vocales ? reprit le Rabbin.

— Rien.

Le vieillard poussa un soupir sifflant.

— Si la carcasse peut tenir…

— Allons, allons, vous allez tous nous enterrer.

— Cessez de dire des bêtises, répliqua l'homme dans le fauteuil roulant. Si j'occupe le poste que j'ai, c'est parce qu'on ne me raconte pas d'histoires. Et que je ne m'en raconte pas moi-même… Du moins, pas trop.

Depuis huit ans qu'ils travaillaient pour lui, il ne s'était jamais passé un mois sans que le Rabbin ne leur fasse ce que Moh appelait « le coup de l'agonie ». Et pourtant, année après année, il était toujours sur la brèche, à les expédier partout sur la planète, lui et Sam. À leur confier les tâches les plus saugrenues.

— Au fait, où il est, Sam ? demanda Moh.

— Parti effectuer quelques petits bricolages. Il reviendra dans un jour ou deux.

Le vieillard jouait à son jeu préféré : donner des réponses qui n'en étaient pas. Mais, depuis le temps, Moh avait fini par s'habituer. Il était même devenu assez habile à déchiffrer les oracles du patron.

— Comme ça, dit-il, c'est encore lui qui hérite des affaires extérieures pendant que je me tape tous les trottoirs de la ville !

Le Rabbin ne mordit pas à l'hameçon. À peine son sourire s'accentua-t-il un peu plus.

— Où est-il, cette fois-ci ? insista Moh.

— Brésil.

— J'aurais dû y penser… Est-ce que je continue de suivre Kat ?

— Oui, mais sans vous faire repérer. C'est le point le plus important… pour l'instant.

Son visage se masqua de nouveau d'un sourire ambigu.

— Quand la carcasse achève, reprit-il, il n'y a pas moyen de le cacher. Demandez à Longues Jambes : elle me connaît sous toutes les coutures.

La jeune femme, qui était debout près de la fenêtre, ne réagit pas. Elle était habituée à ce qu'il l'appelle ainsi. D'ailleurs, il ne l'appelait Longues Jambes qu'en public. Ou bien au téléphone, quand il parlait d'elle à quelqu'un d'autre. Dans l'intimité, c'était toujours « Mademoiselle Dubreuil ». Quelles que soient les circonstances. Cela faisait partie du jeu.

— Et pour les diamants ? demanda tout à coup le Rabbin, comme si le détail lui revenait brusquement à l'esprit.

— Aucun problème. La substitution a été faite.

— Bon. Alors je vais retourner à mes appartements.

D'un geste, il congédia Moh.

L'Arabe se leva et ramassa son manteau. Cette fois encore, il ne réussirait pas à entrevoir l'intérieur des appartements du patron. Entre lui et Sam, c'était devenu une espèce de concours. En cinq ans, aucun des deux n'avait eu la moindre chance d'y jeter un coup d'œil. Quand ils arrivaient, le Rabbin était déjà dans la pièce de travail où il les recevait. Et il attendait toujours que tout le monde soit parti pour réintégrer ses appartements.

Moh sortit.

La jeune femme vint se placer sans un mot derrière le fauteuil roulant et ramena le vieillard dans sa chambre.

— Ils doivent trouver que je suis un vieux dégoûtant, dit-il avec l'air d'avoir joué un bon tour.

— Seulement un vieil imbécile, corrigea gentiment mademoiselle Dubreuil.

— Les chiens aboient, la caravane passe, répliqua philosophiquement le Rabbin.

— Pour l'instant, celui de nous deux qui est en train de passer…

— Je sais, je sais… Je n'en ai plus pour longtemps. Alors, s'il vous plaît, un peu de respect pour mes dernières flammèches : n'insistez pas trop lourdement.

Sans dire un mot, mademoiselle Dubreuil poussa le fauteuil jusqu'à la fenêtre et posa une couverture de laine sur les genoux du vieillard. Cette fois, il devait vraiment en avoir pour peu de temps, songea-t-elle. Il devenait vulnérable. Autrefois, une remarque comme celle-là ne l'aurait pas touché.

Mais il vieillissait. Il passait de plus en plus de temps à la fenêtre. Pour calmer son impatience, disait-il. Souvent, elle le voyait regarder fixement l'agitation silencieuse de la rue, l'air totalement absent.

Le Rabbin laissa son regard se perdre dans la ville.

Était-il croyant ? Il n'en savait plus rien. Quand il était jeune, il avait opté une fois pour toutes pour la religion. Pour une forme définitive de religion. Cela lui assurait des rites précis pour scander l'écoulement de sa vie. Et puis, les affaires sont les affaires ! Un Juif athée…

— Mademoiselle Dubreuil, vous ne m'avez pas répondu, hier.

— À quel sujet ?

— Kat. Est-ce que vous ne seriez pas un peu amoureuse de lui ?

— Non, je ne crois pas. En tout cas, pas au sens où pourrait l'entendre un vieux voyeur ! ajouta-t-elle, sur un ton de moquerie amicale.

— Le vieux voyeur vous repose sa question autrement : seriez-vous profondément affectée, s'il lui arrivait quelque chose ? Quelque chose, disons… de définitif.

— Je crois, oui.

Elle avait abandonné le ton de badinage au vitriol qui émaillait habituellement leurs conversations. Son visage prit un air sérieux.

— Tant mieux, répondit le vieillard. Parce que moi aussi… Et, comme il est très improbable que je survive jusqu'au bout, ça me rassure de savoir qu'il y aura encore quelqu'un pour se soucier de lui. Vous comprenez ce que je veux dire, n'est-ce pas ?

— Je comprends.

— Et, bien entendu, ce n'est pas seulement à cause de ce que nous lui devons ?

— Bien entendu.

Le Rabbin se rappela alors qu'elle avait ses propres raisons de se soucier de Kat. Il avait parfois tendance à l'oublier. À force de l'appeler Longues Jambes, sans doute. Il n'y a rien comme un surnom pour gommer la complexité d'une personne, abolir son histoire.

— Je vous remercie, mademoiselle Dubreuil, finit-il par dire. Maintenant, il serait sage que je me repose. Les jours qui viennent risquent d'être éprouvants.

Elle ramena le fauteuil près du lit et l'installa sous les couvertures. Comme chaque fois, il se recroquevilla sur le côté, en position fœtale.

Il était difficile d'imaginer qu'un vieillard dégageant une telle impression de fragilité ait pu, seulement quelques heures plus tôt, faire des plans pour mettre en échec un des plus imposants cartels commerciaux de la planète.

4

Karl, les yeux rougis par le travail, décida de sortir.

Il ferma le terminal, prit une veste de cuir parmi celles qui s'alignaient dans la garde-robe et mit un foulard de soie bleu pâle autour de son cou. Après un geste d'hésitation, il récupéra la bague qu'il avait trouvée au doigt du cadavre et l'expédia au fond de sa poche. Il allait faire le tour des bars.

Même s'il buvait peu, c'était l'endroit où il était le plus à l'aise. Surtout les bars de jazz. Il pouvait y sentir la présence des autres sans que personne vienne le déranger. Il s'accommodait bien de cette attention distraite que chacun accorde à chacun. Malheureusement, de plus en plus de bars devenaient exclusivement des lieux de drague. Ça détruisait l'atmosphère. C'était pour cette raison qu'il préférait par-dessus tout les boîtes de jazz : à cause de la musique, bien sûr, mais surtout parce que l'ambiance n'y était pas totalement saccagée.

Il sortit, grimpa l'escalier extérieur qui menait à l'appartement du haut, frappa deux coups rapides à la porte et entra.

— Je vais faire un tour en ville, dit-il. Tu as besoin de quelque chose ?

— Non, rien, répondit une voix assez haut perchée, du fond de l'appartement.

— Qu'est-ce que tu manges ? Ça sent l'ail jusque dans l'escalier.

— Devine.

— Des spaghetti à l'ail ?

— Comment t'as fait pour savoir ? répliqua l'autre en sortant de la cuisine.

— Mon intuition !

Petit, maigre, une mèche de cheveux luisante collée sur le front, le voisin du haut se noyait dans une robe de chambre de ratine grise trop grande et striée de rayures vertes.

Depuis maintenant cinq semaines, il mangeait des spaghetti à l'ail tous les soirs, avec des petits sablés au beurre comme dessert. C'était l'essentiel de son alimentation.

Karl le taquinait régulièrement sur son régime alimentaire. L'autre riait chaque fois, inventait une nouvelle blague. Mais son rire sonnait étrange. Surtout si on s'attardait au même instant à ses yeux de chien triste qui semblaient enfoncés à jamais dans une douleur tranquille et discrète.

Au début, Karl avait eu de la difficulté à s'y habituer. C'était inconfortable de voir quelqu'un d'aussi irrémédiablement résigné, d'aussi certain de ne plus devoir rien attendre de la vie, mais résolu quand même à durer le temps qu'il faudrait, en minimisant le plus possible les efforts et les espoirs afin de diminuer d'autant les souffrances... Pour faire bonne mesure, ses parents, qui avaient comme nom de famille Joyeux, l'avaient affublé du prénom de Noël.

Avec le temps, les deux voisins étaient devenus amis. Karl se moquait gentiment du discours catastrophiste de l'amateur de nouilles à l'ail et ce dernier feignait un instant de croire qu'il pourrait peut-être essayer de réagir. Aucun des deux n'était dupe, mais chacun appréciait l'attention de l'autre. Pour Karl, c'était le voisin idéal : le contraire de l'envahissement. Et, pour Noël Joyeux, c'était un mouvement de vie qui venait agiter par intermittence la torpeur dans laquelle il appréhendait de sombrer trop rapidement.

— Tu ne veux rien ? reprit Karl.

— Non, ça va.

Sans choisir de façon consciente, Karl se retrouva comme souvent au Clarendon. Pour le jazz, c'était un des meilleurs endroits.

En sentant une main sur son épaule, il se retourna lentement.

— Je peux vous offrir un verre ?

Elle était assez grande, athlétique, et elle le regardait droit dans les yeux. Karl prit le temps de l'examiner de haut en bas avant de répondre. Cheveux brun roux, ondulés, qui lui descendaient sur les épaules, yeux gris très clairs, nez légèrement retroussé, elle avait quelques taches de rousseur. Sa combinaison de velours côtelé noir était ajustée à la taille par une ceinture de cuir. Des sandales. Pas de bijoux ni de sac à main. Son sourire et sa lèvre humide disaient la certitude qu'elle avait de plaire.

— J'aimerais un verre de lait, finit par répondre Karl, avec un sourire nuancé de défi.

— Un verre de lait ?

— Oui.

— Véronique Delors, fit-elle en lui tendant brusquement la main. Et vous ? Vous avez bien un nom ?

— Karl.

— Karl tout court ?

— C'est plus simple.

— Je peux donc vous tutoyer ?

— Vous pouvez.

Elle commanda le lait à la serveuse et installa son verre de bière sur le comptoir, tout près du bras de Karl.

— Je suis en train de faire un article, dit-elle.

— Sur quoi ?

— La drague dans les bars.

— Vaste sujet, fit alors Karl, sur un ton exagérément sérieux.

— Quand je t'ai vu, tout à l'heure, j'ai été frappée : tu as exactement la tête qu'il faut pour la photo qui va accompagner l'article.

— Ah oui ?

Le ton de la réponse, ironique et provocateur, ne laissait aucune illusion sur la volonté de Karl de collaborer à un tel projet. Néanmoins, la fille continua comme si de rien n'était.

— Je pourrais aussi faire une interview. Qu'est-ce que tu en penses ?

Karl la regarda du coin de l'œil, sans rien dire. Son sourire était de plus en plus moqueur.

— Je pourrais même faire une étude de cas, insista-t-elle. « Trois jours dans la vie d'un dragueur. »

Puis elle se ravisa :

— Non, ça ne va pas. Un dragueur ne vit pas de jour… Qu'est-ce que tu suggères, comme titre ?

Karl regarda la serveuse poser le verre de lait devant lui et prit le temps de boire une gorgée.

— Pour l'article, pas question, répondit-il finalement, sur un ton nullement agressif, mais sans équivoque.

Véronique prit à son tour une gorgée avant de répondre.

— Il y aurait des compensations, finit-elle par dire, lui laissant le soin de mettre lui-même des images sur ce que pourraient être ces compensations.

Elle attendit un certain temps.

Il continua de la regarder et de se taire, mais son sourire se nuança d'un certain amusement. Une chose était certaine, elle ne manquait pas de culot.

De son côté, la fille l'observait également avec un sourire amusé. Il se mêlait toutefois au sien un rien de condescendance. En temps normal, elle ne lui aurait pas adressé la parole. Les rockers en veste de cuir, très peu son genre. Mais enfin, le travail est le travail.

Quand elle vit qu'il ne poserait pas de question, elle le relança :

— Tu es sûr de ne pas être intéressé ?

Karl continuait de la considérer avec le même air moqueur. Elle était sympathique. Un peu excessive, peut-être, mais décidément sympathique.

— Évidemment, reprit-elle, si ce ne sont pas eux qui font les avances, ils perdent leurs moyens !

Véronique espérait qu'il serait tenté de se défendre, de vouloir faire la preuve de ses capacités. Il continua simplement de la regarder. De sourire.

Voyant qu'il ne réagissait pas davantage, elle ajouta :

— Tu n'es pas aux hommes, au moins ?

Le sourire de Karl s'élargit jusqu'à ce qu'il éclate de rire.

— Non non, fit-il. Je ne suis pas aux hommes.

— Qu'est-ce qu'il y a alors ? Je suis pourtant une bonne occasion !

Malgré le ton qui se voulait ironique et frondeur, sa voix n'avait rien de cassant. Au contraire. Elle avait une présence, une chaleur à laquelle Karl n'était pas insensible. Elle avait raison, songea-t-il, conscient de commencer à se laisser prendre au jeu : elle n'était pas mal du tout.

— Les bonnes occasions, ça se juge sur pièce, dit-il.

C'était loin d'être un accord, mais c'était une ouverture. Le sourire de Véronique se nuança d'une certaine satisfaction. Lui aussi, il était une bonne occasion. Du moins, s'il fallait en juger par l'emballage. Révisant son premier jugement, c'est d'un ton presque complice qu'elle reprit :

— C'est un peu ça que je te propose, de juger sur pièce… On verra bien comment les choses vont tourner.

Karl finit son verre d'une gorgée. Véronique le sentait encore à distance, mais moins inaccessible.

— Si on arrêtait de dire des conneries ? proposa-t-elle tout à coup.

Il se tourna alors complètement vers elle.

— Si ça ne brise pas trop l'image du dragueur !

Toute trace d'ironie avait disparu. Son sourire n'exprimait plus qu'une immense gentillesse avec, peut-être, un soupçon d'amusement. Ce sourire-là expliquait pourquoi, perdus au milieu de traits plutôt durs, ses yeux noirs et brillants conservaient malgré tout une étrange douceur.

Il se leva.

— Tu te sauves ? fit-elle, avec une pointe de contrariété.

— En bas, il y a le deuxième spectacle de Bob Walsh, se contenta-t-il de répondre. Tu viens ?

Trois heures plus tard, ils étaient les derniers à sortir du Clarendon. Elle était surprise de voir avec quelle intensité il avait écouté, les yeux rivés sur la scène. Ils n'avaient presque pas parlé de la soirée. Pourtant, en sortant, elle lui demanda, comme si c'était la chose la plus naturelle :

— Chez toi ou chez moi ?

Il la regarda comme on regarde un surdoué attachant mais insupportable.

— Je pensais qu'on avait arrêté de dire des conneries.

— Bon, d'accord, fit-elle en poussant un soupir. Et demain ?

— Demain matin, je pars pour Montréal. Le train de sept heures.

— Tu reviens quand ?

La question lui avait échappé. Véronique s'en voulut d'avoir laissé paraître son empressement. Pour se rattraper, elle ajouta :

— Il faut que je sorte mon article d'ici deux semaines.

— Si tu veux, on peut aller déjeuner tout de suite, lui proposa alors Karl, comme s'il venait brusquement de prendre une décision.

— Où ?

— Chez moi. Et pour l'article, je te propose un marché.

— Un marché ?

— Tu fais ce que tu veux, tu poses toutes les questions que tu as envie de me poser, mais tu ne publies rien sans mon accord.

— Entendu, fit-elle en lui tendant la main.

— *Mazel-ou-Vrakha!* répondit Karl.

Elle le regarda, déconcertée.

— Qu'est-ce que ça veut dire ?

— « Chance et prospérité ». C'est une vieille coutume.

— Ça vient d'où ?

— Les diamants. Il n'y a jamais de contrats écrits, jamais de papiers. Juste une poignée de main et la formule rituelle : « chance et prospérité ». C'est comme ça que les vieux diamantaires vendent et achètent entre eux les diamants partout dans le monde... Tu viens ? Si tu veux voir de quoi ça a l'air, l'antre d'un dragueur !

Elle fit signe que oui. Elle n'avait pas oublié qu'il était d'abord un travail, mais le travail lui semblait maintenant moins pénible.

Pendant qu'ils marchaient, elle lui raconta qu'elle faisait partie d'une famille de célibataires. Ses parents ne s'étaient jamais mariés. Plus tard, peut-être, disaient-ils. Ils avaient bien le temps. C'était du moins ce qu'ils croyaient... Le père de Véronique était mort alors qu'elle avait huit ans. Depuis cet événement, elle était habitée par un sentiment d'urgence qui la poussait sans cesse à profiter au maximum de tout ce qui passait.

Alors que Véronique était en plein milieu d'une phrase, il lui fit subitement signe de se taire. Puis il lui montra deux fêtards qui marchaient, accotés l'un contre l'autre, une vingtaine de mètres devant eux. Il la prit ensuite par les épaules et la fit pivoter pour lui montrer un type, derrière eux, apparemment aux prises avec la fermeture éclair de son manteau.

— Je pense qu'on est suivis, dit-il en se penchant vers elle.

Elle le regarda, d'abord incrédule, puis un sourire effaça toute trace d'inquiétude.

— Ça ne prend pas.

— Je te dis que c'est une filature, insista Karl, d'un ton cependant moins assuré.

Le sourire de la fille s'accentua.

— Et moi, je te dis que ça ne prend pas.

Ils restèrent figés sur place, à se regarder. Les deux fêtards disparurent finalement au coin d'une rue. Puis le type triompha de sa fermeture éclair et il les dépassa en faisant de longues enjambées nerveuses.

Ils reprirent leur chemin en silence. La rue était maintenant déserte.

— Tu vois que j'avais raison, risqua Véronique, après un moment. Tu as trop lu de romans policiers.

Malgré le ton humoristique de la remarque, Karl ne répondit pas. Elle le prit alors par le bras et s'appuya contre lui. Leurs pas s'accordaient sans difficulté.

— Ça t'arrive souvent, d'avoir l'impression d'être suivi ? reprit la jeune femme.

Pour toute réponse, il se contenta de la regarder un long moment.

— Si tu veux, je te raccompagne quelque part, finit-il par lui offrir, d'une voix très douce.

— Si tu espères t'en tirer comme ça ! répliqua aussitôt Véronique, avec une bonne humeur un peu forcée.

La porte de l'appartement était grande ouverte. Le visage de Karl se fit soucieux. Pourtant, à l'intérieur, rien ne semblait avoir été dérangé.

— Quelqu'un est entré, dit-il.

— Tu as oublié de la fermer, répondit Véronique.

— Et l'ordinateur aussi, je suppose ?... Ils ont fouillé dans les fichiers.

D'un geste, il lui montra l'écran allumé, dans l'autre pièce. Mais Véronique ne se laissa pas convaincre ; elle réinterpréta tous les indices comme des distractions et des oublis de sa part.

Il éteignit l'appareil, revint dans la cuisine et entreprit de procéder à la présentation officielle de l'appartement.

— Comme tu vois, ici, c'est le champ de bataille. Tous les jours, je me bats avec les épices et les livres de recettes pour m'assurer une survie acceptable.

La pièce avait réellement l'apparence d'un champ de bataille. La vaisselle éparpillée disputait aux pièces de vêtements la suprématie du territoire. Des pots d'herbes et d'épices traînaient un peu partout. Sur la cuisinière, deux cafetières à moitié pleines. Quant à la table, elle était littéralement couverte d'objets : sacs de pâtes alimentaires, livres, plantes, stylos de toutes les formes…

— Le bordel intégral, murmura Véronique.

Pour toute réponse, Karl lui fit signe d'entrer dans le bureau.

Elle eut l'impression de pénétrer dans un univers différent. Les murs étaient couverts de livres minutieusement regroupés par centres d'intérêt : bijoux, pierres précieuses, techniques de taille, commerce, forge et fonte de métaux, or, revues spécialisées, dictionnaires – le tout complété par une imposante collection de livres sur le diamant.

Sur les étagères, des bijoux insolites, des petites boîtes et des objets divers s'éparpillaient de façon apparemment anarchique, mais sans parvenir à altérer l'ordre mystérieux qui régnait dans la pièce.

Elle prit un livre sur l'histoire des bijoux, regarda quelques-unes des illustrations.

— Et… ça sert à quoi ?

— J'en ai besoin pour mon travail. Je fabrique des livres.

— Écrivain ?

— Des dictionnaires. Sur la bijouterie et les pierres précieuses.

— On peut voir le salon ?

Il la précéda dans l'autre pièce. Le tapis et les fauteuils étaient d'un bleu assez foncé mais très doux qui se détachait agréablement sur les murs blancs.

— Ça, dit-il, c'est le mur électronique.

Télé, radio, magnétoscope, chaîne stéréo, magnétophone, tout était encastré. Sur une petite table, à côté d'un fauteuil, il y avait des revues, une télécommande et quelques bouts de papier froissés.

Véronique en prit un par curiosité et se mit à lire à haute voix :

— *Knowledge is a deadly friend, when no one sets the rules*... Tu as une drôle d'écriture.

— Ce n'est pas la mienne. J'ai reçu ça par la poste. Lettre anonyme.

— C'est une citation de King Crimson.

— Tirée de *Epitaph*... je sais.

Elle remit le papier sur la table et prit une des revues.

Le titre s'étalait au-dessus d'une photo de combattants en tenue de jungle : *Soldiers of Fortune.*

— Une revue de guerre ? demanda-t-elle, avec une certaine surprise mêlée de réprobation.

— Feuillette, ça va t'intéresser ! répliqua-t-il sur un ton moqueur.

La revue était bourrée d'articles concernant les armes, les appareils électroniques et les nouvelles techniques de guérilla. Le reste de l'espace était consacré à des réclames : manuel pour transformer une carabine semi-automatique en fusil mitrailleur, offres de formation sur les dernières techniques de surveillance électronique et pièges télécommandés, synthèse sur les différentes techniques de harcèlement...

— *Merc for hire*, ça veut dire quoi ? demanda Véronique.

— Des mercenaires qui offrent leurs services. Dans certains cas, c'est presque carrément des offres de tueurs à gages. Regarde celle-là.

Il lui montra une réclame à côté de laquelle il avait fait un crochet.

Merc for hire. Anything, anywhere. Work alone. Short term only. High risk, high pay. Expert electronic and security alarms systems, electronic surveillance. Expert small arms. Twelve years military. Confidential.

Suivait l'adresse postale où joindre l'auteur de l'annonce.

— J'avais entendu dire que ça existait, fit Véronique.

— Au Canada, la revue est parfois interdite. Mais on peut la trouver dans la plupart des tabagies.

— Pourquoi est-ce que tu t'intéresses à ça ?

Elle ne comprenait pas. Après la cuisine-bordel et le bureau de l'intellectuel, le retour brutal, sans transition, aux intérêts les plus sordides : les armes et la guerre.

— On n'imagine pas toutes les façons qu'il y a de tuer quelqu'un, répondit doucement Karl. De le tuer ou de tuer sa vie privée.

— C'est un monde de folie furieuse, protesta Véronique.

— Mais c'est réel. Tout ça existe. En fait, c'est seulement la pointe de l'iceberg que tu peux voir, dans des revues comme celle-là : les techniques d'il y a quinze ans. Imagine le reste !... Ce sont les gens ordinaires qui vivent dans un univers irréel, ceux qui pensent que leur vote ou leurs discussions sont suffisants pour changer quelque chose. On vit dans un monde de guerre. Tout ce qu'il y a d'important se décide par la guerre. En gros ou en détail. Ça dépend uniquement de la quantité de gens qu'il faut tuer pour obtenir le résultat voulu... Évidemment, on peut essayer de se faire un trou. De se tenir à l'écart. Mais il ne faut jamais oublier que tout ça existe... Surtout si on veut protéger son trou.

Elle le regarda pendant un bon moment sans rien dire.

Il semblait vraiment sérieux, totalement absorbé par son monde de violence, de guerre et d'espionnage. Pas surprenant qu'il interprète tous les faits de son environnement quotidien comme autant d'indices de surveillance ou d'agression.

Pour diminuer la tension, elle lui demanda :

— Je suppose qu'il me reste maintenant une seule chose à voir ?

Voyant que Karl ne saisissait pas, elle ajouta, un éclat d'humour dans l'œil :

— La tanière.

— Par ici.

À part le lit, au centre, la pièce était complètement vide. Les murs, le plafond, tout était blanc. Même le lit.

— Mon espace, fit Karl, avec un geste de la main qui semblait balayer l'ensemble de la pièce.

— Tu as manqué de peinture ?

— Regarde comme il faut : il y a cinq nuances différentes de blanc. Le mur à la tête du lit… le plafond et le plancher… les trois autres murs… le couvre-pieds… et les oreillers. Les draps sont de la même nuance que le mur à la tête du lit.

Véronique referma la porte délicatement, comme pour ne rien bousculer à l'intérieur, et revint au salon.

— On déjeune ? lui offrit Karl.

— Je n'ai plus faim.

Après un long silence, Karl lui dit à voix basse, comme s'il lui avouait un secret :

— Tu sais, c'est vrai qu'on a fouillé l'appartement. J'avais installé toute une série de repères… Pour en avoir le cœur net.

Puis il reprit.

— C'est facile : une salière en équilibre sur un tas de paperasse, une tomate avec la queue orientée dans un sens précis sur la table, une feuille de papier qui dépasse exactement de huit millimètres, un cheveu collé sur une porte… Plus l'appartement est en désordre, plus ces indices sont difficiles à remarquer.

Véronique était ébranlée malgré elle par le ton et l'argumentation de Karl. Il avait l'air si méthodique, sa voix avait un tel accent de vérité. Se pouvait-il qu'il soit sincère ? Et s'il ne jouait pas, dans quoi était-elle en train de s'embarquer ?

— Lorsque je m'aperçois que tous mes repères ont été bousculés, poursuivit Karl, qu'est-ce que tu veux que je tire comme conclusion ?

— Mais… pour quelle raison ?

— Je ne sais pas.

— Il doit sûrement y avoir une raison.

— Ce n'est pas la première fois, reprit Karl, qui hésitait encore à lui parler du cadavre. Ça faisait déjà un certain temps que j'avais des doutes. C'est pour ça que je me suis mis à piéger l'appartement.

Il se surprenait lui-même. Une fille l'accostait dans un bar pour en faire de la chair à caméra et, quelques heures plus tard, il lui débitait ses doutes sur la surveillance dont il se croyait victime. Sans savoir pourquoi, il était porté à lui faire confiance. Après une dernière hésitation, il se décida finalement à lui raconter l'histoire du doberman, la découverte des doigts par le vétérinaire.

Visiblement mal à l'aise, Véronique essaya de se donner une contenance en changeant de sujet.

— Je n'aurais pas cru que tu étais le genre à aimer les dobermans !

— Je pensais que c'était fini, les conneries, répliqua assez sèchement Karl.

Véronique eut l'impression de l'avoir blessé. La violence contenue de sa voix ne mentait pas.

— Le chien, reprit Karl, je l'ai trouvé dans une poubelle. Attaché dans un sac de plastique. On lui avait ligoté les pattes et le museau pour qu'il ne puisse pas japper ni se débattre. On entendait seulement une espèce de plainte… Il devait avoir un mois, peut-être six semaines… C'était juste s'il respirait. On pouvait lui compter les os à travers la peau. J'ai d'abord essayé de le soigner moi-même, puis je l'ai amené chez le vétérinaire.

— Je… Je m'excuse pour tantôt. C'était bête.

— Le plus drôle, c'est que je m'étais toujours juré de ne pas avoir de chien ! Je n'aime pas les chiens. Mais, en allant le voir tous les jours à la clinique…

— L'instinct paternel, se moqua gentiment Véronique. Tu devrais peut-être avoir des enfants. Penses-y ! Un beau bébé joufflu que tu pourrais…

Elle s'arrêta subitement au milieu de sa phrase.

Debout, appuyé contre le fauteuil, les mains crispées sur le dossier, Karl avait le regard fixe. Tout son corps semblait agité de tremblements, comme sous l'effet d'une tension trop forte.

Un instant, il crut qu'il allait avoir une nouvelle « absence ». Le sentiment d'étouffement, de paralysie commençait à l'envahir. Puis tout se dissipa, il parvint à reprendre la maîtrise de lui-même.

— Tu m'as fait peur, fit Véronique. On aurait dit que tu avais comme une sorte de… crise.

— Ce n'est rien, fit-il avec un sourire forcé. Ça m'arrive de temps en temps. Rien de sérieux. Juste les traces d'une ancienne maladie.

Elle vit qu'il n'avait pas le goût d'en parler.

— Si tu veux, je peux rester.

Puis elle ajouta, se rappelant après coup leur début de soirée :

— Aucun rapport avec tout à l'heure. Juste pour le plaisir.

— J'aime mieux être seul. Pour ce soir…

— Tu es sûr ? Avec ta… crise de tantôt.

Il fit signe que oui.

— Surtout après ma crise, comme tu dis. Si jamais je me transforme en loup-garou…

— Bon.

— Je t'appelle un taxi ?

Elle fit signe que oui.

Karl s'éclipsa un instant dans le bureau pour faire l'appel. En revenant, il lui tendit une minuscule boîte de bois travaillé. À l'intérieur, il y avait une pierre.

Elle l'examina, interloquée.

— Synthétique, précisa-t-il, devinant ce qu'elle pensait. C'est aussi beau, presque aussi dur et ça coûte des centaines de fois moins cher.

Elle la regarda de nouveau en la mettant devant la lumière.

— C'est vrai qu'elle est magnifique, dit-elle. C'est du zircon ?

— C-OX.

— Ah…

— Le nom technique de ce qui s'approche le plus du diamant. Ça vient juste d'être inventé. Il n'y a pas de nom commercial. En fait, ce n'est pas encore vraiment sur le marché. Je l'ai fait venir de Russie. Un échantillon.

— Tout à l'heure, tu disais pourtant…

— Toutes les autres pierres, on peut les reproduire artificiellement. En quantité industrielle même. Sauf le diamant. On n'a pas encore réussi à en faire de synthétique qui soit aussi parfait… Remarque, ce n'est pas tout à fait exact. Le diamant aussi, on peut. Mais en très petites quantités. Et ça revient encore plus cher que le diamant naturel… du moins, pour l'instant.

Le klaxon du taxi les interrompit.

— Aucun regret ? demanda Véronique.

Elle lui offrait une nouvelle fois de rester, mais sans vraiment y croire : plutôt par gentillesse et comme par jeu, pour atténuer le départ.

— C'était une belle soirée, répondit Karl, interprétant volontairement la question dans un autre sens.

Elle l'observa un moment, perplexe, puis elle tourna les talons et ouvrit la porte.

— Fais attention à toi, dit doucement Karl en lui mettant la main sur l'épaule.

Elle fit signe que oui et s'enfuit en courant jusqu'au taxi.

Il referma la porte, fixa le réveil à six heures, éteignit les lumières et s'étendit sur son lit. Si jamais il ne parvenait pas à dormir, il aurait de quoi penser pour un moment.

5

Dans le train, un groupe de fonctionnaires commentait le dernier scandale politique. Karl essaya d'échapper à leur conversation envahissante en se concentrant sur les événements des derniers jours. Pour quelle raison lui offrait-on tout à coup des informations sur le Cullinan ? Cela avait-il un lien avec le cadavre ? Avec le chiffre à l'intérieur de la bague ?

Habituellement, il aimait l'effet des voyages en train. Cela provoquait chez lui un état d'agréable rêverie où il avait l'impression d'avoir une conscience plus directe des choses : comme si tous les détails superflus s'éliminaient d'eux-mêmes et qu'il ne restait que l'essentiel.

L'image de la bague lui revenait sans cesse à l'esprit… De l'or massif. Dix-huit carats. Elle valait certainement plusieurs centaines de dollars.

Puis il revit le doigt…

Tout de suite, le tourbillon rouge fut sur lui. Un sentiment diffus d'horreur et d'impuissance l'envahit, comme s'il avait été paralysé, prisonnier de la frontière entre la veille et le sommeil.

Il avait une conscience confuse de tout : à la fois du cauchemar dans lequel il s'enfonçait et de son corps sur le banc du train. Il aurait voulu se lever, bouger pour se réveiller tout à fait, échapper au rêve, mais son corps était de plomb. Il étouffait. Sa respiration était bloquée.

Tout en essayant de rester calme, il concentra son énergie sur son bras gauche, s'efforça de le faire bouger… Finalement, il émergea. Il recommença à respirer, reprit graduellement son souffle…

— L'aéroport ? lui demanda le taxi.

— Non. Coin Mansfield et Sainte-Catherine.

— *Shit !*

Le véhicule démarra de façon brutale et faillit emboutir l'arrière de la voiture qui le précédait.

Tout au long du trajet, Karl se laissa absorber par le spectacle des rues qui défilaient. En sortant, il donna cinq dollars de pourboire au chauffeur médusé.

— En attendant l'aéroport, dit-il.

Il referma ensuite la portière sans se soucier de la réponse.

À quelques pas de là, le cinéma The Beef faisait le coin de la rue.

Neon Nights. Le titre du film s'étalait au-dessus d'une femme au regard scrutateur dont les jambes écartées s'ouvraient sur une boule de cristal rose qui masquait son sexe. Le rose était la couleur dominante de l'affiche.

Juste à côté de la porte du cinéma, un cul-de-jatte avait installé sa chaise délabrée et vendait des crayons aux passants. À côté de lui dormait un vieux chien, sale et fatigué, qui aurait été bien incapable de le défendre contre quoi que ce soit, même contre la solitude. Le chien était tassé contre le pied du fauteuil, indifférent aux jambes qui passaient en accélérant devant eux.

Sur l'écran, des filles faisaient semblant d'avoir les fantasmes que les clients rêvaient qu'elles aient, dans des décors feutrés et confortables conçus pour adoucir l'atmosphère. Dans la salle, il y avait peu de monde. Quelques hommes seuls avec un imperméable sur les genoux, quelques filles, des travestis…

L'un d'eux vint s'asseoir à côté de Karl.

— À dix ou à vingt-cinq ?

— Laisse tomber.

— Encore un autre qui aime mieux se faire finir tout seul ! répliqua le travesti en se relevant.

Il retourna s'asseoir au fond de la salle.

Un peu avant treize heures trente, Karl se rendit à l'arrière du cinéma, acheta un paquet de gomme au restaurant et emprunta la porte de côté sur laquelle une pancarte salie indiquait : TOILETTES.

La porte donnait sur un corridor au bout duquel il y avait un escalier.

En bas de l'escalier, au fond d'une salle en long mal éclairée, deux urinoirs étaient accrochés sur le mur. Un peu plus loin, le traditionnel abri de tôle peint en gris : la toilette.

Une dizaine d'hommes le regardèrent descendre les dernières marches. Jeans, bottes, ceintures cloutées, vestes de cuir incrustées de poignards en métal et de crânes dessinés en relief, poignets de cuir, foulards rouges et noirs autour du cou, bagues de fer… Il était difficile de se tromper sur leur compte : un mélange de « cuirs » et de drogués qui venaient racoler des clients.

Le dos appuyé au mur, les bras croisés, ils avaient tous les pupilles étrangement dilatées. Leur regard luisant était fixé sur Karl.

Celui-ci examina la salle, indécis, puis tourna les talons et remonta. En haut de l'escalier, une espèce de mastodonte ferma la porte, se retourna vers lui et se croisa les bras en le fixant. Il se voulait la preuve vivante que le bœuf était bien quelque part sur la lignée évolutive qui mène à l'être humain.

Les autres convergèrent vers le bas de l'escalier.

Une fois que Karl fut complètement bloqué, un des hommes se détacha du groupe et s'avança jusqu'à la première marche. Il était nettement plus petit que les autres.

Cheveux courts, visage effilé, bottes de cuir en haut des genoux, le corps moulé dans un habit de caoutchouc luisant zébré de fermetures éclair, il ressemblait vaguement à un rat en costume de plongée sous-marine.

— Karl Adamas Thornburn, fit l'homme aux fermetures éclair, avec un sourire peu rassurant. Alias Kat. Alias « le Chat »... On a organisé une petite réception.

La voix du téléphone. Sa ressemblance avec celle de l'inspecteur Gratton était frappante. Le même ton nasillard. La même façon de monter plutôt que de descendre sur les finales.

— Vous avez un message pour moi ? demanda Karl, faisant un effort pour paraître calme.

— Comme tu dis. On a un message pour toi. Et pour être certains que tu comprennes, on est venus à plusieurs.

L'homme que Karl avait baptisé mentalement Face de rat continuait de le fixer de ses petits yeux froids. Une mygale qui regarde s'enliser sa proie, songea Karl. Il n'arrivait pas à détacher ses yeux de lui, comme si l'autre réveillait de vieux souvenirs profondément enfouis.

— De la part de qui, le message ?

— Ça, ce n'est pas dans le message.

Derrière Face de rat, les autres commencèrent à avancer.

Karl pivota brusquement et fonça vers le haut de l'escalier. Il espérait vaguement prendre le bœuf par surprise.

La surprise, ce fut le pied qu'il reçut dans le creux de l'estomac. Le coup l'envoya rouler directement au bas de l'escalier, dans les bras de ceux qui l'attendaient.

Le souffle coupé, il se défendit par instinct. Ses gestes partirent tout seuls vers les endroits les plus sensibles du corps de ses assaillants. Mais il fut rapidement submergé. C'est alors sur lui que les coups se mirent à pleuvoir.

Quand il fut immobilisé contre le sol, Face de rat s'avança vers lui et appuya la pointe de ses bottes contre sa tête. Il lui donna quelques faibles coups, comme pour évaluer la résistance du crâne, avant de se pencher au-dessus de lui.

— Un peu perdu de tes réflexes, on dirait. Dans le temps…

Il lui mit le pied sur la gorge, en appuyant de façon progressive, puis il fit un bref signe aux autres.

Karl sentit une volée de coups lui marteler le corps.

Sur un autre geste de Face de rat, les coups cessèrent aussi brusquement qu'ils avaient commencé. L'homme aux fermetures éclair relâcha alors la pression.

— Il faut les comprendre, dit-il, sur un ton exagérément mielleux. Ils prennent leur pied comme ils peuvent.

— Qu'est-ce que vous voulez ? demanda Karl, après avoir dégluti avec difficulté.

— C'est seulement une mise en train. Il faut d'abord attendrir le client avant de se l'envoyer… Tu comprends ?

Les autres se tenaient en rangs serrés autour de lui. Ils n'attendaient qu'un signal pour reprendre là où ils avaient laissé.

Face de rat eut un sourire sarcastique.

— Ils nous ont avertis que tu avais la tête dure. Alors je me suis dit : quand ça ne rentre pas par un trou, ça peut rentrer par un autre. Et comme il paraît que tu as les oreilles bouchées… Tu saisis ?… Un beau gars comme toi, ils ne sont quand même pas pour se priver. Ce n'est pas tous les jours qu'ils ont la chance d'en étrenner un nouveau.

Karl essaya de bouger un peu, mais il était trop épuisé. Il avait mal partout.

— Je suis certain que tu devines, reprit Face de rat.

Karl devinait sans peine. Il était au courant des rites d'initiation, dans certains clubs de « cuirs » particulièrement durs. Le coup du poing dans le rectum, avec le bras enduit de vaseline. Et, plus récemment, le truc du hamster… Il essaya de penser à autre chose, mais son esprit revenait sans cesse à l'image d'un hamster qui se débattait. Une question se posa brusquement à lui : enlevaient-ils les dents du hamster avant de l'introduire ?

Une grimace d'appréhension crispa son visage.

— Je vois que tu commences à comprendre, reprit Face de rat, dont le sourire se fit plus mauvais.

Rassemblant ses dernières forces, Karl essaya de se débattre. Une nouvelle volée de coups étouffa sa résistance.

— Tu ne voudrais quand même pas partir avant qu'on t'ait transmis le message, susurra Face de rat en jouant avec une de ses fermetures éclair.

— C'est quoi… le message ? demanda péniblement Karl.

— Ils veulent seulement une chose. Une toute petite chose. Et après, on oublie tout. Entre gens civilisés, on peut sûrement s'entendre, non ?

Karl ne répondit pas.

— Tu nous dis où est l'objet, puis tu oublies le Cullinan B, reprit l'homme aux fermetures éclair. Il n'y a jamais eu de Cullinan B. C'est simple, non ?… Il n'y a jamais eu de Williamson. Ni même de diamants… Les diamants n'existent pas. En fait, il n'est jamais rien arrivé. On ne sait même pas que tu existes… Pour le moment, on te laisse le temps de réfléchir. C'est ce qu'ils ont dit. Mais ils ont précisé que si ça tardait trop, on pourrait s'occuper de toi comme on voudrait.

Puis, comme s'il s'agissait d'une question réglée, il enchaîna brusquement sur un autre sujet :

— Pas très costaud, dit-il. J'aurais cru que tu résisterais mieux. Il faut croire que tu as ramolli, à passer ton temps dans les livres.

La dernière phrase ramenait Karl à son impression de départ, quand il avait eu le sentiment d'avoir déjà rencontré Face de rat.

— Vous me connaissez ?

L'autre éclata de rire.

— Ils m'avaient dit que tu étais complètement siphonné… mais à ce point-là !

Reprenant brusquement un ton glacial, il ajouta :

— Il n'y a jamais rien eu, je te dis. Ni Cullinan B, ni Williamson, ni diamant, ni personne. Rien !… Tu comprends ça, rien ? Personne n'a jamais rencontré personne… Tu laisses tomber.

Il considéra Karl un instant d'un œil froid, puis son sourire mauvais réapparut.

— Nous sommes bien d'accord ? Tu réfléchis, puis on te contacte. Mais avant, pour être tout à fait certain que le message a pénétré…

Sans autre avertissement, une autre volée de coups de pied s'abattit sur Karl.

Avant de perdre connaissance, la dernière chose qu'il entendit fut la voix un peu éraillée et criarde de Face de rat qui l'avertissait :

— Le reste, on se le réserve pour la prochaine fois.

Puis tout devint noir.

Il eut l'impression de s'enfoncer dans un univers chaud et gluant, vaguement liquide, qui s'infiltrait peu à peu sous ses vêtements.

◆

Lorsque Karl reprit conscience, il était couché sur une espèce de toile, dans un lit. Un visage carré, planté au-dessus de lui, l'observait en lui soufflant de la fumée de cigarette dans les yeux.

— Il revient à lui.

— Où est-ce que je suis ?

— Ici, c'est moi qui pose les questions, répliqua Visage carré, sans agressivité particulière, mais avec l'assurance de quelqu'un qui énonce une des lois fondamentales de l'univers. Ton nom ?

Lentement, Karl réalisa qu'il était dans une infirmerie de fortune. Lorsqu'il aperçut les deux policiers en uniforme qui se tenaient derrière Visage carré, il comprit que ce devait être celle d'un poste de police.

— Ton nom ? répéta Visage carré, avec une impatience évidente.

— Karl. Mais…

— Nom complet ! aboya Visage carré.

Pas de doute, c'était bien un flic.

— Karl Adamas Thornburn.

Il essaya de se lever sur les coudes. La douleur le fit retomber sur le lit. Il y avait aussi l'odeur qui le prenait à la gorge. Une odeur qui semblait venir de lui.

— Étranger, hein ? Les pédés du Beef racolent dans l'exotique, maintenant ! Remarque, les pédés, je n'ai rien contre. Il faut être de son temps. Il y en a même chez les flics, de nos jours ! Mais ceux du Beef…

Le policier n'arrivait pas à dissimuler une certaine aversion.

— Non, ce n'est pas ça, voulut se défendre Karl. J'avais rendez-vous…

— J'imagine, oui.

— Ce n'est pas ça…

— Pas quoi ?

Confus, Karl bafouilla quelques instants avant de murmurer :

— Ce que vous pensez.

— Tu entends ça ? dit Visage carré à l'agent qui se tenait derrière lui. On est tombé sur un extralucide. Il lit dans mes pensées.

Il revint à Karl.

— Métier ?

— Lexicographe ?

— Pardon ?

— Je compose des dictionnaires.

Visage carré se tourna de nouveau vers l'agent qui lui servait d'interlocuteur muet.

— Aurais-tu pensé que les dictionnaires, ça pouvait sentir aussi fort ?

Karl prit alors plus nettement conscience de l'odeur nauséabonde qui se dégageait de lui.

— Moi, je ne peux plus le supporter, reprit Visage carré, en fermant son calepin. Lavez-moi ça, donnez-lui des vêtements et amenez-le à mon bureau quand vous aurez des renseignements à son sujet.

— Où est-ce que vous m'avez trouvé ? insista Karl.

La réponse vint aussitôt, sans aucun enrobage.

— Dans les toilettes du Beef. La tête appuyée sur la cuvette. Tu flottais dans l'urine… Ils devaient être au moins une dizaine, à ton party !

Le policier l'observa un moment en silence, puis sortit.

Les deux autres agents s'occupèrent alors de Karl : ils le mirent debout, lui enlevèrent ses vêtements avec une certaine brusquerie et le passèrent sous la douche.

L'eau froide acheva de le faire revenir à lui. Il se mit à examiner son corps couvert d'hématomes. Pas de blessures sérieuses, mais le moindre geste lui faisait mal. Aucune partie de son anatomie ne semblait avoir été épargnée.

Ils lui donnèrent l'habit réglementaire des prisonniers et le reconduisirent dans une cellule où il s'allongea sur la banquette et s'endormit d'épuisement.

Après un temps qui lui sembla très court, Karl s'éveilla en sursaut.

— Debout, lui dit le garde en le secouant sans ménagement. Suivez-moi.

Il se leva avec encore plus de difficulté que la fois précédente, à l'infirmerie. La douleur était maintenant plus aiguë, comme si elle avait profité du répit de sa vigilance pour achever de s'infiltrer partout.

Visage carré l'attendait, un sourire enroulé autour de sa cigarette.

— Asseyez-vous, monsieur Thornburn.

L'air aimable du policier contrastait avec le ton de la première rencontre.

— On a vérifié, poursuivit-il. Vous êtes O.K. Je veux dire, vous êtes bien monsieur Thornburn.

Karl s'assit.

L'autre le regarda puis secoua lentement la tête, un peu comme s'il avait eu devant lui un enfant à problèmes qu'il ne savait pas comment aborder.

— Entre nous, finit-il par dire, qu'est-ce que vous pouviez bien aller faire là-bas ?

— Je vous l'ai déjà dit : j'avais rendez-vous.

— Je sais bien que tous les goûts sont dans la nature, répondit philosophiquement le policier. Mais il y a des fois où je ne comprends pas. Enfin ! Après ce qui vous est arrivé…

— Combien de fois va-t-il falloir que je vous le répète, ce n'est pas ce que vous pensez ! insista Karl.

— Je ne demande qu'à être éclairé.

Karl lui raconta l'histoire du coup de téléphone et du rendez-vous dans les toilettes du Beef.

Lorsqu'il eut terminé, le représentant de l'ordre ne put s'empêcher de paraître sceptique.

— Vous vous rendez compte que c'est difficile à avaler. Un rendez-vous dans les toilettes d'un cinéma porno pour des informations sur un diamant fabuleux… Difficile à croire, non ? C'est vrai que vous avez eu un choc, récemment.

Pour abréger l'entrevue, Karl décida de ne pas protester.

— À Québec, ils nous ont mis au courant, enchaîna Visage carré. Votre maladie, l'histoire du doberman…

— Mais…

— On a fait nettoyer vos vêtements. Ils devraient être prêts dans quelques minutes… Je suppose que vous portez plainte.

— Si vous voulez.

— Remarquez, je ne promets rien. Pour la plainte, je veux dire. Mais on ne sait jamais.

Après s'être habillé, Karl fut conduit à la consigne. On lui donna le panier dans lequel ses effets personnels étaient entreposés et il les récupéra un à un: la petite montre dorée en forme de briquet, son lacet de cuir avec le bijou en ivoire, son porte-monnaie, sa ceinture tissée bleu clair, son couteau, son vingt-cinq sous à deux faces…

— La bague ? dit-il. Où est la bague ?

— Quelle bague ? s'enquit Visage carré qui, entre-temps, s'était identifié comme étant l'inspecteur Samson.

— En or massif. La forme d'un jonc. Il y avait un chiffre gravé à l'intérieur.

— Vous la portiez à quelle main ?

— Elle était dans ma poche.

— On n'a pas retrouvé de bague sur vous.

— Je l'ai peut-être perdue là-bas…

— Toute la pièce a été ratissée.

Karl s'absorba un moment dans ses pensées, puis murmura pour lui-même :

— C'était ça ! C'était après la bague qu'ils en avaient !

— Qu'est-ce qu'elle avait de spécial, votre bague ? demanda Visage carré.

Il avait retrouvé son ton soupçonneux.

— Rien. Une bague que j'avais trouvée… Ça doit être la fatigue.

— Monsieur Thornburn, j'ai la désagréable impression, soit que vous êtes plus malade que vous ne le croyez, soit que vous me cachez quelque chose.

La réponse de Karl ne l'avait visiblement pas convaincu.

— Un jour, reprit-il, vous apparaissez comme par magie, les poches remplies d'argent : je veux bien. Puis votre doberman bouffe les doigts d'un cambrioleur habillé chez les plus grands tailleurs : quoi de plus normal ? Quelques jours plus tard, vous allez dans le sous-sol d'un cinéma porno pour obtenir des renseignements sur un diamant fabuleux et vous vous faites démolir par une bande d'homosexuels : ce sont les risques ordinaires du métier. Après tout, nous sommes modernes. Même dans la police, il faut être de son temps… Mais si vous poursuivez maintenant en me parlant d'une bague qu'on vous a volée, qui n'avait aucune valeur spéciale, mais à cause de laquelle on vous a attiré dans un guet-apens, vous risquez de voir mes facultés de compréhension atteindre leurs limites. J'ai beau être moderne…

Il gratifia Karl d'un long regard, pour bien montrer qu'il détestait être pris pour un imbécile, puis il enchaîna, sur un ton tout à fait posé cette fois.

— Pour l'instant, la version officielle est que vous avez été très malade et que, sous l'effet du choc, vous vous êtes laissé aller à tenir des propos incohérents. Phénomène tout à fait explicable. Mais si ça devait se reproduire… Je suis certain que vous comprenez ma position.

— Je comprends, répondit Karl, pressé d'en finir.

— En ce cas, plus rien ne vous retient. Vous voulez qu'on vous conduise quelque part ?

Malgré l'envie qu'il avait d'être libéré au plus tôt de la présence des policiers, Karl accepta d'être reconduit à la gare.

Dehors, il tombait une bruine qui lui donna l'impression qu'il serait transi en moins de deux minutes.

Après une attente d'une heure quarante due au retard du rapide de Toronto, le train s'ébranla enfin. Karl avait hâte d'arriver chez lui, de ne plus sentir le regard pesant et vaguement réprobateur des gens qui le dévisageaient. Sa figure avait été relativement épargnée, mais elle portait néanmoins des traces de sa visite au Beef.

Comme il se calait dans le fauteuil pour essayer de s'endormir, quelqu'un s'assit à côté de lui en se laissant tomber de tout son poids. Par réflexe, il ouvrit un œil et tourna la tête en direction du nouveau cataclysme.

Véronique !

— Qu'est-ce que tu fais là ? demanda Karl, réprimant mal sa contrariété.

Question stupide qui était partie d'elle-même avant qu'il ait eu le temps d'y penser.

— Et toi ? Tu as l'air aussi en forme que si tu avais servi de terrain d'entraînement à toute une classe de wen-do !

— Je suis tombé.

— Sur qui ?

— Comment ça, sur qui ?

— Je t'ai vu sortir, sur la civière.

— Ah…

Véronique n'arrivait pas à dissimuler un certain amusement.

Pour conjurer la cascade de moqueries qu'il sentait venir, Karl se tut. Il n'avait plus la force de supporter quoi que ce soit. Il aspirait de tout son corps à son lit. À sa tanière, comme elle avait si justement dit. Là, il pourrait se reposer, essayer de comprendre. Il pourrait rassembler les morceaux. En commençant par les siens.

Mais elle poursuivit.

— C'était un besoin subit ou quoi, le cinéma porno ?

— Je te l'avais dit, protesta calmement Karl, j'avais rendez-vous.

Il s'efforçait de conserver une voix à peu près paisible malgré l'envie qu'il avait de l'envoyer promener.

— Ça, je n'en doute pas, que tu avais rendez-vous ! On ne se tape pas deux cent cinquante kilomètres pour une séance de porno sans vérifier l'horaire !

Pour faire diversion, Karl attaqua.

— Pour quelle raison est-ce que tu me suivais ?

— Intérêt professionnel, répliqua Véronique avec une désinvolture volontairement forcée. Espérais-tu autre chose ?

Puis elle poursuivit après un moment, d'une voix beaucoup plus basse.

— C'est hier soir. Je me suis demandé si tu t'en apercevrais, si tu étais vraiment suivi. Et comme je n'avais rien d'urgent à faire aujourd'hui...

— Tu me suis depuis ce matin ?

— Oui.

Karl médita quelques secondes cette réponse, puis il installa sa veste de cuir contre la fenêtre, appuya sa tête sur l'oreiller improvisé et ferma les yeux.

Intérêt professionnel, avait-elle commencé par dire. Était-ce une simple boutade pour le rembarrer ? Sinon, de quelle profession s'agissait-il ?... Une des premières choses à faire, dans les jours à venir, serait d'éclaircir les motifs qui poussaient la jeune femme à s'intéresser à lui.

Véronique se leva et se dirigea vers les toilettes.

C'était à croire qu'elle faisait exprès ! Même pour le travail, il fallait qu'elle tombe sur des hommes à problèmes.

Depuis quatre ans, ses amours avaient rarement duré plus de quelques semaines. Sauf une fois. Elle avait fait trois mois... Son pire souvenir !

Si seulement elle avait pu être lesbienne, se disait-elle parfois en se moquant d'elle-même. Mais ça ne l'intéressait pas. Sa stupide carapace hétéro ! Ancrée jusqu'à la moelle !

Quatre ans que cela durait. Quatre années sans relations trop engageantes, à prendre le meilleur de ce qui passait, à « satisfaire biquette » au hasard des bonnes occasions.

Quand elle était encore toute jeune, sa mère, à la fois par jeu et par volonté de dédramatiser l'éducation sexuelle de sa fille, avait baptisé le sexe de Véronique « biquette ». Le nom était resté. Mais depuis que sa mère était morte, elle ne l'avait jamais utilisé avec personne d'autre. Pas même avec ses amants. Sauf un.

Le seul, peut-être, avec qui elle n'aurait pas dû... Un beau gâchis ! C'était d'ailleurs au moyen de ce mot, le « gâchis », qu'elle se souvenait à la fois de lui, de ce qu'il lui avait fait, ainsi que de l'état dans lequel elle avait retrouvé sa vie.

Heureusement, tout cela était loin maintenant. Elle avait un métier, une vie indépendante ainsi qu'une « biquette » qui, somme toute, s'en tirait assez bien. Mais elle conservait une certaine méfiance. Elle avait l'œil pour débusquer, derrière la façade des hommes qu'elle rencontrait, l'enfant qui refuse de grandir. C'était cela qui l'avait décidée à mettre en chantier son article sur la drague.

À l'origine, elle avait voulu écrire sur les machos pour montrer comment, sous différents masques, se déguise le même refus de quitter l'enfance. Comment leur rapport aux femmes continue de constituer pour eux le monde de l'irresponsabilité enfantine. Puis ça s'était réorienté sur la drague. « Plus vendable », avait dit le rédacteur en chef.

L'article était en bonne voie, il ne restait que la rédaction finale. Quant aux photos, Karl lui en fournirait certainement d'excellentes... Mais il la déroutait. Il était tellement contradictoire. Avec lui, peut-être, avait-elle songé un instant... Mais ça ne servait à rien de rêver : il était et il resterait un travail.

Elle tira la chasse d'eau, sortit des toilettes et retourna s'asseoir à côté de son « travail ».

Encore plus de deux heures avant d'arriver à Lévis.

6

Le Rabbin s'était fait servir un repas.

Deux fois par semaine, il prenait un vrai repas. Le reste du temps, les infusions, les bouillies, les vitamines et le yaourt lui tenaient lieu de nourriture.

Sur le chariot, il y avait toute une série de plateaux, une carafe de vin blanc et deux chandeliers. Il mangeait peu mais goûtait à tout avec une attention presque religieuse, comme s'il cherchait à retrouver un goût rare et précieux oublié depuis longtemps.

Mademoiselle Dubreuil, elle, se payait une large portion de chacun des plats. Malgré ces folies bihebdomadaires, elle ne semblait éprouver aucune difficulté avec sa ligne. Le Rabbin la regardait engouffrer sa part avec un étonnement sans cesse renouvelé.

— Je me demande toujours comment vous faites.

— Je vous l'ai déjà dit. Mon régime…

— Je sais, je sais…

Un jour qu'il l'asticotait sur son appétit, elle lui avait répondu que, avec le régime qu'elle suivait, elle pouvait manger n'importe quoi sans jamais avoir à s'inquiéter. Et quand il lui avait demandé le nom de son régime miracle, elle lui avait répondu « une-deux, une-deux », accompagnant l'expression d'un geste sans équivoque sur le caractère sexuel du régime en question. C'était une des rares fois qu'elle l'avait vu pris de court : il avait été deux semaines sans lui parler de son appétit.

— On peut savoir qui est l'élu ? reprit le Rabbin.

— Si vous teniez vraiment à le savoir…

— Parfois, je vous soupçonne d'avoir recours à des appareils.

Le ton badin du vieillard ne parvenait pas à dissimuler un doute réel.

— C'est effectivement plus fiable. Et plus discret.

La réponse idéale pour le laisser mijoter.

— C’est vrai, reconnut-il.

Mais c’était surtout l’admission qu’elle avait gagné cette manche-ci, dans la longue série de joutes verbales qui ponctuaient leurs rapports. C’était un des rares plaisirs qui restaient au Rabbin et, même si mademoiselle Dubreuil avait tendance à gagner de plus en plus souvent, il n’aurait pas songé un seul instant à y renoncer.

Le Rabbin se mit à songer à l’élu de l’efficace mademoiselle Dubreuil. Existait-il vraiment?… Curieusement, il n’avait jamais vraiment tenu à savoir. Il le lui demandait à l’occasion, mais parce que ça faisait partie du jeu, que c’était dans le rituel.

Avec les moyens dont il disposait, il aurait pu obtenir toutes les informations désirées en moins de quelques jours. Mais mademoiselle Dubreuil représentait pour lui le monde extérieur. Assuré de sa fidélité depuis de nombreuses années, il préférait qu’elle lui demeure en partie inconnue. Cela le rassurait d’avoir un contact quotidien avec quelque chose qu’il ne contrôlait pas totalement. Il se sentait moins seul.

Bien sûr, cette façon de faire impliquait un manquement aux règles les plus élémentaires de sécurité. Il imaginait la tête de ses principaux adversaires, de ses alliés d’occasion, s’ils avaient su: le Rabbin qui tolérait auprès de lui une employée dont la vie privée n’était pas constamment épluchée sous toutes les coutures!

Dans les cercles restreints du monde du renseignement, personne n’aurait voulu croire une telle chose. Ou alors on aurait dit: «Il vieillit.» Comme on aurait dit d’un avion en panne de moteur: «Il tombe»…

— Déplacez-moi près de la fenêtre, fit le Rabbin.

Pendant les années qu’il avait passées dans cette pièce, complètement cloîtré, il avait appris à aimer la ville. Pourtant, au début, il la détestait. Surtout à cause de son climat absurde, de son humidité – et aussi parce qu’elle représentait pour lui une sorte de prison.

Il avait fait aménager ses appartements en sachant qu'il ne remettrait plus les pieds dehors tant que l'opération ne serait pas terminée. Il aurait suffi que quelqu'un le reconnaisse, ou même que le bruit circule qu'il avait peut-être été vu à Québec... Le risque était trop grand.

Par mesure de précaution, il avait soigneusement entretenu un réseau de rumeurs qui signalaient sa présence partout dans le monde. Puis, au bout d'un certain temps, il lança l'information qu'on l'avait repéré à Québec, mais de façon telle que cela puisse être rapidement démenti.

Il y eut les vérifications de routine par les principaux services intéressés, par les principales agences. L'agitation se calma cependant assez vite : on s'était habitué à voir sa présence signalée à tellement d'endroits... Le Rabbin put alors se frotter les mains de satisfaction : il avait colmaté la dernière brèche. Non seulement le réseau de rumeurs le protégeait-il en signalant sa présence aux quatre coins de la planète, mais on ne pourrait pas remonter à lui de façon négative en repérant l'endroit qui avait soigneusement été épargné par les rumeurs.

En fait, un tel endroit existait. Mais il ne devait pas être découvert tout de suite. C'était un des éléments majeurs du piège. Il suffirait d'une information apparemment anodine pour le déclencher. Une information que Kat leur fournirait sans le savoir. À son corps défendant.

Dehors, le soleil continuait de cuire le béton.

— Il doit faire chaud, fit le Rabbin en s'arrachant à sa rêverie.

— Il est presque minuit, rétorqua mademoiselle Dubreuil.

— C'est vrai, j'oublie toujours...

Une sonnerie étouffée se fit entendre à deux reprises.

— Un fax, dit le Rabbin.

— Je sais.

La jeune femme se dirigea vers la pièce voisine et prit le message sur le télécopieur pour le lui apporter.

— Vous voulez que je vous le lise ?

— Faites donc.

— Voilà… « Kat remis en liberté. A pris le train de huit heures cinquante, direction Lévis. Aucun préjudice grave. Traitement professionnel. But manifeste : intimider. Aucune indication sur l'identité des traiteurs. "Locaux" coopératifs. Ont avalé information expédiée par le biais de Québec. Copie de l'interrogatoire disponible sous peu. Détail particulier : Kat affirme avoir perdu une bague. Rapport complet en arrivant. »

— Une bague ? reprit le Rabbin, avec un regard interrogateur en direction de mademoiselle Dubreuil. Cela vous dit quelque chose ?

— Rien.

Toujours à la fenêtre, le Rabbin paraissait absorbé dans la contemplation de la ville.

— Ils réagissent vite, finit-il par dire.

— C'était à prévoir.

— Toujours pas d'indice sur l'identité du cadavre ?

— Non. J'ai acheminé une demande de renseignements au Centre.

Ça voulait dire qu'ils n'auraient pas de réponse avant deux ou trois jours.

Peut-être davantage.

Pour parer à toute possibilité de repérage, les communications avec le Centre étaient expédiées par voies détournées, mêlées aux demandes courantes d'autres services mineurs.

Le Rabbin regarda de nouveau la rue, en bas.

— Enlevez le différé, fit-il. Mettez l'image en direct.

Mademoiselle Dubreuil se dirigea vers le bureau et appuya sur un bouton. Aussitôt, le paysage de la fenêtre se modifia. Il faisait maintenant nuit. Les lumières des voitures sillonnaient la ville.

— Sans ça, je crois que je n'aurais jamais résisté, fit le Rabbin.

Depuis maintenant quatre ans qu'il était sous terre, il ne s'était jamais lassé du spectacle que transmettaient, vingt-quatre heures par jour, les caméras placées sur le toit du Hilton.

Il poussa un soupir et se laissa de nouveau absorber par l'agitation silencieuse des rues.

Sur la fausse fenêtre qui couvrait le mur, il regardait vivre le monde qu'il avait quitté.

◆

L'homme au visage effilé saisit le téléphone. Il avait troqué son habit en latex bardé de fermetures éclair pour un costume brun, ni trop neuf ni trop usé, qui lui donnait l'allure d'un fonctionnaire quelconque. Seuls ses cheveux coupés ras et ses yeux luisants tranchaient avec son nouveau personnage.

Il composa un numéro qui ne figurait sur aucune liste.

— Code 125,65... blanc... émeraude, grogna Face de rat.

La mission ne lui plaisait pas : trop de témoins. Trop de témoins vivants.

— Je vous mets en communication, répondit une réceptionniste, sur le ton exagérément personnalisé des annonces de départ dans les aérogares.

— Oui ?

Face de rat reconnut immédiatement la voix grave et feutrée. C'était tout ce qu'il connaissait de l'homme au bout du fil. Il ne l'avait jamais rencontré et il n'avait aucune idée de son identité. Il n'était même pas sûr de l'endroit où il pourrait le joindre la fois suivante. Tout ce qu'il savait de façon certaine, c'était qu'il payait bien. Il soupçonnait aussi qu'il avait des relations importantes dans les milieux les plus divers : peu importe l'information ou l'objet dont il avait besoin pour son travail, il lui suffisait de demander pour que la voix au bout du fil le lui fasse parvenir. Souvent la journée même.

— J'ai récupéré la bague, dit Face de rat.

— Bien.

— J'ai également fait le message.

— Bien, approuva de nouveau la voix feutrée.

— Les participants étaient tous des homos. Drogués jusqu'aux yeux. Pas un qui peut remonter jusqu'à moi. Je leur ai dit que Kat était un indicateur.

— Bien. Expédiez la bague à Londres, à l'adresse que vous connaissez.

— Et Kat ? Je lui règle son problème de respiration ?

— Non... À moins que vous ne vouliez qu'on s'occupe du vôtre.

Cette fois, la voix avait perdu sa politesse impersonnelle pour se faire plus tranchante. On sentait l'agacement de l'homme habitué à être obéi à demi-mot et qui déteste devoir s'abaisser à user explicitement de son autorité.

— Mais pourquoi ? ne put s'empêcher de demander Face de rat. Il m'a vu. Il peut me reconnaître... Si vous n'aviez pas insisté pour qu'il me voie, aussi !

La voix feutrée répondit, avec l'agacement contenu d'un adulte qui essaie de raisonner un enfant buté.

— On a besoin de lui vivant. Pour le moment, c'est indispensable. Votre rôle est de le tenir en déséquilibre, qu'il ne sache plus quoi penser, ni contre quoi se défendre. C'est la seule façon de savoir ce qu'il a dans le ventre. Il ne doit subir aucun préjudice physique grave. C'est clair ?

— Compris. À propos, le colis est arrivé du Brésil comme prévu.

— Parfait. Occupez-vous de sa conservation jusqu'à ce que je vous dise ce qu'il convient d'en faire. Vous serez contacté lorsqu'il y aura de nouvelles instructions. Pour l'instant, vous vous contentez de tenir Kat sous surveillance... Quand nous en aurons terminé avec lui, vous pourrez prendre les dispositions qui vous conviennent.

Sur cette vague promesse, la communication fut interrompue.

Au dernier étage de l'édifice, l'homme à la voix feutrée raccrocha l'appareil. Il appuya ensuite sur un bouton et le téléphone disparut dans le mur.

De tous ses bureaux éparpillés aux quatre coins de la planète, celui de Genève était son préféré. Celui où il revenait toujours avec un égal plaisir dès que ses affaires le lui permettaient. Sans doute à cause de la ville. De la vue sur le lac…

Il prit le diamant bleuté qui était devant lui, le fit chatoyer un instant en le mettant vis-à-vis de la fenêtre, puis le reposa sur le bureau. « Il faut toujours les surveiller », murmura-t-il. « Pourvu que Bort n'aille pas faire de bêtises ! »

Des bêtises, il y en avait eu assez comme ça. Aller crever bêtement dans une cave comme un vulgaire cambrioleur ! Un des meilleurs opérationnels du Syndicat ! Travailler cinq ans pour aller crever dans une cave, les doigts bouffés par un doberman ! C'était pitoyable… Et l'autre clown qui parlait maintenant de liquider Kat !

Il était proprement impensable de retirer Kat de la circulation : trop de points demeuraient inexpliqués. Pour commencer, il n'avait jamais cru tout à fait à cette histoire d'amnésie. Bien sûr, c'était possible. Mais son intuition lui soufflait qu'il y avait là autre chose. Déjà, le recyclage de Kat était suspect : des dictionnaires sur les bijoux et les pierres précieuses ! Et il se mettait maintenant à faire des recherches, à poser des questions sur le Cullinan B ! Ça dépassait la coïncidence. Toute l'affaire avait une odeur de coup monté préparé de longue main.

C'était pour cette raison qu'il avait choisi de le harceler, de le pousser à bout : pour voir vers qui il se tournerait, quand il serait sur le point de craquer. Qui interviendrait.

Plus on l'affolerait, plus il risquerait de se trahir. De découvrir ceux qui l'aidaient. Car c'était impossible qu'il soit seul. Il n'était quand même pas assez fou pour s'attaquer sans aide au Syndicat ! Et d'abord, pour quelle raison l'aurait-il fait ? Il ne pouvait pas être au courant... Dommage qu'on n'ait jamais su exactement ce qu'il avait appris, avant son « accident ».

L'homme ouvrit le tiroir du bureau, prit une enveloppe, l'ouvrit d'une seule main et regarda la photo.

— Parfait, murmura-t-il doucement.

Il remit la photo dans l'enveloppe, inséra celle-ci dans le dossier intitulé KAT et le rangea dans le classeur.

Il appuya alors sur un des boutons de l'interphone.

Une secrétaire entra, un bloc-enregistreur miniaturisé fixé à la ceinture.

— Vous avez appelé ?

Oberkfeld lui fit un bref signe de tête et la regarda onduler jusqu'au fauteuil placé en face du bureau. Mince, blonde, maquillage élaboré, jupe moulante, elle remplissait encore avec efficacité les critères « environnementaux » qu'il exigeait de son personnel – un personnel presque exclusivement féminin, sauf pour les postes les plus importants. Quant aux critères d'utilité proprement dits, il laissait à son responsable de bureau le soin d'en juger.

— Demain matin, fit-il, prenez la photo que j'ai mise sur le dessus du dossier « Kat » et expédiez-la au 125,65.

— Bien.

— Avec la photo, vous lui enverrez les instructions suivantes.

En quelques phrases, il dicta ce qu'il convenait de faire de la photo.

On verrait bien jusqu'à quel point l'amnésie du bricoleur de dictionnaires était profonde. Le délégué régional, à Bromont, renâclerait sûrement un peu. Il accepterait mal son rôle. Mais comme c'était le Syndicat qui avait fait de lui ce qu'il était, il serait contraint d'obtempérer.

L'homme congédia la secrétaire et se leva en empochant le diamant bleu. Il le conservait toujours sur lui, même quand il devait, comme ce midi, prendre l'avion.

On l'attendait au 27, Chesterfield Road. C'était la semaine des *sights* et il y avait des problèmes avec un acheteur. Bien sûr, ce dernier n'avait pas formulé de plainte – le Syndicat n'aurait jamais admis la moindre plainte – mais il avait des questions. Il désirait des éclaircissements. Et la politique de la maison voulait que l'on réponde toujours aux demandes d'éclaircissements... dans la mesure où la plus élémentaire discrétion et les bons usages étaient respectés.

La porte de son ascenseur personnel se referma avec un soupir feutré. Il se préparait à laisser derrière lui le pays des banques, du trafic d'armes et de la politesse en béton.

7

Pendant les deux jours qui suivirent, Karl fit de nouveau le tour des banques de données auxquelles il avait accès. Totalement absorbé par sa recherche, il ne quittait presque pas son bureau. Sauf le midi.

La vieille dame assise à la fenêtre, en face de chez lui, était habituée. Tous les jours depuis bientôt trois ans, elle le voyait sortir vers midi trente pour se rendre à la petite maison, à côté du club des débardeurs.

Il empruntait l'allée de pierres entre les rosiers sauvages, sonnait, puis enfonçait les mains dans ses poches, en relevant un peu les épaules et en rentrant le cou; ce geste lui donnait un air timide et embarrassé qui contrastait étrangement avec sa carrure.

Une fille venait lui ouvrir.

Une heure plus tard, il ressortait.

Seul.

Karl avait tout parcouru minutieusement, même les innombrables photocopies d'articles de revues qu'il avait fait venir de partout dans le monde. Mais il n'avait rien trouvé de plus que ce qu'il savait déjà: le Cullinan était le plus gros diamant brut jamais trouvé: 3106 carats. On en avait tiré neuf pierres principales, dont deux étaient les plus gros diamants taillés au monde.

En examinant le cristal d'origine, les experts avaient conclu qu'il s'agissait là d'un simple fragment d'une pierre plus importante encore. Mais cette autre pierre fabuleuse, on ne l'avait jamais trouvée. C'était elle que le mystérieux article avait baptisée « Cullinan B ».

Karl avait de la difficulté à se concentrer. Sans cesse, son esprit revenait au piège dans lequel on l'avait attiré: était-ce pour lui voler la bague? À cause de ses recherches sur le Cullinan B? En tout cas, ils étaient au courant… Et les allusions à ses réflexes! Pas de doute, Face de rat le connaissait.

Il sentit la douleur poindre à la base de la cicatrice. Ça lui arrivait encore de temps à autre. Le médecin avait eu beau lui dire que c'était probablement d'origine psychologique, la douleur n'en était pas moins intense pour autant.

Il alla s'étendre sur son lit.

Vingt minutes de méditation. C'était encore ce qu'il avait trouvé de mieux. Sentir le calme l'envahir. Ne plus penser. Éliminer tout ce qui dérange… Ou plutôt non : le laisser se dissoudre. Cesser de lui donner de l'importance. Retrouver la paix.

Un ami lui avait appris la technique, des années auparavant. Depuis, il l'utilisait presque tous les matins, avant de se lever. Il faisait la paix en lui. C'était une des premières choses qu'il avait retrouvée, après son amnésie. Il s'en servait chaque fois qu'il était tendu, chaque fois qu'il sentait venir une « absence ».

Quand il ouvrit les yeux, toute trace de douleur avait disparu. Il était apaisé.

Il se leva et se fit la barbe. De toute évidence, tout le ramenait au diamant : le mystérieux article sur le Cullinan B, la bague du cambrioleur, ses propres travaux, le coup de fil et le piège à Montréal… Peut-être même les messages anonymes !

Mais que venait-il faire, lui, dans tout ça ? Avait-il, sans le savoir, mis le doigt sur quelque chose d'important ?

La première chose qui s'imposait était de dresser un bilan clair des événements. Sur un bout de papier, il écrivit :

- *article mystérieux sur Cullinan B*
- *messages anonymes*
- *fouille de l'appartement*
- *cadavre — cambrioleur de luxe*
- *dossiers effacés*
- *bague — 45,42*
- *avertissement au Beef*
- *Face de rat — me connaît ?*

Puis il ajouta, après une brève hésitation :

- *rencontre de Véronique*
- *filature à Montréal*

Il n'était pas certain que les deux derniers événements soient reliés au reste, mais le caractère surprenant de sa rencontre avec Véronique, l'insistance de la fille à s'intéresser à lui, le fait qu'elle l'ait suivi à Montréal... tout cela l'empêchait de les écarter trop vite.

Se rappelant ensuite l'impression qu'il avait eue d'être suivi, dans la rue, il ajouta ce dernier détail à la liste. Puis il inscrivit sur une autre feuille, en gros caractères :

À FAIRE

Tout d'abord, vérifier la surveillance dont il était l'objet. Il écrivit donc, en haut de la deuxième liste :

- *dépister surveillance*

Ensuite, il allait s'informer auprès des policiers pour savoir s'ils avaient réussi à identifier le cadavre.

Il y avait également Véronique.

Bizarrement, elle n'avait pas reparu depuis deux jours : un simple coup de téléphone pour lui dire qu'elle travaillait son article et qu'elle viendrait le lui montrer quand ce serait fini.

Il ajouta les deux sujets à sa nouvelle liste :

- *information sur cadavre*
- *vérifier pour Véronique*

Poursuivre ses recherches sur le Cullinan B était également une priorité. De cela, curieusement, il n'attendait pas grand-chose. Mais il écrivit tout de même :

- *recherche Cullinan B*

Une fois ses deux listes terminées, il n'était pas beaucoup plus avancé. Mais, d'avoir ordonné les choses, il se sentait mieux. Son appétit était revenu.

Il se confectionna une sauce tomate en pigeant dans plusieurs des contenants d'herbes alignés au fond sur le comptoir. Il y ajouta ensuite tout ce qui s'étiolait comme légumes dans le réfrigérateur. Puis il cogna au plafond avec le manche du balai. Trois fois.

Deux coups lui répondirent. Selon le code, ça voulait dire que Noël Joyeux acceptait de descendre dîner avec lui. Ces repas en commun faisaient partie de l'effort de Karl pour sauver son voisin du sous-développement alimentaire.

Noël Joyeux portait son éternel t-shirt, ses culottes courtes et ses lunettes. Il aurait voulu accentuer davantage le côté rachitique de son corps d'adolescent mal développé qu'il n'aurait pas mieux réussi. On ne lui aurait jamais donné ses trente et un ans. En fait, on ne lui aurait rien donné du tout, songea Karl, en pensant à l'attitude d'évitement que les gens développaient spontanément à l'endroit de son voisin.

Un jour, dans une de ses envolées autodépréciatives coutumières, il s'était résumé en une phrase : « Petit, laid et toute l'énergie d'une nouille trop cuite ». Le ton était si convaincu que Karl s'était demandé s'il s'agissait là d'une constatation ou d'une devise.

— Un pas de plus vers la survie ! lança moqueusement Karl en guise de bonjour.

— Si tu savais les progrès que j'ai faits !

— Des progrès ?

— Quand j'étais jeune, mes parents avaient un restaurant : je mangeais uniquement des chips, du Coke et du chocolat. Avec du steak. Je ne me souviens pas d'avoir mangé un seul légume avant l'âge de vingt-deux ans…

— Tu penses que c'est à cause de ça que tu es resté…

— Ça n'a pas dû aider !

Ils mangèrent en silence pendant que la radio diffusait les informations, puis Karl ramassa les assiettes.

— J'aurais un service à te demander, dit-il.

— Pas de problème. Qu'est-ce que c'est ?

— L'autre jour, quand je suis entré, j'ai eu l'impression qu'on avait fouillé l'appartement… J'aimerais que tu jettes un coup d'œil de temps en temps. Des fois que tu verrais quelqu'un rôder autour de la maison ou essayer d'entrer…

— D'accord.

— Surtout, n'essaie pas d'intervenir, se crut obligé de préciser Karl. Je veux seulement que tu me dises si tu as vu quelqu'un.

Il connaissait la tendance de Noël Joyeux à prendre la moindre tâche au sérieux et à trop vouloir en faire.

— Promis. Tu me prêtes tes jumelles ?

— Jeter un coup d'œil, pas installer une surveillance vingt-quatre heures sur vingt-quatre !

— Ça va me changer les idées. Je n'arrête pas de penser à ma mère.

— Encore ?

— J'ai passé la dernière fin de semaine chez nous. Chez ma mère, je veux dire.

— Combien de fois ?

— Cent quatre-vingt-trois. C'est ma deuxième meilleure performance. Si je maintiens mon rythme d'amélioration, dans soixante-sept ans, je vais pouvoir la supporter une demi-heure sans broncher.

À chaque retour de Montréal, Noël Joyeux racontait combien de fois il avait eu envie de tuer sa mère. C'était sa principale activité, quand il était avec elle, de compter les fois. Ça l'aidait à tenir. Il allait la voir au moins une fois par mois.

La description physique qu'il avait donnée de sa mère était aussi caricaturale que sa propre apparence à lui : grande, maigre, rabougrie, cheveux raides tirés vers l'arrière et retenus par des pinces, la peau plissée, deux gros boutons de chair sur le front, les lèvres pincées, les doigts presque squelettiques, tordus comme des serres de rapace qui essaient de s'accrocher… Un vautour visqueux dégoulinant d'attention acharnée et de soins étouffants.

Noël Joyeux était parti de chez lui quelques mois avant la mort de son père. Le cancer… Il avait été pris de panique, terrorisé à l'idée de se retrouver seul avec sa mère après l'enterrement et de ne plus jamais pouvoir s'en aller. Depuis, il se sentait coupable. Il se reprochait d'avoir abandonné son père au moment où il aurait eu le plus besoin de soutien. Noël Joyeux n'imaginait pas pire sort que de mourir, seul et sans défense, entre les doigts inlassables et tyranniques de son squelette de mère.

— Le psychiatre m'a dit que c'est pour ça que je suis rachitique, fit-il. La haine d'imitation. Selon lui, c'est comme si j'essayais de devenir sa caricature.

— Tu pourrais y aller moins souvent.

— C'était pire quand je demeurais à Verdun. Elle téléphonait deux fois par jour.

— Il va falloir que j'y aille. Il est presque midi trente.

Noël Joyeux, qui était au courant des habitudes de Karl, ne posa pas de question.

La pluie venait de cesser sans être parvenue à rafraîchir l'atmosphère : l'humidité la rendait simplement plus étouffante. Un gros camion gris parcourait lentement la rue. Sur le côté, il y avait d'écrit :

EUGÈNE INC.
EXTERMINATEUR

« Encore des perce-oreilles », songea Karl. Il se demanda qui, cette fois, était aux prises avec une invasion. Depuis le début de l'été, ça n'arrêtait pas.

Quand il emprunta le sentier de pierres, la vieille à la fenêtre lui fit un petit signe de la main. Il lui répondit d'un sourire et songea que la vieille dame serait bien étonnée, le lendemain, de ne pas le voir passer.

Mais ça devenait trop dangereux. Il avait décidé d'interrompre ses visites. Il ne voulait pas qu'Anny soit mêlée à cette histoire. Il allait lui expliquer qu'il partait en voyage, qu'il ne savait pas exactement quand il serait de retour.

Une heure plus tard, à l'instant où il mettait le pied sur le trottoir, il se heurta à Véronique.

— Des horaires fixes maintenant ? dit-elle en l'abordant, sur un ton qui se voulait légèrement moqueur.

— Qu'est-ce que tu fais ici ?

— J'étudie mon sujet.

Elle lui montra l'appareil photo qu'elle avait à la main.

— Et le résultat de l'enquête ? fit Karl, avec appréhension.

En guise de réponse, elle sortit une photo de son sac.

— Regarde.

C'était une photo de lui, debout sur la galerie de la petite maison blanche, les mains dans les poches. Un visage s'encadrait dans l'embrasure de la porte, celui d'une adolescente.

— Un peu jeune, si tu veux mon avis, continua de le taquiner Véronique.

— Écoute, ce n'est pas ce que tu penses.

— Non ? reprit-elle, avec une fausse naïveté évidente.

Visiblement réjouie d'avoir trouvé un défaut dans sa cuirasse, elle entendait en profiter.

— J'ai pensé que ça ferait original comme photo, dit-elle. La drague de porte en porte. Avant, il y avait les vendeurs de brosses, maintenant…

— C'est parce que…

Karl s'interrompit, incapable d'achever sa phrase.

Était-elle chargée de le surveiller ? Si c'était le cas, dissimuler cette surveillance en l'avouant, mais sous un prétexte totalement étranger à l'affaire, était une manœuvre brillante. Ça pouvait aussi expliquer pourquoi elle avait tenté de le persuader qu'il n'était pas suivi, l'autre soir… et pourquoi elle avait minimisé tous les indices de fouille chez lui.

D'un autre côté, il se pouvait qu'elle soit vraiment ce qu'elle prétendait : une journaliste à l'affût d'un bon sujet.

Décidément, il trouvait toute cette histoire de moins en moins drôle.

— Je ne peux pas t'expliquer, finit-il par dire.

— Ça devient une habitude. Tu ne peux jamais rien expliquer, si j'ai bien compris ? Tu ne peux pas expliquer pour quelle raison tu te fais démolir par des homosexuels drogués jusqu'aux yeux dans un cinéma porno. Tu ne peux pas expliquer qui est la fille que tu vas voir tous les midis. Tu ne peux pas expliquer non plus...

— Qui t'a parlé des homosexuels ? coupa brusquement Karl.

Il avait perdu le ton badin qu'il s'était efforcé de conserver depuis le début. Dans le train, il ne lui avait rien dit à propos de ses agresseurs. Comment avait-elle pu savoir ?

— Au poste de police, répondit-elle tout naturellement. Quand on est journaliste...

C'était plausible.

Il prit la direction de chez lui. Véronique lui emboîta le pas.

— Écoute, tu laisses Anny en dehors de ça, reprit-il après un moment.

Il avait parlé doucement, mais avec une intensité qui la toucha.

Elle acquiesça d'un hochement de tête.

Ils continuèrent de marcher en silence.

— Tu as du courrier, dit-elle, lorsqu'ils furent arrivés devant sa porte.

— Bizarre. Il n'y avait rien, quand je suis sorti.

Il prit l'enveloppe.

Véronique restait debout à côté de lui, à attendre.

— Je suppose que tu entres, fit Karl, avec un clin d'œil.

— C'est de la clairvoyance. Tu devrais tenir un kiosque, au cirque. Karl Adamas Thornburn : il lit dans les cartes, les lignes de la main et le cœur des femmes ! Avec ta gueule, tu aurais un succès fou.

Elle regarda d'un œil moqueur une certaine gêne se peindre sur son visage.

— On fait la paix ? proposa-t-elle.

— Est-ce que j'ai jamais déclaré la guerre ?

Il ouvrit.

Comme ils entraient, le camion gris de l'exterminateur passa lentement derrière eux.

— Tu veux boire ? damanda Karl. Manger quelque chose ?

— Rien. Merci.

Il ouvrit l'enveloppe et en sortit deux morceaux de carton. Entre les deux cartons, il y avait une photo.

Le visage de Karl se crispa. Tout son corps se mit à trembler légèrement, comme sous l'effet d'une tension trop forte, et son regard devint fixe.

◆

Le bouillonnement rouge était revenu. Et, avec lui, l'impression de chute sans fin, de paralysie… Dans la masse compacte de l'eau vivante, des formes aux contours indécis s'ébauchaient et se dissolvaient avant qu'il puisse les reconnaître.

Ses muscles, durcis par la tension, demeuraient crispés dans un effort immobile. Il ne pouvait pas s'échapper. Il ne pouvait pas fermer les yeux. Ni empêcher les cris de lui déchirer les oreilles, de le supplier…

Les gargouillis s'intensifièrent. Il était de nouveau sans défense, livré aux milliers de mâchoires qui montaient vers lui.

Puis la douleur l'avala.

Elle naquit sans avertissement, à la base de la cicatrice, et lui remonta à la gorge par le chemin habituel.

Jusqu'à ce qu'elle ne soit plus en lui.

Qu'il soit tout entier en elle.

Submergé.

◆

Lorsque Karl revint à lui, il tenait toujours la photo dans ses mains et il murmurait sans arrêt, d'une voix sourde :

— Non… non…

Lentement, il reprit conscience de l'endroit où il était. Il se souvint de Véronique. Faisant un effort pour se maîtriser, il esquissa un faible sourire.

S'il avait conservé le moindre doute sur ce qui venait de lui arriver, le visage de Véronique aurait suffi à le dissiper.

— … tes crises ? finit-elle par demander.

Karl hocha la tête et amorça un geste pour lui tendre la photo. Elle la prit et resta figée à son tour, la bouche ouverte.

— Qu'est-ce que c'est ? murmura-t-elle après quelques secondes.

Sur la photo, en gros plan, une tête de poisson, la gueule ouverte. Immense. La plus hallucinante paire de mâchoires qu'elle avait jamais vue. Des dents acérées, triangulaires, littéralement cordées les unes sur les autres. Le dessus de la tête était gris vert. Le rouge orangé du ventre, qui remontait jusque sous la mâchoire inférieure, accentuait son allure terrifiante.

— Un piraya, répondit Karl.

— Un quoi ?

— Piraya. Une espèce particulière de piranha. Ils peuvent avoir jusqu'à quarante ou cinquante centimètres de long.

— Tu connais aussi les poissons ?

— Pas vraiment… J'ai dû lire ça dans une revue, quelque part.

Elle retourna la photo.

— Il y a quelque chose d'écrit à l'arrière. « En souvenir du Rio das Mortes »… Tu connais ça aussi ?

— Non… je ne pense pas.

Karl lui parla alors un peu de son amnésie, des choses dont il se souvenait, parfois, sans savoir d'où elles venaient. Il lui raconta aussi ses « absences ». À mots couverts.

— Et, quand c'est fini, tu ne te souviens de rien ?

— Seulement des impressions. Du rouge… le sentiment d'étouffer, d'être pris… Une fois, en reprenant conscience, j'ai senti un reste de douleur me traverser le corps. Comme lorsqu'on rêve qu'on reçoit un coup de couteau et que, en se réveillant, on continue d'en sentir la trace.

— Tu ne sais jamais quand tu vas avoir une crise ?

— Non.

Il ne voulait pas lui dire que, depuis quelques jours, elles se multipliaient à un rythme inquiétant.

Il se prit un Jack Daniel's, lui en servit un d'office et apporta les verres au salon.

— Évidemment, tu ne sais pas qui s'amuse à t'envoyer ça, reprit Véronique. C'est une autre chose que tu ne peux pas expliquer.

Karl se contenta de sourire du mieux qu'il put.

— Ça t'arrive souvent, tes absences ? reprit-elle.

Puis elle enchaîna, avant qu'il ait eu le temps de répondre.

— C'est vrai, j'oubliais. Ça non plus, tu ne peux pas l'expliquer.

Le sourire de Karl s'élargit.

— Ton article, ça avance ? demanda-t-il.

— Je pensais avoir terminé, mais j'ai décidé de tout récrire une autre fois… Tu ne réussiras pas à t'en tirer en faisant une diversion. Je veux que tu me parles de toi.

— Pourquoi ?

— Je te l'ai dit, j'étudie mon sujet ! À moins que ça non plus…

Pour toute réponse, Karl se leva et alla chercher une des innombrables petites boîtes rangées au hasard dans la bibliothèque.

— Regarde.

À l'intérieur, il y avait une bague : un œil de tigre en forme d'œuf serti dans une plaquette d'or perpendiculaire. Un trou était percé au milieu de la plaquette, pour le doigt, et un demi-cercle creusé dans le haut, pour enserrer la pierre. De chaque côté, pour les doigts adjacents, la bague était légèrement encavée.

— Comment la trouves-tu ?

Véronique la prit, la regarda.

— Très belle.

— Elle t'intéresse ?

— Oui, mais…

— Tu peux la garder. Si tu veux.

Elle l'interrogea du regard, comme si elle hésitait sur le sens à donner au cadeau.

— C'est une bague pour garder dans sa poche, précisa Karl. Elle est trop surélevée pour être portée à la main. Enfin… pour la plupart des gens.

— Et qu'est-ce qui me vaut… ?

— Tu voulais que je te parle de moi, non ?

Avec une moue indécise, Véronique mit le bijou dans sa poche de veston.

— Moi remercier grand chef pour bonté dévastatrice.

— J'ai envie de prendre l'air. Tu viens ?… Je vais te présenter ma rue.

Il n'arrivait pas à décider s'il voulait trouver un moyen rapide de se débarrasser d'elle ou s'il avait envie de continuer à la voir. C'était pour cette raison qu'il lui avait proposé la marche : pour se donner le temps de penser. Il pensait mieux en marchant. Et puis, si jamais il était surveillé, ce serait plus difficile de capter leur conversation.

Comme ils sortaient, le camion gris repassait devant la maison.

— Il doit y avoir une épidémie, fit Karl, comme pour dissiper le sentiment de malaise qu'il avait ressenti à la vue du véhicule.

Ils marchèrent quelques minutes sans se presser. Karl lui mit soudain la main sur l'épaule.

— Ici, tu es juste à la frontière entre Cap Blanc et Prêtre-ville.

— Prêtre-ville ?

— En fait, c'est Près-de-ville. Mais tout le monde a toujours dit Prêtre-ville. D'un côté, c'étaient les Irlandais ; de l'autre, les Canadiens français. Ça faisait des batailles incroyables… Avant qu'il y ait le boulevard Champlain, le fleuve avançait jusqu'aux maisons. C'était un quartier presque complètement isolé, qui avait sa vie à lui. Maintenant… En haut, là, c'est Dumais. L'hiver dernier, il a donné un coup de poing à sa femme : elle est passée par-dessus la rampe et elle est tombée en bas de la galerie du deuxième étage. Une chance, il y avait pas mal de neige…

Il contempla un instant l'air médusé de Véronique.

— Juste à côté, reprit-il, c'est Bryan. Il a fait la guerre. L'été, il passe toutes ses journées étendu au soleil. Pas un soupçon de graisse, la moustache effilée… Tu devrais voir les petites filles de la rue tourner autour de lui !

Il prenait plaisir à lui raconter tout ça, à la provoquer. Comme elle vint pour répondre, il enchaîna.

— Mais ce n'est pas toute l'histoire de Bryan. Pendant la guerre, son navire a capturé un sous-marin allemand ; le capitaine et le commissaire politique du bâtiment ennemi sont montés à bord pour discuter de la situation. Le commissaire politique ne voulait pas se rendre et préférait être coulé. Alors, le capitaine allemand a sorti son revolver et lui a tiré une balle dans la tête à bout portant. Puis il s'est rendu, avec tout son équipage… Bryan peut raconter des dizaines d'histoires comme celle-là. C'est le genre de personne que l'on écouterait pendant des jours.

À mesure qu'ils avançaient dans la rue, la collection de personnages augmentait. Véronique se laissait aller au plaisir de l'écouter. Il avait l'art de commencer une histoire sur un ton banal, puis de la faire déboucher sur un détail inattendu, loufoque, ou tout simplement horrible.

— Lui, c'est Jack Fraser. Avant, il buvait tellement qu'il se levait déjà saoul le matin. Un jour qu'il vidait une bière sur sa galerie en penchant la tête par en arrière, il est passé par-dessus la rampe. Au troisième étage, lui. Il s'en est tiré et, du jour au lendemain, il a complètement arrêté de boire : trop dangereux. Ça fait quatorze ans.

— Si j'ai bien compris, dans le quartier, il faut se tenir loin des galeries !

Une femme assez âgée les croisa, les vêtements sales et les cheveux en désordre. Elle salua Karl.

— L'ivrogne de la rue, dit-il, quand ils furent suffisamment loin. À neuf heures, tous les matins, elle est à l'épicerie pour acheter sa première bière… Elle garde avec elle sa petite fille de trois ans. Elle l'appelle Princesse et lui a montré à faire la belle. Comme un caniche.

Il lui parla de Gris-Gris, le jeune communiste d'obédience albanaise qui enseignait les mathématiques au cégep. De Florence, qui était restée avec un homme pendant douze ans et qui avait refusé de le suivre lorsqu'il avait trouvé du travail à Toronto. Pour ne pas quitter sa rue… De Victor, l'homme à la casquette. Il la portait trois cent soixante-cinq jours par année. Parce qu'il n'avait pas de front. Au sens littéral. La tête lui arrêtait un pouce au-dessus des sourcils, comme si quelqu'un avait scié ce qui dépassait.

Karl lui parla également de la femme de Victor, qui passait sa vie entre la maison et l'hôpital psychiatrique, ce qui ne l'avait pas empêchée d'avoir onze enfants.

En l'écoutant, on aurait cru qu'il avait passé l'essentiel de sa vie à se constituer un répertoire d'anecdotes sur les personnages qu'il jugeait « spéciaux » ou charismatiques. Mais, ce qui frappait le plus Véronique, c'était qu'en lui faisant cette « visite guidée » des habitants de la rue, c'était de lui qu'il parlait. Comme s'il avait été lié à toutes ces personnes et que c'était à travers elles qu'il trouvait sa consistance.

Car il ne parlait jamais de lui. Uniquement des autres. Ou encore de ce qu'il connaissait, de ce qu'il possédait... Il évitait avec soin toute discussion le concernant. Sauf lorsqu'il n'avait pas le choix. Comme tout à l'heure, après son « absence ».

Véronique était intriguée. Qu'y aurait-il, une fois le répertoire épuisé ? Sur quel vide ou quelle blessure tout cet édifice d'anecdotes, d'amis et d'informations hétéroclites était-il construit ?

Une fille les dépassa à bicyclette, puis revint s'arrêter un instant à côté d'eux. Manon. Elle était petite, presque naine, avec un merveilleux sourire sur un visage peu avantagé.

— Elle a vingt-neuf ans, fit Karl, après qu'elle fut repartie.

Véronique avoua qu'elle lui en aurait donné à peine vingt.

— Son père est millionnaire, continua Karl. Il ne lui donne jamais un sou. Son frère le plus vieux a fait l'amour avec elle pendant des années. Quand il l'a laissée, son autre frère lui a offert de prendre la relève. C'est leur conception de l'esprit de famille... Maintenant, elle est heureuse. Elle étudie en sociologie. Pour se faire de l'argent, elle travaille avec un ferrailleur : elle l'aide à ramasser des bouts de métal qui traînent un peu partout.

Il fit une pause et s'arrêta pour observer Véronique.

— Des gens comme elle, il y en a des milliers. Tu ne penses pas que les problèmes de drague dans les bars, à côté de ça...

Véronique demeura sans voix. Il avait décidément un don pour faire tourner les conversations de la façon la plus déroutante.

Karl reprit alors, sur un ton presque cabotin, comme s'il voulait chasser la tension :

— Ici, c'est le dernier endroit à Québec où on pouvait acheter des matelots.

Et il entreprit de lui raconter l'histoire de ces hommes qui étaient saoulés puis attachés dans des caves. On les gardait ivres jusqu'à ce qu'un capitaine à court de marins les achète ; ils se réveillaient en pleine mer avec, comme seule possibilité, de travailler pour manger. Parfois pendant des mois. Ou même des années.

— Pour la plupart des gens de la rue, conclut-il, quand tu viens au monde ici, tu vis ici et tu meurs ici.

8

Le Rabbin avait convoqué une réunion. C'était exceptionnel. Habituellement, il préférait rencontrer les gens un à un, en présence de mademoiselle Dubreuil. Ça lui donnait un avantage.

Pourtant il n'y avait pas beaucoup de monde à la réunion. Simplement Moh et Sam. Les jumeaux. Mais quatre personnes, il jugeait que c'était beaucoup. À cause des risques de fuite. Cependant, il n'avait pas le choix : il fallait qu'ils aient tous les deux une compréhension claire du plan. De la partie à laquelle ils avaient accès, du moins.

Moh et Sam. Les jumeaux. Ils n'avaient absolument rien en commun. C'était pour cette raison que le Rabbin les avait baptisés ainsi. La meilleure équipe qu'il avait jamais réunie.

Le premier, grand, élancé, cheveux châtain clair, avait les traits fins et le port de tête d'un aristocrate. Avec sa démarche d'athlète, ses yeux gris bleu et ses costumes trois-pièces taillés sur mesure, Samuel Stocks arpentait le monde depuis une dizaine d'années pour le compte du Rabbin.

Au début, il l'avait fait par désœuvrement. Parce qu'il avait tendance à considérer tout l'univers comme un grouillement d'appétits absurdes et d'obstinations futiles. Ça faisait quelque chose de nouveau à essayer. Puis, peu à peu, il s'était pris d'affection pour ce vieillard qui semblait partager avec lui le même regard désabusé sur les choses et qui, pourtant, poursuivait son combat avec un acharnement tranquille.

Au cours de ses missions, comme les appelait le Rabbin, Stocks avait eu l'occasion de découvrir où était le vrai pouvoir, comment se décidaient réellement les accords internationaux. Et, pour la première fois depuis longtemps, il avait ressenti une certaine passion pour quelque chose. Ce jeu d'ombres et de coulisses le captivait. Il aimait l'impression que lui procurait son travail, parfois, de jouer un rôle, de peser sur les événements. Même comme instrument du Rabbin, il se sentait plus important, plus près d'un pouvoir réel, que pendant tout le reste de sa vie désabusée. C'était devenu une drogue. Et, même s'il en réalisait chaque jour davantage les dangers, il n'aurait pu s'en passer.

L'autre jumeau était plus petit, trapu, avec des cheveux noirs, courts et plutôt frisés. Il avait le teint foncé des Nord-Africains et son visage un peu empâté trahissait un goût immodéré pour les desserts. Mais il ne fallait pas se fier à cet air lourdaud : à l'abri de paupières mi-closes, ses yeux noirs étaient sans cesse aux aguets ; son air nonchalant était simplement une arme supplémentaire. Car Mohammed se battait.

Un jour, sa famille avait été massacrée. En Afrique du Sud. Par un Blanc qui avait décidé de casser du

Noir pour fêter ses vingt-cinq ans. L'homme était entré dans une maison au hasard et il avait tiré. Par chance, Mohammed était parti chez des voisins. Par chance... Le juge avait condamné le Blanc à mille heures de prison à cause du caractère particulièrement dénaturé et sauvage de l'agression ! Une sentence à purger pendant les fins de semaine.

Mohammed avait alors quinze ans. Il avait quitté le pays en fraude, avait fait toutes sortes de métiers. Il traînait avec lui sa violence, son besoin de vengeance et l'absolue conviction que la vie est un combat incessant. Du moins pour les gens comme lui.

Le Rabbin lui avait offert l'occasion de se venger. De porter des coups au régime qui était responsable de la mort de sa famille. Bénéfice supplémentaire : il allait avoir l'occasion d'en éliminer lui-même quelques-uns au cours des opérations.

C'était pour cette raison que Mohammed avait accepté de travailler pour le vieux rabbin. Même s'il était Juif. Parce que ce dernier lui avait permis de donner à sa vie le seul sens qu'elle pouvait maintenant avoir, qu'il lui avait permis de retrouver sa dignité... Bien sûr, il était au courant de ce qu'Israël faisait subir aux Palestiniens. Ça le tourmentait souvent. Mais le Rabbin s'était engagé à ce que toutes les opérations auxquelles Moh participerait soient exclusivement centrées sur l'Afrique du Sud ou ses prolongements internationaux.

— J'ai peu d'espoir de mourir en Israël, commença le Rabbin. Mais j'aimerais avoir la consolation de réussir cette dernière mission. C'est la plus importante de ma carrière. S'il m'arrive quelque chose, Longues Jambes est au courant de tout. Cela fait partie de ses nombreux talents.

Chacun eut le sourire entendu de circonstance : si cela faisait plaisir au Rabbin de poser à la fois au martyr et au satyre à l'intérieur de la même tirade, pourquoi pas ? Ils pouvaient bien lui concéder ce caprice.

— Comme vous le savez, poursuivit le Rabbin, ce n'est pas mon habitude d'expliquer en détail le plan de mes opérations.

Ça, ils le savaient !... Combien de fois ne s'étaient-ils pas retrouvés dans des situations impossibles, à appliquer rigoureusement des instructions en apparence absurdes, pour découvrir à la fin que le Rabbin avait tout prévu, que les opérations ratées et les cafouillages faisaient partie d'un plan plus vaste dont la réussite dépendait justement de ces échecs apparents.

— Cette fois, vous saurez presque tout. De cette façon, s'il m'arrive quoi que ce soit, vous pourrez agir au mieux pour mener le projet à terme. Avec Longues Jambes, vous serez les seuls à savoir exactement ce qui se passe.

Cette manie de l'appeler Longues Jambes !... Pour un rabbin orthodoxe qui avait déjà un pied dans la tombe, ça faisait un peu gros, songea Sam. Surtout qu'ils savaient tous à quel point le Rabbin était strict au chapitre de la morale !

— Si vous voulez, on va d'abord faire un bilan des événements importants, reprit le Rabbin.

Il fit une pause pour ouvrir un dossier. Mais c'était simplement par habitude, car il ne les consultait jamais quand il expliquait une opération. Il possédait tout de mémoire.

— Vous connaissez l'échec de l'opération Adamas ?

Le ton indiquait qu'il ne s'agissait pas vraiment d'une question.

Moh et Sam firent signe qu'ils savaient. Le Rabbin entreprit quand même de leur résumer l'affaire.

— Lorsque le Syndicat a réalisé l'ampleur des stocks de diamants amassés par les investisseurs israéliens, il est intervenu de façon brutale et il a forcé la liquidation à perte d'une bonne partie de ces stocks. Le résultat était inévitable : faillite de courtiers, banques au seuil de la ruine, crise financière à la grandeur du pays.

Le Rabbin fit une pause, le temps de tourner une page.

— Vous connaissez aussi l'explication officielle des événements qui ont mené à cette situation... D'importants groupes financiers, à cause de la dévaluation catastrophique de la livre israélienne, investissaient de façon massive dans le diamant, ce qui faisait monter son prix. Ils n'avaient donc pas intérêt à vendre : pendant que le cours de la livre s'écroulait, leur réserve de diamants ne cessait de prendre de la valeur. C'est pourquoi ils en accumulaient de plus en plus. Le Syndicat avait beau augmenter la quantité de pierres sur le marché, elles ne se rendaient plus chez les détaillants. Le savant équilibre qui avait été maintenu pendant plus de cinquante ans entre l'offre et la demande menaçait de s'écrouler. D'où leur réaction brutale de 1978... Ça, c'est la version officielle.

Le Rabbin fit une autre pause. Moh et Sam l'écoutaient avec attention. Ils avaient toujours soupçonné qu'il y avait eu autre chose derrière cette affaire.

— Il y avait un autre enjeu, reprit le Rabbin. Un enjeu plus important. Les investisseurs privés étaient en fait appuyés par l'ensemble des banques d'Israël. Et par le gouvernement. Si cette opération avait réussi, Israël aurait réussi à contrôler la majeure partie du marché mondial du diamant, y compris celui du diamant industriel. Nous aurions été en possession d'une arme à la fois économique et politique comparable au pétrole des Arabes. Parce que, sans diamants industriels, la plupart des technologies de pointe seraient paralysées...

Le Rabbin s'arrêta une fois encore pour s'éclaircir la voix.

— Le contrôle du marché mondial du diamant, poursuivit-il, aurait été un moyen de pression extrêmement efficace pour inciter nos amis Occidentaux et Américains à résister au chantage pétrolier et à garantir la sûreté de notre territoire. Malheureusement, le Syndicat est intervenu trop tôt. Nous n'étions pas encore assez forts pour nous opposer à lui. Vous connaissez la suite.

Les yeux rivés sur le Rabbin, les jumeaux essayaient de ne pas trahir leur curiosité.

Où le patron voulait-il en venir ? S'il faisait tout cet historique, ce n'était certainement pas juste pour le plaisir d'évoquer des souvenirs. Surtout qu'il s'agissait de souvenirs peu agréables. C'était même le seul véritable échec de sa carrière.

Le vieillard les regarda avec un sourire amusé.

— J'ai imaginé une façon de reprendre l'opération, dit-il. Et de régler par la même occasion nos comptes avec le Syndicat.

Il parlait maintenant de façon plus lente, comme pour faire durer le plaisir du suspense.

Moh se mit à bouger sur sa chaise : à l'idée de régler des comptes, son intérêt s'était subitement accru.

— Vous connaissez Kat, vous avez eu l'occasion de le voir à l'œuvre quand il travaillait pour les Américains… Vous savez aussi ce qu'il est devenu.

— Préjudice quasi extrême, fit Sam.

— Complètement bousillé, traduisit Moh.

— Surprenant qu'il ait survécu.

— Il paraît qu'il avait mis la main sur quelque chose de fabuleux.

— Qu'on dit.

— Mais on n'a jamais su.

Les jumeaux avaient l'habitude de ces duos alternés. Ils lançaient à tour de rôle un bref morceau d'information, lequel finissait, en s'insérant dans la trame de la conversation, par prendre son sens.

— C'est ce qu'on dit, confirma le Rabbin. On raconte aussi qu'il avait découvert le projet auquel travaillait Williamson avant de mourir.

— Mais il a tout oublié, reprit Sam.

— La tête complètement à sec, ajouta Moh.

— Depuis cinq ans.

— Le désert.

— Avec ce qu'il a subi...

— Bort connaît son métier.

— Mais pas assez, faut croire.

— C'est vrai qu'il n'a pas réussi à le faire parler.

— Bort connaît très bien son métier, les interrompit le Rabbin, agacé. Mais il était comme vous. Il ne savait pas quoi chercher.

Les jumeaux se regardèrent un instant, étonnés.

— Williamson avait mis la main sur le morceau disparu du Cullinan, non ? risqua Sam.

— Une affaire de plusieurs millions, enchaîna Moh.

Le Rabbin les observait maintenant avec un air de plus en plus amusé. Mademoiselle Dubreuil reconnut le sourire : il les laissait s'enferrer pour les surprendre avec une révélation déconcertante.

— Le Cullinan B, c'était le leurre, dit le Rabbin.

— Le leurre ? reprit Moh, qui avait parfois de la difficulté avec le vocabulaire du patron.

— Le « decoy », traduisit Sam.

— Ah !

Le Rabbin fit semblant de consulter ses dossiers avant de poursuivre. Il tournait les pages, mais sans vraiment regarder. Juste pour faire durer leur attente.

— Vous ne vous êtes jamais demandé pourquoi Williamson était allé au Brésil à plusieurs reprises, dans les dernières années de sa vie ?... Et pour quelle raison Kat s'était acharné à retrouver la trace de ces voyages ?

— Il semblerait qu'on va bientôt l'apprendre, fit Sam.

— Comme tu dis, approuva Moh.

— Ce n'est pas impossible, si vous arrêtez de jacasser comme des gamins, s'impatienta le Rabbin.

Les deux « gamins » échangèrent un regard complice. Encore une de ses manies. Malgré le fait qu'ils étaient un des tandems opérationnels les plus efficaces de tout le Mossad, il persistait à les traiter de gamins.

Officiellement, bien sûr, ils ne faisaient pas partie du Mossad : ils travaillaient pour le Rabbin, lequel avisait occasionnellement Tel-Aviv de ce qu'il fabriquait... quand il avait besoin d'eux.

Le Mossad, pour sa part, avait pris l'habitude de lui laisser les coudées franches : le Rabbin obtenait des résultats et le service pouvait au besoin dégager sa responsabilité. Du moins en avait-il été ainsi jusqu'en 1978.

Après l'échec de l'opération Adamas et la crise financière qui avait suivi, ses relations avec les autorités officielles étaient devenues plus difficiles. On ne le disait pas clairement, mais la rumeur circulait qu'il était « brûlé ».

Toutefois, par respect pour son travail antérieur, on ne l'avait pas mis carrément sur la paille. On avait accepté son fameux plan. Sans trop y croire, mais en se disant qu'on n'avait rien à perdre. Il avait fait tellement de « miracles » au cours de sa carrière, récupéré tellement de situations désespérées... Quant à Moh et Sam, ils étaient vus comme le caprice qu'on accordait à quelqu'un à la veille de mourir et à qui on devait beaucoup. La moindre réquisition supplémentaire faisait cependant l'objet de vérifications tatillonnes.

En fait, Moh et Sam étaient probablement les deux seuls, si on excluait mademoiselle Dubreuil, à croire encore au Rabbin. Ce qui était compréhensible. C'était lui qui les avait formés, lui qui leur avait appris toutes les ficelles de cet univers occulte et dangereux du renseignement. Comme agents, il les avait mis au monde.

Les psychologues de Tel-Aviv avaient d'ailleurs été catégoriques : si on essayait de récupérer Moh et Sam tout de suite en éliminant le Rabbin, il y avait toutes les chances qu'ils refusent. Et même qu'ils passent à l'ennemi pour le venger. Au contraire, si on attendait qu'il meure, il n'y aurait qu'à les cueillir. L'affection et le sentiment de dette qu'ils avaient à son endroit feraient pencher la balance. Ils accepteraient de poursuivre son œuvre.

C'était aussi une des raisons pour lesquelles ils avaient accepté le dernier plan du Rabbin, même s'ils étaient loin d'être assurés de sa réussite : au terme, si l'aventure tournait mal, ils pourraient récupérer les jumeaux ainsi que la presque totalité des fonds investis.

Quand le Rabbin eut fini d'expliquer en quoi consistait la découverte de Williamson, les jumeaux mirent quelques secondes à réagir.

Moh fut le premier à risquer un commentaire.

— Eh ben…

— En effet, approuva Sam.

— Tu parles d'une chance !

— À côté de ça, le Cullinan…

— Ce n'est pas une question de chance, coupa le Rabbin.

— C'est vrai, se ravisa Sam. Williamson était docteur en géologie.

— Le contrôle du marché serait de nouvel envisageable, reprit le Rabbin. Avec la collaboration du Brésil, bien sûr. Par contre, si jamais le Syndicat a vent de l'affaire… Ça lui permettrait de se consolider. Juste au moment où il pourrait être le plus vulnérable !

Le Rabbin fit une autre pause pour fouiller dans ses dossiers et s'éclaircit la gorge avant de poursuivre.

— Vous connaissez chacun une partie de l'histoire, dit-il. Je vais reprendre l'ensemble des événements pour que vous ayez tous les deux une version complète.

Il s'éclaircit de nouveau la gorge, plus longuement, mais sans venir à bout de ce qui l'irritait.

— La première étape, c'était la remise en circulation de Kat. Vous vous souvenez de sa longue convalescence après l'accident, de sa réinsertion. Comment nous l'avons orienté vers le domaine prévu par le biais du dictionnaire… Avec le travail qu'il avait déjà fait en bijouterie, il s'est vite retrouvé en terrain connu. Ensuite, grâce à quelques subventions et à nos contacts, on l'a aidé à publier : d'abord des articles, puis des livres, chez Elsevier.

Le Rabbin prit une longue respiration. L'effort semblait véritablement le fatiguer. Sam se demanda si tout ce ressassage était bien nécessaire, mais le patron semblait y tenir. Peut-être que de tout reprendre par le début l'aidait à fixer ses idées.

— La deuxième étape consistait à le lancer sur la piste du Cullinan B pour qu'il attire sur lui l'attention du Syndicat. On a vu à ce qu'il tombe sur des renseignements qui l'intriguaient, des articles introuvables, à ce qu'il découvre par accident des codes d'accès. Longues Jambes s'est principalement occupée de cette partie du travail. Au même moment, des rumeurs ont été mises en circulation : à Londres, Anvers, Lucerne, New York… Des rumeurs comme quoi il n'était plus vraiment amnésique, qu'il commençait à se souvenir, à suivre de nouveau la piste de Williamson.

C'étaient donc ça, les mystérieux voyages de Sam, songea Moh. Malgré ses questions régulières, l'autre ne lui avait jamais révélé en quoi consistaient les énigmatiques « bricolages » que le patron l'envoyait effectuer aux quatre coins de la planète… Le choix de Sam s'expliquait. Pour entrer dans les milieux sélects du monde diamantaire, le Britannique avait un net avantage sur lui : son physique d'aristocrate anglais lui donnait accès à des endroits, des clubs où Moh aurait difficilement pu mettre les pieds.

— La réaction ne s'est pas fait attendre longtemps, reprit le Rabbin. Le Syndicat a installé presque aussitôt une oreille permanente à McGill pour surveiller le fonds Williamson.

Le vieillard s'éclaircit encore une fois la gorge et se paya même le luxe d'une quinte de toux.

— Nous venons maintenant d'aborder la troisième étape. Depuis quelques jours, nos amis de Chesterfield Road commencent à s'agiter. Il y a d'abord eu l'épisode du doberman. Puis le rendez-vous dans les toilettes du cinéma, où Kat s'est fait servir un avertissement à propos du Cullinan B. Entre-temps, Moh a repéré Bort à Québec. Il est évident qu'ils tiennent Kat sous surveillance... Finalement, ce matin, Kat a reçu une photo de piranha par la poste. Tout à fait dans le style de « ceux d'en face ». Il est clair qu'ils essaient de le déstabiliser.

« Ceux d'en face », c'était le surnom qu'il donnait parfois au Syndicat. Le terme avait un sens large et englobait aussi bien la très respectable institution de Chesterfield Road que ses filiales les plus inattendues et ses prolongements les moins reluisants.

— Il s'agit maintenant de leur faire avaler l'hameçon, conclut le Rabbin.

— À « ceux d'en face » ? demanda Sam.

— À « ceux d'en face ».

— Et l'hameçon, je suppose que c'est le Cullinan B ?

— Exactement. Nous allons suivre à la lettre le plan Williamson. Et, pendant qu'ils vont se concentrer sur le Cullinan B, nous allons pouvoir gentiment nous occuper du reste. Voici comment nous allons procéder...

Le Rabbin disait toujours « nous », même s'il bougeait à peine de son fauteuil. Il semblait tenir pour acquis que Moh et Sam faisaient partie de lui, au même titre que ses bras ou ses jambes. Pour mademoiselle Dubreuil, par contre, c'était un peu différent.

— Première chose : Kat. Avec ce qui vient de lui arriver, il va sûrement remuer ciel et terre pour retrouver le Cullinan manquant. Et...

Le Rabbin s'arrêta, comme s'il était entièrement absorbé par l'expression malicieuse qui prenait possession de son visage.

— ... avec notre aide, ce serait surprenant qu'il ne réussisse pas à mettre la main dessus, non ?

— Parce que... fit Moh.

— ... vous savez où il est ? compléta Sam.

— Ce n'était pas bien difficile, fit le Rabbin, avec une outrageuse fausse modestie.

Il savourait leur stupéfaction.

— Le principe de la lettre volée, ajouta-t-il, comme si ça expliquait tout.

Il consentit ensuite à fournir quelques précisions supplémentaires.

— C'était dans la lettre de son père. Nous allons la lui retourner. Il devrait trouver facilement. Au besoin, nous l'aiderons un peu. Longues Jambes va s'en occuper. Kat est en quelque sorte sa spécialité personnelle.

Il s'adressa à la jeune femme.

— Vous signerez: «Un ami d'il y a cinq ans».

Elle acquiesça.

Le Rabbin ramena ensuite son attention sur les jumeaux.

— Moh, vous maintenez la surveillance sur Kat. Et vous essayez de découvrir Bort. Mais vous n'intervenez sous aucun prétexte. Entendu?

Moh fit signe que ça allait. Il savait que le patron ne prenait jamais de chances avec lui. À moins d'avis contraire explicite, Moh n'aurait pas hésité à refroidir le plus grand nombre d'adversaires. Il avait des morts à venger.

Puis ce fut au tour de Sam de recevoir ses instructions. Le Rabbin lui tendit une enveloppe en lui spécifiant que les renseignements qu'il lui demandait d'obtenir étaient d'une importance vitale, mais que l'impératif de ne pas être découvert devait primer. C'était pourquoi il devrait agir uniquement par intermédiaires: Londres était un des principaux repaires de «ceux d'en face».

— Votre mission consiste à découvrir ce qui se trame dans les milieux diamantaires. Est-ce qu'il y a des rumeurs sur le Cullinan B? Quelque chose d'important qui se prépare au Brésil? Ce genre de choses… Vous allez aussi vérifier, mais très discrètement, si le nom de Kat provoque des réactions.

— Entendu.

— Vous resterez là-bas, conclut le Rabbin. Je vous contacterai pour vos dernières instructions. Il s'agit d'achever ce que vous avez commencé au Brésil.

En sortant, Moh et Sam étaient perplexes. Ce n'était pas dans l'habitude du patron de dévoiler ses plans. De plus, il y avait des détails qui clochaient.

— Qu'il prenne le risque d'attirer l'attention sur Kat et le Cullinan B, je pourrais toujours comprendre, fit Sam. Ça pourrait même faire partie du plan. Mais le Brésil… Si c'est là qu'est supposée se jouer toute l'affaire, pourquoi poser des questions sur le Brésil ?

— Il doit avoir ses raisons, fit Moh, mal convaincu.

— Peut-être qu'il nous cache quelque chose, enchaîna Sam.

Les jumeaux n'osaient pas s'avouer ouvertement le doute qui commençait à les envahir, mais leur inquiétude était réelle. Si les racontars qui circulaient à Tel-Aviv étaient vrais, s'il fallait que le Rabbin soit en train de perdre ses moyens, que tout son plan ne soit qu'une lubie…

Pour briser la tension, Sam s'informa à Moh de la méthode qu'il employait pour surveiller Kat. Les gadgets de Moh le surprenaient toujours.

— Un laser, répondit l'autre. Je suis installé dans une maison sur la falaise, de l'autre côté du fleuve. Le laser rebondit sur la fenêtre, capte toutes les vibrations de la vitre et, au retour, on a seulement à reconvertir en ondes sonores. L'appareil a une portée de plusieurs kilomètres. C'est du matériel standard.

Après le départ des jumeaux, le Rabbin se frotta les mains de satisfaction et se tourna vers mademoiselle Dubreuil.

— Je crois qu'il est temps d'amorcer le déclencheur, dit-il. En plus de la lettre, vous lui enverrez notre petit cadeau. Arrangez-vous pour qu'il le reçoive peu de temps après.

Elle fit un geste pour signifier qu'elle avait compris.

— Mais ce n'est quand même pas très honnête, dit-elle.

— C'est une question que nous avons déjà discutée.

— Pour Moh et Sam non plus, ce n'est pas très honnête.

— Vous croyez ?

— Ils doivent se demander si vous n'êtes pas en train de devenir gâteux. Le plan que vous leur avez exposé est rempli de trous !

— Je ne pouvais pas faire mieux, répondit-il, avec un geste d'impuissance résignée.

— Je sais.

La partie n'avait jamais été aussi serrée. Et le Centre qui s'acharnait à lui gruger tous ses moyens, qui le croyait devenu sénile !

Quand il en serait à la dernière phase du plan, quand il pourrait commencer à mettre des résultats sur la table, alors seulement les bonzes de Tel-Aviv accepteraient de l'aider. Ils lui diraient qu'ils n'avaient jamais douté de lui, qu'ils ne faisaient que respecter son indépendance, que c'était pour sa propre protection qu'ils l'avaient autant isolé financièrement...

Mais, pour l'instant, il devait composer avec les moyens du bord.

9

Sa deuxième cafetière à moitié vide, les genoux repliés, les pieds posés sur la chaise devant elle, Véronique tentait de mettre de l'ordre dans son article

– entre autres. Sur une colonne, elle avait écrit les caractéristiques de Karl qui en faisaient le dragueur type :

- *sa gueule et son habillement*
- *son habitude de traîner dans les bars*
- *sa réticence à l'égard des femmes qui prennent l'initiative*

Sur une autre, elle écrivit les détails qui ne cadraient pas avec l'image :

- *son attention aux gens de sa rue*
- *ses cadeaux insolites*
- *l'aspect déroutant de sa chambre*

Puis elle ajouta, au bas de la deuxième colonne, après avoir hésité sur l'endroit où le mettre :

- *son sourire*

Son sourire qui pouvait être terriblement railleur à certains moments, mais qui, à d'autres, devenait brusquement d'une gentillesse à faire fondre n'importe quelle défense. Un sourire qui conservait presque toujours, malgré ses variations, une nuance d'amusement.

Il y avait ses yeux, aussi, dont il déguisait la douceur en regardant souvent de côté, comme s'il était aux aguets.

Décidément, il n'y avait pas seulement sur le sens de son article qu'elle hésitait. Karl avait beau être un travail, l'intérêt qu'elle ressentait pour lui était loin d'être entièrement professionnel.

Elle résolut de mieux se surveiller.

◆

Les envois mystérieux continuaient : cette fois-ci, c'était une enveloppe contenant un bref message et une seconde enveloppe. Le message était signé : « Un ami d'il y a cinq ans » et lui expliquait qu'il trouverait une lettre de son père à l'intérieur de la seconde enveloppe. C'était d'autant plus étrange que Karl n'avait jamais connu son père. Du plus loin qu'il se souvenait, un tuteur s'était occupé de lui. Néanmoins, dès les premières lignes, il eut une impression de déjà-vu.

Cher fils,

Si je t'ai tenu à l'écart, dans l'ignorance de mon existence, c'est que, dans le monde où je vis, trop de risques pèseraient sur la vie d'un enfant. Surtout avec ce que je viens de découvrir. Ils seraient nombreux qui n'hésiteraient pas à t'utiliser comme instrument de chantage. C'est pourquoi j'ai résolu de te mettre à l'abri.

J'espère que tu comprendras mon geste. Je ne le fais pas sans peine, car je n'ai que toi au monde. Ta mère est morte peu après ta naissance. « Infection atypique », ont dit les médecins... Mais je n'ai pas le choix. Je dois t'éloigner. Il faut que personne ne puisse retrouver la trace de ton existence. Avec les dispositions que j'ai prises, tu ne devrais manquer de rien.

Pour entrer en possession de ton héritage, rends-toi au musée de géologie de l'Université McGill : tu y trouveras quelque chose de plus fabuleux encore que le Cullinan. Pour t'aider à le découvrir, pense au livre de contes qui a accompagné ton enfance. À celui que tu as reçu à l'âge de huit ans. Pense au premier conte.

Ensuite, quand tu auras trouvé, va au Brésil. À Diamantina, tu trouveras une lettre à ton nom. Chez Cabral, Tavarès et Ferreira. La lettre te permettra d'avoir accès au reste de ton héritage. Mais il y a une condition : cette seconde partie ne te sera remise qu'en échange de ce que tu trouveras à McGill.

Excuse ces multiples précautions, mais cette lettre pourrait tomber en d'autres mains que les tiennes, auquel cas je ne voudrais pas que quelqu'un puisse s'approprier ce qui te revient.

Tout cela peut te sembler étrange. Un peu fou même. Mais, dans le monde où je vis, ce sont des procédés normaux. La réussite ou l'échec, quand ce n'est pas simplement la survie, dépendent de ce genre de précautions.

Au moment où tu liras cette lettre, tu seras majeur et je serai probablement mort. Il semble que je n'en aie plus pour longtemps – encore ce que disent les médecins !

Tu trouveras peut-être que je ne t'ai pas beaucoup parlé de moi. C'est le genre de choses que je n'ai jamais très bien su faire. De toute façon, tu pourras trouver à McGill une bonne quantité d'informations à mon sujet.

Je sais qu'une biographie et un héritage sont un pauvre substitut pour quelqu'un qui a été privé de son père, mais c'est tout ce que je peux t'offrir.

Avec mon affection,

John Thornburn Williamson.

Karl était troublé. Il avait l'impression d'avoir déjà lu cette lettre. Mais, en même temps, il n'arrivait pas à y rattacher le moindre souvenir : elle était comme quelque chose d'abstrait qui aurait un jour traversé sa vie pour disparaître aussitôt. Et il ne se rappelait pas non plus avoir fait de recherches sur son héritage.

La seule chose qui lui semblait réelle, dans ces pages, était l'allusion au livre de contes. Pourtant il avait retrouvé la mémoire. Il se souvenait très bien des années antérieures à son accident. C'était à cette époque qu'il aurait dû recevoir la lettre… À moins que les brèches dans ses souvenirs ne soient plus importantes qu'il n'avait cru.

Il n'eut pas le temps de ruminer très longtemps. On sonnait à la porte.

L'inspecteur Gratton entra, suivi de son collègue à la calvitie souriante. À en juger par l'air réjoui de l'homme au teint jaune, Karl allait avoir des ennuis.

— Nous avons quelques petites questions, dit le policier.

L'inspecteur Lefebvre, lui, se dirigea d'instinct vers le meilleur fauteuil du salon.

— Je vois que vous vous êtes remis de votre virée à Montréal, reprit Gratton, sur un ton faussement mielleux. Dommage que vous n'ayez pu amener votre chien avec vous. Dans certains milieux, il aurait pu avoir du succès.

— Vous cherchez quoi, au juste ? l'interrompit brutalement Karl.

Pour toute réponse, le policier sortit un petit sac de sa poche et le renversa délicatement sur la table. Les pierres se répandirent avec un bruit étouffé sur la surface de bois.

— Vous en avez encore beaucoup, comme ça ? demanda-t-il.

— Celles de l'autre jour ?

— Celles de l'autre jour, confirma Gratton, avec un mauvais sourire lesté de sous-entendus.

— C'est du C-OX.

— Du C-OX, vous dites ?

— Elles seront sur le marché dans quelques mois.

— Si elles ne sont pas encore sur le marché, pouvez-vous m'expliquer…

— Des échantillons, répondit Karl. Je les ai fait venir directement de Russie.

— De Russie…

Dans la bouche du policier, le mot prenait à lui seul l'allure d'une longue série de chefs d'accusation.

— Et ça vaut combien, d'après vous ?

— Ça dépend de leur grosseur. Au total, ça fait dans les 350 dollars.

— Ah… c'est embêtant. Parce que nos experts ne sont pas tout à fait de cet avis.

L'homme au teint jaune fit une pause, comme pour prendre son élan avant d'asséner le coup de grâce.

— Ils pensent plutôt que c'est du vrai.

— Du vrai !

Karl demeura un instant abasourdi devant l'énormité de l'affirmation. Puis il éclata de rire.

— Vous avez une idée de ce que ça vaudrait ? dit-il.

— Justement.

C'était trop drôle : Gratton était vraiment sérieux. Karl essaya de lui expliquer.

— Ils ont dû se tromper. Peut-être qu'ils ne connaissent pas le C-OX. Ça vient juste de sortir. C'est encore mieux que tous les synthétiques précédents. Ça s'approche encore davantage…

— Ils y ont pensé. C'est même une des premières choses à laquelle ils ont pensé. Mais c'est bien du diamant. Je vous ai apporté les rapports d'expertise.

— Vous voulez dire que…

— Excellente qualité. Et elles ne figurent sur aucune liste de bijoux volés. Vous pensez bien que j'ai pris soin de vérifier.

— Ça, je n'en doute pas !

— Évidemment, j'ai aussi téléphoné à l'impôt. Pour savoir si vous les aviez déclarées.

— Mais… puisque je vous le dis : je pensais que c'était du C-OX !

— Bien sûr, bien sûr…

Un peu abasourdi, Karl examina les papiers que lui tendait Gratton. Tous les résultats d'analyse concordaient : réfractométrie, réflectivité, thermoconductibilité… Il se mit à penser à la fortune que représentait le petit tas de cailloux sur la table.

— Ils ont conservé quelques pierres, avertit le policier. Pour faire confirmer leur analyse par un laboratoire de New York.

— Le G. I. A. ?

Voyant que l'autre ne saisissait pas, il précisa :

— Le Gemmological Institute of America ?

— Exactement, admit alors l'homme au teint jaune, avec une ombre de contrariété. Comment vous avez fait pour le savoir ?

— C'est un des meilleurs. Pour ce type de problème, c'était le choix logique.

Gratton ne répondit pas immédiatement. Quand il reprit, sa voix avait retrouvé sa fausse onctuosité.

— Évidemment, il n'y a rien qui vous empêche d'avoir des diamants chez vous. C'est comme pour les dobermans. Ou les cadavres… Mais nous, ce qui nous intéresse, c'est de savoir comment vous vous les êtes procurés.

— Qu'est-ce que vous voulez insinuer ?

— Il ne faut pas mal le prendre, intervint l'inspecteur Lefebvre en se levant.

L'effort exigé déclencha de nouveau la petite mécanique intérieure que Karl avait déjà eu l'occasion d'observer : le sourire se retira un instant, pendant que le volumineux inspecteur s'arrachait à son fauteuil, puis il revint progressivement.

Une fois réhabitué à la position verticale, le policier fut en mesure de poursuivre l'explication.

— Pour nous, ça peut faire une grande différence. Le mobile de l'effraction, vous comprenez. Si le cambrioleur savait que vous aviez ça chez vous…

— Mais comment est-ce qu'ils auraient pu savoir ? répliqua Karl. Je ne le savais pas moi-même ! J'ai commandé du C-OX et c'est ce que j'ai reçu !

— Vous ne voulez donc pas avouer, conclut Gratton, avec sa logique habituelle.

— Je ne vais quand même pas inventer des aveux pour vous faire plaisir !

— Bon, ce sera tout, intervint alors paisiblement Lefebvre. Il vous reste simplement à signer un reçu comme quoi vous avez repris possession des pierres.

Karl s'exécuta.

Le policier enfouit le papier dans son cartable, élargit son sourire le temps d'un signe de tête et sortit. L'homme au teint jaune lui emboîta le pas, mais non sans avoir lancé un « À la prochaine ! » lourd de menaces à peine voilées.

Après le départ des policiers, Karl décida qu'il avait besoin d'un Jack Daniel's.

Au rythme où allaient les événements, songea-t-il, il allait bientôt se retrouver alcoolique.

À peine eut-il pris une première gorgée qu'on sonnait de nouveau à la porte. Il ouvrit brusquement, croyant que Gratton récidivait.

C'était Véronique.

— Je te dérange ? demanda-t-elle, voyant son air contrarié.

— Non, non… Je pensais que c'étaient les flics. Ils viennent de sortir.

— Ah…

— Rien de grave. Toi, qu'est-ce qui t'amène ?

— Rien de grave non plus. Mon article.

Ils demeurèrent un instant sur le seuil de la porte, hésitants.

— Entre, dit finalement Karl. Tu veux un verre ?

— Avant midi ?

— Je t'expliquerai.

Karl était encore une fois partagé entre l'envie de se débarrasser d'elle pour pouvoir réfléchir en paix et celle de la garder près de lui pour avoir quelqu'un à qui tout raconter. Par ailleurs, il fallait bien l'admettre, il était loin de trouver sa compagnie désagréable.

— Alors, ton article ? fit-il.

— Je ne sais pas quoi penser, admit spontanément Véronique.

Elle entreprit de lui expliquer, avec une brusquerie désarmante, la double compilation qu'elle avait faite à son sujet.

Au fur et à mesure de l'explication, le sourire de Karl s'élargissait. Il n'avait jamais rencontré quelqu'un qui fût à la fois aussi direct et capable de raisonnements aussi alambiqués. Quelqu'un d'aussi sympathique malgré une attitude d'ironie à peu près constante.

— On dirait que tout ça ne va pas ensemble, conclut Véronique.

Karl avala une gorgée avant de répondre, comme pour faire passer ce qu'il venait d'entendre. Il hésitait encore. Il aurait aimé être sûr qu'elle n'était pas au service de ceux qui le surveillaient. Puis il se dit que, même si c'était le cas, ce serait une bonne façon de l'avoir à l'œil. Il pourrait même s'en servir pour remonter jusqu'aux autres.

Tant qu'à jouer le jeu, aussi bien le jouer jusqu'au bout. Mieux valait tout lui dire. Ou bien il aurait une aide réelle, ou bien les autres seraient au courant de tout. Dans les deux cas, ça précipiterait les choses. Il en avait assez de cette méfiance continuelle. N'importe quoi pour faire aboutir la situation !

— Écoute, tu veux faire un article ? Un bon papier ?

— Euh… oui.

— J'ai peut-être quelque chose pour toi. Tu as une auto ?

— Oui.

— Viens.

Il ramassa quelques papiers sur la table et, avant qu'elle n'ait eu le temps de s'en rendre compte, il l'entraîna dehors. Une fois à l'intérieur de l'auto, il lui dit :

— Prends le boulevard Champlain. Roule vers les ponts, comme si tu allais à Montréal.

— Mais…

— C'est plus difficile d'écouter une conversation à l'intérieur d'une auto en marche, expliqua-t-il. Surtout que l'auto est à toi : il n'y a aucune raison qu'elle soit piégée.

Il recommençait, avec ses histoires de surveillance, se dit Véronique. La meilleure chose à faire était de rester calme et de l'écouter.

Elle démarra.

Il lui raconta alors les événements, dans l'ordre où il les avait notés. Il termina avec la dernière visite des policiers et la fortune qui semblait lui être échue. Cela confirmait son hypothèse que tout tournait autour du diamant.

— Et celui que tu m'as donné ? s'inquiéta tout à coup Véronique.

— Il y a toutes les chances, confirma Karl, à demi-mot.

— Merde…

Ils arrivaient à la bretelle d'accès du pont Laporte.

— Maintenant, qu'est-ce que je fais ? demanda-t-elle.

— Il faut que tu passes au bureau aujourd'hui ?

— Non. Pourquoi ?

— Alors, tu prends la direction Montréal.

— Direction Montréal ?

— Oui.

— Très bien. La chauffeure de Monsieur est à ses ordres.

Elle lui posa d'innombrables questions et il lui expliqua dans les grandes lignes comment fonctionnait le commerce international du diamant. Il lui décrivit même les campagnes de publicité orchestrées par le Syndicat pour façonner les goûts du public selon les variations de la production : publicité en faveur du solitaire à l'époque où il y avait eu abondance de grosses pierres ; accent mis sur l'anneau d'éternité, composé de nombreux petits diamants, depuis que la production russe avait inondé le marché de pierres minuscules…

Il lui expliqua comment avait été créée presque de toutes pièces la tradition de la bague de mariage en diamants. De quelle manière cette tradition avait été implantée au Japon en moins de vingt ans. Il lui parla également de ses « absences », qui s'étaient multipliées… Il y avait une seule chose dont il avait plus ou moins consciemment évité de lui parler : la lettre de son père.

— Qu'est-ce que tu en penses ? demanda Karl, comme elle garait la voiture dans une halte routière.

Véronique se rendait compte de ce qu'il lui proposait, à quel point ça devait lui être difficile de raconter tout ça. Elle se rendait également compte des ambiguïtés de ce qu'elle ressentait pour lui. Décidément, sa vie professionnelle devenait bien compliquée.

— D'accord, reprit-elle. Je mets mon dossier « drague » sur la glace et on travaille là-dessus. Mais il y a une chose qui m'inquiète. Je veux dire… tout ça… tu l'expliques à ta façon, de manière que tout tienne ensemble… Mais on pourrait peut-être trouver une autre explication pour chacun des faits. Dire que c'est à cause de tes absences, que tu te fais des idées… que c'est dans ton imagination…

Elle n'était pas vraiment convaincue, songea Karl. Si elle avait accepté sa proposition, c'était, semblait-il, autant par intérêt pour lui que pour son histoire de diamants. À moins qu'elle ne soit justement mêlée à cette affaire. Auquel cas… Mais il avait décidé de tout lui dire.

— Il y a une autre chose que je ne t'ai pas montrée. Je viens de recevoir ça.

Il sortit la lettre de son père. Elle prit le temps de lire la lettre deux fois, puis elle la replia.

— C'est pour ça que tu veux aller à Montréal ? demanda-t-elle.

— Oui. Tu peux ?

Au ton de la question, elle vit qu'il était mal à l'aise de devoir lui demander quelque chose.

— Je vais m'arranger, fit-elle avec un air complice.

Puis elle lui posa la question qu'il attendait. La question après laquelle il n'y aurait plus moyen de revenir en arrière. Si jamais elle était de « leur » côté, ils sauraient tout. Ou presque.

— Le conte, c'était quoi ?... Remarque, si tu aimes mieux...

— ... *La Lettre volée*. De Poe.

— La chose mystérieuse qu'il faut chercher, tu as une idée de ce que c'est ?

— Non. Quelque chose de fabuleux, qu'il dit. Peut-être son testament...

Et, dans sa tête, à mesure qu'il parlait, les morceaux s'agençaient les uns avec les autres : quelque chose de fabuleux, plus encore que le Cullinan ; l'article sur la partie inconnue du Cullinan ; le message, au Beef, où on lui disait d'oublier le Cullinan B... et Williamson ! Face de rat avait nommé Williamson ! C'était trop fou pour être vrai... Mais c'était la seule explication. Si l'enjeu était le deuxième Cullinan, l'acharnement dont il avait été l'objet devenait compréhensible. Sans compter le reste de l'héritage... Qu'est-ce que ça pouvait bien être ?

Véronique, qui avait d'abord craint une nouvelle « absence » en voyant le visage de Karl se figer, comprit qu'il avait trouvé. Son air réjoui était un aveu.

— C'est complètement loufoque, fit-il.

— Mais c'est quoi ?

— Tu te rappelles quand je t'ai parlé du Cullinan ?

Elle fit signe que oui

— C'est le deuxième morceau. Le Cullinan B. Une pierre plus extraordinaire encore !

Il lui expliqua alors par quel cheminement il était parvenu à cette conclusion. Elle dut admettre que ça se tenait.

— Et tu sais où il est ? demanda Véronique.

— À McGill.

— Mais où ?

— Ça, il nous reste deux ou trois heures pour le découvrir. Le temps de manger un morceau et d'arriver à Montréal… On aura peut-être une idée sur place. En tout cas, on a un indice : la lettre volée.

Ils dînèrent dans un petit restaurant, le long de l'autoroute. Karl examina d'un œil suspicieux tous les clients qui entrèrent après eux. Pendant le repas, ils évitèrent soigneusement de parler du Cullinan B.

— Pourquoi as-tu décidé de me dire tout ça ? lança tout à coup Véronique.

— Et toi ? Pourquoi tu viens à Montréal ? Pour ton article ?

Malgré le sourire moqueur qui les enrobait, il y avait une certaine aigreur dans ses questions.

— Non, pas seulement pour l'article, répondit la jeune femme, refroidie.

— Excuse-moi, fit doucement Karl, après un assez long silence.

Son sourire retrouva la gentillesse qui l'avait tant touchée, la première fois, au Clarendon. Ils finirent de manger et quittèrent le restaurant sans aborder de nouveau le sujet.

— C'est quoi, au juste, le principe de la lettre volée ? s'enquit Véronique, une fois qu'ils eurent repris la route.

— C'est quelqu'un qui a volé une lettre très importante. La police sait qui l'a, mais elle ne peut pas l'accuser sans preuves formelles. À cause de sa situation. On fait perquisitionner sa maison à plusieurs reprises par des experts et ils ne découvrent rien. On le fait attaquer par des pseudo-voyous, pour voir s'il ne la garde pas sur lui : rien non plus. Jusqu'à ce qu'un détective plus astucieux que les autres s'avise de regarder là où personne n'avait regardé. Parce que c'était trop évident. À la vue de tout le monde, mêlée à un paquet d'autres lettres, sur la cheminée !… C'est ça, le principe de la lettre volée : cacher quelque chose en le laissant à la vue de tout le monde, le plus souvent parmi d'autres objets semblables.

— Et un diamant ? Où est-ce qu'on pourrait le cacher, en suivant ce principe-là ?

— À la vue, parmi d'autres diamants. Mais c'est impossible.

— Pourquoi ?

— Si c'est le Cullinan B, imagine sa grosseur ! Plus gros que le plus gros diamant du monde ! Sans compter qu'il est débarrassé de sa gangue. Ça se verrait tout de suite.

Karl sortit un papier de sa poche de blouson. C'était le mystérieux article qui avait déclenché son intérêt.

Véronique le lut et ils en discutèrent pendant un long moment sans parvenir à une piste valable.

— Si tu voulais cacher un diamant parmi des choses qui lui ressemblent, où est-ce que tu le mettrais ? lui demanda finalement Véronique.

— Avec d'autres cristaux. Ou du « cubic zirconia ». Mais un expert verrait tout de suite la différence. Surtout un diamant de cette grosseur-là.

— Il n'est pas taillé ?

— Pas d'après l'article.

— Qu'est-ce qui ressemble à du diamant non taillé ?

— Du quartz. Mais je ne vois pas…

Il s'interrompit au milieu de sa phrase. C'était astucieux. Extrêmement astucieux. Si le Cullinan B était quelque part à McGill, il savait où il était. C'était presque trop simple : il suffisait de le prendre.

— Tu as ton appareil photo ? demanda-t-il à brûle-pourpoint.

— Je l'apporte toujours avec moi. Pourquoi ?

— Une surprise, répondit-il sur un ton caricaturalement mystérieux.

10

Ils laissèrent l'auto dans le stationnement du métro, à Longueuil, et prirent la direction Berri-De Montigny. Véronique détestait conduire dans Montréal. Karl, lui, se disait que ce serait plus difficile de les suivre.

Derrière ses petites lunettes rondes, le préposé aux archives ne put dissimuler un certain intérêt en voyant apparaître Karl. Il s'attarda ensuite à examiner Véronique. Celle-ci dut prendre sur elle-même pour ne pas faire un éclat. Son regard disait néanmoins de façon claire qu'il valait mieux ne pas la détailler trop longtemps comme un morceau de viande.

Le préposé revint à Karl.

— Toujours votre recherche sur Williamson ?

— Toujours. Mais ça achève. Pas de problèmes, si mademoiselle Delors m'accompagne ?

— C'est que…

— Seulement quelques photos. Pour illustrer ma recherche.

— Vous voulez photographier quoi ?

— Le local où est conservé le fonds Williamson, quelques documents sur une table… Des pièces qu'il a rapportées, peut-être.

— C'est que, vous savez, les règlements sont assez stricts.

Où le préposé voulait-il en venir ? Il ne disait pas non, mais il ne disait pas oui non plus. Karl crut comprendre.

— On m'a dit que le fonds Williamson acceptait des donations pour aider à la conservation des archives. Est-ce que vous croyez qu'une contribution de cinquante dollars pourrait faciliter les choses ?

Le visage du préposé s'éclaira. Pas de doute, la donation finirait dans ses poches, songea Karl. L'homme hésita tout de même un peu, pour voir s'il ne pouvait pas faire monter les enchères, puis il céda.

— En effet, finit-il par dire. Il est de tradition que l'Université se montre compréhensive envers ses donateurs.

Karl lui tendit l'argent.

— Pas besoin de reçu, dit-il.

— À votre guise, répondit le préposé, dont le sourire s'élargit.

Karl remit son porte-monnaie dans la poche de son blouson, puis attaqua.

— Ce que j'aimerais, c'est une photo du matériel qu'il a expédié d'Afrique.

— Ses collections de minéraux, vous voulez dire ?

— C'est ça.

— Elles n'ont pas été étudiées. Elles sont presque toutes en vrac dans les tiroirs.

— Pas de problèmes, c'est seulement pour la photo, répondit Karl, avec son plus beau sourire.

Un sourire presque identique à celui qu'elle lui avait vu faire au Clarendon, se dit Véronique. À n'en pas douter, il pouvait s'en servir comme d'une arme pour obtenir ce qu'il voulait.

Le préposé les entraîna à travers un dédale de corridors et les introduisit finalement dans une salle immense ne contenant rien d'autre que des meubles à tiroirs qui montaient jusqu'au plafond. Karl reconnut tout de suite les longs tiroirs plats. C'était la façon courante de ranger les spécimens répertoriés mais non étudiés.

Un peu partout, dans la salle, il y avait des escabeaux pour accéder aux espaces de rangement les plus élevés.

— La collection Williamson, c'est là-bas, fit le préposé. Au fond. Cherchez-vous quelque chose en particulier ? Des spécimens de kimberlite ? Des minéraux accompagnateurs ? Des quartz ?

Il lisait à mesure le contenu des tiroirs, sur l'étiquette, à côté de chaque poignée.

— Les quartz, tiens ! fit Karl. Pour les photos, ça va être parfait.

Le préposé ouvrit un tiroir. Il était rempli à ras bord de petits quartz.

— Vous n'avez rien de plus gros ? demanda Karl, comme s'il était déçu de ne rien découvrir de plus spectaculaire.

— On peut regarder.

Un peu à l'écart, Véronique observait Karl manœuvrer. Elle ne savait pas exactement où il voulait en venir. Tout au long du voyage, il s'était refusé à lui dire ce qu'il avait en tête. Pour la surprise, avait-il dit.

Le préposé ouvrait les tiroirs à tour de rôle. Karl les examinait, puis lui faisait signe qu'il voulait voir le suivant.

— Autant faire le tour, dit-il. Après, on choisira.

Une fois qu'ils eurent fini, Karl pointa un des premiers qu'ils avaient regardés.

— Celui-là.

Véronique comprit tout de suite : il contenait uniquement de gros cristaux de quartz. Si le Cullinan B était quelque part, c'était parmi ces cristaux bruts, oubliés là depuis des années. Et dire que Karl n'avait même pas sourcillé, la première fois, quand le tiroir avait été ouvert. Pas le moindre petit signe sur son visage. Elle avait eu beau l'épier : rien. Et maintenant, il demandait de l'ouvrir encore, comme si de rien n'était. Juste pour une photo.

Il prit quelques cristaux sans paraître y attacher d'importance, les soupesa machinalement.

— Si vous voulez, on va en sortir quelques-uns pour faire une photo en gros plan, dit-il tout à coup, comme s'il venait de trouver l'idée qu'il cherchait.

Sans attendre la réponse, il tendit alors ceux qu'il tenait au préposé. Puis il se dépêcha de lui en entasser une dizaine d'autres dans les mains.

Avant d'avoir le temps de s'en rendre compte, le préposé se retrouva avec des morceaux de quartz plein les bras, à peu près incapable de bouger sans en laisser tomber par terre.

Véronique fit alors ce que Karl lui avait demandé. Elle s'approcha du préposé, appareil en main, et s'accroupit devant lui pour avoir le tas de cailloux juste devant son viseur.

— Cessez de bouger un instant, lui dit-elle. N'ayez pas peur : je vais prendre un gros plan. On ne verra pas le visage... Attention. Ça y est... Ne bougez plus !

Au lieu de prendre la photo, elle abaissa alors son appareil.

— La lumière n'est pas terrible, dit-elle. Pouvez-vous vous tourner un peu par ici ?

Elle se déplaça de telle sorte que, pour lui faire face, le préposé était obligé de tourner le dos aux tiroirs. Et à Karl.

Véronique prit le temps de faire une dizaine de photos. À des ouvertures et des temps de pose différents.

« Pour plus de sécurité », prit-elle le temps d'expliquer. Ils allaient choisir la meilleure. Avec un éclairage au néon, c'était toujours plus difficile.

Pendant que Véronique prenait les photos, Karl, son blouson sur le bras, fouillait négligemment dans les quartz. Il en prenait un au hasard, le tournait sous tous les angles, l'examinait à la lumière, puis le remettait en place. Il en prenait un autre...

Les coups d'œil que le préposé lui jetait nerveusement, en tournant la tête vers lui, ne paraissaient pas le déranger. Au contraire, il s'amusait à le taquiner ; il lui disait que ce serait meilleur si on faisait une photo de lui, qu'il avait un visage photogénique – le tout accompagné de son plus charmant sourire.

Sur un clin d'œil de Karl, qui s'éloigna du meuble pour venir les trouver, Véronique mit fin à la séance de pose. Karl aida alors le préposé à se débarrasser de ses quartz en les remettant dans le tiroir, exactement à l'endroit où il les avait pris. C'était facile, tous les échantillons étaient numérotés.

— Je vais revenir demain, fit-il en sortant. Une dernière chose à vérifier dans les archives.

Ils n'étaient pas sitôt partis que le préposé s'empressait de téléphoner pour faire son rapport. Il raconta par le détail la visite à la collection Williamson, parla de l'intérêt du visiteur pour les quartz ainsi que de la photographe qui l'accompagnait. Il ajouta que Thornburn avait presque terminé ses recherches, mais qu'il reviendrait le lendemain. Il négligea cependant de mentionner les cinquante dollars et conclut en disant qu'il avait trouvé Karl de bonne humeur, mais que la fille paraissait un peu tendue.

Quelques heures plus tard, son rapport était sur un bureau, à Londres. Dactylographié. L'enregistrement intégral du message téléphonique. Mais cela, le préposé ne pouvait pas le savoir.

— Comment as-tu fait pour le reconnaître ? se dépêcha de demander Véronique, aussitôt qu'ils furent seuls.

— Regarde : il n'a pas la même structure que les autres. Le même faciès cristallin, qu'on dit dans le métier… Le poids, aussi. Par rapport à un quartz de la même grosseur, il est plus lourd. Pas beaucoup, mais assez pour qu'on s'en aperçoive, si on porte attention.

— Et tu es sûr que…

— Regarde.

Il retourna le cristal qu'il tenait déjà dans la main pour exposer le plan de fracture au soleil. C'était le seul endroit où il était totalement transparent. Il se mit à briller de mille feux.

— Aucun cristal ordinaire n'a cet éclat, fit Karl.

Il remit la pierre dans la poche intérieure de son blouson.

— Ça vaut combien ? demanda Véronique.

Elle semblait un peu secouée, comme si elle commençait seulement à prendre conscience de la portée réelle des événements.

— Ça dépend de son poids. Il doit faire dans les six ou sept milles carats… À peu près.

— Et en argent ?

— Sûrement dans les sept chiffres. Plus probablement huit.

— Des millions ? articula lentement Véronique.

Ce que lui avait raconté Karl sur la valeur fabuleuse de la pierre, le matin même, prenait tout à coup un sens terriblement concret. Affolant.

— Au moins une dizaine de millions, corrigea doucement Karl. Au moins une… Peut-être davantage.

Elle le regardait sans dire un mot, comme si elle prenait le temps d'assimiler chacun des zéros du nombre qu'elle se représentait mentalement.

— Tu ne trouves pas que le reste de l'histoire commence à prendre un sens ? reprit Karl, après un moment. Pour l'argent que ça représente, il y a des gens qui feraient beaucoup plus qu'un simple cambriolage. Ou qu'une séance d'intimidation dans un cinéma porno… Tu ne penses pas ?

Elle fit signe que oui. Machinalement. Elle était encore en train d'apprivoiser le chiffre.

Cette histoire n'avait aucun sens. Au début, elle avait accepté de jouer le jeu à cause du travail. Et un peu, aussi, pour être plus près de lui : il lui fallait bien se l'avouer. Parce qu'il l'intriguait. Mais maintenant…

— On va fêter ça, fit brusquement Karl. On se paie un bon souper.

— Où ?

— Au Saint-Amour.

— Mais… c'est à Québec !

— Je sais.

— Tu as dit que tu retournais à McGill demain matin !

— J'ai dit ça ? reprit-il sur un ton moqueur… Alors, si le préposé a fait le message à quelqu'un, ils vont croire qu'on reste à Montréal. On va avoir une soirée de repos.

— Parce que tu penses que le préposé…

— C'est probable. Comment ont-ils pu savoir que je m'intéressais au Cullinan ?

— Je ne sais pas.

— Au Beef, Face de rat a parlé de Williamson. À leur place, j'aurais installé une surveillance. Et le moyen le plus simple, c'est d'acheter le préposé, non ?

Elle ne réagit pas. Il semblait tellement à l'aise dans cet univers de complot, de richesse et de violence… Ou bien il était complètement fou, ou bien c'était à elle que toute une dimension de la réalité échappait. Elle commençait à se demander sérieusement dans quoi elle s'était embarquée.

Le soir tombait lentement. Ils avaient passé plus d'une heure à prendre des métros, à entrer dans des magasins par une porte pour ressortir par une autre… Puis, une fois dans l'auto, Karl s'était endormi presque tout de suite. Il ne s'était réveillé qu'en arrivant à Québec.

Au restaurant, il refusa de parler de leur expédition avant que le repas soit terminé.

Il aborda toutes sortes de sujets, tous plus inattendus les uns que les autres : la comparaison des différentes méthodes de cuisson du couscous… le rôle des agences privées de renseignements et de Richard Nixon, à l'époque où il était vice-président des États-Unis, dans la conspiration qui avait presque réussi à ruiner Onassis… les rapports de Sinatra avec Kennedy et un membre important de la mafia, le premier ayant présenté aux deux autres la fille qui devait devenir la maîtresse des deux hommes… les nouveaux développements dans le domaine des logiciels de traitement de texte… les différentes recettes des robineux pour se fabriquer des mixtures à partir de cirage à chaussures, d'alcool à friction et de colle…

Au café, il mit le Cullinan B sur la table, comme s'il s'agissait d'un vulgaire caillou. Déconcertée, Véronique se demanda si tout le vin qu'ils avaient bu n'était pas en train de lui faire perdre la prudence la plus élémentaire.

— Ils nous croient à Montréal, dit-il.

Elle sourit d'être devinée.

— Pour n'importe qui, reprit Karl, c'est juste un gros bloc de cristal. Le genre de souvenir qu'achètent les touristes.

— Comment est-ce que tu as fait, pour qu'il ne s'aperçoive de rien ? Les cristaux étaient numérotés.

— J'en ai pris un dans la rangée du fond et je l'ai mis à sa place : tant que le tiroir n'est pas complètement ouvert, on ne peut pas s'apercevoir qu'il en manque un.

Un long moment de silence suivit.

— Le vin était merveilleux, reprit tout à coup Véronique. Ça fait changement des horreurs embouteillées par la Société des alcools.

Une douce euphorie s'était emparée d'elle. Elle songea qu'il connaissait les vins de façon surprenante. Encore un élément qui cadrait mal avec le reste. C'était comme à l'Université : il avait eu les gestes précis de quelqu'un qui avait l'habitude. Avant d'entrer dans l'édifice, il lui avait simplement expliqué que la seule chose importante était d'attirer l'attention du préposé avec l'appareil photo. De s'arranger pour qu'il lui tourne le dos. Le reste, il s'en occupait.

Tout au long de la visite, il avait ensuite blagué. Alors qu'elle se sentait nerveuse, presque paniquée à l'idée que le préposé puisse se retourner au mauvais moment, Karl, lui, avait l'air détendu et bienveillant du touriste désœuvré qui attend que son épouse ait fini de prendre les photos.

Quel genre de métier avait-il donc fait, pendant ses années de trou noir, comme il les appelait, pour posséder une telle aisance ? Et, pendant le repas, il avait pris beaucoup moins de vin qu'elle. L'avait-il volontairement poussée à boire parce qu'il se méfiait ?

— Maintenant, il faut faire des plans, dit Karl, après avoir commandé un autre café pour elle et un Perrier pour lui.

De le voir proposer qu'ils fassent des plans ensemble, comme s'il l'incluait sans réserve dans ses projets, dissipa aussitôt une bonne part des inquiétudes de Véronique. Puis il y avait son sourire.

Pourtant, quelque part en elle, quelque chose continuait d'être aux aguets. Sans compter qu'il y avait aussi le travail, même si elle avait de plus en plus tendance à l'oublier.

EUGÈNE INC.

1

Sam se fit déposer non loin de Fleet Street, paya le taxi et prit une grande respiration pour mieux se sentir chez lui. Il se targuait de pouvoir reconnaître l'air humide de Londres les yeux fermés. Il pouvait même reconnaître certains quartiers à leur odeur particulière, se plaisait-il souvent à penser.

Il entra dans une cabine et composa un numéro. Un numéro qu'il connaissait de mémoire depuis plusieurs années.

— Bernie ? Ici Sam. Je peux te voir ?

— Tu es fou ou quoi ? Tu as vu l'heure ?

— Neuf heures trente, fit Sam, de la même voix posée et courtoise, comme s'il avait répondu à une vieille dame lui demandant une information.

— À Londres, il fait encore nuit ! continua de protester l'autre.

— Je sais, il se trouve que j'y suis, crut bon de préciser Sam. L'argent t'intéresse toujours ?

À l'autre bout, la voix cessa de crier et se fit attentive.

— Ça dépend.

— Je serai au St. Cath's. Dix heures trente.

Et il raccrocha sans attendre la réponse.

Bernard Douglas Alexander McFethridge était un ancien jeune homme de bonne famille, aux moyens d'existence variables. En rupture à dix-sept ans avec une famille jugée trop bourgeoise, il avait goûté tour à tour aux communes hippies, aux groupuscules de gauche, aux gourous orientaux et aux mouvements écologiques, avant de se stabiliser, vers trente ans, dans ce qu'il appelait : « la diplomatie à la petite cuiller ». Sur sa carte d'affaires, il avait fait imprimer :

SPÉCIALISTE
EN MILIEUX DIVERS

Il se flattait de pouvoir introduire à peu près n'importe qui à peu près n'importe où. Et, lorsqu'il ne pouvait pas le faire lui-même, il connaissait presque toujours quelqu'un capable de s'en charger.

Par sa famille, il avait accès aux cercles huppés de Londres et même à certains clubs privés, où on le considérait comme l'excentrique de bon ton que tout club se doit de compter dans ses rangs : assez bien élevé pour qu'on puisse prendre un verre dans le même immeuble que lui, pour qu'on en vienne parfois à lui serrer la main, mais traînant avec lui toutes sortes d'anecdotes, de goûts vestimentaires et de tics de langage qui trahissaient sa fréquentation de milieux où un gentleman n'aurait jamais mis les pieds – sauf, peut-être, pour tromper la trop longue monotonie d'une vie conjugale tournant autour des muffins, du tricot, de la viande bouillie et du porridge.

À l'occasion, Bernard Douglas Alexander McFethridge fréquentait les milieux punks. Il avait même des contacts avec des éléments proches des groupes terroristes. Sans parler de toutes les relations qu'il avait conservées et qui remontaient à l'époque où il écumait les divers milieux marginaux.

Bref, il avait toujours un contact dont il pouvait tirer – ou à qui il pouvait refiler – quelque chose. Moyennant une quantité appropriée d'argent. Car c'était là un domaine où il était toujours en manque. Par métier, pour ainsi dire, car il lui fallait maintenir une garde-robe des plus diversifiées.

Dans le milieu, on savait qu'il était régulier. S'il donnait une information à quelqu'un en quête de tuyaux, par exemple pour un cambriolage, il ne dirait rien aux flics. À l'inverse, s'il aidait à l'occasion les flics sur une affaire crapuleuse, le genre d'affaire que même le milieu réprouve, c'était seulement sur l'affaire en question et après s'être assuré que les intérêts d'aucun de ses clients ne seraient compromis.

C'était un gentleman : il avait compris que le fair-play était pour lui la meilleure des stratégies. La plus rentable. Cependant, il avait une faiblesse. Et Sam la connaissait. C'était pourquoi il lui était toujours difficile de refuser quelque chose à Sam. Et c'était pour cette même raison qu'il était toujours un peu nerveux lorsque Sam téléphonait.

Bernie entra dans le pub et frissonna pour chasser les derniers lambeaux d'air froid et humide qui lui collaient au corps. Il repéra immédiatement Sam.

— Comme ça, vous vous ennuyez de notre merveilleux climat ! lança-t-il en s'installant au comptoir.

— Exactement. C'est une question d'humidité qui m'amène.

Bernie le regarda d'un œil interrogateur.

— Comme les Britanniques sont des gens habitués à se mouiller, reprit Sam, j'ai pensé à toi.

— Se mouiller dans quoi ?

Il se méfiait encore plus de Sam, lorsque ce dernier mettait une certaine forme d'humour dans ses réponses : ça signifiait habituellement qu'il voulait utiliser les mains de quelqu'un d'autre pour éviter de se faire taper sur les doigts.

— Le diamant.

Bernie eut un mouvement de recul.

— Seulement poser quelques questions, précisa Sam. Aucune quincaillerie en jeu.

L'autre se détendit un peu mais continuait de se méfier.

— Des questions sur quoi ?

— Un coup qui se prépare. Au Brésil.

— Je n'ai entendu parler de rien.

— Le Syndicat serait impliqué.

Bernie eut un nouveau mouvement de recul. Sam continua, comme s'il n'avait rien remarqué.

— Un certain Kat serait impliqué. Tu ramasses évidemment tout ce que tu peux sur lui.

— Évidemment, ironisa Bernie. Autre chose que tu voudrais savoir ?

— Qui, quoi, quand, où et combien.

— Presque rien, en somme.

— Il va de soi que tu ajoutes tous les détails que tu juges utiles.

— Bien sûr. Mais je n'ai aucune entrée, dans ce milieu-là. C'est plus fermé que le Jockey Club !

— Introduire n'importe qui dans n'importe quel milieu, fit Sam, avec l'air de chercher… Il me semble que j'ai déjà vu ça quelque part. Sur une carte d'affaires, je pense.

— Presque n'importe qui, dans presque n'importe quel milieu, corrigea Bernie, avec une certaine brusquerie.

Sam espérait ne pas avoir à lui forcer la main : ce ne serait pas très fair-play. Mais, s'il le fallait, il n'hésiterait pas. Le Rabbin avait été catégorique : il lui fallait ces informations. Seul l'impératif de ne pas se faire repérer devait avoir préséance sur les résultats. Et ces résultats, si quelqu'un était en mesure de les lui obtenir rapidement, c'était bien Bernard Douglas Alexander McFethridge, alias Bernie.

Car il ne fallait pas le sous-estimer. Derrière ses airs de noceur élégant et de gentleman désœuvré, se cachait un cerveau somme toute brillant et un sens de l'efficacité inattendu. Ce n'était pas à la portée du premier venu que de savoir revêtir autant de personnalités, dans autant de milieux différents, et de se comporter de façon convaincante dans chacune. Cela exigeait une souplesse et un doigté hors du commun.

Cependant, Bernie ne semblait pas du tout vouloir coopérer. Il fulminait contre Sam.

— Écoute-moi bien, espèce d'aristocrate dégénéré. Aller au combat, je veux bien. La charge de la brigade légère ? Ça peut toujours s'envisager. Mais l'abattoir, j'aime mieux m'abstenir. C'est sans doute mesquin de ma part, mais j'ai la faiblesse de tenir à la physionomie que maman McFethridge m'a laissée en héritage et que trois décennies de civilisation britannique ont fini de patiner. Tu peux estimer que ce n'est pas un chef-d'œuvre, mais je serais désolé de gaspiller trente ans de soins minutieux et attentifs. Sans parler de tout le brouillard et de toute la pluie qu'il a fallu pour fabriquer cet incomparable teint gris. Je regrette, mais je suis protégé par la loi sur le patrimoine : le pays ne peut pas s'offrir le luxe de mettre en péril un trésor national.

Sam attendit qu'il eut achevé. Il ne désespérait pas d'en arriver à une entente honorable. Civilisée. Monétaire, quoi.

— On ne te demande quand même pas d'assister à une réunion du C.S.O. ! dit-il.

— Il ne manquerait plus que ça !

— Il y a deux ou trois pubs, près du 27, poursuivit Sam. Les *brokers*, les clients et même les employés du Syndicat s'y retrouvent régulièrement. Toute la faune du diamant. Avec tes dons, ton entregent…

— Je n'aime pas beaucoup ça, continua de protester Bernie. Tu sais de quelle manière ils réagissent. Même pas besoin de piétiner leurs plates-bandes ! Juste un regard de trop, une oreille trop insistante et on s'en va enrichir les statistiques municipales sur les affaires non éclaircies, les règlements de compte mystérieux et les autres choses de cette sorte.

— Je suis certain que leurs réactions sont moins brutales que celles de la justice britannique, en ce qui concerne certaines affaires de mœurs.

Sam détestait devoir se servir de tels moyens, mais il n'avait pas le choix : Bernie l'aurait traîné indéfiniment.

Un soir que ce dernier avait pris de la drogue avec un ami de rencontre, il s'était retrouvé figurant dans un film porno. Et comme si ce n'était pas assez, il s'agissait de *snuff*. Avec des enfants.

Sam avait récupéré toutes les copies du film avant qu'elles ne soient distribuées et les avait détruites. Depuis, Bernie rendait des services à Sam. En souvenir du bon vieux temps. Jusqu'à ce jour, Sam n'avait jamais eu besoin de faire allusion à la copie qu'il avait conservée, quelque part dans un coffre.

— Tu peux aussi aller dans les milieux où le Syndicat recrute ses hommes de main, continua Sam, comme si l'allusion à l'histoire du film n'avait eu qu'un intérêt anecdotique.

— Je peux, admit Bernie, sans enthousiasme.

— Double tarif, fit Sam, pour ne pas être en reste.

Il savait ce qu'il lui demandait. Et tant pis si le Rabbin allait râler un peu en voyant la note : il devait bien ça à Bernie. Et à lui-même, aussi, pour avoir été obligé de déterrer cette vieille histoire de film.

Bernie eut un geste d'appréciation.

— Les contacts ? demanda-t-il.

— Ici. Tous les après-midi. Deux heures trente.

— Et si je ne peux pas venir ?

— Téléphone. Demande monsieur Sloane. Samuel Sloane.

— Bon.

— En partant tout de suite, tu aurais le temps d'arriver au pub pour le lunch.

Sam écrivit ensuite un numéro sur une feuille et le montra à Bernie.

— En cas d'urgence, tu appelles ce numéro. Mais en cas d'urgence seulement. Ils me feront parvenir le message.

Bernie mémorisa les chiffres, puis il sortit après une dernière remarque sur le bon vieux temps.

Sam le regarda s'éloigner avec un profond sentiment de malaise. Cette affaire ne lui plaisait pas du tout. Il n'arrivait pas à oublier les doutes qu'il avait évoqués avec Moh, lors de leur dernière rencontre.

Si leurs craintes se confirmaient, qu'allait-il advenir de Bernard Douglas Alexander McFethridge ? Dans quelle histoire l'avait-il embarqué ?... Finalement, la justice britannique n'aurait peut-être pas été, pour lui, un si mauvais choix.

2

— Problème numéro un, fit Karl en remettant le cristal dans sa poche : Face de rat et ses amis. Il faut trouver le moyen de savoir qui ils sont, où ils sont et de quelle manière ils me surveillent. Pour ça, j'ai un plan.

— Qu'est-ce que tu vas faire ?

— Rien. Je reste chez moi et j'attends.

Le sourire amusé était de retour.

— Rien ? Mais tu disais...

— Tôt ou tard, ils vont se manifester. C'est obligatoire. Ils savent que j'ai la pierre. Et s'ils ne le savent pas encore, ça ne va pas tarder. À ce moment-là, tu vas pouvoir m'aider.

— De quelle façon ?

— Pour le moment, tu continues de cuisiner les flics, tu vois s'ils ont découvert quelque chose de nouveau sur le cadavre... Tu peux faire ça ?

Elle répondit que oui, mais sans parvenir à dissimuler tout à fait son inquiétude.

— Deuxième chose, poursuivit Karl : il ne faut plus que tu remettes les pieds chez moi. Avec un peu de chance, ils ne devraient pas te relancer dans ton appartement.

Un bon prétexte pour me mettre à l'écart, songea Véronique, toujours perplexe.

— Et ensuite ? fit-elle.

— Il faut attendre qu'ils se découvrent. Pour l'instant, ce sont eux qui ont l'avantage : ils savent qui nous sommes et nous ne les connaissons pas. Il faut donc les attirer, les amener à se compromettre. Si je reste chez moi, ils vont être obligés de faire un geste, d'essayer de provoquer quelque chose.

Cette fois, l'élément surprise ne jouerait plus en leur faveur, comme au Beef, songea Karl. Il serait sur ses gardes.

— Tu sais ce que tu risques ?

— Si les choses vont mal, je pourrai toujours leur dire où est le Cullinan B.

— Tu oublies un détail. Les informations.

— Quelles informations ?

— Celles qu'ils voulaient que tu leur donnes.

Il n'avait pas oublié. Simplement, il aurait aimé mieux ne pas en parler. Mais elle avait raison : ce ne serait pas seulement pour récupérer le Cullinan B qu'ils se manifesteraient ; c'est après l'ensemble de son héritage qu'ils en auraient. Et ça, Karl n'avait aucune idée de ce que ça pouvait être.

Une autre solution aurait été d'aller immédiatement au Brésil. Mais il voulait y aller seul. Sans ange gardien.

D'où la nécessité de découvrir ceux qui s'acharnaient sur lui et de trouver une façon de leur échapper.

— Tu n'as pas envie d'aller au Brésil, au lieu de les attendre ? fit Véronique, comme si elle avait suivi le cheminement de ses pensées.

— Pas tant qu'on va les avoir sur le dos.

Véronique nota qu'il avait dit « on », comme s'il l'incluait dans cet avenir.

Elle lui posa ensuite des questions sur son père. Il lui répondit presque par monosyllabes : non, il n'avait jamais su qui était son père avant de recevoir la fameuse lettre. Oui, d'après ce qu'il avait pu lire, c'était quelqu'un d'assez remarquable, mais, pour l'instant, il préférait ne pas trop y penser. D'abord s'occuper de Face de rat et de ses complices. Ensuite, il aurait tout le temps de réfléchir à son père et à son héritage.

— Tu vas continuer de voir Anny ? demanda Véronique, tout en essayant de conserver un air détaché.

— Anny ? Sûrement pas !

La réponse avait jailli spontanément, sans le moindre calcul.

— Ils n'hésiteraient pas à se servir d'elle pour faire du chantage, ajouta-t-il d'une voix plus sourde où perçait l'inquiétude.

Il se souvint alors de la lettre de son père, son père qui avait été dans la même situation et qui l'avait éloigné de lui. Pour le protéger. Il comprenait ce qu'il avait dû ressentir.

En sortant du restaurant, Véronique marchait avec application pour ne pas trahir à quel point son équilibre s'était dilué dans le vin. Elle lui offrit de passer la nuit chez elle, pour la forme, et il refusa, comme toujours.

Il la fit monter dans un taxi en lui disant qu'il préférait marcher. L'exercice et le grand air, même celui de la ville, lui éclairciraient les idées. Il la rappellerait le lendemain.

En arrivant, Karl se rendit dans le bureau et posa le Cullinan B bien en vue, sur une pile d'articles qui traînaient sur une tablette de la bibliothèque. Puis il se coucha.

Cette nuit-là, aucun tourbillon rouge ne vint hanter son sommeil.

Le lendemain, au réveil, sa première pensée fut pour Loki. Aussitôt son déjeuner terminé, il téléphona au vétérinaire.

Ce dernier se dépêcha de le rassurer.

— Tout s'est très bien passé.

— Ça m'enlève un poids.

— Ton ami n'a eu aucune difficulté à la faire monter dans la camionnette. C'est une bonne idée de l'envoyer sur une ferme pour un bout de temps.

— L'envoyer... quoi ?

Il ne comprenait pas. Ou plutôt il avait peur de comprendre.

— Quelque chose qui ne va pas ? s'enquit le vétérinaire.

— Non, ça va... Je viens d'apercevoir quelque chose sur le journal. Ils vont encore remonter le prix du vin.

— À propos, c'est une vraie célébrité, ton chien. Les visiteurs se bousculent aux portes ! Le lendemain de l'accident, il est venu deux types pour récupérer la bague. En plus des flics pour la déposition. Je leur ai dit qu'il n'y avait pas de bague après les bouts de doigts que j'ai retrouvés. Le jour suivant, il en est venu deux autres : ceux-là, ils ont insisté pour que je fasse une radio à Loki, au cas où elle l'aurait avalée.

— Qu'est-ce que tu as fait ?

— J'en ai fait une. Au prix qu'ils étaient prêts à payer, ils auraient trouvé ça curieux que je refuse !

Le ton du vétérinaire se fit alors plus sérieux. Préoccupé même.

— Je ne sais pas dans quoi tu es embarqué, mais tu fréquentes du drôle de monde. Remarque, ils n'ont pas fait de menaces comme telles, mais j'ai senti que j'étais mieux de faire ce qu'ils demandaient… Ton ami aussi, je l'ai trouvé un peu curieux.

— Curieux comment ?

— Correct. Très poli. Mais froid.

— Celui avec les cheveux rasés et une drôle de voix ?

Karl cherchait une façon de le faire parler sans trop lui mettre la puce à l'oreille. Moins il en saurait, mieux cela vaudrait pour lui.

— Oui. Pourquoi tu me demandes ça ?

— Parce qu'ils sont deux. Je me demandais lequel des deux y était allé. Je passerai te payer d'ici deux ou trois jours.

— Oublie ça.

— Tu es sûr ?

— Je te dis d'oublier ça.

— Si tu insistes…

Ainsi, ils avaient kidnappé Loki ! songea Karl, après avoir raccroché… Kidnapper un chien ! Qu'est-ce qu'ils pouvaient bien mijoter ? Pour l'instant, il n'y avait rien à faire. Sauf attendre. Justement, c'était ce qu'il venait de décider la veille.

◆

L'homme de Bromont était nerveux. Ça ne lui était pas arrivé depuis longtemps. D'un geste mécanique, il passa la main dans ses cheveux.

Habit sur mesure en alpaga, chemise de soie, souliers d'Italie achetés sur place, où il renouvelait sa garde-robe chaque année, il avait pourtant gardé de ses origines une démarche un peu lourde, de grosses mains qui semblaient faites pour remuer la terre et un goût prononcé pour les nourritures grasses. « Ça va finir par te tuer », avait l'habitude de lui dire sa femme. Mais, pour l'instant, le danger était d'un autre ordre.

« Vous réussirez », avait dit la voix coutumière.

L'appel venait de Londres et l'avait rejoint chez lui, à quatre heures du matin.

« Nous sommes certains que vous réussirez. C'est pour cela que nous vous avons choisi pour nous rendre ce service. »

Dans leur langage ouaté, cela voulait dire qu'il n'avait pas le choix. Qu'aucune excuse ne serait acceptée. Il devait réussir. Pourtant, il n'était plus le petit chauffeur de taxi qui sillonnait les rues de Montréal, il y avait de cela plus de trente ans. On donnait souvent sa réussite en exemple. Il avait été le conseiller occulte de plusieurs premiers ministres. Dans la province, rien ne s'était décidé sans lui : que ce soit la Baie James ou les Jeux olympiques, il avait eu son mot à dire.

Tout au long de sa vie, l'homme de Bromont avait cultivé des liens avec toutes les organisations susceptibles de pouvoir lui venir en aide un jour. D'abord l'Ordre de Jacques Cartier, la fameuse « Patente », où il était entré en contact avec différentes personnalités religieuses. Puis les partis politiques, les associations d'hommes d'affaires… Il était vraiment un homme d'organisation.

Quand des gisements de kimberlite avaient été découverts dans le Nord québécois, le Syndicat s'était tout de suite intéressé à l'affaire. Là où il y a de la kimberlite, il y a des chances que l'on trouve du diamant. Mais les gens de Londres ne voulaient pas agir de façon trop voyante. Ils avaient donc eu recours à l'homme de Bromont. C'est à lui qu'avait incombé la tâche d'acquérir pour leur compte les droits miniers sur les gisements. Il avait procédé par le biais d'un réseau de compagnies dont personne n'aurait pu démêler l'écheveau pour remonter jusqu'à leur véritable propriétaire.

À Londres, on avait apprécié son travail.

Malheureusement, la kimberlite était stérile. Tous les diamants étaient de taille infime. Inaptes à l'exploitation avec la technologie actuelle. Néanmoins, le Syndicat avait récompensé celui qui les avait servis loyalement et avec efficacité. Grâce à l'appui des gens de Londres, sa carrière avait véritablement pris son essor. En l'espace de quelques années, il était devenu l'homme le plus important de la province. Pas le plus visible, mais le plus important. L'« éminence grise », comme les journaux le surnommaient.

Depuis un certain temps, bien sûr, son étoile avait pâli. Mais ce n'était qu'une éclipse passagère. Dès que le pouvoir changerait de mains... Et voilà que, tout à coup, on le sommait comme un domestique ! Lui, le délégué régional du Syndicat !

Ce type avec qui on lui ordonnait de travailler, Bort, il l'avait déjà rencontré : son aversion avait été immédiate. En fait, il s'agissait moins de travailler avec lui que pour lui. Sous ses ordres. Car c'était Bort qui dirigeait l'opération.

Telles étaient les pensées que ruminait l'homme de Bromont, enfoncé dans le siège arrière de la limousine qui l'amenait à Québec. Il lui fallait rencontrer un homme. Un homme qu'il allait devoir persuader. D'abord en lui faisant peur. Puis en l'achetant, si nécessaire... Ou par tout autre moyen, avait précisé la voix coutumière à l'autre bout du fil.

◆

Quand on sonna à la porte, Karl crut d'abord que Véronique n'avait pas pu se retenir de venir aux renseignements. Puis un doute le saisit.

— Livraison spéciale, répondit une voix, après qu'il eut demandé qui était là.

— Laissez-la dans la boîte aux lettres.

— Il me faut une signature.

Le coup classique, songea Karl. Il jeta un coup d'œil par la fenêtre du bureau, qui lui permettait de voir l'entrée.

L'homme était seul, paraissait très jeune et portait l'uniforme d'une agence connue. Karl décida d'ouvrir.

C'était bien une livraison spéciale. Une livraison totalement inattendue même. Deux billets d'avion pour le Brésil. En plus, une lettre l'assurait que le montant reçu avait été largement suffisant : à leur arrivée à Rio, les correspondances pour Diamantina les attendraient dans leurs chambres d'hôtel, comme spécifié dans les instructions. Les réservations pour les chambres, à Diamantina, étaient également confirmées.

Plusieurs cartes de la région du Rio das Mortes étaient aussi incluses dans l'enveloppe. Des cartes très détaillées qui lui laissèrent une impression de malaise confus : comme le souvenir d'un mauvais rêve familier, que l'on oublie au réveil, mais dont l'effet tarde à se dissiper.

Karl regardait les billets d'un air songeur. Il avait l'impression d'être un pion sur un échiquier dont il ignorait à la fois les règles, la nature des pièces et l'identité des joueurs.

Une chose, cependant, lui apparaissait de plus en plus claire : il y avait quelqu'un, probablement un groupe, qui n'était pas du même côté que ceux qui le harcelaient. Un groupe dont le principal objectif semblait être de le guider vers son héritage.

L'existence de ce deuxième groupe permettait d'expliquer plusieurs événements : la lettre de son père, les billets d'avion, et même le mystérieux article qui avait déclenché sa recherche. Car, sans cet article, il ne se serait jamais intéressé à Williamson.

Mais pourquoi toutes ces machinations ? Pourquoi lui avoir donné les informations et l'avoir lancé sur la piste du Cullinan B au lieu de s'en emparer eux-mêmes ? Parce qu'ils n'arrivaient pas à déchiffrer les indications, faute de savoir à quel livre de contes son père faisait référence ?… Et pourquoi, maintenant, le pousser vers le Brésil ? Pour mettre la main sur le reste de son héritage ?

Il y avait aussi les deux billets... Pourquoi deux? Difficile de ne pas penser automatiquement à Véronique. Était-elle liée à ce groupe?

Karl n'aimait décidément pas le tour que prenaient ses réflexions. Il se leva, regarda machinalement par la fenêtre et vit qu'il pleuvait.

Il se pouvait aussi qu'il n'y ait qu'un seul groupe, songea-t-il. Que l'on joue avec lui à la carotte et au bâton. Que les attaques et les coups de pouce fassent partie d'une stratégie complexe pour l'amener à faire un travail... Mais quel travail? Les conduire à son héritage?

Karl s'appuya à la fenêtre et laissa son regard se perdre dans la pluie.

Indifférent à l'averse, le camion gris semblait poursuivre inlassablement sa mystérieuse campagne d'extermination. Karl l'aperçut et cela ajouta à son malaise. Le quartier était-il en train de se détériorer aussi rapidement que sa propre vie?

3

L'homme au visage effilé et aux cheveux ras composa un numéro de téléphone. Un numéro différent du précédent et qui n'apparaissait, lui non plus, sur aucune liste officielle.

Après avoir franchi les filtres habituels, il entendit la voix feutrée qu'il connaissait bien.

— Oui?

— Les flics sont revenus le voir. Les diamants qu'ils ont trouvés chez lui en perquisitionnant sont vrais. Une véritable fortune !

— Et pour Montréal ?

— On a vérifié à McGill. Il manque une pièce dans un des tiroirs. Ça pourrait correspondre à ce qu'il cherche.

— Donc il l'a, conclut la voix feutrée.

— C'est aussi ce que je pense… Vous-savez-qui arrive de Bromont dans moins d'une heure.

— Bien. Appliquez les instructions convenues.

— Avec la journaliste, qu'est-ce qu'on fait ?

— Rien pour l'instant.

— Kat a l'air sérieusement accroché. Ils partent ensemble pour le Brésil dans deux jours.

— Quoi !

L'exclamation fit sursauter Bort. C'était la première fois qu'il entendait l'homme de Londres perdre sa belle voix onctueuse de Lord anglais rompu aux moindres nuances de l'étiquette.

— Le Brésil, vous dites ? insista Londres.

— Il vient de recevoir les billets d'avion et une confirmation pour les chambres d'hôtel. Pour deux.

— Vraiment ? À quel endroit ?

— Rio et Diamantina. Il part dans…

— Évidemment, l'interrompit la voix feutrée. Et vous ne savez pas de quelle façon il s'est procuré les billets, je présume ?

Tout à coup, la voix avait une intonation de roublardise presque joyeuse.

— Non.

— Ne vous tracassez pas, je m'y attendais. Il y a probablement quelqu'un derrière lui.

— Mais… toutes les vérifications…

— Je sais, je sais… Appliquez vos instructions exactement comme prévu. Mais gardez à l'esprit que vous n'êtes peut-être pas seul à vous intéresser à lui. Quelques précautions supplémentaires ne vous feront pas mourir… Au contraire.

Un petit rire ponctua la dernière remarque.

— Très bien, répondit Bort.

Il y eut un silence puis la voix résuma les instructions.

— Maintenez l'écoute. S'il se déplace, voyez où il va. Mais n'intervenez d'aucune autre manière que ce qui est prévu… Quel est votre délai pour déclencher le plan A ?

— Deux heures. Trois au maximum.

— Très bien. Allez-y. Et rappelez-moi pour me faire part des résultats !

Après avoir raccroché, Bort composa immédiatement un autre numéro. Un appel local, celui-là.

L'opération Aquarium commençait.

◆

Oberkfeld reposa le combiné et demeura un long moment pensif. Le Brésil…

Le pressentiment qu'il avait eu pendant la conversation téléphonique avait toutes les chances de s'avérer juste. Il y avait, il devait nécessairement y avoir quelqu'un derrière Kat. Tout était trop bien organisé, se déroulait trop facilement, en suivant une logique trop évidente. Sa réadaptation par le biais du dictionnaire et des articles, ses recherches sur le Cullinan B, sa découverte probable de la pierre, les diamants trouvés chez lui… Et maintenant, le Brésil !

Une seule personne pouvait être derrière tout ça : le Rabbin !

Oberkfeld l'avait déjà rencontré. Une fois. À Tel-Aviv. C'était au printemps de 1978, quand il avait réglé le problème israélien.

Le Rabbin était assis au bout de la table, un peu à l'écart. Pendant qu'Oberkfeld expliquait la puissante mécanique mise en branle pour détruire le système financier israélien, le vieil homme avait écouté sans dire un mot. Il n'avait presque pas bougé de tout l'exposé. Et pourtant son impassibilité même avait impressionné Oberkfeld. Son instinct lui avait dit que, si un danger devait un jour surgir, il viendrait de cet homme.

Bien sûr, il n'avait pas compris cela tout de suite aussi clairement. Mais plus tard, quand il avait su qui était réellement le Rabbin… Comment deviner quel plan machiavélique pouvait germer dans un esprit aussi tortueux ?

On le disait mourant. Des rumeurs l'avaient même enterré à plusieurs reprises. Mais il y avait tant de rumeurs !

On racontait, dans le milieu, que la moitié du personnel du Mossad était composé de psychologues chargés de tisser un réseau de rumeurs ; que l'autre moitié avait pour seule tâche de les mettre en circulation ; et que, pour faire le travail de terrain, ils engageaient des Arabes ! Qu'ils les faisaient tous travailler les uns contre les autres à leur insu !… Mais il était possible que cette histoire soit justement une des rumeurs du Mossad !

Ce serait tout à fait dans le style du Rabbin, que de se servir de Kat et de le lancer sur la piste de la fameuse découverte de Williamson… À moins que ce soit une autre rumeur du Mossad !

Le plan qu'il devinait paraissait presque trop clair. Mais il était possible que le Rabbin ait ramolli avec l'âge. À Tel-Aviv, on racontait tellement d'histoires à son sujet : des histoires comme quoi on lui avait coupé les fonds et qu'il végétait en ruminant un projet totalement insensé. On racontait même qu'il vivait exclusivement sous terre, affaibli par une maladie qui lui rongeait les os !

Peut-être travaillait-il à un projet qui n'était pas insensé du tout ? Peut-être était-il lui-même à l'origine de toutes ces rumeurs pour brouiller les pistes… Ça aussi, ce serait dans son style.

Oberkfeld avait hâte de mettre la main sur la pierre dont s'était emparé Kat, pour vérifier.

Brusquement, un fait lui revint à l'esprit : c'était la deuxième fois en deux jours qu'il entendait parler du Brésil. Et de Kat. Il se dépêcha de retrouver l'origine de l'information. C'était dans le rapport quotidien de surveillance du personnel. Quelqu'un avait posé plusieurs questions sur une opération d'envergure au Brésil. Au point que deux des employés avaient cru bon de rapporter l'incident. L'étranger avait même mentionné à trois reprises le nom de Kat, selon le rapport de l'un des employés : ce fait l'avait frappé à cause de l'incongruité d'un tel nom.

Selon le rapport, le curieux était un dénommé Bernard McFethridge. Il faudrait s'occuper de lui dans les plus brefs délais. Savoir de façon précise ce qu'il voulait, pour le compte de qui il travaillait, ce qu'il savait de cette affaire…

Oberkfeld se leva, prit le diamant bleu dans ses mains et commença à arpenter la pièce pour chasser la tension. Si le vieux Rabbin était effectivement en train de machiner quelque chose et si ce quelque chose était bien ce qu'il craignait, il avait intérêt à agir au plus vite… Mais où pouvait-il bien se terrer ? Avec toutes ces rumeurs… On avait signalé sa présence à Québec, quelques années plus tôt. Mais on l'avait signalée à tellement d'endroits… Puis tout lui apparut. C'était tellement évident que c'en était génial. Même les rumeurs devaient avoir une cohérence. Dans tout ce tissu de racontars, il devait y avoir un endroit qui avait soigneusement été ignoré.

Décidément, l'esprit tordu et l'excès de précautions du Rabbin allaient le perdre. Dans son désir de ne rien laisser au hasard, d'effacer toute trace de sa présence, il en avait fait trop. Et c'était précisément cela qui allait le perdre !

Oberkfeld se dirigea vers le bureau et appuya sur le bouton couleur or. La secrétaire blonde entra aussitôt.

— Vous désirez ?

— Le dossier du Rabbin. Je veux aussi qu'on indique sur une mappemonde tous les endroits où sa présence a été signalée.

— Même si ce ne sont que des rumeurs ? s'enquit la secrétaire, un peu étonnée.

— Surtout si ce sont des rumeurs, insista doucement l'homme à la voix feutrée.

— Bien.

— Autre chose. Je veux que l'on retrouve au plus tôt un certain… Attendez un instant…

Il consulta le dossier sur son bureau.

— Bernard Douglas Alexander McFethridge.

La secrétaire prit le nom en note. Oberkfeld épela, pour être bien sûr qu'il n'y ait pas d'erreurs.

— Il est mentionné dans le rapport de surveillance d'hier, ajouta-t-il. Je veux tout ce qu'il sait sur Kat, sur le Brésil et sur le Rabbin. Dactylographié sur mon bureau. Au plus tard demain matin. Contactez la section des Opérations spéciales. Priorité Delta IV.

La secrétaire eut un haussement de sourcils. La seule fois où elle avait expédié un message avec priorité Delta IV, cela remontait à cinq ans, juste avant l'affaire de Tel-Aviv.

Oberkfeld sourit. Si le Rabbin s'était de nouveau mis en tête de venir jouer dans le jardin du Syndicat, il n'avait qu'à bien se tenir. Cette fois, il n'y aurait pas de demi-mesures. La leçon serait cinglante : il prendrait les moyens pour s'assurer qu'Israël comprenne bien le message. Israël et tous les autres qui pouvaient avoir des velléités de s'attaquer au Syndicat. Un exemple n'est jamais inutile.

Mais, pour l'instant, la chose la plus urgente était de voir à ce qu'il y ait quelqu'un pour accueillir Kat au Brésil.

4

Véronique hésitait sur le seuil, comme si elle n'était pas sûre de devoir ou de pouvoir entrer.

— Je t'attendais, fit Karl.

Le ton trahissait son découragement de la voir déroger aux règles dont ils avaient convenu, mais aussi une certaine indulgence amusée, comme s'il ne s'était pas vraiment attendu à ce qu'elle les respecte.

— Je peux rester avec toi ?

La phrase était ambiguë, mais son inquiétude, elle, était évidente. Il se demanda cependant quelle en était la raison. Pourquoi tenait-elle à être avec lui ? À cause du sentiment d'urgence dont elle lui avait déjà parlé à plusieurs reprises ? Ou bien…

Il fit un geste vers elle, qui s'arrêta sur son épaule.

— Entre, dit-il.

Il attendit qu'elle fût assise avant de lui poser la question qu'il mijotait depuis qu'elle était arrivée.

— Tes valises sont prêtes ?

— Quoi ?

Pour toute réponse, il lança les billets d'avion sur la petite table, devant elle. Véronique les prit et les regarda avec un sourire qui était encore plus convaincant que sa surprise du moment précédent.

— Tu as décidé que j'y allais avec toi, dit-elle.

— « On » a décidé. Je les ai reçus par livraison spéciale tout à l'heure.

Devant sa déception manifeste, Karl regretta sa brutalité.

— On dirait que j'ai hérité d'un ange gardien pour veiller sur mes intérêts, reprit-il. Un ange qui a l'air décidé à ce que je récupère mon héritage.

Il lui fit son sourire le plus désarmant avant d'ajouter :

— Il a peut-être décidé que tu en faisais partie… Tu veux dîner ?

— … Oui.

Malgré son hésitation, il y avait dans ce « oui » un consentement à beaucoup plus qu'un dîner. Karl en fut touché et il se demanda si ce n'était pas lui qui devenait stupidement paranoïaque, avec toute cette histoire.

— Qu'est-ce que tu fais ? demanda Véronique en le voyant chauffer la semoule à sec.

— Couscous à la brésilienne. Tu chauffes la semoule en la remuant sans arrêt : si tu arrêtes le moindrement, ça brûle. Quand c'est chaud, tu verses le bouillon. En deux minutes, tout est prêt. Le bouillon est complètement absorbé.

— À la brésilienne… Je pensais que c'était arabe, le couscous.

— Il paraît qu'ils en font depuis le dix-huitième siècle, là-bas. Même avant.

— Es-tu déjà allé au Brésil ?

— Je… Je ne pense pas, non.

Encore un élément qui le ramenait au Brésil. Il s'en fallut de peu que la semoule ne brûle pendant qu'il restait figé devant la cuisinière.

Le téléphone sonna alors qu'il s'apprêtait à faire le café. Lui n'en prenait presque jamais, mais il avait toujours un assortiment de cafetières de prêtes ainsi que plusieurs sortes de café. Pour les amis.

— Karl Adamas Thornburn ? demanda une voix un peu criarde et traînante.

Face de rat!… Karl fit un effort pour répondre de la façon la plus détachée possible.

— Oui.

— On m'a dit que vous étiez à la recherche d'un doberman.

— C'est possible.

— Si vous voulez en savoir davantage, rendez-vous à l'Aquarium. Dans le petit parc, près du bassin des otaries… Vous m'écoutez ?

— Je vous écoute.

Karl s'efforçait de conserver un ton neutre. L'autre ne perdait rien pour attendre.

— À quatre heures, il y aura quelqu'un.

— Qui ?

— Vous ne le connaissez pas personnellement, mais vous devriez le reconnaître. De toute façon, lui vous reconnaîtra. Suivez très exactement ses instructions.

— Qu'est-ce que vous voulez ?

Face de rat ignora la question.

— À propos, j'espère que votre couscous est réussi, dit-il.

Karl demeura interdit.

— Et si vous comptez nous fausser compagnie en vous enterrant au Brésil, poursuivit l'autre, vous vous faites des illusions. En général, ceux qui s'enterrent là-bas le sont pour de bon au bout de très peu de temps !

Il y eut un déclic.

Face de rat avait raccroché.

Karl demeura un instant l'appareil à la main, interdit. Comment avaient-ils pu savoir, pour le Brésil ?… Bien sûr ! Comme pour le couscous. La maison était piégée.

Ils avaient poussé l'audace jusqu'à le lui dire. Pour lui montrer que rien ne leur échappait. Ils voulaient le démoraliser. Faire étalage de leur pouvoir pour qu'il abandonne. Ou bien qu'il se défende, mais avec moins de conviction. Moins d'assurance. Qu'il se défende avec le doute insidieux que tout était peut-être perdu à l'avance. Que l'ennemi était partout et qu'il prévoyait avant lui ses propres mouvements.

Karl raccrocha à son tour.

— Qu'est-ce que c'était ? demanda Véronique.

— Ceux qui ont Loki.

— Le vétérinaire ?

Visiblement, elle ne comprenait pas. Il réalisa alors qu'il ne l'avait pas mise au courant. Une partie de lui-même en fut soulagée, mais une autre se dit qu'elle était peut-être encore meilleure comédienne qu'il ne pensait.

Il lui raconta de quelle manière quelqu'un s'était fait passer pour un de ses amis et avait enlevé le chien à la clinique. S'il voulait le récupérer, il fallait qu'il aille à l'Aquarium. À trois heures.

— Il a aussi parlé du couscous, ajouta-t-il. Et il a dit que ça ne servait à rien d'aller s'enterrer au Brésil.

— Qu'est-ce… que ça veut dire ? bredouilla Véronique.

— Ils veulent que je sache que je suis surveillé. Ça fait partie des techniques habituelles.

— Ils ont installé un micro ?

Instinctivement, son regard fit le tour de la place.

— Tu perds ton temps, fit Karl.

Maintenant qu'il commençait à comprendre ce qui se passait, il reprenait de l'assurance. C'est même avec une certaine désinvolture qu'il expliqua à Véronique quelques-unes des techniques de surveillance.

— Ils peuvent passer par le téléphone, dit-il. Ou encore, ils peuvent utiliser un gadget installé n'importe où sur le circuit électrique de la maison. Il y a également le laser… Tu perds vraiment ton temps à chercher un micro. Le mieux, c'est de sortir.

— Mais, qu'est-ce qu'ils… ?

Karl n'eut pas à répondre. La porte s'était ouverte devant Noël Joyeux.

Véronique s'interrompit net, parvenant mal à dissimuler sa perplexité.

— Je peux utiliser ton Larousse ? fit l'intrus en jetant des regards de côté en direction de Véronique.

— Oui, oui… répondit aussitôt Karl.

Noël Joyeux était au meilleur de lui-même : t-shirt jaune serin collé au corps, pantalon court, grosses lunettes de corne noire, mèche collée sur le front, bas roulés sur des Nikes usés, il affichait à peu près tous ses os. Et ceux qu'il ne montrait pas, on pouvait les deviner sous le tissu du t-shirt et du pantalon court.

— On sort, ajouta Karl. Tu refermeras derrière toi.

Noël Joyeux alla chercher plusieurs des multiples tomes du Grand Larousse dans le bureau.

— Je vais les monter, dit-il. Il y a un film qui commence. Avec Faye Dunaway. Celui où elle est attachée pendant une vingtaine de minutes.

Il s'excitait tout à coup en parlant.

Karl lui fit signe de ne pas insister et s'empressa de changer de sujet.

— Est-ce que tu as entendu parler d'une épidémie de quelque chose dans le quartier ? Des bestioles, je veux dire.

— Juste les perce-oreilles qui envahissent les garages et les dessous de galeries. Pourquoi ?

— Depuis trois ou quatre jours, je n'arrête pas de voir des camions d'exterminateurs.

— Ça doit être les Anglais, répliqua vivement Noël Joyeux, avec un rire gêné.

— Et pour ce que je t'ai demandé ? Rien non plus ?

— Rien.

— Bon. Fais attention à toi.

Ils l'entendirent monter l'escalier à la course. Karl entraîna Véronique dehors avant qu'elle n'ait eu le temps de dire un mot.

— Qui est-ce ? demanda-t-elle quand ils furent sur le trottoir.

— Mon voisin du dessus. Noël Joyeux.

— Noël Joy… répéta-t-elle mécaniquement.

L'étonnement l'empêcha de prononcer le nom au complet.

— Devine son âge, reprit Karl.

— Vingt-quatre, vingt-cinq. Mais il ne les fait pas: il a l'air rabougri.

— Trente et un.

— Trente et un !

Tout en marchant, Karl lui raconta les péripéties les plus marquantes de l'histoire assez particulière de Noël Joyeux.

— Et il travaille comme fonctionnaire, dit-il en terminant.

— Aujourd'hui, il ne travaille pas ?

— Il prend souvent des demi-journées de congé à ses frais. Quand il se sent trop fatigué.

— C'est quoi, l'histoire de Faye Dunaway ?

— C'est une sorte de manie, répondit Karl, après avoir hésité sur le choix des mots.

Il tenait à lui rendre justice aux yeux de Véronique.

— C'est une des personnes les plus gentilles et les plus fiables que je connaisse. Le problème, c'est sa timidité. Si on peut appeler ça comme ça, dans son cas… Il n'a jamais vu une femme nue de sa vie. Il est terrorisé. Même en images, les seules femmes qu'il aime regarder, c'est celles qui sont attachées.

— Tu parles !

— Il a l'impression qu'elles sont moins dangereuses.

— Comment il fait, quand il est avec une femme ?

— Il prend tous les moyens pour éviter que ça arrive. Tu as vu de quelle manière il s'habille ?… La dernière fois qu'il a invité une fille, il lui a dit: « Je sais que je suis petit et laid, mais est-ce que tu veux sortir avec moi quand même ? Juste pour une fois »…

— Et le rapport avec Faye Dunaway ?

— Dans le film, elle passe un certain temps attachée, je suppose.

Ils marchèrent en silence pendant un moment.

— Pour le rendez-vous, qu'est-ce que tu vas faire ? reprit Véronique.

— Y aller.

— J'y vais avec toi ?

— Ils ont dit : seul.

— Et s'il t'arrive quelque chose ?

— Ça me surprendrait. C'est après mon héritage qu'ils en ont. Ils ne peuvent pas prendre le risque de m'éliminer… Pas encore, en tout cas, ajouta-t-il avec un sourire moqueur. On se rejoint à l'heure du souper ?

— Normalement, je dois faire une interview vers ces heures-là. Si tu veux, on se retrouve chez moi après.

L'occasion était trop belle. Il ne put s'empêcher de rétorquer :

— Tu invites des dragueurs chez toi maintenant ?

— Il faut s'en taper un de temps en temps pour garder la forme, répliqua-t-elle sur le même ton. Je devrais arriver vers huit heures. Neuf heures au plus tard.

— O.K. Fais attention à toi.

Véronique s'éloigna rapidement sans se retourner. L'idée de se rendre à l'Aquarium lui traversa l'esprit. Mais Karl avait raison : il ne pouvait rien lui arriver de si terrible. On n'allait quand même pas le noyer !

L'idée la mit cependant mal à l'aise. Elle aurait aimé pouvoir en être certaine.

5

Karl était arrivé en avance. Il vit l'homme descendre de sa limousine et s'amener vers l'étang des otaries. Au début, il n'était pas certain. Puis il le reconnut.

Si quelqu'un de son importance était impliqué, tout devenait possible. Il vérifia avec ses jumelles : à la main droite, l'homme avait une bague. Une bague en or qui semblait identique à celle que Karl avait trouvée au doigt du cadavre. Il posa ses jumelles près d'un arbre et se dirigea vers l'étang.

L'homme de Bromont était de mauvaise humeur : la rencontre avec Bort avait été franchement désagréable. S'il avait pu conserver jusqu'à maintenant quelques illusions sur l'importance de son rôle dans cette opération, il savait désormais qu'il n'était qu'un figurant. Il avait de plus en plus hâte que toute cette histoire soit terminée. Si seulement l'homme qu'il devait rencontrer pouvait se montrer raisonnable…

— Vous êtes ponctuel, fit-il en voyant Karl s'avancer vers lui. J'aime bien les gens ponctuels.

— Je ne savais pas que vous vous intéressiez à l'élevage des dobermans, répliqua sèchement Karl.

— Les intérêts varient selon les circonstances, vous savez.

Des phrases vagues pour sonder le terrain, jauger l'adversaire.

— Je suis étonné que vous ne soyez pas entouré par une armée de gorilles, reprit Karl.

— On m'a dit qu'il était préférable de vous rencontrer seul.

On lui avait « dit » de venir seul, songea Karl. Si quelqu'un de son importance pouvait être utilisé comme commissionnaire, l'organisation qu'il affrontait et les intérêts en jeu avaient probablement toute l'importance qu'il croyait.

— Qui « on » ? Étant donné qui vous êtes, je suis curieux de savoir qui a les moyens de se payer ce genre de messager.

— J'ai bien peur que ceci ne fasse pas partie du message, répondit doucement l'homme, dans un effort pour paraître conciliant.

— Alors, c'est moi qui ai bien peur de ne pas pouvoir écouter le message d'une très bonne oreille, répliqua aussitôt Karl en conservant un ton mesuré et poli, presque moqueur.

— C'est hélas ce qu'ils avaient prévu.

L'homme avait l'air sincèrement attristé par la tournure des événements. Karl se demanda s'il se pouvait qu'il ne soit, lui aussi, qu'un simple instrument.

— Ils ont prévu un petit spectacle, poursuivit l'autre. Ils ont dit que ça devrait vous aider à réfléchir. Venez…

Il entraîna Karl vers un bassin extérieur, au fond, derrière celui des otaries.

— Regardez dans le bassin, reprit-il. Vous devriez y trouver une réponse à certaines de vos questions.

Karl baissa les yeux vers la surface de l'eau et il sentit tout à coup une bouffée de chaleur moite, comme s'il avait brutalement été transporté dans l'atmosphère étouffante et humide d'une forêt tropicale.

L'eau grouillait de poissons gris vert au ventre rouge orangé. Certains mesuraient trente centimètres et même un peu plus. Avec des mâchoires hallucinantes… Les poissons de la photo. Des piranhas !

Sans avertissement, une masse brune s'abattit dans le bassin en gesticulant. L'eau se mit aussitôt à bouillonner et devint rouge, comme si l'enfer se déchaînait. Un enfer liquide et tourbillonnant au milieu duquel la masse brune cessa vite de se débattre. Les hurlements se noyèrent dans les gargouillis.

Karl avait tout de suite compris ce qui se passait, mais son esprit était resté comme hypnotisé, englué dans les souvenirs qui se réveillaient en lui. Sans aucun des signes précurseurs habituels, la douleur fondit sur lui, brève et brûlante comme un coup de couteau.

Puis elle se dissipa.

Dans le bassin, il ne restait plus qu'une carcasse de doberman en grande partie dévorée. L'eau, qui avait cessé de s'agiter, conservait une teinte rouge.

Karl prit alors conscience que l'autre homme le dévisageait. Il paraissait aussi ébranlé que lui.

— Ils veulent récupérer la pierre, dit-il. Ils savent que vous l'avez. Ils ont vérifié à McGill. Il faut me dire où vous l'avez mise.

Karl faillit abandonner. Tout lui dire. Il voulait en finir avec le harcèlement, avec la violence dans laquelle on le plongeait. Puis il comprit que cela faisait justement partie de leur plan. L'ébranler. Le terroriser. Le maintenir constamment hors d'équilibre. Pour qu'il cède.

La découverte du cadavre avait été un premier choc. Peut-être accidentel, celui-là. À ce moment, leur principal objectif n'était probablement que de le surveiller. Puis il y avait eu le Beef. La photo de piranha. L'enlèvement de Loki… Et, maintenant, l'homme de la limousine, la mise en scène autour du bassin de piranhas. Avec, comble de raffinement, l'air terrorisé du messager lui-même.

Le raisonnement se faisait tout seul dans sa tête, comme si de vieux réflexes avaient l'habitude d'évaluer ce genre de situations, de les réduire à des stratégies précises et connues. Et ça continuait de se dérouler : si l'organisation pouvait se permettre d'utiliser et de terroriser quelqu'un d'aussi important que le messager, qui était-il, lui, pour s'opposer à tout cela ?

Leur plan avait presque fonctionné. Presque.

Ses mains cessèrent de trembler. Un curieux sourire apparut sur ses traits. L'homme à la limousine le regarda, se demandant s'il était devenu fou.

— Où est la pierre ? insista-t-il.

Karl ne répondit pas. Les nerfs de son interlocuteur étaient manifestement en train de céder.

— Il faut me le dire, répétait-il.

— C'est vous qui avez un message, non ? l'interrompit brutalement Karl.

Le ton tranchant de la réplique aida l'autre homme à se ressaisir. Il se souvint du plan : après l'intimidation, essayer de l'acheter.

— Le Syndicat est prêt à vous payer un bon prix, dit-il. Autrement, vous ne pourrez jamais l'échanger sans le mettre en morceaux. Vous perdrez presque tout.

— Combien ?

— Je ne sais pas. Mais vous pouvez les contacter. J'ai un téléphone dans ma voiture. Ils attendent votre appel.

L'espoir était revenu sur ses traits. Il était suspendu à la réponse de Karl.

— Pas question, répondit ce dernier. Pour l'instant, ce qui m'intéresse, c'est de savoir…

— Savoir quoi ? l'interrompit le messager.

Il regardait Karl sans comprendre. Sa longue expérience ne l'avait pas habitué à cette totale dépendance des décisions d'autrui. Il se sentait coincé entre l'arbitraire de Bort et l'obstination de cet homme qu'il devait convaincre.

— Je veux tout savoir, reprit Karl. Tout.

Il y eut un silence, puis l'homme de Bromont reprit, comme un enfant nerveux qui vient de s'embrouiller dans son texte.

— Ils veulent aussi les renseignements. Les papiers.

— Quels papiers ?

— Ils disent que vous aurez une part raisonnable. Le Syndicat s'engage à fournir tous les capitaux et tous les équipements nécessaires. La seule chose qu'ils vous demandent, c'est de leur indiquer l'endroit.

— Au Brésil, lança Karl, sur une impulsion.

— Ça, ils le savent. Mais le Brésil, c'est grand.

L'homme eut le courage d'un faible sourire, comme s'il reprenait un peu le dessus, avant de poursuivre.

— Ils ne peuvent quand même pas acheter tout le pays, non ?

— Non ? reprit Karl, avec une fausse naïveté flagrante.

L'autre ne savait pas trop si Karl plaisantait. Après tout, le Syndicat avait peut-être réellement les moyens de s'acheter le Brésil : il s'était bien offert d'autres pays. Plus petits, il est vrai. Des pays d'Afrique. Mais tout de même des pays. Sans compter les innombrables concessions qu'il avait partout dans le monde. Lui-même était bien placé pour le savoir : il avait personnellement négocié leurs droits d'exploitation sur les immenses territoires du Nord du Québec.

— Le marché est intéressant, admit Karl. Il y a un seul problème…

— Ça peut sûrement s'arranger.

Karl sentait que l'homme aurait été prêt à presque n'importe quoi pour trouver un accommodement, comme si son propre avenir en dépendait.

— Le problème, dit-il, c'est que je ne sais pas de quoi ils parlent.

— Vous ne savez pas de quoi…

L'homme à la limousine avait l'air catastrophé.

— Ils ont dit que, si vous n'étiez pas d'accord, ils voulaient quand même vous parler, fit-il.

Il eut un geste embarrassé vers l'automobile, comme s'il craignait un nouveau refus, mais Karl le suivit jusqu'à la voiture. Il refusa cependant d'entrer et il demanda à l'autre de lui tendre le téléphone.

— Et alors ? fit la voix désagréable de Face de rat. Vous avez aimé notre petit spectacle ?

— Vous avez un message ? répondit abruptement Karl, sans s'occuper de la question.

— Quelles sont vos conditions ?

— Pour quoi ?

— Pour tout. La pierre et les papiers.

— Je ne pense pas que vous puissiez les satisfaire.

— Dites toujours.

— D'abord, je veux mon chien !

Le faire parler, se disait Karl. Éviter les réponses trop précises.

— Facile, répondit Face de rat. Je vois que nous avions bien calculé votre réaction.

— Pas un chien semblable, le même.

— Facile, je vous dis. Si vous voulez votre chien, vous l'aurez. Dans un bassin de piranhas, il n'y a rien qui ressemble davantage à un doberman qu'un autre doberman. L'effet est le même, n'est-ce pas ?

Karl n'avait aucun moyen de savoir si son interlocuteur disait vrai. Il s'en voulait de lui avoir laissé prendre l'avantage dans la discussion.

— Vos autres conditions ? insista Face de rat.

— Téléphonez-moi ce soir, je vous dirai ce que j'aurai décidé, répondit sèchement Karl.

— C'est une attitude sage. Mais je vous conseille de faire vite. Le prochain avertissement risque d'être... comment dire ?... plus irréversible. Vous me comprenez ?

— Je vous ai dit de rappeler ce soir, répéta sèchement Karl.

— Un ami de longue date est la chose la plus précieuse, poursuivit Face de rat, sur un ton exagérément mielleux. Surtout quand arrive la vieillesse. J'espère que vous aurez une vieillesse heureuse, mon cher Kat. Une vieillesse qui ne sera pas trop... vide.

La communication fut interrompue. Face de rat avait raccroché.

Dans un geste qui était un pur réflexe, Karl arracha la bague du messager et s'enfuit à travers les bois.

Quelques minutes plus tard, il dévalait la falaise en empruntant l'ancienne côte abandonnée pour déboucher dans la rue des Foulons, où il avait garé sa voiture.

◆

Bernie n'était pas très enthousiaste. Le travail que lui avait confié Sam ne lui plaisait pas du tout. Mais il n'avait pas le choix. Malgré ses airs aristocratiques et sa bonne éducation, Sam n'hésiterait pas à envoyer le film à la police avec une note explicative. Ou pire, il pourrait s'arranger pour qu'on retrouve la pellicule chez lui.

Plus personne ne lui ferait confiance: ni les policiers, qui avaient une allergie particulière pour ceux qui étaient compromis dans ce genre de films, ni les truands, pour qui cette catégorie d'activités entraînait une mise en quarantaine aussi automatique qu'un réflexe d'hygiène. Il serait brûlé. Quant aux portes du beau monde, elles se refermeraient tout aussi définitivement. C'en serait terminé de sa profession. Et peut-être pas seulement de sa profession…

Il avait passé la journée dans les pubs, à discuter avec l'un et l'autre, amenant le sujet sur le tapis du mieux qu'il pouvait. Tantôt il parlait d'une rumeur qu'il avait entendue sur le Brésil, en y associant parfois le nom de Kat; tantôt il s'informait de manière générale des plus importantes transactions en cours.

À mesure que la journée avançait, Bernie s'était senti de moins en moins à l'aise. On l'écoutait poliment, mais sans rien ajouter à ce qu'il disait. Il sentait confusément qu'il enfreignait à chaque phrase une des innombrables règles tacites de la bienséance diamantaire. Devant son insistance, certains l'avaient même gratifié d'un haussement de sourcils étonné, geste hautement réprobateur dans ces milieux feutrés.

Puis il y avait eu l'aventure du taxi: on l'avait enlevé. Purement et simplement. On l'avait poussé à l'intérieur d'une voiture. Des mains l'avaient bâillonné et ligoté avec une rapidité toute professionnelle. Sans dire un mot, ses agresseurs lui avaient plaqué un chiffon contre le visage. Il avait à peine eu le temps de réaliser qu'on l'endormait.

Quand il était revenu à lui, il était dans sa propre voiture, la nuit tombait et il avait une douleur agaçante au bras. Sans parler du mal de tête et des nausées consécutives au chloroforme. Il remonta sa manche de chemise et vit qu'on l'avait piqué…

Bernie n'aimait pas du tout la tournure que prenaient les événements. Il composa le numéro que Sam lui avait donné : c'était vraiment une situation d'urgence. D'urgence pour lui, en tout cas.

◆

Après avoir prévenu les policiers qu'un des bassins de l'Aquarium était rempli de piranhas, Karl retourna dans le Vieux-Québec en évitant de passer chez lui. Il avait besoin d'être seul, d'avoir du temps pour réfléchir.

Les rues étaient pleines de touristes en bermudas. La ville abritait un congrès mondial du Club des Lions. Ils saturaient les rues, avec leurs vestes et leurs bérets couverts d'écussons et de médailles. Certains en avaient même à la grandeur de leur pantalon.

Karl soupa dans un café et tua le temps dans les librairies. Il laissait ses pensées s'organiser d'elles-mêmes pendant que son attention flottait d'un sujet à l'autre.

Il avait bien fait, songeait-il, de ne pas paraître résolument opposé à toute discussion. Si les autres en venaient à le croire fermé à tout argument, Dieu savait quelles réactions ils pourraient avoir…

À intervalles irréguliers, son esprit revenait aux piranhas. Curieux, cette insistance. Malgré lui, il ne pouvait s'empêcher de faire un rapprochement avec ses absences. D'abord à cause de la douleur qu'il avait ressentie, là-bas, à l'Aquarium. Puis il y avait autre chose. Autre chose qu'il n'arrivait pas à découvrir.

Et puis, il y avait sa façon de surnager parmi les événements. De surmonter sa panique sans cesse imminente et de démêler les stratégies… Cela l'intriguait. Quel genre d'homme avait-il été, quel genre de vie avait-il donc eu, pendant ses trois années de trou noir ?

Finalement, il se réfugia au Clarendon.

En entrant, il fut bousculé par quelqu'un qui passait la porte en même temps que lui. Sur le coup, il eut un doute. Puis il se dit qu'il y avait une limite à être paranoïaque.

Il s'installa à une des seules tables qui restaient. Le premier spectacle allait commencer. Un quart d'heure plus tard, il enregistra machinalement le départ de l'homme qui l'avait bousculé. Il pensa avec soulagement que l'individu ne devait pas le suivre.

Son esprit revint à la bague qu'il avait arrachée, aux chiffres inscrits à l'intérieur : 23,60. Eux aussi, il se rappelait les avoir vus. Si ses prévisions étaient justes, ce serait le poids exact, en carats, d'un diamant célèbre. Ce qui voulait dire que l'homme rencontré à l'Aquarium leur appartenait, lui aussi. Qu'il était un homme du Syndicat. Tout comme le cadavre, dans sa cave. Tout comme Face de rat.

◆

À l'extérieur, un point lumineux clignotait sur la montre de Moh. Il s'assit à l'écart, dans le petit parc de l'église, et attendit. Moins il se faisait voir, mieux cela valait. De toute façon, le pisteur lui indiquerait le moindre mouvement de Karl.

6

Au dernier étage du 27, Chesterfield Road, l'homme du Syndicat jouait nerveusement avec la pierre bleutée.

Sur le mur, la carte était couverte de points rouges clignotants : les endroits où l'on avait signalé la présence du Rabbin. Toutes les régions critiques, que ce soit Londres ou Johannesburg, Tel-Aviv ou l'Australie, étaient marquées par un ou plusieurs points lumineux. Toutes les régions sauf une : le Brésil.

De plus, il y avait le rapport de l'interrogatoire. Questionné sous l'effet de diverses drogues, Bernard Douglas Alexander McFethridge avait révélé des choses intéressantes : il y avait quelqu'un, à Londres même, qui désirait rester dans l'ombre. Quelqu'un qui s'intéressait à Kat et au Brésil. Un nommé Sam Sloane.

Cela faisait décidément beaucoup trop de coïncidences. Il fallait que le Rabbin soit dans le décor. Toute la série d'événements portait sa signature.

À Québec, les choses n'allaient guère mieux. Kat continuait de résister. Après avoir paru faiblir, il avait attaqué l'homme de Bromont, lui avait arraché sa bague et s'était enfui. Cela voulait dire qu'il commençait à approcher dangereusement de certaines conclusions. Des mesures radicales s'imposaient. Des mesures pour démasquer l'homme qui tirait les ficelles derrière Bernard Douglas Alexander McFethridge. Mais aussi pour montrer à Kat qu'il était temps de cesser de jouer. Il fallait un avertissement sévère.

Oberkfeld reposa le diamant bleu sur la table et appuya sur la touche rouge de l'interphone. Une secrétaire apparut aussitôt. Grande, rousse, elle correspondait, elle aussi, à ses critères « esthétiques. » Pourtant, il ne lui accorda qu'une attention professionnelle.

— Première chose : retrouver McFethridge et prendre des mesures appropriées à son sujet. Si possible, découvrir qui est derrière lui.

L'ordre s'enregistra sur l'appareil que la fille portait à sa ceinture. Quelques minutes plus tard, il serait expédié au responsable de la section des Opérations spéciales. Celui-ci recevrait un bref message, imprimé en caractères d'ordinateur, sans aucune indication d'origine.

Quant à la secrétaire rousse, elle aurait été bien embêtée, si on lui avait demandé d'expliquer ce que le message voulait dire. Par précaution, Oberkfeld répartissait soigneusement les messages entre les secrétaires, pour qu'aucune ne soit en mesure de faire trop de recoupements et d'en apprendre plus qu'elle ne devait. De plus, aucune d'elles ne connaissait les expressions codées qui truffaient ces messages laconiques. Ainsi, les « mesures appropriées » avaient un sens qui n'aurait pas manqué d'inquiéter la jeune femme, si le message avait été rédigé en clair.

Oberkfeld continua de dicter :

— Deuxième chose : contacter Bort. Message : avertissement sévère à Kat. Urgent. Vérifier présence du Rabbin à Québec. Prévoir suivre Kat au Brésil. Utiliser de nouveau 23,60 pour le contacter après l'avertissement. Rapport dès que possible.

Plus Oberkfeld y songeait, plus il était sûr d'avoir mis le doigt sur un complot du Rabbin. Tout concordait. Chacun des indices conduisait au Brésil… C'était tout à fait le genre du Rabbin, que d'avoir récupéré Kat en vue de l'utiliser plusieurs années plus tard. L'affaire du Cullinan B était sûrement un leurre. Même si la pierre s'avérait réelle, c'était une diversion… Surtout si la pierre était réelle !

Le Rabbin s'était probablement douté que le fonds Williamson serait surveillé. Il avait prévu le coup et il avait fabriqué la piste du Cullinan B. C'était bien lui, ce genre de manœuvres tortueuses: justifier l'intérêt de Kat pour Williamson en camouflant son intérêt réel sous un autre intérêt, plus spectaculaire en apparence, mais beaucoup moins important. Derrière le Cullinan B, il y avait le Brésil.

Oberkfeld sourit. Le Rabbin n'avait certes pas perdu ses moyens, comme tentaient de le faire croire les innombrables rumeurs, mais il y avait un défaut dans son plan: la signature.

À force d'être fidèle à lui-même, il devenait prévisible. On reconnaissait son style. Et on pouvait alors le percer à jour.

— Troisième chose, continua-t-il: que l'équipe du Brésil se tienne prête à mon arrivée. Qu'ils préparent un rapport sur tous les voyages de Williamson au Brésil et qu'ils vérifient la présence du Rabbin dans les environs de Diamantina.

Son vieil ennemi ne pouvait être qu'à un de ces deux endroits: Québec ou le Brésil. Sa manie d'être sur place pour monter les opérations était connue. Et, comme l'action allait bientôt se déplacer au Brésil, c'était là qu'il avait le plus de chances de se trouver.

Sur un signe d'Oberkfeld, la secrétaire arrêta l'appareil fixé à sa ceinture. Il lui donna alors ses dernières directives:

— Je pars pour le Brésil dans un jour ou deux. Occupez-vous des réservations et faites préparer mes bagages. Je veux pouvoir partir à n'importe quel moment. Deux suites au Rio Palace et l'équivalent à Diamantina. La routine habituelle.

La secrétaire eut un léger hochement de tête. Ça, c'était une des rares choses qu'elle connaissait bien: les manies du patron quand il se déplaçait. Toujours au moins deux suites. Souvent trois. Dans les meilleurs hôtels. Et toujours au dernier étage. Parfois, il prenait trois suites dans trois hôtels différents, sous trois noms d'emprunt, et il décidait à la dernière minute dans laquelle il s'installerait.

Oberkfeld n'aimait pas les risques inutiles: il préférait s'entourer de toutes les précautions qu'il avait les moyens de se payer. La vie était courte et le poste de Régent faisait l'objet de multiples convoitises !

◆

Sam reçut le message de Bernie par le biais du Centre. Il devait donc y avoir urgence. L'appel datait de la fin de la soirée.

Il n'était cependant pas question d'agir de façon précipitée. Le service israélien de renseignements avait beau être réputé un des plus sûrs, il y avait toujours un risque d'infiltration. Donc de fuites. C'était d'ailleurs pour cette raison qu'il avait demandé à Bernie de ne se servir du numéro qu'en cas d'urgence.

Sam gara sa voiture à proximité de l'appartement de Bernie et il entreprit de reconnaître les environs à pied. Il était deux heures dix.

Bernie n'avait pas téléphoné au bar pour laisser de message à son intention. Il devait se cacher. Peut-être n'osait-il plus sortir de chez lui et attendait-il que Sam vienne le rejoindre… Une chose était certaine, son message était loin d'être éclairant. Il avait simplement dit qu'il fallait qu'il parle à Sam. De toute urgence. Puis il avait raccroché.

Était-ce un piège ?

Se servir d'un agent brûlé pour remonter la filière était un procédé courant. Il suffisait de l'affoler, puis de le surveiller pour voir qui allait répondre à son appel… ne serait-ce que pour le faire taire !

N'ayant rien relevé de suspect, Sam revint à son auto et avança jusqu'à ce qu'il puisse observer l'entrée de l'appartement avec ses jumelles à vision infrarouge.

Il sortit ensuite un récepteur-radio de la boîte à gants et tourna le bouton d'écoute. À part le chuintement de l'appareil, qui croissait à mesure qu'il augmentait le volume du son, aucune voix, aucun bruit particulier ne se fit entendre. Il mit le bouton en position normale et posa le récepteur sur le siège, à côté de lui.

Après leur rencontre au bar, Sam avait profité de l'absence de Bernie, qui s'était tout de suite mis en chasse, pour installer un mouchard dans son appartement.

Il l'avait fait par simple habitude. Et maintenant il bénissait son réflexe. Les routines du métier étaient le meilleur ami de l'agent. Une précaution banale, que l'on prenait de façon mécanique à la suite d'un long entraînement, pouvait tout à coup faire la différence entre la réussite et l'échec d'une mission. Ou même vous sauver la vie.

Sam était un homme de routines et d'habitudes. C'était maintenant la seule chose à laquelle il croyait, si l'on exceptait sa fidélité au vieux rabbin. C'est pourquoi il n'aimait pas l'idée d'abandonner temporairement Bernie à son sort : il le connaissait depuis longtemps et le « spécialiste en milieux divers » faisait partie du décor londonien auquel il était habitué. Malgré ses défauts et ses habitudes extravagantes, il l'aimait bien. Il lui répugnait de le laisser affronter la meute seul, sans même soupçonner dans quoi il était embarqué. Tout ça n'était pas très fair-play.

Mais la priorité absolue était de ne pas être découvert. Il était d'ailleurs facile de comprendre pourquoi. Par lui, on pourrait remonter jusqu'au Rabbin. Et même si on ne réussissait pas à le retrouver, on serait au courant de son existence, de la nature de ses rapports avec Kat, de son intérêt pour le Brésil. De quoi foutre en l'air tous les plans qu'il avait si soigneusement préparés ! Des années entières de travail !

Pour le moment, Sam n'avait pas le choix : même lorsque Bernie reviendrait chez lui, il devrait l'abandonner à son sort et à son affolement. Attendre… S'il y avait réellement quelqu'un après Bernie, Sam serait là, dans son auto. Pour écouter. Mais il n'agirait pas. Il ne pouvait pas agir. Tout au plus pourrait-il avertir les policiers.

Subitement, il se sentit fatigué. Une vague d'écœurement le submergea. Il n'était plus sûr de vouloir ce genre de vie.

« Je vieillis », se dit-il en esquissant un sourire qui s'affaissa aussitôt. Il se cala dans son siège, remonta son collet d'imperméable et attendit.

◆

Quand Bort reçut le message de Londres, il sourit : on lui donnait enfin l'occasion de mettre en pratique certains de ses talents. L'avertissement devait être clair, disait Londres. Mais il ne pouvait pas toucher à Kat. Sous aucun prétexte. Il s'occuperait donc de quelqu'un qui était près de lui. Ce ne serait pas difficile.

Bort avait bien étudié les habitudes de Kat. Il savait exactement où frapper : quelqu'un qu'il voyait presque tous les jours. Quelqu'un avec qui il était lié. Il ne restait qu'à trouver la méthode. Pour ça, il se faisait confiance. Il n'aurait aucune difficulté à improviser sur place. L'histoire se répétait, songea-t-il en souriant.

Il entra dans la camionnette et ordonna au conducteur de démarrer.

7

Karl n'avait pas écouté le jazz avec la même attention que d'habitude. Peu à peu, il avait réalisé certaines conséquences des événements de l'après-midi. Arracher la bague était l'équivalent d'une déclaration de guerre. En outre, ça révélait une partie de ce qu'il savait.

Les autres essaieraient quand même de le contacter, comme prévu. Mais il était probable que, s'ils ne le trouvaient pas, ils essaieraient de l'atteindre indirectement. Ils s'en prendraient à d'autres personnes près de lui.

Il songea d'abord à Véronique: il avait hâte de la rejoindre pour la prévenir. Puis l'idée le frappa... Anny. Même s'il n'était pas allé la voir depuis plusieurs jours, ceux qui le surveillaient pouvaient connaître son existence.

Il avait chaud. Il enleva son écharpe et la déposa sur la chaise à côté de lui, enfouit ensuite son visage dans ses mains et essaya de se concentrer sur la musique. Il avait encore une heure à tuer.

Quand l'heure fut morte, il se leva, traversa le bar et sortit de l'autre côté, par la porte de l'hôtel.

Arrivé devant chez Véronique, il s'aperçut qu'il avait oublié de reprendre son écharpe. Il songea un instant à retourner, puis renonça.

En entrant, il remit à Véronique la fleur qu'il avait ramassée dans les jardins de l'hôtel de ville. Le visage de la jeune femme s'éclaira tout en conservant une trace d'amusement.

— Une raison particulière ? demanda-t-elle en la prenant.

— Pas vraiment.

— Qu'est-ce qui s'est passé à l'Aquarium ?

Karl lui raconta en détail les événements de l'après-midi. Il termina avec l'inquiétude qu'il avait d'une riposte dont elle pourrait être la victime. Elle ou Anny.

— C'était pour ça, la fleur ?

— Non, c'était seulement…

Elle lui prit la main.

Après un moment de silence, Karl lui parla du rapprochement qu'il avait fait entre ses absences et le chien jeté dans le bassin de piranhas.

— Au téléphone, c'était le même individu qu'au Beef. Celui qui a fait des allusions à ce que j'étais avant.

— Tu as raison. C'est probablement relié à tes années de trou noir, comme tu dis.

— En tout cas, c'est relié au diamant. Et pour le Brésil, ils ont l'air de savoir de quoi il s'agit. Ils ont été jusqu'à m'offrir de se charger de l'exploitation et de me laisser une partie des profits… Je me demande ce que ça peut bien être.

— Une mine ?

— J'y ai pensé. Mais, je ne sais pas pourquoi, j'ai l'impression que c'est quelque chose…

Karl s'arrêta au milieu de sa phrase. Il venait d'avoir une idée. Une idée complètement folle. Si c'était après ça que les autres en avaient, il comprenait leurs efforts. Et il comprenait aussi que rien ne les arrêterait. Pas surprenant que le Cullinan B soit la monnaie d'échange pour entrer en possession de son héritage ! La pierre était bien peu de chose, en comparaison du reste.

Véronique vit ses traits se contracter.

— Qu'est-ce qu'il y a ? demanda-t-elle.

— Rien. Juste une idée. Tu as quelque chose pour le mal de tête ?

— Pour ou contre ?

Il lui jeta un regard impatient.

Elle se leva, puis revint avec un verre d'eau et deux pilules dans la main.

— Qu'est-ce que c'est ? demanda-t-il, méfiant.

— Entrophen-10.

Il les prit et les avala sans eau, l'air dégoûté.

— Ça fait longtemps ? demanda-t-elle.

— Quoi ?

— Ton mal de tête.

— Ça va passer.

— Ce n'était pas la question. Oh, et puis, si tu trouves glorieux de souffrir en silence…

Elle se leva et sortit un carton rempli de notes.

— Qu'est-ce que tu fais ? demanda Karl, au bout d'un moment.

— Je mets de l'ordre dans mes projets d'articles.

La diversion sembla avoir de l'effet.

— Ça a commencé vers l'heure du souper, dit Karl. J'étais en train de penser au truc de l'Aquarium, aux représailles…

— C'est peut-être le stress ?

— Je pensais qu'ils s'en prendraient à ceux qui sont près de moi, poursuivit Karl, ignorant la remarque. Toi… Anny…

Il devait beaucoup tenir à cette fille, se dit Véronique : elle était une des premières personnes pour qui il avait craint. Puis elle réalisa qu'il avait également pensé à elle. Elle en fut à la fois émue et mal à l'aise.

Il était attachant, avec sa façon de laisser entrevoir ses émotions à demi-mot, de ne pas pouvoir les exprimer mais d'être incapable de les cacher tout à fait.

Karl se mit subitement à trembler. Comme si, tout d'un coup, la tension était devenue trop forte. Qu'il ne pouvait plus la contenir. Il évitait de regarder Véronique et se concentrait sur ses mains. Il leur parlait à l'intérieur de lui-même, comme si elles avaient été des bêtes malades dont on aurait pu calmer l'agitation par des paroles rassurantes.

Véronique mit ses notes de côté et revint vers lui. Lentement, elle lui prit la tête entre les bras et lui caressa doucement les cheveux.

— Détends-toi, murmura-t-elle.

Ils demeurèrent plusieurs minutes immobiles. Seuls les doigts de Véronique bougeaient doucement dans ses cheveux.

Il se calma. Puis, après un long moment, il releva la tête vers elle. Il avait encore le regard un peu égaré, mais la lueur de moquerie qu'elle lui connaissait revenait graduellement. Elle lui fit un sourire et se moqua gentiment.

— Si quelqu'un m'avait dit que tu me ferais faire du nursing !

— C'est le choc, dit-il. On peut le retarder mais, à un moment donné… Je suis désolé de t'avoir imposé ça.

— Imbécile.

Le ton, à la fois humoristique et attendri, démentait la violence du terme. Il y perçait néanmoins un peu de déception. Même enfoncé comme il l'était dans des événements qui auraient terrorisé n'importe qui, il persistait à vouloir demeurer seul. Au-dessus de tout.

Karl, lui, réalisa qu'il l'avait blessée. Mais il hésitait. Il voulait la tenir le plus possible à l'écart. Si ses appréhensions se confirmaient, tous les gens impliqués de près ou de loin dans cette affaire seraient bientôt en danger.

Et puis, il s'expliquait mal l'insistance de Véronique à s'intéresser à lui. Il avait toujours un doute : était-ce d'abord par intérêt personnel, comme il avait de plus en plus tendance à le croire, ou bien pour son travail ? Et, si c'était pour son travail, de quel travail s'agissait-il ? Simplement de son article ?

— Écoute, dit-il, je…

Véronique lut dans son regard le désarroi qu'il ressentait.

— Ce n'est rien, dit-elle, presque sur un ton d'excuse.

— Je vais te raconter quelque chose… Quand j'étais jeune, les femmes se retournaient sur mon passage pour me regarder. Au point qu'à dix-sept ans j'ai été voir un psychiatre. Je lui ai dit que je devais avoir quelque chose qui n'allait pas, que j'avais l'impression d'être une bête curieuse. Peut-être que j'avais une sorte de laideur particulière…

— J'imagine, oui…

— Les femmes qui se retournent, qu'il m'a répondu, penses-tu que c'est pour ton quotient intellectuel ? Est-ce que quelqu'un t'a déjà dit que tu étais beau ?

Karl eut un sourire timide avant de poursuivre.

— Je pensais qu'il voulait me draguer !

— Comment as-tu réagi ?

— J'ai essayé de lui casser la gueule.

— Ça n'a pas marché ?

— Il était ceinture noire de karaté ! Après m'avoir envoyé par terre, il s'est mis à rigoler.

Le souvenir de la scène élargit le sourire sur le visage de Karl.

— Ça peut te sembler bizarre que je te dise ça, mais, quand j'étais jeune, j'étais assez beau, il paraît. C'est sûr qu'aujourd'hui… mais à vingt ans…

Véronique trouvait que, même aujourd'hui, c'était très acceptable. S'il n'avait pas été si stupidement bardé de défenses… Puis elle se demanda s'il l'aurait intéressée autant, sans toutes ces défenses.

Elle était obligée de reconnaître en elle l'émergence d'un curieux sentiment de protection. C'était bien la peine de faire un article sur les dragueurs, si elle se laissait piéger à l'instinct maternel par le premier venu ! Enfin, pas exactement le premier venu, rectifia-t-elle mentalement. Mais tout de même…

— Qu'est-ce qui s'est passé ? demanda-t-elle.

— Pas grand-chose… C'était juste pour te dire que l'attention que me portent les gens m'a toujours mis mal à l'aise.

— Les filles, tu veux dire ?

— Oui, mais pas seulement.

— Tu n'as quand même pas vécu comme un moine pendant toutes ces années !

— Non…

— Je me disais, aussi.

— Je n'ai jamais vraiment compris ce qui les intéressait.

— Tant que ça ne t'empêche pas d'en profiter !

— Si on regardait tes articles, fit Karl, visiblement désireux de changer de sujet.

— D'accord, mais c'est seulement une pause. On va continuer cette conversation plus tard.

En tout, il y avait une bonne dizaine d'articles, tous à différents stades d'élaboration. L'un d'eux était presque terminé. Sur les machos.

Karl était intrigué.

— Tu publies ça où ?

— Nulle part probablement. La mode est passée. C'est ça que j'ai reconverti sur la drague.

Karl feuilleta en diagonale. L'article était écrit dans le style d'un manuel de zoologie et consistait essentiellement en une collection de spécimens typiques : jeune cadre agressif et dynamique, propriétaire de Corvette, homosexuel variante cuir clouté, jeune délinquant heavy métal, syndicaliste, sportif de télé, militant dans les groupes de gauche trop occupé pour prendre soin des enfants, homme d'affaires carburant à l'entrepreneurship et aux jeunes secrétaires, mâle féministe…

— Penses-tu que c'est possible d'y échapper ? demanda-t-il en riant.

— Bien sûr que non, répliqua-t-elle sur le même ton. Il y a des catégories pour tout le monde ! En fait, il y a une seule espèce que je n'ai pas répertoriée.

— Laquelle ?

— Le genre… inaccessible.

Véronique fit une pause. Quand elle reprit, son ton avait perdu toute trace de provocation.

— Il est souvent très gentil, mais il n'y a pas moyen de l'approcher vraiment : le style enfant blessé crispé intérieurement sur ses défenses. C'est d'ailleurs la clé de sa séduction : il joue à la fois sur l'instinct maternel, par sa vulnérabilité d'enfant blessé, et sur le défi, par toutes les défenses qu'il met devant chaque approche. Le moindre geste de sa part, le moindre moment de présence prend alors l'apparence d'un événement, d'un cadeau sans prix.

Il était évident qu'elle parlait de lui. Il était tout aussi évident qu'elle le faisait en choisissant soigneusement ses mots, en adoucissant le ton de sa voix, comme si elle avait peur de le blesser.

— Souvent, aussi, il a besoin d'être accaparé par quelque chose. De se battre. D'être le meilleur dans son domaine. Comme si une vengeance l'animait... Pense à Clint Eastwood. Il parle peu. Par monosyllabes. Regarde longuement. Agit vite. Est efficace. Et, aussitôt après avoir gagné, il s'en va. Malgré la femme qu'il aurait pu aimer... Le mythe du solitaire. Le *lonesome cow-boy*... Lucky Luke.

Puis, retrouvant son ton à la fois plus enjoué et complice, elle ajouta :

— Est-ce que tu penses que j'en oublie ?

— Et les femmes ?

— J'ai des catégories spéciales pour elles, mais je les ai gardées pour la conclusion.

D'une certaine façon, Karl était soulagé. Tous ces projets d'articles montraient à l'évidence qu'elle était bien journaliste. Quant au dernier spécimen qu'elle avait disséqué, l'inaccessible, elle l'avait fait avec assez de précaution dans la voix et dans le geste, avec assez d'intensité aussi, pour qu'on puisse y lire un intérêt qui n'avait rien de professionnel.

Les motifs de son insistance à le voir semblaient tout à coup plus clairs.

— Bon, il va falloir que j'y aille, dit-il.

— Tu vas coucher chez toi ? Après ce qui s'est passé ?

— Non. Je vais attendre à demain pour y aller.

— Et ce soir ?

— Un hôtel. Maintenant que je suis riche…

— Tu peux rester ici, si tu veux.

— C'est mieux que j'y aille.

— J'ai vraiment envie que tu restes, insista Véronique.

— Moi aussi. C'est pour ça que c'est mieux que j'y aille.

— Arrête tes enfantillages ! répliqua-t-elle avec humeur. Si tu veux coucher sur le divan, tu peux.

— Bon.

Elle s'approcha brusquement de lui, lèvres tendues, et lui mit les mains dans le cou.

— On fait la paix ?

— D'accord. On fait la paix.

Karl la prit dans ses bras et l'embrassa délicatement. Les mains de Véronique se crispèrent sur ses épaules et elle se pressa contre lui, comme pour se l'incorporer. Au moment où elle allait glisser sa main sous sa ceinture, elle sentit qu'il l'écartait.

— Vaut mieux arrêter, dit-il.

Elle ne comprenait pas. Elle ne savait pas si elle devait rire ou l'engueuler. Il avait l'air réellement désolé.

— Je t'expliquerai, dit-il. Plus tard. C'est mieux de dormir.

Elle lui tourna les talons.

— Espèce d'agace-pissette ! lança-t-elle en s'éloignant, sur un ton où l'amusement ne parvenait pas à dissimuler toute trace de déception.

En revenant de la chambre, elle lui jeta des draps et des couvertures par la tête.

— Tu pourras te débrouiller ? demanda-t-elle.

Il fit signe que oui.

◆

Le dernier client sortit du Clarendon. Moh attendait toujours dans le parc de l'église.

Quand il vit que le concierge allait verrouiller la porte de côté, il se précipita en disant qu'il avait oublié quelque chose.

Il n'eut aucune difficulté à retrouver l'écharpe de soie bleue sur la chaise où Karl l'avait abandonnée. Il la prit, récupéra le pisteur qu'il y avait fixé et le mit dans sa poche. Il s'adressa ensuite personnellement quelques imprécations bien senties pour son manque de prévoyance, puis il sortit, sous l'œil soupçonneux du concierge qui nettoyait le tapis.

Restait le plus difficile: annoncer au Rabbin qu'il avait perdu Kat.

8

Au matin, Sam vit un camion de la compagnie de téléphone s'arrêter à quelques maisons de chez Bernie. Par le micro, il entendit les deux employés entrer dans l'appartement. Ils ne dirent presque rien pendant les trois ou quatre minutes que dura leur travail. Puis ils s'en allèrent sans faire aucun effort pour passer inaperçus.

Sam ne mordit pas. Il demeura dans l'auto, à attendre, dissimulé derrière les fenêtres opacifiées. Il connaissait bien cette tactique qui consistait à piéger un guetteur en lui donnant quelqu'un à suivre pour le débusquer.

Une heure plus tard, ses soupçons se confirmaient: une voiture garée de l'autre côté de la rue se mit en marche. Quand elle était arrivée, au tout début de la matinée, un homme en était sorti pour entrer dans l'édifice en face de chez Bernie. Et maintenant l'automobile se remettait en marche sans que personne y soit revenu. Quelqu'un y avait donc attendu, dissimulé de la même façon que lui.

Quand l'automobile passa à sa hauteur, il se cala instinctivement dans le fond du banc malgré la protection du verre teinté.

Dix minutes plus tard, Bernard Douglas Alexander McFethridge rentrait chez lui.

Sam continua d'attendre. Avec l'homme qui devait surveiller, en face, il n'était pas question de se manifester. Il haussa un peu le volume du récepteur-radio et pesta contre sa négligence: il n'avait rien apporté à se mettre sous la dent et son estomac commençait à faire entendre des bruits fort peu aristocratiques.

En entrant chez lui, McFethridge était fourbu. Complètement vidé.

Après avoir essayé en vain de joindre Sam, il avait cédé à la panique. Toute la soirée et toute la nuit, il avait erré dans des cinémas et des bars où il ne mettait jamais les pieds. Où personne ne risquait de le chercher.

Puis, peu à peu, son angoisse s'était calmée. Si ceux qui l'avaient enlevé en avaient réellement après lui, avait-il fini par se dire, ils ne l'auraient pas libéré. Toute l'affaire devait être une erreur.

Son mal de tête avait presque disparu. Il se demandait avec quoi on l'avait piqué. Quelque chose pour le faire tenir tranquille sans doute. En tout cas, c'était bon signe: ses kidnappeurs avaient pris les moyens pour qu'il ne puisse reconnaître personne. Ça voulait dire qu'ils avaient eu, dès le départ, l'intention de le relâcher.

Au matin, il avait décidé de rentrer chez lui. De dormir un peu. Pourvu que Sam ne soit pas trop en rogne qu'il ait utilisé le numéro d'urgence. Vers midi, il irait le rencontrer au pub pour discuter de tout ça.

Il se débarrassa de son habit de soirée, le rangea soigneusement sur un cintre et se prépara un grand verre de lait chaud. Assis dans un fauteuil, il relaxerait un instant avant de se coucher.

Il se mit à songer à l'époque où il avait fait son apprentissage dans les bas-fonds de luxe, ceux où l'on satisfait avec élégance aux besoins les plus sordides du beau monde.

Il se rappela les deux jeunes garçons qui étaient morts au cours du tournage du film. Sur l'écran, on ne perdait rien. Les réalisateurs étaient emballés. Mais, pour Bernie, il y avait un léger problème : son visage était gravé sur la pellicule. Un simple figurant, mais quand même… Par chance, Sam avait arrangé les choses.

Qu'est-ce qui pouvait être assez important pour le pousser à utiliser cette carte ? Sans doute un gros investissement. Un placement dans une entreprise liée au diamant. Car, pour Bernie, Sam était un homme d'affaires qui vivait de spéculations diverses.

Le téléphone arracha Bernard Douglas Alexander McFethridge à son fauteuil. Il eut d'abord l'idée de ne pas répondre. C'était probablement Sam et il n'avait pas envie d'affronter l'explication tout de suite. Il aurait préféré attendre le rendez-vous du lendemain midi, au pub. Mais il avait hâte de raconter ce qui lui était arrivé et, surtout, de questionner Sam pour savoir dans quelle affaire tordue il l'avait embarqué.

Autant répondre et régler immédiatement cet unique point noir dans un avenir qui, somme toute, s'annonçait long et brillant.

— Monsieur Bernard Douglas Alexander McFethridge ? s'enquit une voix douce et chaude, presque aussi aristocratique que celle de Sam.

— Lui-même.

— Vous êtes bien le monsieur Bernard Douglas Alexander McFethridge qui cherchait des informations sur le Brésil et sur un certain Kat ?

— Oui, oui, se dépêcha de répondre Bernie, un peu inquiet mais tout de même heureux à l'idée qu'il aurait finalement quelque chose pour Sam.

Une chance qu'il avait répondu.

— J'ai une information pour vous, poursuivit la voix paisible et bien éduquée. Une information vitale, oserais-je dire.

— Je vous écoute.

Tout en parlant, Bernie avait pris un stylo et un bloc-notes dans le tiroir du petit bureau sur lequel était posé le téléphone.

— Vous êtes toujours là ? s'enquit la voix.

— Oui, oui.

— Eh bien, dans exactement cinq secondes… c'est-à-dire maintenant deux… votre téléphone va…

La communication fut interrompue. Les restes de Bernard Douglas Alexander McFethridge s'affalèrent sur le plancher. Il n'avait plus guère de consistance et il lui manquait la partie supérieure du corps.

Sam entendit très bien l'explosion. Il craignit même un instant que la force du bruit retransmis par son récepteur ne trahisse sa présence. Il baissa précipitamment le volume de l'appareil et résista à l'envie d'aller voir.

Bernie avait peut-être mis la main sur quelque chose, mais aller le chercher équivalait à se faire repérer. Dans l'appartement, il pouvait même y avoir une deuxième bombe, plus puissante que la première, pour accueillir ceux qui viendraient ramasser les morceaux.

Ça aussi, c'était une tactique connue.

Sam aurait voulu partir pour pouvoir enfin aller manger, mais il devait attendre que la surveillance se relâche. Partir tout de suite aurait été s'exposer à être suivi. Tant qu'à être cloué sur place, décida-t-il, autant en profiter pour téléphoner au Rabbin. Ce dernier avait été catégorique: il voulait être averti sans délai de tout nouveau développement. Et il ne devait prendre aucune initiative sans lui en avoir d'abord parlé.

En composant le numéro, Sam se demanda s'il allait pouvoir un jour recommencer à dormir.

◆

Annoncer une mauvaise nouvelle au Rabbin n'était jamais une chose agréable: habituellement, il tolérait le succès et condescendait à un bon mot en cas de réussite exceptionnelle. Les échecs, il n'en parlait jamais. Il disait simplement « bien », ou un autre mot banal, pour signifier qu'il avait enregistré l'information. Et il passait à autre chose. C'était pire qu'une longue engueulade.

En apprenant la nouvelle que Moh avait perdu la trace de Kat, le Rabbin n'avait, bien sûr, fait aucun éclat. Sa petite voix presque brisée était simplement devenue un peu plus froide que d'habitude. Il lui avait demandé s'il avait vérifié chez la reporter. Ou plutôt il ne lui avait rien demandé; il avait simplement dit: « Bien entendu, vous avez déjà vérifié chez la fille. »

Moh s'était tout de suite empressé de répondre qu'il y allait justement, qu'il s'était arrêté en chemin pour le mettre au courant et qu'il serait sur place au plus tard dans une demi-heure.

— C'est une bonne idée que vous avez eue, avait alors approuvé le Rabbin.

Puis il avait raccroché.

En reposant l'appareil, il se retourna vers mademoiselle Dubreuil.

— Moh a perdu Kat, dit-il.

— Ah…

— Normalement, il devrait le retrouver.

— De toute manière, il y a une deuxième couverture, non ?

— Oui, il y en a une…

Mais le Rabbin hésitait à l'utiliser immédiatement car, une fois activée, elle serait beaucoup plus vulnérable.

Dans le jargon du métier, il s'agissait d'une couverture dormante. Elle ne devait se manifester sous aucun prétexte sans en avoir reçu l'ordre explicite. Sa seule tâche consistait à s'implanter dans l'environnement de la personne visée, à la croiser fréquemment pour l'habituer à sa présence. La couverture devait s'incruster dans l'environnement de la cible au point de ne même plus être remarquée. C'était un principe analogue à celui des taupes, mais appliqué aux filatures. Évidemment, cette technique n'était utilisée que pour les surveillances à long terme.

C'était pourquoi le Rabbin hésitait à l'activer : lorsqu'il en aurait besoin, plus tard, elle aurait toutes les chances d'être brûlée.

— On va lui donner une autre journée, dit-il. De toute manière, on pourra toujours le récupérer à l'avion.

— Vous êtes certain qu'il va y aller ?

— Tant qu'il continue de se comporter comme prévu…

Jusqu'à présent, Kat avait bien supporté l'épreuve du feu. Mieux, même, que les analyses ne l'avaient anticipé. S'il y avait un problème, c'était plutôt sa tendance à en faire trop.

Quand Moh lui avait raconté de quelle manière Kat s'était emparé de la bague, à l'Aquarium, le Rabbin n'avait pu réprimer un frisson : dans des circonstances ordinaires, cela aurait pu signifier son arrêt de mort. Par chance, il était maintenant devenu trop important aux yeux de « ceux d'en face » pour être éliminé. À cause du Brésil.

Dix minutes plus tard, le téléphone vibrait de nouveau.

— Sam, dit mademoiselle Dubreuil en tendant l'appareil au Rabbin.

— Oui ?

— Mauvaises nouvelles, déclara d'emblée l'agent. J'ai perdu mon meilleur contact.

— Perdu ? fit le Rabbin, caustique, feignant de croire qu'il l'avait négligemment égaré.

Sam raconta en peu de mots la fin de Bernard Douglas Alexander McFethridge. Contrairement à ce qu'il s'attendait, le Rabbin n'eut pas l'air particulièrement contrarié.

— Qu'est-ce que je fais ? demanda Sam. Je suis la piste de ceux qui ont refroidi Bernie ou j'essaie de lancer de nouveaux contacts ?

— Ni l'un ni l'autre. Vous faites le mort.

— Je fais quoi ?

— Le mort. Vous avez bien agi en ne vous montrant pas. C'était sûrement un piège. Nous savons ce que nous voulions savoir.

— C'est-à-dire ?

— Ce sont bien eux qui s'intéressent à Kat.

Cela n'avait aucun sens, songea Sam. Toute cette enquête pour vérifier si c'étaient bien « ceux d'en face » qui s'intéressaient à Kat ?

— Peut-être qu'ils sont au courant, pour le Brésil ? reprit-il, avec une certaine inquiétude.

— Ils ont appris que Kat y allait, confirma le Rabbin, comme si le détail n'avait aucune importance. Vous allez vous rendre là-bas immédiatement. En vous dépêchant, vous pourrez arriver en fin de journée.

— Je n'ai pas dormi, protesta Sam. Vous savez, c'est une habitude qui a encore cours dans les pays civilisés.

— Vous achèterez un billet pour Paris, poursuivit le Rabbin, ignorant la remarque. Puis, de là, un billet vers les Açores et ensuite Rio. Autant ne pas courir de risques : ils sont capables de surveiller tous les départs pour le Brésil à partir de Londres.

— Entendu, maugréa Sam.

— De là, vous irez à Diamantina. Votre couverture est au point ?

— J'ai réglé ce qui restait à faire lors du dernier voyage.

— Vous me téléphonerez en arrivant. Il s'agit de mettre un point final aux transactions que vous avez entreprises il y a quatre ans. Prévoyez un deuxième pied-à-terre dans chaque ville. On ne sait jamais.

— C'est vous qui payez !

— À propos, ce Bernard Douglas quelque chose… il vous connaissait sous un pseudonyme ?

— Oui. Samuel Sloane.

— Bien… Ah, j'oubliais. Je vous permets de dormir pendant le vol.

— Trop aimable.

Le Rabbin raccrocha.

L'inquiétude que Sam avait ressentie lors de la réunion précédente lui revint : « ceux d'en face » étaient au courant pour le Brésil et le patron n'avait pas l'air de s'en soucier outre mesure. Il l'envoyait sur les lieux comme si de rien n'était. Il faudrait absolument qu'il discute de ça avec Moh aussitôt que possible. Au fond, la seule chose rassurante était cette façon que le Rabbin avait de l'expédier d'un bout à l'autre de la planète sans le moindre ménagement. Ça, au moins, c'était tout à fait son style.

Le Rabbin sourit : le poisson avait l'appât dans la gueule. Le piège commençait à se refermer.

— Comme je vous disais l'autre jour, lança-t-il à mademoiselle Dubreuil, ce sont vraiment des gens très susceptibles, nos amis « d'en face ».

— Vous avez l'air satisfait du chat qui vient de s'acheter un élevage de souris. Je suppose que toute l'enquête de Sam était du bidon. Vous espériez seulement une réaction du genre.

— Faire des vagues, confirma le Rabbin.

— Et c'est pour ça que vous avez interdit à Sam de s'exposer personnellement ?

— Je vois que je vais avoir un successeur remarquable, dit-il, avec un éclair de fierté dans le regard.

— Si j'accepte.

— Évidemment que vous accepterez ! De toute façon, vous savez très bien que je n'en ai plus pour longtemps. C'est vous qui allez terminer cette opération. Avec Moh et Sam pour vous aider, il n'y aura pas de problèmes. Peut-être même hériterez-vous de Kat... Vous lui expliquerez les choses, n'est-ce pas, quand l'opération sera terminée ?

— Vous êtes encore en train de radoter, répliqua mademoiselle Dubreuil, avec une bonne humeur exagérée.

Mais le cœur n'y était pas.

9

La cafetière était préparée: il ne restait qu'à descendre le filtre. Karl était déjà debout.

— Je suis allé chercher les journaux, dit-il, lorsqu'il vit apparaître Véronique dans la porte de sa chambre. L'histoire est déjà en première page.

Les titres et les photos rivalisaient de violence.

MYSTÈRE À L'AQUARIUM

L'AQUARIUM SANGLANT

LES POISSONS DE LA MORT

Tous se perdaient en conjectures sur les raisons pour lesquelles on avait introduit des piranhas dans un des bassins ouverts de la terrasse: on parlait des enfants qui avaient l'habitude d'aller y jouer, des responsables qui ne prenaient pas leurs responsabilités, de la société moderne qui produisait de moins en moins de richesses et de plus en plus de maniaques...

Le plus inexplicable, c'était que les poissons ne provenaient pas de l'Aquarium. Bien sûr, l'institution en avait trois ou quatre, mais ils étaient beaucoup plus petits et on les conservait à l'intérieur de l'édifice, dans un bassin inaccessible au public. Seule une vitre permettait de les voir.

— Bien dormi ? s'informa Karl.

— Pour une nuit seule, pas trop mal... En tout cas, avec ça, je suis bien réveillée, ajouta-t-elle, avec un signe vers les journaux.

Les photos étaient presque toutes des gros plans de gueules de piranhas. On avait même déterré des archives la traditionnelle photo de la carcasse de bœuf nettoyée en cinq minutes.

Ils mangèrent néanmoins avec appétit. Karl paraissait maintenant immunisé contre les photos de piranhas et il dévora plus que sa part de crêpes aux pommes.

Quand ils eurent fini, il récupéra les assiettes et les déposa dans le fond de l'évier. Puis il revint s'asseoir à la table, comme s'il attendait qu'elle pose les questions.

— Qu'est-ce que tu vas faire ? demanda-t-elle.

— Aller à la maison.

— Ils vont t'attendre.

— C'est possible. Mais, si je me cache, ils vont frapper les gens autour de moi pour me faire sortir.

— Tu veux que j'y aille avec toi ?

— Non. Moins tu seras mêlée à tout ça, mieux ce sera. Déjà, que je vienne ici…

— D'accord. Je vais en profiter pour expédier l'ouvrage qui traîne au bureau.

— Bon, j'y vais. Inutile de m'attendre avant ce soir.

— Tu reviens ici ?

— Oui. À moins que tu préfères…

Il ne ratait pas une occasion, songea Véronique. Le plus difficile, c'était de ne pas savoir pour quelle raison il semblait se rétracter à tout bout de champ, comme si on avait touché une zone trop sensible. Était-ce à cause de ce qu'il avait vécu ? Du trou noir et de ses « absences » ?… Ou parce qu'il se méfiait d'elle ?

Au début, cela ne l'avait pas trop affectée : il était simplement un travail. Maintenant, elle ne savait plus.

— À ce soir, lança-t-elle en se levant. Tu peux prendre l'auto, si tu penses que la tienne est surveillée.

— Tu es sûre que ça ne te dérange pas ?

— Tant qu'à jouer aux espions, aussi bien le faire dans les règles !

Karl se contenta de sourire, s'empara des clés qui étaient sur le rebord de la fenêtre et sortit en faisant un signe de la main.

◆

Il traversa rapidement la ville et se rendit directement rue Champlain. À distance prudente, Moh avait repris la filature.

À la radio, une tribune téléphonique se consacrait à l'affaire des piranhas. La question était de savoir si on devait permettre aux gens de garder chez eux des animaux dangereux.

Plusieurs évoquèrent les innombrables serpents jetés dans les toilettes et qui se retrouvaient dans la nature par le biais des égouts. Quelqu'un cita même le cas d'un boa qui avait emprunté le renvoi d'eau des toilettes pour aboutir dans celles du voisin, à l'étage inférieur. Le malheur avait voulu que cela se produise précisément au moment où le voisin en question était en train de se servir desdites toilettes. La victime était encore en traitement pour choc nerveux.

L'expert de circonstance cita le cas de piranhas qui s'étaient acclimatés au lac Champlain. Quelqu'un les avait sans doute jetés là pour s'en débarrasser et ils avaient trouvé refuge à l'endroit où une centrale nucléaire déversait les eaux de refroidissement de son réacteur. Même en hiver, l'eau ne gelait jamais, à cet endroit. Les opinions dérivèrent alors sur les dangers de mutations causées par la radioactivité, sur les races de piranhas géants qui pourraient naître…

Karl ferma la radio. Il avait l'impression qu'une nouvelle lubie collective était en train de prendre forme. D'ici une semaine, les cinémas ressortiraient tous les films de piranhas qu'ils pourraient trouver !

Il gara la voiture à l'entrée de la rue Champlain et fit le reste du trajet à pied. Avant d'arriver chez lui, il fut interpellé par le vieux Cayer.

— Comme ça, la vermine a débarqué chez vous ! fit l'ancêtre, avec un sourire malicieux.

— Où est-ce que vous avez pris ça encore ? répliqua Karl, sur le même ton.

— Ça sert à rien de finasser, le jeune. Je les ai vus sortir du camion pour aller chez vous. Ils sont même montés au deuxième.

— Si tu les as vus…

Karl prit un air embarrassé que le vieux s'empresserait d'interpréter comme un aveu. Inutile de l'inquiéter avec toute cette histoire.

Il entra ensuite chez lui avec précaution.

À l'intérieur, rien ne semblait avoir été déplacé. Peut-être étaient-ils simplement à sa recherche… Un instant, il se demanda si l'appartement n'était pas piégé: une bombe ou quelque chose du genre. Puis il alla à la fenêtre.

Son intuition ne l'avait pas trompé. La camionnette grise de l'exterminateur était stationnée à l'autre bout de la rue, presque devant chez Anny. Il essaya de voir à l'intérieur du véhicule avec des jumelles. En vain. Toutes les vitres étaient opacifiées.

Karl revint dans la cuisine. C'est alors qu'il remarqua la porte entrouverte de la salle de bains…

Désormais, Noël Joyeux ne se plaindrait plus uniquement d'être petit et laid. Attaché comme un gibier, il pendait au-dessus du bain, le corps dans l'eau, les jambes et les bras dressés vers la planche horizontale à laquelle il était ligoté.

La planche, qui passait entre les cordes qui attachaient ses poignets et ses chevilles, était appuyée à un bout sur la tablette de la fenêtre ; à l'autre, elle était retenue par la corde du séchoir à la sortie en métal de la douche.

L'eau avait refroidi. Mais cela n'avait rien changé aux cloques qui couvraient le corps de Noël Joyeux. Brûlures au deuxième degré. Au troisième, à certains endroits.

Le plus étrange était son regard. La tête, renversée vers l'arrière et appuyée sur le bord de la baignoire, fixait sur Karl de grandes pupilles dilatées.

Karl analysait la situation avec un détachement froid et minutieux, comme s'il était plongé dans une sorte d'état second. Il comprit qu'on avait drogué Noël Joyeux pour qu'il survive à ses brûlures, qu'il ne meure pas d'une crise cardiaque ou d'un choc physiologique… C'était une sanction. Elle avait été infligée de manière à provoquer un maximum de dégâts, mais sans tuer.

C'était ça, le raffinement. Une mutilation à vie avait un impact beaucoup plus fort, beaucoup plus durable surtout, que n'importe quelle exécution. Dans cinq ans, le corps de la victime serait encore là pour rappeler l'avertissement.

Karl décrocha le pauvre Noël Joyeux et l'étendit sur son lit. Tant que la drogue ferait effet, il ne souffrirait pas.

L'ambulance arriva en hurlant. Tous les voisins sortirent sur les balcons. Le temps de le dire, Noël Joyeux se retrouva sur une civière, à l'intérieur de l'ambulance : de toute sa vie, il n'avait probablement jamais été l'objet d'autant de soins et d'attentions.

Il ne restait plus qu'à attendre l'arrivée des policiers…

Karl ne pouvait se défaire d'un sentiment de déjà-vu, comme si ce qu'on avait fait subir à son ami portait une signature. Peut-être à cause des cordes, songea-t-il en pensant aux photos que collectionnait Noël Joyeux. L'ironie de la situation l'avait frappé malgré lui dès qu'il l'avait aperçu, dans la salle de bains…

Il avait pensé à Véronique, à Anny, mais il n'avait pas pensé à Noël Joyeux. Personne ne pensait jamais à lui. Personne sauf… Pour l'instant, il ne pouvait pas encore mettre de nom. Mais il avait un indice : Eugène inc.

Depuis plusieurs jours, ils traînaient dans le quartier. Le vieux Cayer les avait vus entrer chez lui. Ils étaient même montés au deuxième.

Karl se souvint alors du malaise confus qu'il avait ressenti en les apercevant par la fenêtre. Sur le coup, il avait été trop accaparé par les événements pour y porter attention. Mais maintenant…

Il regarda à travers le rideau. La camionnette était toujours garée au même endroit, devant chez Anny, comme s'ils attendaient. Allait-elle être la suivante ?

Quand on sonna à la porte, Karl en eut le pressentiment : l'inspecteur Gratton. Heureusement, et c'était tout aussi prévisible, l'inspecteur Lefebvre suivait.

Les deux policiers employèrent leur tactique habituelle : l'homme à la calvitie souriante se concentra sur la recherche du meilleur fauteuil disponible pendant que son collègue attaquait sans préambule.

— On envisage sérieusement de créer une permanence chez vous, dit-il. Comme ça, on serait sur place aussitôt qu'il arrive quelque chose. Vous n'auriez pas une chambre, un bureau que vous pourriez nous louer ?

— Une cage, ça vous irait ? répliqua Karl.

Gratton le dévisagea un long moment avec un regard mauvais avant de rétorquer :

— Si vous nous expliquiez en quoi consiste votre nouveau passe-temps ? finit-il par dire.

— Je croyais qu'on était présumé innocent jusqu'à preuve du contraire.

— Racontez-nous ce qui est arrivé, intervint alors l'abondant inspecteur Lefebvre, avec son bon sourire qui semblait défier les ans et les vicissitudes humaines.

Karl leur expliqua de quelle manière il avait trouvé Noël Joyeux. Il ne leur parla cependant ni d'Eugène inc, ni de l'épisode des piranhas à l'Aquarium, ni du Cullinan B.

— À part de ça, quoi de neuf ? conclut l'homme au teint jaune. Toujours dans le trafic des diamants ? La routine, quoi !

— Comme vous dites.

— Évidemment, vous n'avez aucune idée de qui a fait ça ?

— Évidemment.

— Ni des motifs qui peuvent motiver ce genre de divertissement ?

— Ni des motifs.

— Je dois admettre que vous faites des progrès, conclut alors narquoisement Gratton.

— Ah oui ?

— Celui-là n'est pas encore mort. Pour l'instant, du moins.

L'inspecteur Lefebvre, comme s'il avait pressenti que c'était une question de secondes avant que la situation ne se gâte définitivement, s'empressa d'intervenir.

— Et maintenant, fit-il en s'adressant à Karl, si vous nous disiez ce qui s'est réellement passé…

Après avoir tergiversé pendant quelques secondes, ce dernier décida de leur révéler une partie de l'histoire. S'il pouvait lancer les policiers sur une autre piste, songea-t-il, il aurait les coudées plus franches.

— Je veux bien vous dire ce que je sais, dit-il. Si ça vous aide, tant mieux. Mais, officiellement, je ne sais rien de plus que ce que je vous ai dit tout à l'heure. D'accord ?

— Disons. Pour le moment.

Karl leur raconta l'épisode de l'Aquarium et termina en révélant l'identité de l'homme qu'il avait rencontré. Pour la première fois, il vit les sourcils de l'inspecteur Lefebvre se relever dubitativement.

— Vous êtes sûr de cette information ? demanda-t-il.

— Absolument.

— À mon avis, vous vous êtes embarqué dans une drôle d'affaire, conclut alors le policier… Si vous me disiez après quoi ils en ont, ce serait plus facile pour nous. Vous ne pensez pas ?

Karl leur fit le récit de son dernier voyage à Montréal et leur parla du Cullinan B, mais en omettant de mentionner la seconde partie de son héritage.

— Vous n'avez aucune idée de l'identité des gens qui cherchent à vous utiliser ? lui demanda Lefebvre.

— Aucune.

Karl ne voulait pas parler des deux groupes qu'il avait cru identifier, ni ce qu'il supposait être la seconde partie de son héritage. Et il voulait encore moins parler de la présence d'Eugène inc. Eux, il se les réservait !

Il songea un moment à leur parler d'Anny, à leur demander de la protéger. Puis il se dit que cela ne servirait à rien. D'une part, il n'était pas certain qu'Eugène inc. soit au courant de son existence, auquel cas les mesures ne serviraient qu'à attirer l'attention sur elle. D'autre part, si jamais ils décidaient de s'en servir pour faire pression sur lui, ce n'étaient pas un ou deux policiers de garde qui les arrêteraient. Non, le mieux était de régler toute cette affaire au plus vite. C'était la seule façon d'assurer une véritable sécurité aux gens qui étaient proches de lui.

— Si j'ai bien compris, reprit brusquement l'homme au teint jaune, ces petits divertissements visent à faire pression sur vous ?

— C'est ce que je pense, répondit Karl.

— Et, bien entendu, vous ne voulez pas porter plainte ?

— Bien entendu.

Lefebvre intervint de nouveau pour éviter que la discussion ne dégénère.

— Nous sommes d'accord pour que vos explications demeurent confidentielles, dit-il. Pour un certain temps... Disons qu'on se donne quelques jours pour réfléchir à tout ça.

Sur ce, il se leva.

Karl put une fois encore observer la délicate mécanique qui effaçait le sourire le temps de l'effort, puis le ramenait l'instant suivant.

Après avoir reconquis la station verticale, Lefebvre mit la main sur l'épaule de Gratton.

— On s'en va, dit-il. Monsieur Thornburn viendra compléter sa déposition quand il se sentira en meilleur état... Appelez dès que vous en sentirez le besoin, ajouta-t-il à l'endroit de Karl. Ce sera toujours un plaisir de faire quelque chose pour vous être agréable.

Et il entraîna avec lui l'homme au teint jaune, qui le regardait avec perplexité. Il ne comprendrait jamais tout à fait les méthodes de son collègue, mais comme elles donnaient des résultats...

Karl était indécis sur ce qu'il devait penser de cette visite. C'était surtout Lefebvre qui l'embêtait. Pour l'instant, ce dernier avait décidé de lui laisser de la corde. Il aurait très bien pu l'obliger à se rendre au poste pour faire sa déposition et le retenir pendant plusieurs heures. Au lieu de ça, il lui disait de venir compléter sa déposition quand il se sentirait mieux.

À quoi jouait-il ? Et à quoi rimait sa dernière phrase ?... Une offre d'aide ?

10

Peu après le départ des policiers, Karl s'allongea sur son lit et demeura une demi-heure sans bouger. Quand il se releva, son esprit était clair : il avait un plan.

Il sortit par la fenêtre du côté opposé à celui où était la camionnette et il entra dans la maison voisine par le même moyen.

— Pas besoin de te déranger, je fais juste passer, dit-il à Ben, qui regardait la télévision. Quelqu'un à qui je veux jouer un tour.

— Un Irlandais ?

— Non, un Allemand, je pense.

— Tous pareils. Du bon monde, mais faut pas leur tourner le dos.

— Tu sais, Ben, la guerre est finie.

— La prochaine s'en vient !

Karl traversa la maison et sortit par la porte avant. À cause de la courbe de la rue, les gens dans la camionnette ne pouvaient pas l'apercevoir.

Il se rendit alors à l'endroit où il avait abandonné la voiture de Véronique, démarra, fit le tour par le boulevard et alla se stationner à bonne distance derrière ceux qui le surveillaient, dans l'entrée chez Herman.

D'où il était, il avait une vue plongeante sur le véhicule des exterminateurs, plusieurs centaines de pieds plus loin. Il était prêt à attendre toute la journée, s'il le fallait.

Une heure et demie plus tard, sa patience était récompensée : quelqu'un sortait de la camionnette grise.

En voyant l'homme se diriger vers chez lui, Karl éprouva un certain soulagement : ce n'était pas après Anny qu'ils en avaient.

L'homme frappa à la porte, puis entra dans la maison. Il en ressortit presque aussitôt et revint à la camionnette en pressant le pas. L'instant d'après, le véhicule démarrait et se dirigeait vers la ville.

Karl démarra à son tour.

La camionnette l'entraîna rue Ferland, dans le Vieux-Québec, où elle se gara derrière une limousine. Deux hommes en sortirent, pour se diriger vers le numéro treize.

Karl reconnut Face de rat. Il avait troqué son costume en latex et ses fermetures éclair pour un complet sombre, un peu usé, qui lui donnait l'allure d'un fonctionnaire dans la quarantaine. Seul son crâne rasé et ses yeux noirs perçants trahissaient le genre particulier de fonctionnaire qu'il était.

Karl avait atteint son premier objectif : repérer Face de rat et découvrir son repaire. Maintenant, il voulait le forcer à être sur la défensive. Mais comment ? Il se souvint alors de l'inspecteur Lefebvre, de sa proposition inattendue, au moment de partir. Ce serait peut-être une idée…

Il remonta dans la rue Buade. Le téléphone public de la tabagie Giguère n'était pas ce qu'il y avait de plus confidentiel, mais qu'importe.

— Inspecteur Lefebvre à l'appareil.

— Ici Karl. Vous tenez toujours à éclaircir le mystère de l'Aquarium ?

— Cela entre effectivement dans mes tâches.

— L'homme qui dirigeait les opérations est actuellement au treize de la rue Ferland.

Il lui décrivit Face de rat.

— Je vois… Et je suppose que vous avez une petite idée sur la manière dont il conviendrait… disons… d'aborder le problème ?

— En règle générale, les organisations de ce genre n'apprécient guère la publicité tapageuse, le fracas des sirènes…

— Compris. Je pense que ça peut s'arranger. De votre côté, si vous avez de nouveau l'occasion de faire votre devoir de citoyen…

Karl revint garer la voiture dans le haut de la rue pour assister aux événements. Un homme passa le long de l'auto et s'assit un peu plus loin, sur une marche de ciment, pour manger un sandwich. Il avait le teint brun et les cheveux noirs des Nord-Africains.

Quelques minutes plus tard, deux voitures de patrouille convergeaient, toutes sirènes ouvertes, vers le treize de la rue Ferland. Six policiers sortirent en trombe et s'engouffrèrent dans l'appartement. Karl attendit impatiemment la suite.

Plusieurs fenêtres s'ouvrirent. Tous les voisins voulaient savoir.

Karl concentrait son attention sur l'appartement. C'est presque par inadvertance qu'il vit un homme s'arrêter à la hauteur de la limousine et ouvrir la portière.

L'instant d'après, la voiture s'immobilisait devant une porte du garage situé quelques maisons plus bas. Deux hommes se précipitèrent en hâte dans la limousine. Karl eut néanmoins le temps de reconnaître Face de rat ainsi que celui à qui il avait arraché la bague. Mais, avant qu'il puisse réagir, l'automobile avait disparu. Il se fraya alors un chemin avec sa voiture jusqu'au bas de la rue.

La porte du garage était demeurée ouverte. Après avoir vérifié que l'attroupement continuait de monopoliser toute l'attention, Karl y pénétra. En écartant un vieux rideau, au fond, il découvrit une autre porte. De métal celle-là. Il saisit machinalement le bec de canne et appuya. Elle s'ouvrit. Visiblement, le départ précipité leur avait fait commettre une négligence. Karl décida de poursuivre l'exploration.

Au bout d'un couloir qui se brisait à angle droit après une trentaine de pieds, il découvrit une petite salle en long qui avait des airs d'abri antiatomique. Un des murs était criblé d'appareils électroniques. L'essentiel de l'espace était occupé par une table de réunion, des chaises droites, un bureau et deux classeurs.

Sans perdre de temps, il se mit à fouiller les tiroirs. Sa première trouvaille fut une série de dossiers sur les agents d'Eugène inc. Il les empila sur la table sans prendre le temps de les lire.

Quelques instants plus tard, il tombait sur les comptes rendus d'une série d'opérations touchant des personnalités politiques. Il les empila par-dessus les autres. Pas de doute que Véronique apprécierait: il y avait là matière à plusieurs articles-chocs.

Karl trouva finalement ce qu'il cherchait: un dossier classé à la lettre K, dans un tiroir rempli de documents.

Sur la chemise cartonnée, il y avait d'écrit, en majuscules rouges : K. A. T.

Il mit ensuite la main sur un dernier document qui semblait être une liste de numéros de téléphone et de codes d'accès, puis il se hâta de quitter les lieux avec ce qu'il avait trouvé.

Dehors, personne ne s'inquiéta de sa présence. L'attroupement, dans le haut de la rue, s'était resserré autour des voitures de patrouille. Seul l'Arabe continuait de manger son sandwich, l'air étranger à toute cette agitation.

Karl se dépêcha d'entrer dans la voiture, jeta un dernier regard en arrière et démarra. Il lui fallait maintenant trouver un endroit tranquille pour examiner en détail ses découvertes.

Moh admirait la manœuvre de Kat. C'était du beau travail. Ses réflexes n'avaient pas totalement disparu. Mais, pour l'instant, il avait encore perdu sa trace.

◆

L'inspecteur Lefebvre n'était pas particulièrement enchanté de la perquisition qu'il avait faite : une vieille dame entourée de ses chats n'avait cessé de hurler qu'ils abîmaient ses boiseries ; que ses pauvres bêtes seraient malades ; qu'avec le nouveau gouvernement, c'était pire que la Russie ; qu'ils devraient arrêter les drogués de la rue Saint-Jean au lieu de s'en prendre aux honnêtes citoyens… Et pas la moindre trace des individus décrits par Karl. Pas le moindre indice. Pourtant, celui-ci n'était pas du genre à les lancer sur une fausse piste pour se venger. Le policier avait l'habitude de juger les hommes et il était sûr de pouvoir lui faire confiance. Que s'était-il donc passé ?

De retour à son bureau, il commença à rédiger son rapport. Il lui faudrait effectuer quelques acrobaties pour justifier l'opération. Déjà, deux journalistes l'avaient appelé.

Quand le jeune constable qu'il supervisait lui dit : « Pour vous » en lui tendant l'appareil, il fut sur le point de l'écarter d'un geste de la main. De faire répondre qu'il n'était pas là. Puis il se ravisa. Autant faire face à la musique tout de suite.

— Inspecteur Lefebvre à l'appareil.

— Ici Karl.

C'est avec une curiosité mal dissimulée que le policier enchaîna.

— Quelque chose de nouveau ?

— Ils vous ont échappé.

— Cela suppose qu'ils étaient là.

— Ils sont sortis par la porte du garage rouge, trois maisons plus bas. Il doit y avoir une communication secrète.

— Évidemment, vous avez tout vu.

— Oui. Et si vous entriez dans le garage, vous trouveriez une petite porte derrière un rideau. Elle donne sur un couloir qui mène à une pièce en long. Avec les dossiers qu'il y a là, plusieurs affaires demeurées mystérieuses pourraient sans doute être résolues… À moins que ce ne soit du matériel trop brûlant pour vous.

— Et cette fois…

— Dépêchez-vous avant qu'ils aient le temps de revenir. J'ai tout laissé ouvert.

— Bien entendu, vous n'avez rien apporté avec vous ?

— Dépêchez-vous !

Lefebvre s'arracha à sa chaise.

— Ça recommence ! dit-il au jeune policier. Allez chercher Gratton.

— Encore tout le cirque ?

— Cette fois, on va se contenter d'un cirque à trois.

Lefebvre n'avait pas cru Karl un seul instant, lorsque ce dernier lui avait déclaré n'avoir rien apporté. Mais il était convaincu de trouver sur place ce que l'autre lui avait indiqué. À quel jeu jouait-il donc ?

Ce ne serait pas facile de le protéger, le moment venu.

◆

Karl avait finalement décidé, après beaucoup d'hésitation, d'aller chez Véronique. Elle n'était pas à l'appartement. Il prit la clé enterrée dans le deuxième pot à fleurs et entra.

Il classa rapidement les dossiers par sujets, puis il ouvrit la chemise avec les trois lettres rouges. Le premier document était un résumé de sa biographie et de ses activités au cours des ans. Toutefois, une seule phrase résumait la période de trois ans et demi qu'il avait oubliée : *Diamond, Gold and Value Committee – Enforcement and Recovering.*

Le deuxième document était une brochette d'articles portant sur le Cullinan. Suivait un compte rendu détaillé des démarches de Karl à Montréal, y compris de ses visites à l'Université McGill. La dernière page était une photocopie de la lettre de son père. Rien ne semblait leur avoir échappé.

Venaient ensuite de brefs dossiers sur Noël Joyeux, Véronique, Anny et le vétérinaire. Les quatre étaient désignés comme pouvant éventuellement servir à faire pression sur lui.

Ce qui intrigua le plus Karl, ce fut cependant une brève remarque dans le dossier de Véronique.

Probabilité d'implication dans un service de renseignements : 20 pour cent.

Il n'était donc pas le seul à avoir des doutes. Une chose était cependant claire : elle ne travaillait pas pour ceux qui le harcelaient. Pour qui alors ? Pour le deuxième groupe qu'il avait cru identifier, celui qui semblait le guider vers son héritage ?

Le dernier document était une évaluation psychologique de son propre cas, compte tenu des séquelles de son accident. Tout était rédigé en termes très généraux et Karl ne put en tirer aucune information supplémentaire sur ce qui lui était arrivé.

On l'avait d'abord classé « totalement non opérationnel ». Puis, un an plus tard, les évaluations avaient commencé à se modifier: on parlait de son « intérêt pour des domaines parallèles », de « progression constante », de « possibilité de réactivation »... La dernière évaluation concluait à une « marge acceptable d'opérationnalité ».

On l'avait donc tenu sous surveillance pendant toutes ces années. Dans l'espoir qu'il se souvienne, sans doute. Qu'il retrouve le Cullinan B. Et, par là, qu'il remonte à l'autre partie de son héritage.

L'idée folle qu'il avait eue devenait de plus en plus plausible. Si son héritage était bien ce qu'il croyait, tout ce déploiement de surveillance, de personnel et d'argent était plus que justifié.

Que faire du dossier ? Il pensa à Véronique : la probabilité de vingt pour cent renforçait les doutes qui le hantaient depuis le début. Même s'il avait la preuve qu'elle n'était pas du côté de Face de rat, ça ne lui plaisait pas davantage d'être l'instrument aveugle du groupe qui le « guidait ». Pourrait-il renverser la situation avec eux aussi ? Pourrait-il s'en servir au lieu d'être utilisé par eux, comme il avait fait avec Face de rat en inversant la surveillance ?... Si Véronique faisait partie de ce groupe, elle serait le levier idéal. Mais, pour cela, il devait d'abord faire disparaître des dossiers tous les éléments qui risquaient de lui mettre la puce à l'oreille.

Dix minutes plus tard, après avoir tout révisé, il avait enlevé quatre pages. Avec un ruban adhésif, il les fixa sous le tiroir du bas de la grosse commode. Il se mit ensuite à feuilleter le reste des documents en attendant Véronique.

Il avait une bonne idée de ce qu'il allait lui suggérer: quelque chose qui fonctionnerait même si elle était uniquement la reporter qu'elle affirmait être.

Véronique!… Malgré ses airs d'indépendance, et peut-être justement à cause de cela, la jeune femme avait réussi à le toucher, à percer ses défenses. En dépit de ses soupçons, il hésitait à la ranger dans le camp des manipulateurs. Surtout qu'elle avait changé au cours des derniers jours. Elle était moins détachée, moins strictement professionnelle…

Il eut un sourire.

Décidément, il avait besoin de quelqu'un auprès de lui. Quelqu'un dont il n'aurait pas à se méfier. Mais cela, ceux qui le manipulaient devaient le savoir. Ils avaient même dû compter sur ce besoin. Si Véronique était leur agent, elle aurait précisément exploité ce manque. Elle l'aurait abordé exactement comme elle l'avait fait, en maintenant la distance de l'intérêt journalistique et de l'humour, sachant qu'il se méfierait de toute approche trop classique.

Ce n'était pas sans malaise que Karl songeait aux possibles activités clandestines de Véronique. Il était surpris de découvrir à quel point il espérait se tromper. Bien sûr, leur relation ne pourrait guère aller plus loin: il y avait à cela un obstacle insurmontable. Mais de penser qu'elle était quelqu'un sur qui il pourrait compter l'aidait à se sentir mieux.

Il avait maintenant hâte qu'elle arrive. Il allait dépouiller les dossiers avec elle et arrêter son plan dans le détail. Plus vite il agirait, plus grands seraient les dommages infligés à Eugène inc. Et plus vite il saurait à quoi s'en tenir au sujet de Véronique.

◆

Coincé dans une cabine téléphonique, Moh faisait rapport au Rabbin sur la manière dont Kat avait découvert et pénétré la base d'opération d'Eugène inc. Le vieil homme l'écouta jusqu'à la fin sans l'interrompre.

— Je vous remercie, dit-il en guise de commentaire. Cela confirme ce que j'avais appris.

Moh resta sans voix. Est-ce que le patron s'amusait à le faire marcher ? À moins que ses contacts avec les « locaux » ne l'aient déjà informé de l'affaire…

— Ce que j'aimerais savoir, reprit le Rabbin, c'est où il se trouve actuellement.

— C'est que…

— Je vois… Je suppose que vous pourrez le retrouver assez rapidement. Vous commencez sans doute à en avoir l'habitude.

Après ce commentaire acide, le Rabbin avait ensuite fait quelque chose de totalement inattendu : il avait eu une parole aimable. Enfin, presque.

— Réflexion faite, allez vous coucher. Vous le prendrez en charge demain matin à l'avion. Le vol de dix heures dix… Et laissez un numéro où l'on peut vous joindre en tout temps.

Moh n'en revenait pas : il avait même cru déceler une certaine satisfaction dans la voix du patron. La vague d'inquiétude et de doute qui l'avait assailli lors de leur dernière rencontre lui revint : ou bien le Rabbin leur avait caché quelque chose et tout se déroulait secrètement comme prévu, ou bien il était réellement en train de ramollir. Et, dans un métier comme le sien, la mollesse n'avait jamais une très longue espérance de vie.

Moh raccrocha le combiné en souhaitant que le Rabbin, une fois encore, les surprenne au dernier moment. Mais, cette fois-ci, il n'arrivait pas à y croire tout à fait.

11

Véronique revint vers la fin de l'après-midi. Karl l'informa de ce qui était arrivé à Noël Joyeux, puis de la manière dont il avait suivi la camionnette d'Eugène inc. pour ensuite alerter les policiers et s'emparer des documents.

— C'est ça ? demanda-t-elle en faisant un signe en direction des dossiers qui jonchaient la table.

— Oui.

— Et s'ils viennent ? Peut-être qu'ils surveillent ici aussi.

— Pour l'instant, ils doivent en avoir plein les bras avec les policiers. Mais tu as raison. D'ici demain, il faut trouver un meilleur endroit.

Ils effectuèrent le dépouillement des dossiers ensemble. La première pile rassemblée par Karl était une liste d'agents utilisés par Eugène inc : une portraitiste qui écumait les touristes de la rue Sainte-Anne, un vagabond que l'on pouvait voir tous les jours faire les poubelles du Vieux-Québec, plusieurs serveurs des principaux secteurs de la ville, un ancien candidat rhinocéros recyclé dans la fonction publique, les deux plus gros *pushers* de la rue Saint-Jean, un videur du Saint-Honoré, une « hôtesse » de la Grande Hermine, deux lutteurs connus, trois représentants de groupuscules radicaux, un journaliste réputé pour sa passion des *war games*, un propriétaire de bar gai, un autre vagabond qui se tenait surtout dans la rue Garneau, son éternel poste radio collé contre l'oreille…

Les derniers dossiers concernaient des gens plus importants : deux ministres, plusieurs hommes d'affaires en vue, un avocat célèbre, une animatrice connue pour sa façon élégante d'attaquer ses invités au lance-flammes ainsi qu'une figure majeure du sport professionnel. Même l'homme de l'Aquarium avait sa fiche.

— Qu'est-ce qu'on fait avec ça ? demanda Karl, une fois que Véronique eut fini de parcourir la première série de dossiers.

— C'est trop gros. On ne pourra jamais s'occuper de ça tout seuls.

— Tu sais ce que je pense ? Il y a un autre groupe dans le décor.

— Un autre groupe ?

Karl guettait la réaction de Véronique. Sa figure ne trahit aucunement la crainte d'être découverte, seulement le scepticisme et la vague inquiétude de voir les choses se compliquer davantage.

Il lui expliqua alors pour quelles raisons il croyait à l'existence d'un deuxième groupe qui le manipulait, le guidait en quelque sorte vers son héritage.

— Peut-être qu'on pourrait le contacter ? conclut-il.

— Es-tu sûr que c'est une bonne idée ?

Véronique avait l'air réellement surprise.

— Si on leur refile les dossiers, ils vont pouvoir causer pas mal de dommages au réseau de Face de rat.

— Ce n'est pas évident. Et d'abord, qu'est-ce qui te dit que tu peux leur faire confiance ?

Elle n'avait pas mordu. Mais il s'y attendait. Si elle le faisait, ce serait plus tard. De façon plus discrète.

— On continue ? suggéra Karl.

— On continue.

La deuxième pile était composée de dossiers plus volumineux : des comptes rendus détaillés d'une dizaine d'opérations. L'ensemble donnait une bonne idée de l'envergure et des ramifications de Eugène inc.

Dans le premier carton, il y avait des photos d'un ministre en compagnie de plusieurs femmes différentes. Certaines avaient la tête encerclée d'un trait de crayon feutre rouge. Suivait une description détaillée des diverses façons dont on pouvait faire pression sur le ministre.

Les autres cartons contenaient le détail d'opérations aussi diverses que l'orchestration de scandales pour ruiner des carrières politiques, des incendies criminels ou des entreprises de chantage et d'extorsion de fonds visant des joueurs de hockey d'origine soviétique. On y décrivait même le fonctionnement d'un réseau combiné de prostitution, de trafic de drogue et de protection couvrant tout le Vieux-Québec et le secteur de la Grande Allée.

— Ceux-là, tu les gardes, proposa Karl.

— Pourquoi ?

— Ça va faire de bons articles.

Véronique le regarda un moment sans répondre. Avec tout ce qui arrivait, comment pouvait-il lui parler d'articles à venir comme si la vie allait continuer de la même façon qu'avant ?

— Peut-être, finit-elle par dire, mais ça pourrait aussi faire de bons sacs de couchage en ciment.

— Utilise un pseudonyme. Tu t'arranges pour être payée en argent comptant, dans une enveloppe expédiée à une adresse louée.

— Très drôle… Et ce qui reste ? demanda-t-elle en désignant les dossiers qu'ils n'avaient pas encore examinés.

— Des codes et des numéros de téléphone, j'ai l'impression. Plus un dossier sur moi. Ils me surveillent depuis mon accident. Toutes mes visites à McGill sont consignées. Regarde…

Karl lui tendit le dossier. Elle le parcourut rapidement sans faire le moindre commentaire.

— Tu leur enverrais ça aussi, au groupe dont tu parlais ? demanda-t-elle, quand elle eut terminé sa lecture.

— Non. Seulement ce qui a trait aux agents.

— Et ça ? fit-elle en lui montrant la liste.

Karl saisit l'annuaire téléphonique, l'ouvrit à la page seize puis le posa à côté de la liste.

— New York, dit-il en désignant un numéro du doigt. Et lui, je le connais par cœur : c'est Londres… On dirait bien une liste de numéros de téléphone, mais la plupart sont à l'extérieur de l'Amérique du Nord.

Il lui montra la carte des codes régionaux dans l'annuaire.

— Qu'est-ce qu'on fait ? demanda Véronique.

— Tu as une idée sur la façon dont on pourrait refiler les dossiers à l'autre groupe ?

— Non. Mais, si tu veux les paralyser, il y a une façon plus simple : envoie-les à la police.

Karl y avait pensé. L'inspecteur Lefebvre ne demanderait certainement pas mieux que de compléter le nettoyage. Mais il avait voulu savoir ce qu'elle proposerait, elle. Allait-elle lui suggérer un moyen de contacter l'autre groupe ? Il semblait bien que non. Peut-être, après tout, n'était-elle que reporter…

De toute façon, il ne s'attendait pas vraiment à ce qu'elle tombe dans un piège aussi gros. L'important était qu'elle soit au courant de tout. Enfin, de presque tout. Et qu'elle soit la seule à l'être. Comme ça, si les autres venaient à apprendre ce qu'il avait découvert, il saurait d'où ça viendrait.

— Il faut en garder une copie, fit Karl.

— Au bureau. Je peux faire des copies au bureau.

— Où est-ce qu'on va les cacher ? Ici, c'est le premier endroit où ils vont rappliquer, quand ils s'apercevront que je ne suis plus chez moi.

— Dans les archives, au journal, proposa Véronique, l'air particulièrement satisfaite de sa suggestion.

Karl lui lança un regard interrogateur.

— Ton fameux principe de la lettre volée, reprit-elle. Il y a une espèce de grande armoire qui ne sert plus à rien depuis des années. Elle est à moitié remplie de vieux journaux. On pourrait laisser les dossiers là en attendant de trouver autre chose.

— D'accord, fit Karl.

Mais il pensa que cela rendrait la tâche encore plus facile à Véronique, si elle voulait passer l'information à quelqu'un.

Puis il se dit que ça devenait complètement cinglé, ces précautions et ces doubles pensées continuelles. Face de rat avait atteint son objectif, songea-t-il avec agacement. Il était devenu complètement paranoïaque, incapable de ne pas chercher une manœuvre occulte derrière le moindre événement.

La tactique était connue. Pour briser un adversaire, on l'amène à douter progressivement de l'ensemble de son univers familier. Et c'était exactement ce qui lui arrivait : il n'avait plus le temps de voir les gens de la rue ; Noël Joyeux était à l'hôpital ; il n'osait pas rendre visite à Anny de peur d'attirer l'attention sur elle ; quant à la majeure partie du temps où il était avec Véronique, il le passait à se demander si elle ne lui cachait pas quelque chose.

À ce rythme-là, il ne tarderait pas à craquer. Déjà, après des mois de répit, ses « absences » étaient revenues…

— Pendant que tu vas faire les copies, je vais m'occuper de quelque chose.

— Quoi ?

— Une idée que j'ai eue.

Il se méfie encore, songea Véronique. Mais elle ne pouvait pas y faire grand-chose. Avec tout ce qu'il avait traversé, c'était déjà surprenant qu'il continue à tenir le coup. Il faudrait attendre. Si toute cette histoire pouvait finir, alors, peut-être… Mais, pour l'instant, il y avait le travail, la course à faire au bureau.

— Quand tu auras terminé, fit Karl, cache les originaux et apporte-moi les copies Chez Temporel.

— O. K.

Comme elle allait sortir, il lui mit la main sur l'épaule.

— Fais attention à toi.

Elle répondit machinalement « oui » et se dépêcha de sortir.

Karl décida de faire ses appels à partir du téléphone public situé au sous-sol du Jardin d'Italie, un restaurant du centre-ville. C'était un excellent endroit pour ne pas être vu. Et c'était surtout un endroit où on ne pouvait pas le suivre sans se faire repérer.

Il prit le premier numéro sur la liste.

— Mademoiselle ?… J'aimerais que l'appel soit porté à ma carte.

Quelques semaines plus tôt, en passant à côté d'une boîte publique, il avait entendu quelqu'un donner son numéro de carte de crédit. Inconsciemment, il avait retenu les chiffres. Un réflexe.

— C'est bien en Suisse ? s'informa la téléphoniste, après qu'il eut fourni le numéro.

— Oui.

Il ne s'était pas trompé en supposant qu'il s'agissait de codes régionaux de l'Europe.

Quand une voix lui répondit, il débita les codes et les mots de passe qui suivaient le numéro de téléphone sur la feuille. En vain. Tout ce qu'il réussit à obtenir, ce fut un commentaire standard l'informant qu'il avait composé le mauvais numéro. Mais qu'importe !

Vingt minutes plus tard, il regarda avec satisfaction la liste des endroits qu'il avait atteints : s'il avait eu besoin d'une preuve supplémentaire que tout était lié au diamant, la liste aurait été suffisante : Londres, Anvers, Tel-Aviv, Johannesburg, New York, Lucerne…

Tous des centres mondiaux de commercialisation ou de taille du diamant.

Ça déclencherait sûrement une belle agitation, à l'autre bout, de voir leurs codes secrets en circulation ! Et, avec le faux numéro de carte, ils ne pourraient pas remonter jusqu'à lui. Il imaginait leur étonnement, quand ils réussiraient à en retracer le propriétaire et qu'ils tomberaient sur un obscur cadre moyen d'une entreprise quelconque.

Karl se rendit Chez Temporel et se commanda un café au lait. C'était la seule façon dont il pouvait supporter le café.

Véronique arriva une demi-heure plus tard, un paquet de feuilles sous le bras, plus ou moins retenues par une chemise de carton bleu.

— J'ai pensé à un titre pour mon article sur la drague, dit-elle.

— Je pensais que c'était sur la glace.

— Ça n'empêche pas d'y penser.

— C'est quoi ?

— Du poisson à l'oiseau rare.

— Une histoire de pêche ou de tir au pigeon ?

— Justement, j'aimerais un titre qui parle du côté mécanique de cette forme de pêche : tu racles le fond de l'eau et tu ramasses tout ce qui reste pris dans le filet.

Karl désigna le paquet de feuilles d'un bref signe.

— Il faudrait se dépêcher, dit-il. Si les flics pouvaient ramasser toute la bande avant la fin de la nuit, on ne les aurait pas sur le dos, demain, à l'aéroport.

Quelques minutes plus tard, il demandait la communication avec l'inspecteur Lefebvre.

— De la part de qui ?

— Karl.

— Monsieur Karl Thornburn ?

— Oui.

— L'inspecteur a laissé un message pour vous : il fait dire que vous pouvez le joindre au 694-3281. Vous pouvez téléphoner à n'importe quelle heure. Il attend votre appel.

Le flic au bon sourire était donc impatient de lui parler. Avait-il découvert quelque chose de son côté ?

— Oui ?

— Karl.

— J'attendais votre appel.

— C'est ce qu'on m'a dit.

— Vous avez une raison particulière de vouloir me joindre ?

— Vous aviez une raison particulière d'espérer que je vous téléphone ?

— C'est peut-être la même raison.

— Je vous écoute.

Le policier hésita, comme s'il prenait le temps d'évaluer la profondeur de l'eau avant de plonger.

— Je n'ai pas voulu agir avant de vous parler, finit-il par dire. Avec ce qu'on a trouvé, on pourrait déjà faire un coup de filet intéressant... Mais j'ai l'impression qu'il manque des morceaux. Je me trompe ?

— C'est possible.

— Possible que je me trompe... ou possible que vous ayez d'autres morceaux susceptibles de m'intéresser ?

Karl hésita à son tour.

— Dans vingt minutes, dit-il finalement. Le Parc des Gouverneurs. J'apporterai ce qui manque. Mais à une condition.

— Oui ?

— Vous pouvez vous arranger pour que tout se fasse au plus tard cette nuit ?

— Ça dépend. Il y a des formalités, les nouveaux barèmes sur le temps supplémentaire...

— Avec les noms et les opérations que je vais ajouter à votre liste, il y aura de quoi obtenir trois promotions coup sur coup.

— C'est très généreux de vous soucier de façon aussi pressante de mon avenir. Mais vous, pour quelle raison faites-vous cela ?

Karl dut reconnaître que le policier avait marqué un point : il lui devait au moins une explication plausible. Le plus simple était de lui dire une partie de la vérité.

— Demain, je pars pour le Brésil. Un voyage de quelques jours seulement… à moins de contrariétés.

— Je vois. Et vous estimez que, si ces gens étaient accaparés par d'autres soucis, ils oublieraient peut-être de vous suivre là-bas. Ce qui diminuerait d'autant les possibilités de contrariétés. Je vous ai bien compris ?

— Vous avez bien compris.

— Un détail me chicote. Étant donné l'ampleur de l'organisation qui semble impliquée, j'ai de la difficulté à croire qu'il ne se trouvera personne pour prendre la relève.

Karl songea que son intuition ne l'avait pas trompé : la bonhomie pantouflarde et pataude du policier n'était qu'un masque. Ou plutôt une façade. Une manière de composer avec le monde et de l'observer en toute tranquillité. Un peu comme lui-même avec son image moitié rocker, moitié gars de la construction. Mine de rien, l'inspecteur Lefebvre était constamment aux aguets.

— Il y a une autre raison, ajouta Karl. Si on coupe les pattes du loup, il va bien être obligé de montrer la tête.

— Ce n'est pas une stratégie un peu risquée ?

— Moins que de jouer à la cible immobile.

— Entendu. Je serai dans le parc.

Sur ce, le policier raccrocha.

Cette fois, la guerre était bel et bien déclarée.

Une demi-heure plus tard, après avoir rencontré l'inspecteur Lefebvre, Karl se sentait étrangement calme. Tout en marchant, il essayait de faire le point. Les questions se bousculaient dans sa tête.

Qui étaient ceux qui le harcelaient ? Que voulaient-ils ? Qui était l'autre groupe ? Quel était leur but ? Que s'était-il passé, pendant ses trois années et demie de trou noir ? Quel rôle Face de rat y avait-il joué ?...

Aux deux premières, il était presque sûr d'avoir une réponse : si l'enjeu était bien ce qu'il croyait, un seul groupe avait à la fois la force et le savoir-faire suffisant pour s'y intéresser. C'était le Syndicat. Eugène inc, malgré ses ramifications internationales, n'était pour eux qu'une façade. Une sorte de filiale clandestine.

Les questions suivantes, par contre, le laissaient perplexe. Qui pouvait bien avoir intérêt à le guider vers son héritage ? Étaient-ce les mêmes qui le guidaient d'une main et qui le harcelaient de l'autre ? Étaient-ce deux groupes adverses ?... Dans ce cas, qui pouvait bien avoir intérêt à s'opposer au Syndicat ? Qui était assez fou pour s'attaquer à eux ?... Certainement pas un individu. Ni un groupe privé. Même les pays qui avaient osé défier sa puissance avaient été brutalement ramenés à la raison.

Quant aux dernières questions, celles qui concernaient son passé, il n'arrivait pas à y réfléchir sans malaise. Les quelques bribes qu'il avait recueillies dans son dossier, ajoutées à ce qu'il connaissait déjà et aux lambeaux de souvenirs qui lui revenaient de temps à autre, tout cela contribuait à faire de lui un fonctionnaire d'un type assez particulier : il avait dû être chargé de tâches relatives à d'importantes sommes en or, en diamants et en bijoux. Des tâches d'expertise, mais aussi d'enquête et de récupération. Il était probable que c'était au cours d'une de ces opérations qu'il avait rencontré Face de rat...

Karl s'agrippa d'une main au rebord de la vitrine du magasin de disques devant lequel il se trouvait. Il sentait monter en lui le malaise familier qui annonçait ses « absences ».

Le tourbillon, la sensation d'étouffement et de paralysie, la rage de l'impuissance… les cris, la douleur qui lui montait à la gorge… l'image des dents, la peur, l'impression que l'univers liquide lui explosait au visage… tout y était.

Sauf que, cette fois, il n'avait pas eu de véritable absence. C'était comme si une scène fantasmatique s'était surimposée un moment à l'univers quotidien.

Puis elle s'était dissoute.

Et Karl restait simplement là, figé, à reprendre son souffle, à essayer de comprendre. Mais il n'arrivait pas à en voir le sens.

S'il fallait en croire les médecins, il avait vécu une expérience particulièrement traumatisante : une expérience qu'il refoulait et qui remontait à la surface malgré lui pendant ses crises pour s'exprimer sous forme de visions d'horreur.

En arrivant chez Véronique, une dizaine de minutes plus tard, il réalisa qu'il avait omis de l'inclure dans sa liste de questions. Il avait complètement oublié toutes ses incertitudes relativement à la jeune femme et à son possible double jeu. Un oubli révélateur, se dit-il en se moquant de lui-même. Alors, ce serait tant pis : ce soir, il ferait comme s'il n'avait que six questions. Le lendemain, il serait bien assez tôt pour en ajouter d'autres.

Lorsqu'il entra, le divan était déjà préparé. Il sourit. Leur vie commune avait déjà ses habitudes.

C'était quand même étrange, cette façon qu'avait Véronique de s'intéresser autant à lui, songea-t-il… mais ça, il avait décidé de ne plus y penser jusqu'au lendemain.

— Tu es en train de te compromettre dangereusement avec un dragueur, dit-il, alors qu'elle arrivait de la chambre.

— Je n'ai pas l'habitude de reculer devant le danger, se défendit-elle en plaisantant.

— Être un loup parmi les loups ?

— Reine parmi les faux-bourdons serait plus juste, répliqua Véronique, avec un éclair de moquerie dans les yeux et un geste vers le divan.

Une heure plus tard, Karl s'endormait avec un étrange sentiment de bien-être : pour la première fois depuis longtemps, il se sentait à l'aise pour dormir ailleurs que dans sa chambre.

12

Aussitôt mis au courant des dossiers transmis par Karl aux policiers, le Rabbin était intervenu auprès de ses contacts à l'échelon supérieur.

Moins d'une heure plus tard, l'inspecteur Lefebvre constatait que tous les obstacles administratifs s'étaient aplanis devant lui comme par enchantement : il avait carte blanche pour l'opération, pouvait utiliser tous les hommes qu'il voulait et on l'assurait qu'il serait entièrement couvert, quels que soient les retombées et « dommages collatéraux ».

Un tel déblocage, dans des délais aussi rapides, ça ne s'était jamais vu. Il y avait décidément autour de Karl des enjeux peu ordinaires, songea-t-il. Et des gens drôlement influents pour lui venir en aide. Il comprenait mieux pour quelle raison on lui avait demandé de contrôler Gratton. Quant à la personne à qui il avait téléphoné, une heure plus tôt, il préférait ne pas songer au pouvoir qu'elle avait.

◆

Le Rabbin était satisfait. Il l'avait manifesté à sa manière en se permettant un petit extra sur son régime : des fraises saupoudrées de sucre avec un verre de champagne américain. On avait beau dire, le Napa Chandon était en train de battre tout ce qu'il y avait à prix équivalent en Europe.

— Encore mieux que je ne pensais, dit-il à l'intention de mademoiselle Dubreuil.

— Le champagne ?

— Le champagne ? reprit avec étonnement le Rabbin… Ah oui, le champagne. Évidemment. Mais je parlais de Kat. Il a retrouvé la forme, on dirait.

— Il deviendra plus difficile à contrôler.

Ce n'était pas une critique. Ni même une mise en garde. Simplement la constatation d'une nouvelle donnée à introduire dans la résolution du problème.

Le Rabbin avait toutes les raisons de se réjouir : avant la fin de la nuit, la chasse aux agents d'Eugène inc. serait achevée, leurs locaux investis, toute leur structure d'information mise en pièces. Malgré les risques encourus à l'époque, il avait eu raison de recruter un agent semi-dormant à l'intérieur des « locaux ». Une fois encore, la stratégie avait été payante. Rien ne pouvait remplacer des liens directs avec les niveaux intermédiaires des organisations.

Les policiers y trouveraient aussi leur compte : ils pourraient apporter une conclusion à plusieurs affaires dans lesquelles ils s'étaient enlisés. Le lendemain matin, les journaux ne tariraient pas d'éloges sur l'efficacité policière.

Par ailleurs, Karl avait pris soin de donner une copie des différents codes et numéros de téléphone à l'inspecteur Lefebvre en lui demandant s'il y avait moyen de provoquer le plus de panique possible à l'autre bout. De cela, le Rabbin allait aussi s'occuper. Mais d'abord, les fraises.

Il termina son plat avec un appétit qui était presque une renaissance.

— Plus ils vont avoir de difficulté à avaler l'hameçon, plus ils vont s'y accrocher, dit-il avec un sourire malicieux.

Mademoiselle Dubreuil ne répondit pas. Elle s'affairait à remettre de l'ordre dans les dossiers éparpillés sur la table.

— Si on faisait le point, suggéra-t-elle tout à coup.

— Excellente idée.

Il repoussa l'assiette vide devant lui.

— Si vous voulez bien prendre quelques notes, dit-il. Un : acheminer au Centre une demande prioritaire pour qu'ils lancent une campagne de harcèlement contre Eugène inc. partout où ils le peuvent. Il faut les noyer, qu'ils ne sachent plus où donner de la tête.

Il fit une pause avant de demander, d'une voix presque plaintive :

— Vous êtes certaine qu'une autre coupe de fraises... ?

— Je suis certaine que vous n'avez pas envie de crever avant de voir la fin de l'opération, coupa mademoiselle Dubreuil, sans même lever les yeux de son bloc-sténo.

— Vous êtes impitoyable, gémit le Rabbin. Enfin...

Sa voix se raffermit et il poursuivit l'énumération des tâches.

— Deux : contacter Sam à Diamantina pour qu'il donne les derniers feux verts à l'instant même où l'avion de Kat décollera d'ici. Il faut que tout soit prêt avant son arrivée.

Il s'interrompit, comme si un détail le tracassait subitement.

— Tout sera rétroactif comme prévu ?

— Oui.

— Parfait. Trois: s'assurer que Moh soit à l'aéroport demain matin. Il y a toutes les chances que Bort y soit aussi. Je veux qu'il le suive et qu'il cesse de s'occuper de Kat. Et rappelez-lui de ne pas intervenir à moins d'en avoir reçu l'ordre explicite.

— Qu'est-ce qu'on fait de la demande de Sam? Il veut engager de la main-d'œuvre pour l'aider.

— Pas question. Il serait trop visible. Avec lui et l'ancêtre dans le décor, c'est déjà plus que suffisant.

— Et Kat? Sa protection?

— Normalement, le problème ne devrait pas se poser avant son retour de Diamantina.

— Ils ont dû prévoir une équipe pour l'attendre.

— Oui, mais ils n'oseront pas intervenir avant d'être fixés à son sujet. Risqueriez-vous de tuer la poule aux œufs d'or avant d'être certain qu'elle a pondu son œuf?

— Et quand ils seront sûrs qu'il a les papiers?

— Avec ce que nous avons prévu, je ne vois pas comment ils pourraient l'être. Du moment que Kat manœuvre comme il faut... Sans compter l'autre raison. Si nous avons correctement prévu leur raisonnement...

Il repoussa les dossiers.

— Et maintenant, apportez-moi une autre coupe de fraises. Je vous permets cependant de la faire plus petite que la première, ajouta-t-il, comme si un compromis d'une telle ampleur devait venir à bout de la vigilance bienveillante mais obstinée de mademoiselle Dubreuil.

◆

Oberkfeld achevait de faire son rapport. La transmission s'effectuait directement dans chacune des villes via satellite et elle était protégée au moyen d'un système de brouillage réputé impénétrable.

Malgré le langage feutré qui avait cours au Conseil de direction, la tension était perceptible. Ils étaient tous en ligne : Moscou, New York, Tel-Aviv, Anvers, Bombay, Johannesburg, Lucerne… Oberkfeld préférait cependant penser à eux selon leurs noms de code : Orloff, Tiffany, Florentin, Red Cross, Shah, Black Star, De Beers…

Lui, il était le Régent.

Tous les secteurs avaient reçu des appels sauvages : après avoir établi le contact, le correspondant était incapable de suivre la séquence prévue d'identification et débitait au hasard des mots de passe et des codes d'accès.

Au début, tous les appels venaient du Québec, ce qui était logique compte tenu des mots de passe utilisés. Puis ils s'étaient mis à se multiplier, à venir de partout dans le monde, comme si une organisation internationale était brusquement entrée en jeu.

Les chefs de secteur avaient aussitôt coupé toutes les lignes régulières de communication et activé le système de secours prévu pour de telles circonstances. Les dommages n'étaient pas considérables. Mais c'était ennuyeux. Et le Syndicat n'aimait pas être ennuyé.

Oberkfeld avait expliqué qu'un court-circuit s'était produit dans l'opération menée par Bort. Des mesures avaient immédiatement été prises : il avait mis la région en quarantaine et changé tous les codes. Au Québec, le nettoyage était déjà commencé. Sous peu, toute trace de la présence du Syndicat derrière Eugène inc. aurait disparu.

— À l'heure présente, je peux affirmer avoir entièrement repris la situation en main, conclut Oberkfeld.

Les autres chefs de secteur furent d'accord : c'était un accident et des mesures adéquates avaient été prises. Le ton avait été poli. Aucune remarque désagréable n'avait été faite. Mais on avait décidé qu'il fallait des résultats. Rapidement. Et ce n'était pas son titre de Régent qui allait mettre Oberkfeld à l'abri de tout.

Déjà, lors de l'échec de l'Australie, il avait senti son pouvoir vaciller: le Conseil des chefs de secteur avait voté majoritairement sa destitution. Il avait fallu une intervention de Leonidas Fogg ainsi qu'une décision du Grand Conseil des Cullinans pour qu'il conserve sa place. Oberkfeld ne s'en souvenait que trop bien.

L'Australie venait de découvrir sur son territoire des réserves de diamants égales à celles du reste de la planète. Des financiers de l'endroit s'étaient dépêchés de prendre en main l'ensemble de la production. Le Syndicat, sous couvert d'une obscure compagnie locale, avait alors fait une offre secrète pour obtenir la mise en marché exclusive de tout le diamant australien.

Au dernier moment, un actionnaire minoritaire exigea une somme plus importante pour céder ses droits de commercialisation. La compagnie prête-nom du Syndicat refusa sans même qu'Oberkfeld en entende parler. Malgré un ordre explicite de payer ce qu'il fallait pour éviter de faire des vagues, son envoyé spécial avait pris sur lui de refuser la demande de l'actionnaire récalcitrant... Ce dernier s'était alors rendu aux journaux pour raconter toute l'histoire.

L'opinion publique s'était immédiatement enflammée: «Les exploiteurs de l'Afrique du Sud veulent piller nos richesses naturelles!»...

Le gouvernement, malgré toutes les tractations antérieures, ne pouvait plus rien faire. «Deux ans de travail et des millions jetés à l'eau pour une économie de bouts de chandelles! Près de la moitié de la production mondiale de diamant qui risque d'échapper au Syndicat.» C'est en ces termes qu'Oberkfeld avait lui-même résumé la chose, lors de sa rencontre avec le Grand Conseil des Cullinans.

En fait, il savait très bien que les choses finiraient par se tasser. L'Australie n'aurait pas le choix: ce serait dans son intérêt de passer par le Syndicat. Mais cela coûterait beaucoup plus cher. Le Syndicat ne pourrait pas retrouver le contrat providentiel qu'il avait été sur le point de signer : quatre-vingts pour cent en bas du prix mondial ! Pour vingt ans ! Et juste au moment où il était aux prises avec des problèmes de liquidités !

La réserve de deux milliards et demi en devises américaines avait fondu, en 1978, lorsqu'il avait fallu racheter une partie des stocks d'Israël. Ensuite, avec la crise économique, la consommation avait baissé. Chaque année, le Syndicat devait acheter plus de diamants qu'il ne pouvait en vendre.

Autrefois, la solution aurait été simple : il aurait fermé un certain nombre de mines jusqu'à ce que la récession passe, comme il l'avait fait au début des années trente. Mais la situation était maintenant beaucoup plus compliquée : avec les nouveaux gisements qui étaient exploités un peu partout et l'entrée en scène de la Russie, l'essentiel de la production échappait à son contrôle.

Par chance, le monopole sur la commercialisation, lui, avait pu être préservé. À mesure que de nouvelles sources de diamants apparaissaient, le Syndicat faisait en sorte d'obtenir un contrat d'exclusivité pour l'achat de toute la production. Ainsi, la plupart des diamants de la planète continuaient malgré tout de prendre la direction du 27, Chesterfield Road.

Même la Russie, malgré ses dénonciations officielles et tapageuses de l'Afrique du Sud, vendait l'essentiel de sa production au Syndicat : des compagnies anonymes, enregistrées au Luxembourg, en Suisse ou au Liechtenstein, servaient d'intermédiaires.

Un arrangement similaire était prévu pour les États africains désireux de maintenir à la fois leurs dénonciations virulentes de l'Afrique du Sud à l'ONU et leurs relations commerciales avec le Syndicat – relations nécessaires du fait que le diamant représentait leur principale source de devises fortes et que le Syndicat était l'acheteur le plus avantageux.

C'était d'ailleurs la clé du monopole que le Syndicat avait su maintenir : demeurer l'acheteur le plus avantageux. Quels que soient les caprices de l'économie mondiale et les fluctuations du marché, le Syndicat achetait. Il achetait toute la production de ses clients et payait le prix convenu. Il acceptait même leurs surplus de production, dût-il pour cela diminuer les quotas de ses propres mines. Mais cette stratégie exigeait de l'argent, d'énormes quantités d'argent, parce que la Russie augmentait sans cesse sa production, que les États africains voulaient continuellement renégocier leurs contrats à la hausse et que, pendant ce temps, la demande mondiale baissait régulièrement à cause de la situation économique plus difficile.

Le Syndicat se voyait donc forcé d'acheter des quantités toujours plus grandes de diamants tandis qu'il pouvait en écouler de moins en moins sur le marché. Il était prisonnier du système qu'il avait mis sur pied : s'il cessait de tout acheter, les surplus prendraient d'autres routes pour aller vers les ateliers de taille. À des prix plus bas, sans doute : mais, pour les producteurs, ce serait mieux que de rester avec les diamants sur les bras.

Cet afflux provoquerait une chute des prix. Ce serait alors la ruée. Tout le monde voudrait liquider ses stocks avant que les prix ne baissent davantage, ce qui aurait précisément pour effet d'accélérer leur chute. Même les consommateurs se mettraient de la partie en essayant de revendre leurs bijoux de famille ! Tout le savant équilibre édifié par le Syndicat au cours des ans s'écroulerait.

Car le diamant était une convention. Une « brillante » convention, comme l'avait un jour dit un humoriste anglais. Sa valeur tenait à deux choses : sa prétendue rareté, qui laissait croire que son prix ne pouvait que monter, et sa valeur affective, la conviction qu'il était une chose précieuse, à la fois gage d'amour et d'éternité, qu'on ne saurait revendre après l'avoir achetée. Au cours des ans, le Syndicat avait dépensé des milliards en publicité pour enraciner cette double croyance, allant même jusqu'à collaborer à la réalisation d'un James Bond.

Diamonds are forever... la devise de l'empire.

Chaque fois qu'il y songeait, Oberkfeld en avait des frissons dans le dos. Un empire si puissant et si fragile à la fois, à la merci de quelques convictions.

Heureusement, le Syndicat avait entrepris de remédier à cette possibilité permanente de catastrophe : depuis quelques années, il s'appropriait en douce tous les ateliers de taille qu'il pouvait. Dans deux ou trois ans, il en aurait le monopole mondial. Il pourrait alors dicter beaucoup plus facilement ses volontés aux pays producteurs, les forcer à réduire leur production. Bénéfice supplémentaire : les profits de cette étape de la mise en marché entreraient désormais directement dans ses coffres.

Mais il fallait d'abord tenir. Continuer d'acheter tous les stocks. Même si, pour cela, il devait emprunter. En dépit des problèmes de liquidités, des taux d'intérêt ascenseur et de l'anarchie de la production, il lui fallait acheter.

Dans deux ans, le Syndicat serait en mesure d'imposer sa loi et de rentrer dans son argent... À condition qu'il y ait encore un marché du diamant, dans deux ans. D'où l'importance de la découverte de Williamson. Pour le Syndicat, elle pouvait tout aussi bien représenter le salut que la ruine... Et il avait fallu que le Rabbin vienne y mettre son grain de sel !

Déjà, lors de l'échec de l'Australie, Oberkfeld avait soupçonné l'action en coulisses du mystérieux rabbin.

Cette fois-ci, il ne lui permettrait pas de venir saboter ses plans : la survie même de l'organisation était en jeu. Sans compter la sienne propre : si jamais un échec comme celui de l'Australie se reproduisait, il ne bénéficierait pas de la même clémence.

À l'époque, il l'avait échappé belle. Son envoyé spécial, qui avait supervisé sur place le déroulement de l'opération, avait eu moins de chance. Quelques jours après les événements d'Australie, un célèbre aristocrate anglais avait été retrouvé sans vie dans le vestiaire de son club. Mort due à un arrêt cardiaque, avait conclu le médecin légiste. Le Syndicat avait toujours apprécié les opérations discrètes, si petites soient-elles.

Cette fois-là, Oberkfeld avait sauvé sa peau. Mais, dans son dossier, il y avait une mauvaise note : il n'avait pas su juger adéquatement la compétence de l'un de ses subordonnés. S'il répétait la même erreur avec Bort, il risquait que l'on ferme son dossier. Définitivement.

Ce serait bête de tout voir s'écrouler juste à ce moment. Car l'héritier prenait de l'expérience. Le poste de Régent allait devenir de plus en plus honorifique. Son titulaire allait en conserver tous les avantages, mais sans les responsabilités. Il serait peut-être même admis au Grand Conseil des Cullinans, lorsqu'il y aurait une place de libre.

Quand la conférence téléphonique fut terminée, Oberkfeld contempla le diamant bleu pendant un long moment. Pas de doute, le Rabbin était dans le décor. L'intervention simultanée dans toutes les villes importantes portait sa signature. C'était une diversion. Il avait voulu faire le plus de dégâts possible, les occuper pour avoir les coudées franches. L'heure de l'opération finale devait approcher.

Mais le Rabbin avait fait une erreur, se dit Oberkfeld. Il avait sous-estimé leurs systèmes de sécurité. Depuis plusieurs années déjà, le Syndicat doublait et parfois même triplait tous ses réseaux de communication, y compris ses réseaux d'agents. Dans toutes les régions, si le réseau régulier était compromis, il y avait une structure de « dormeurs » prête à prendre la relève.

Autrefois, le Rabbin n'aurait pas commis une telle faute. Les rumeurs sur ses facultés déclinantes devaient décidément être fondées.

Oberkfeld appuya sur le bouton rouge de l'interphone.

Une secrétaire rousse se présenta aussitôt. Elle mesurait près de deux mètres, la ligne de son corps était exactement comme il l'appréciait et ses yeux verts, même s'ils étaient le résultat de lentilles cornéennes teintées, cadraient parfaitement avec l'ensemble.

— Première chose : réveillez les trois « dormeurs » de Québec. Fournissez-leur tout ce que nous avons en archives sur le Rabbin, sur Kat et sur l'héritage de Williamson. Je veux qu'ils aient tout digéré avant de les rencontrer. Mais ils ne doivent prendre aucune initiative avant mon arrivée ; leur tâche est uniquement d'observer ce qui se passe… Vous me réservez deux suites au Hilton. J'arriverai probablement dans quelques jours, le temps de m'occuper du Brésil. Qu'ils prévoient également l'utilisation d'un nouveau contractuel.

Le terme le fit sourire. Il avait toujours trouvé assez humoristique le langage allusif et rempli d'euphémismes qui avait cours à l'intérieur de l'organisation.

— Deuxième chose : vous avertissez le Brésil que je prendrai moi-même la direction des opérations. Bort est mis en veilleuse.

Qu'allait-il décider, pour lui ? Un avertissement brutal était la moindre des choses. Autrement, Bort lui-même le croirait faible. Mais peut-être fallait-il envisager des mesures plus permanentes…

Il décida de surseoir à cette décision pour le moment.

— Troisième chose : message à Bort. « Félicitations pour votre magnifique travail. Avons cessé momentanément toute opération dans votre secteur. Voyage au Brésil annulé. Serions désolés d'avoir à engager un nouveau contractuel à la suite d'une nouvelle initiative malencontreuse de votre part. *Stand by* pour le moment. »... Donnez-lui un nouveau code pour nous joindre. S'il nous contacte sur le canal d'urgence, prenez les dispositions pour que l'appel me soit passé en priorité. Même dans l'avion.

Il la regarda tout à coup avec intérêt : il venait d'être frappé par une ressemblance.

— Vous n'avez jamais vu le Brésil, je crois ?

À l'aube, au moment de monter dans l'avion, il recevait une communication de Québec : tout le réseau était bel et bien grillé. Les arrestations se multipliaient. Heureusement qu'il avait pris la précaution d'isoler le secteur et de réveiller les dormeurs pour qu'ils surveillent ce qui allait se passer.

◆

À Tel-Aviv, l'homme était assis à son bureau, au vingtième étage de la Bourse du diamant. Il était songeur. Le Régent lui avait semblé un peu trop détendu : le contretemps aurait dû le tracasser davantage. Leur cachait-il quelque chose ?

Londres était un poste difficile. Il préférait de loin sa propre position. Un peu moins glorieuse, mais beaucoup plus intéressante. Car il n'avait pas seulement comme tâche de surveiller la production pour le compte du Syndicat. Il était aussi le seul chef de secteur à avoir un accès direct, à n'importe quelle heure du jour ou de la nuit, au cercle des neuf Cullinans. Le Grand Conseil, selon le terme officiel : les neuf personnes qui dirigeaient, sans jamais y mettre la main directement, tout ce qui touchait au diamant sur la planète.

Il était le rapporteur. Mais, cela, les autres chefs de secteur ne le savaient pas. À moins que les neuf Cullinans n'aient jugé bon d'avoir plusieurs informateurs parmi les chefs de secteur. Ce n'était pas impossible : un réseau où tout le monde se croyait un informateur privilégié et espionnait chacun des autres. Lui-même avait organisé une structure un peu semblable, dans les deux tours de la Bourse du diamant, à Tel-Aviv, pour surveiller ses « confrères » israéliens.

Quoi qu'il en soit, il ferait un rapport dès le lendemain. Il ferait état de ses doutes.

L'HÉRITAGE

1

Le lendemain, les premières pages des journaux étaient couvertes de photos et de titres sur le « gang des exterminateurs ». Plus d'une trentaine de personnes avaient été arrêtées pendant la nuit ; les accusations allaient du trafic de drogue au racket de protection, en passant par le vol, le chantage et le proxénétisme. Des précisions supplémentaires seraient apportées dans quelques jours. D'autres arrestations étaient imminentes.

Enfoncé dans son fauteuil d'avion, Karl reposa le journal sur ses genoux et songea à l'inspecteur Lefebvre : il devait être en train de couvrir ses arrières avant de procéder aux dernières arrestations. Le statut des personnes impliquées exigeait qu'il procède avec prudence. D'où le délai.

Le policier avait appelé Karl aux premières heures du matin. Les résultats dépassaient déjà ses espérances et il tenait à le remercier. Pour tout. Y compris pour les appuis surprenants dont il avait bénéficié, lorsqu'il avait mis l'opération sur pied. De toute sa carrière, il n'avait jamais vu les obstacles administratifs être levés aussi rapidement.

Une fois encore, quelqu'un était intervenu, songea Karl. Cela voulait dire que l'information avait passé.

Tout de suite, il pensa à Véronique : elle était la seule à être au courant. Puis il pensa au groupe qui semblait vouloir l'aider. Ses protecteurs, comme il avait décidé de les appeler.

S'ils avaient assez d'influence pour faciliter à ce point le travail des policiers, c'était peut-être par eux qu'ils avaient été informés. Auquel cas Véronique était hors de cause.

Mais cette hypothèse était également incertaine : la vitesse avec laquelle l'information avait été transmise cadrait mal avec les lenteurs administratives habituelles de l'organisation policière. À moins, bien sûr, que les deux hypothèses ne soient vraies ! Que ses « protecteurs » aient à la fois des agents parmi le corps policier et une informatrice auprès de lui.

Il se cala dans son fauteuil et s'appliqua à se détendre, mais ses pensées revenaient continuellement aux mystérieux protecteurs qui semblaient le suivre à la trace. Protecteurs… Était-ce le terme juste ? Il n'arrivait pas à savoir ce qu'ils voulaient. L'autre groupe, c'était clair : ils en avaient après son héritage. Mais, eux, que voulaient-ils ? Peut-être la même chose, au fond, mais de façon plus subtile.

Il se retrouvait de nouveau dans la même situation : incapable de faire confiance, mais incapable de savoir s'il avait raison de se méfier. Il ne savait plus quoi penser. C'était pour cette raison qu'il était parti sans rien dire, en emportant les deux billets. À son réveil, Véronique trouverait son message, en évidence sur la table.

« Je suis parti seul. Inutile de t'exposer. Je reviendrai dès que possible. Surveille ce qui se passe : tu me raconteras. »

À la sortie de l'appareil, Karl éprouva une impression de déjà-vu. Peut-être parce que tous les grands aéroports se ressemblent, songea-t-il : les files d'attente, le bruit tamisé des arrivées et des départs, tout le déploiement du système de sécurité…

Puis, il songea aux bidonvilles, à quelques kilomètres seulement. Des milliers de cabanes de tôle, de carton et de bouts de planches que les décrets faisaient reculer un peu plus chaque année pour que la ville puisse s'étendre. En fait, on ne les faisait pas reculer: on en rasait une partie et elle repoussait aussitôt, derrière ce qui restait. Puis on rasait de nouveau la partie la plus proche, qui repoussait à son tour un peu plus loin. Ils étaient déjà plusieurs millions à vivre ainsi: travailleurs sans emploi, petits commerçants ruinés, paysans…

Un autre succès de l'aide occidentale, songea Karl. C'était à peu près la seule chose qu'il avait retenue de ses cours de politique, après les avoir abandonnés: l'analyse des mécanismes par lesquels les pays occidentaux créaient le sous-développement de ceux qu'ils « aidaient ». Cela n'avait fait que renforcer sa méfiance naturelle pour toute forme d'aide.

Le Brésil avait été l'exemple utilisé pendant le cours. À partir du moment où ce pays avait été « aidé » par les capitaux américains, le niveau de vie avait commencé à décroître. C'était facilement explicable: pour chaque million de dollars d'aide américaine qui entrait au Brésil, il en retournait plus du double vers les États-Unis en redevances diverses. Plusieurs Brésiliens en étaient rendus à réclamer un peu moins d'assistance…

Plus il ressassait ses vieux souvenirs, plus Karl songeait qu'il avait raison de se méfier. Le conseil était valable pour lui aussi: à la première occasion, il faudrait qu'il se libère de cette assistance mystérieuse dont il semblait bénéficier.

À la douane, quelqu'un l'attendait. Un chauffeur. Très correct. Très *british*.

— Monsieur n'a pas beaucoup changé.

— Vous trouvez ?

— Bien sûr, je n'ai vu monsieur qu'une fois, il y a plusieurs années…

Le chauffeur avait presque l'air de s'excuser, mais avec tact, sans vraiment en avoir l'air.

— Si vous voulez me suivre, poursuivit-il. J'ai pris des dispositions pour vous éviter les désagréments de la fouille et de la file d'attente. Un douanier nous attend pour les formalités administratives. À peine quelques minutes. C'est par ici.

Karl décida de suivre le chauffeur. Puisque tout avait été prévu, autant en profiter : il aviserait une fois arrivé à l'hôtel.

Quelques minutes plus tard, il se retrouvait dans une limousine sans même que l'officier des douanes ait ouvert sa valise.

— Nous allons tout de suite à l'hôtel ? s'informa le chauffeur.

Karl répondit que oui.

— Les réservations pour Diamantina ont été faites comme vous le désiriez, reprit le chauffeur.

Karl se demandait ce que pouvaient bien être ces spécifications. Et qui les avait formulées.

À l'hôtel, il prit une douche, s'accorda une demi-heure de relaxation, puis appela le chauffeur.

Il se sentait beaucoup mieux et il avait décidé de jouer le jeu jusqu'au bout. Il fallait en finir au plus vite.

Le chauffeur l'amena à un petit aéroport éloigné de la ville, où l'attendait un DC-9. Une heure plus tard, après avoir survolé des étendues de forêts sans fin, il atterrissait à Diamantina.

— Vos instructions ont été suivies à la lettre, confirma de nouveau le chauffeur. Les papiers arriveront à l'hôtel quelques minutes avant nous. Vous n'aurez pas besoin de vous rendre au cabinet des hommes de loi. Il n'y aura qu'à signer et à procéder à l'échange. Les fonds placés en fiducie seront automatiquement débloqués et les titres changeront de nom au même instant.

Le chauffeur paraissait au courant de tout. Autant lui abandonner temporairement l'initiative des opérations, se dit Karl. Il le suivit jusqu'à une suite de trois pièces puis, obéissant à ses instructions, il s'installa dans celle du milieu.

À peine s'était-il assis dans un fauteuil que la porte de l'une des pièces adjacentes s'ouvrait. Un vieil homme aux traits usés mais aux yeux d'un bleu profond entra. Sa démarche gauche et claudicante conservait malgré tout l'empreinte d'une certaine prestance militaire.

— Je ne croyais plus vous voir, dit-il.

— Vous m'attendiez ? demanda Karl.

— Depuis trente ans. Je lui avais promis de vous attendre.

— Promis… à qui ?

Le vieillard le regarda tout à coup avec méfiance, comme si un doute s'insinuait en lui.

— À votre père, bien sûr.

— Je ne l'ai pas connu, fit Karl.

— Je sais. Mais vous avez tout de même été long : selon les dispositions qu'il avait prévues, vous deviez venir il y a quatre ans.

— J'ai eu un accident, se contenta d'expliquer Karl. J'ai perdu une partie de ma mémoire.

— Vous avez l'objet ?

Pour toute réponse, Karl sortit le Cullinan B du petit sac de voyage qu'il avait gardé en bandoulière depuis le départ de Québec.

Le vieillard prit la pierre dans ses mains et la manipula avec douceur. Moins pour l'étudier, semblait-il, que pour reprendre contact.

— C'est bien elle, dit-il finalement.

Puis il la remit à Karl.

— Maintenant, vous pouvez la garder.

— Mais…

— Avec le temps qu'il me reste… Je préfère vous en faire cadeau.

Sur ce, le vieillard se mit à fouiller dans la serviette de cuir posée par terre à côté de lui et il en sortit un journal. À l'intérieur du journal, il y avait une enveloppe plastifiée qui contenait des documents imprimés sur papier ultra fin.

— Tout est déjà signé, dit-il. Titres de propriété, droits de concession et d'exploitation, permis divers... Vous savez ce que c'est, au moins ?

— Je crois, oui.

— Vous croyez ?

Le vieil homme eut un petit rire.

— Vous avez raison, reprit-il. C'est difficile à imaginer... Pour ce qui est des versements, je vous fais confiance.

Il se leva alors avec une souplesse surprenante, comme s'il était déchargé d'un immense fardeau.

— Je dois y aller.

— Qui êtes-vous ? fit alors Karl.

— Quelqu'un qui a payé sa dette.

— Sa dette ?

— Votre père m'a aidé à un moment où tous les autres cherchaient à profiter de la situation. C'était en 1945. Juste après la défaite. Il m'a probablement sauvé la vie.

Sa voix tremblait un peu, maintenant, comme si le simple fait d'évoquer cette période était déjà trop pénible.

— Qu'est-ce qui s'est passé ? insista Karl.

— Cela, c'est mon secret et j'estime avoir mérité le droit de mourir avec... Bon, je crois que vous savez tout ce que vous avez à savoir.

— Excusez-moi, murmura Karl.

Il ne savait pas comment exprimer l'élan de sympathie qu'il sentait monter en lui pour le vieillard.

— Vous êtes certain que vous ne voulez pas le garder ? fit-il brusquement en lui tendant le Cullinan B.

Les yeux du vieil homme sourirent.

— Je vous remercie, dit-il. Mais vous aurez certainement le temps d'en faire meilleur usage que moi.

— Et il n'y a rien d'autre que je pourrais faire ?

— Faites attention à vous, murmura simplement le vieillard, avant de se retourner. Faites attention à vous.

Puis il sortit sans un mot de plus, de sa démarche heurtée, vers un monde qui lui serait désormais plus léger.

Karl frappa à la porte de l'autre pièce adjacente. Le chauffeur, qui avait attendu à l'écart pendant la rencontre avec le vieil homme, le rejoignit.

— On s'en va, dit Karl.

Il rangea le Cullinan B dans le petit sac de voyage et mit le journal contenant l'enveloppe plastifiée sous son bras. Il était maintenant le propriétaire légal de divers coins perdus, dans le nord-est du Brésil.

Au début de la soirée, lorsqu'il regagna sa chambre, à Rio, il y trouva un message.

Dans notre intérêt réciproque, une rencontre m'apparaît utile. Il serait déplorable que le malentendu du Rio das Mortes se reproduise.

Je vous invite à prendre l'apéritif, ce soir, à vingt heures. Chambre 2236.

Otto Oberkfeld.

Karl relut le message. L'allusion au Rio das Mortes était-elle une menace ? Une forme d'excuse ? S'agissait-il d'une stratégie pour l'éloigner de sa chambre ?

◆

Le Rabbin reçut l'appel de Sam dans les minutes qui suivirent. « Transaction effectuée. Ils commencent à tourner autour de l'appât. Première prise de contact : ce soir, vingt heures. »

— J'espère qu'ils n'avaleront pas l'appât avec l'hameçon, fit le Rabbin. Au prix qu'il coûte !

— Vous êtes un vieux dégoûtant, lui lança mademoiselle Dubreuil. Votre cynisme de façade ne trompe personne ! Essayez de me faire croire que vous ne vous inquiétez pas pour lui !

— Du moment que vous vous inquiétez pour deux, répliqua le vieillard.

Son rire s'étouffa dans une quinte de toux. Puis il poursuivit, sur un ton soudainement plus sérieux.

— Cette fois, la fin approche.

La jeune femme le regarda d'un œil interrogateur, hésitant sur le sens à donner à sa dernière phrase.

◆

À Johannesburg, les neuf membres du Grand Conseil prirent connaissance du rapport du Régent. Puis de celui de l'homme de Tel-Aviv. Après quelques minutes de discussion, sur la suggestion du nouveau président du Conseil des Cullinans, Leonidas Fogg, ils décidèrent d'accorder un délai d'une semaine au Régent. Ensuite, il faudrait prendre des mesures.

2

L'ascenseur du Rio Palace s'immobilisa en douceur. Karl observait distraitement son propre reflet multiplié dans les glaces, de chaque côté de lui. Avant de quitter sa chambre, il avait fixé un certain nombre de repères pour dépister toute fouille pendant son absence.

Pour l'instant, il ne courait aucun danger sérieux. Tant que les autres ne sauraient pas où étaient les papiers, ils n'oseraient pas l'éliminer. Et s'ils avaient voulu utiliser la force pour le faire parler, ils ne lui auraient pas envoyé une invitation.

L'homme qui l'accueillit représentait le type parfait du gorille raffiné : la brute de luxe dans un costume à huit cents dollars. Ses compétences devaient lui permettre de se déplacer avec autant d'élégance dans un magasin de porcelaine que dans un champ de mines.

Pendant que l'anthropoïde bien entraîné le fouillait, Karl conserva son journal à la main. Quand la brute fit un geste pour le saisir, Karl le déplia lui-même et le replia dans tous les sens, avec exagération, pour bien montrer qu'il ne contenait aucune arme.

Le sourire bien astiqué de l'anthropoïde se fendit un peu plus : prisonnier du masque de servilité que ses fonctions de domestique clouaient temporairement sur son visage, il songeait à plus tard, lorsqu'ils auraient l'occasion de se rencontrer dans des circonstances moins formelles.

— Il vous attend, articula doucement la brute, en s'effaçant devant Karl.

D'un geste du bras, il l'introduisit dans une suite qui occupait presque la moitié du dernier étage.

L'homme assis derrière le bureau l'observait. Cheveux grisonnants, yeux noirs inquisiteurs, petite moustache acérée, costume bleu à fines rayures grises, il souriait. Mais son sourire ne fit qu'augmenter le malaise que Karl ressentit.

Sur le bureau, à portée de la main, il y avait une grosse pierre bleutée qui ressemblait à un diamant.

— Karl Adamas Thornburn ! lança le costume à fines rayures, avec une gaieté forcée que démentait son regard. L'homme à la mémoire sélective ! Je me présente : Otto Oberkfeld.

Puis, après un moment de silence au cours duquel il sembla guetter la réaction de Karl, il ajouta :

— Je me suis laissé dire que vous vous lanciez dans l'exploitation minière. C'est un domaine fascinant... Nous sommes intéressés à faire des affaires avec vous. Dans votre intérêt autant que le nôtre, bien entendu.

Pour toute réponse, Karl lui demanda s'il y avait une salle de bains ou s'il fallait descendre à l'étage de la réception.

L'homme au complet bleu le considéra un instant avec l'œil méfiant et froid d'un rat traqué. Puis un sourire amusé retroussa sa moustache. Se pouvait-il que ce soit la tension ?... Finalement, l'affaire serait peut-être plus simple à régler qu'il ne croyait.

— Mais bien sûr, dit-il. Jeeves va vous montrer le chemin.

La brute de luxe humoristiquement prénommée Jeeves lui ouvrit la porte. Karl entra et la referma derrière lui. Il tenait toujours le journal à la main.

Après avoir verrouillé, il inspecta la pièce. Satisfait de n'avoir découvert aucune caméra, il enleva le couvercle du réservoir d'eau. Il déplia ensuite rapidement son journal, saisit l'enveloppe plastifiée et vérifia qu'elle était fermée de façon étanche. Il tira alors la chaîne et coinça l'enveloppe derrière le tuyau, pour qu'elle n'obstrue pas le mécanisme.

À mesure que l'eau montait, il eut la satisfaction de voir que l'enveloppe restait bien en place.

Il reposa le couvercle sur le réservoir, s'essuya les mains, replia son journal et sortit.

Jeeves le ramena au salon.

— Vous avez les papiers ? demanda abruptement l'homme à la petite moustache.

Karl prit le temps de poser son journal sur une table et de s'asseoir dans un fauteuil avant de répondre.

— Vous croyez peut-être que je les ai apportés avec moi ? fit-il.

— Non, bien sûr.

Oberkfeld sourit. D'un geste sec, il lui lança la grosse pierre bleutée. Karl l'attrapa au vol, par réflexe.

— Qu'est-ce que vous en pensez ?

— Une excellente reproduction. On pourrait s'y tromper.

— Erreur. Le Louvre possède une excellente reproduction.

— Ce n'est pas l'avis des experts.

— Quels experts ? demanda doucement l'homme à la petite moustache, avec une fausse naïveté évidente.

— Les principaux laboratoires...

— Et de qui dépendent ces laboratoires, pour leur survie, pensez-vous ?

— En effet.

Karl comprenait que l'homme ne lui avait pas lancé la pierre par vanité ou par esbroufe. Le geste avait eu un but précis : démontrer la puissance de celui avec qui il aurait à traiter. La puissance de son organisation.

— Le monde du diamant est un monde très homogène, reprit Oberkfeld. Très pur. Comme la pierre elle-même. Toutes les scories sont impitoyablement éliminées.

— Et ceci est l'original ?

— Bien sûr. Il va avec la fonction.

— À savoir ?

— Pour l'instant, faire des affaires avec un nouveau venu. L'aider à s'introduire sans heurt dans ce monde très homogène.

— Pour cela, il faudrait que j'aie envie de me lancer dans les affaires, objecta Karl.

— Vous y viendrez, vous y viendrez... Évidemment, vous êtes au fait des petites vicissitudes inhérentes à ce genre de travail. On dit que les risques y sont très élevés.

— J'ai cru m'en apercevoir à Québec.

— Regrettable accident, fit aussitôt Oberkfeld avec un geste de la main, comme pour chasser un mauvais souvenir. Un subordonné qui avait mal compris les ordres et qui a été victime d'un excès de zèle. Vous pouvez le constater, nous avons modifié notre approche. Nous sommes prêts à vous donner un pourcentage raisonnable. Avec, en plus, une prime de séparation pour la pierre.

— Qui me dit que je peux avoir confiance ?

— Rien. Mais il est évident que vous n'avez pas le choix. Si je l'avais voulu, vous ne seriez pas ici, à discuter paisiblement, mais dans un obscur entrepôt où l'on essaierait sur vous les derniers raffinements des techniques chimiques d'interrogatoire. Ne vous faites pas d'illusions !

Il fit une pause. Puis il reprit, d'une voix redevenue plus cordiale.

— Je déteste la violence inutile. Pourquoi obtenir par la force ce qu'on peut acheter ? D'autant plus que je pourrais vous offrir une situation intéressante. Notre organisation a besoin d'hommes comme vous.

— Et ce que vous voulez, je suppose, ce sont les papiers ?

— Nous nous comprenons merveilleusement

— Il y a un problème : je n'ai pas les papiers.

— Vous n'avez pas les papiers…

Pour la première fois, Karl crut déceler une pointe d'inquiétude dans la voix de son interlocuteur.

— Vous ne les avez pas apportés avec vous ? reprit Oberkfeld. C'est bien ce que je dois comprendre ?

La sonnerie du téléphone l'interrompit. Oberkfeld répondit lui-même. Il ne dit presque rien et se contenta d'écouter pendant une longue minute.

— Il semble en effet que vous n'ayez pas encore les papiers, fit-il, après avoir raccroché. On me dit qu'il n'y a aucun titre de propriété dans vos dossiers et que l'objet est encore dans votre sac. Si vous les aviez… Enfin, vous me comprenez ?

Karl demeura impassible. Un vrai coup de chance que le vieil homme ait décidé de lui laisser le Cullinan B.

— Évidemment, vous allez obtenir ces papiers assez rapidement, reprit Oberkfeld. Quand vous les aurez, vous reviendrez me voir.

— Au Brésil ? ironisa Karl.

— À Québec, si vous préférez. Vous pourrez me joindre au Hilton… Bon, puisque nos affaires sont réglées pour l'instant, je ne vous retiens pas davantage. Vous avez encore beaucoup à faire.

Comme Karl s'apprêtait à sortir, Oberkfeld le relança.

— S'il vous plaît. Si vous n'avez pas d'objection, vous pourriez me rendre le diamant. J'ai la faiblesse d'y tenir.

— Oui. Je comprends.

Karl lui lança la pierre de la même façon que l'autre l'avait fait. La brute de luxe eut un geste fulgurant pour l'attraper au vol et la posa délicatement sur le bureau.

Malgré la dureté du diamant, un simple choc suffit parfois à le fracasser. Oberkfeld, lui, n'avait pas pris grand risque : il n'y avait rien de dur à proximité de Karl et le tapis était des plus moelleux. Mais si le diamant était tombé sur le bureau…

— La prochaine fois, nous parlerons un peu de votre passé, dit Oberkfeld. Il y a sûrement des choses que vous aimeriez connaître… Nous pourrions aussi parler de l'individu que vous appelez Face de rat. Il est mieux connu sous le nom de Bort. Athanase Bort. Si jamais vous désiriez en savoir davantage à son sujet… Peut-être souhaiteriez-vous que nous prenions des mesures préventives avant qu'il s'en prenne à quelqu'un d'autre… Tout compte fait, je crois qu'il serait avantageux pour tout le monde que l'affaire se règle au plus tôt. Comme vous le savez probablement, il n'est pas toujours facile de contrôler les initiatives de ses subordonnés… À bientôt, j'espère. N'oubliez pas de penser à ce que je vous ai dit.

Karl se contenta de le regarder longuement, puis il sortit. Il avait hâte de se retrouver seul dans sa chambre pour mettre de l'ordre dans ses idées.

◆

Lorsque Véronique découvrit le message que lui avait laissé Karl, elle but rageusement trois tasses de café.

Après lui avoir annoncé qu'ils allaient au Brésil ensemble, il la plantait là sans avertissement !

Il méritait des représailles. Puisqu'il se sentait libre de ne plus respecter ses engagements, pour quelle raison respecterait-elle les siens ? Ce ne serait pas une bien grosse revanche, mais ça lui apprendrait. Et puis, il fallait l'admettre, la curiosité était une chose à laquelle elle n'avait jamais très bien su résister.

Elle s'habilla en vitesse. Jupe et veston de tweed gris bleu, blouse simple, sandales classiques, maquillage léger : elle avait choisi son kit de journaliste sérieuse. Pour ce qu'elle allait faire, c'était ce qu'il y avait de mieux.

En marchant le long de la rue Champlain, elle se dit qu'elle était encore en train de céder à un coup de tête, qu'elle était probablement injuste pour Karl. Rien ne prouvait que ce n'était pas véritablement par souci pour elle qu'il avait décidé de partir seul. Pour la protéger… Mais il y avait des limites à la traiter en faible femme, à décider à sa place sans même la consulter… De toute façon, ses coups de tête avaient toujours bien tourné.

La seule fois où elle avait renoncé à suivre son premier mouvement, où elle avait refusé d'agir selon son intuition, ç'avait été le « gâchis ». Depuis, elle appliquait le principe selon lequel les coups de tête que l'on regrette le plus, ce sont toujours ceux auxquels on n'a pas cédé.

Comme elle empruntait l'allée de pierres bordée de rosiers, elle réalisa que, de toutes les maisons de la rue, c'était une des rares dont Karl ne lui avait pas parlé. Après une hésitation, elle sonna.

Un visage s'encadra dans l'ouverture de la porte, derrière la chaîne de sécurité.

— Oui ?

— Je m'excuse de vous déranger, fit Véronique. J'effectue une vérification sur quelqu'un qui a donné votre nom comme référence. C'est pour un emploi. Un projet de recherche. Je peux entrer ?

La jeune fille hésitait.

— De qui s'agit-il ?

— Monsieur Thornburn.

— Thornburn ? répéta la jeune fille, comme si elle cherchait à retrouver le nom dans sa mémoire.

Il ne manquerait plus que ça, se dit Véronique. Que Karl lui ait donné un faux nom.

— Karl Adamas Thornburn, précisa-t-elle.

— Ah, Karl ! Si c'est pour Karl…

Le visage de la jeune fille s'éclaira aussitôt. Elle ferma la porte, enleva la chaîne et ouvrit de nouveau.

— Si vous voulez entrer.

Elle amena Véronique dans un petit salon.

— Vous voulez quelque chose ? lui offrit-elle.

Brune, les yeux noirs très brillants, les traits fins, elle portait une jupe portefeuille blanche en coton indien et une blouse de la même couleur. « À peine dix-huit ans », se dit Véronique.

Elle accepta un café.

— Il y a longtemps que vous le connaissez ? demanda-t-elle.

— Trois ou quatre ans.

Pas de doute, elle devait être plus âgée qu'elle ne paraissait.

— Et vous le voyez souvent ?

— Tous les jours… Ou presque.

Véronique eut un léger pincement au creux de l'estomac.

— Enfin, tous les jours où il est en ville, reprit la jeune fille. Vous savez, il voyage beaucoup. Pour ses livres, ses dictionnaires…

— Je comprends.

Pour donner de la crédibilité à sa couverture, Véronique avait apporté un questionnaire. Elle posa des questions générales sur le mode de vie de Karl. La jeune fille faisait visiblement des efforts pour répondre de son mieux, c'est-à-dire au mieux pour Karl.

— J'ai une question délicate à vous poser, Anny.

— Mais, je ne m'appelle pas Anny, fit l'autre en riant. Moi, c'est Brigitte.

— Je croyais…

Pour quelle raison Karl lui avait-il parlé d'Anny? Pour quelle raison avait-il insisté pour la laisser en dehors de tout ça?

Elle reprit le plus naturellement qu'elle put:

— Comme je vous disais, j'ai une question un peu délicate, mais il faut que je vous la pose.

— Je vous écoute.

— Est-ce que vous avez déjà remarqué quelque chose de suspect à son sujet?

— Lui?

Elle éclata de rire.

— Non, bien sûr.

— Bien sûr, reprit Véronique. Encore quelques questions de routine, si vous le voulez bien. Pour identifier les répondants dans nos dossiers.

Elle prit en note le nom et l'adresse de la jeune fille. Puis, dans la case réservée à la profession, elle écrivit: étudiante.

— Ce n'étaient pas des questions très embêtantes, fit remarquer Brigitte.

— En effet. Si vous le fréquentez depuis quatre ans…

La jeune fille la regarda, intriguée.

— Le fréquenter ?

— Vous voulez dire que... Mais... Il a dit qu'il vous voyait tous les jours.

— Si on veut, fit-elle en éclatant une nouvelle fois de rire. Mais ce n'est pas d'abord pour moi qu'il vient, ajouta-t-elle en faisant des efforts pour reprendre son sérieux. C'est pour ma sœur. Anny.

— Ah !

— Vous voulez la voir ?

— Si ça ne dérange pas.

La curiosité de Véronique avait repris le dessus. Elle avait hâte de voir qui était cette femme que Karl rencontrait avec une régularité d'horloge depuis près de quatre ans.

— Je vous préviens, l'avertit Brigitte, il ne faudra pas trop la fatiguer. Elle est très fragile.

La fenêtre de la petite chambre donnait sur le jardin. La pièce était très claire, très jolie. Le long d'un mur, il y avait un piano mécanique.

— Je vous présente Anny, dit la jeune fille. Anny, c'est mademoiselle Delors. Elle vient te parler de Karl.

La petite fille, sur le lit, eut un sourire touchant malgré la pâleur de ses traits et l'extrême sérieux de son expression. Elle avait au plus douze ans.

— C'est pour une enquête, commença Véronique en s'efforçant de ne rien laisser paraître de son trouble.

Le visage de l'enfant se rembrunit.

— Une enquête !

— Une enquête pour un travail, se dépêcha de préciser Véronique.

Brigitte s'assit sur le lit, à côté de la petite malade.

— Toutes les compagnies font ça, expliqua-t-elle. Des enquêtes sur les personnes qu'elles engagent. Pour vérifier.

Le sourire revint sur le visage pâle de l'enfant. Elle tourna la tête vers Véronique.

— Vous pouvez être certaine que c'est quelqu'un comme il faut, dit-elle.

— Je n'en doute pas, fit Véronique.

— Il vient tous les jours, quand il peut.

— Je comprends.

En effet, elle comprenait. Une enfant de son âge, malade, et Karl qui prenait une heure tous les jours pour venir la voir… Pour quelle raison s'acharnait-il à cacher ce genre de choses ?

Des larmes lui vinrent aux yeux. Elle dut faire un effort pour se contenir.

— Tous les jours, il joue du piano mécanique, continua l'enfant, avec un petit rire. Ça lui fait faire son jogging, qu'il dit. Il a peur d'engraisser ! Des fois, pour rire, je lui dis qu'il devrait être comme moi ! Il n'y a aucun danger que j'engraisse. Le médecin me l'a expliqué. Il faut que je mange le plus possible !

— Maintenant que je sais à quel point Karl est quelqu'un de bien, je ne te dérangerai pas plus longtemps, fit Véronique.

— J'espère qu'il va avoir son emploi, reprit la petite fille, avec une pointe d'inquiétude. Il ne veut pas qu'on en parle, mais ça n'a pas toujours été facile pour lui.

Son visage avait retrouvé le sérieux et la gravité qui avaient frappé Véronique, au début.

— Je pense qu'il va l'obtenir, fit-elle aussitôt, pour la rassurer.

Elle se sentait de plus en plus mal à l'aise de toute cette comédie dans laquelle elle s'était embarquée.

Brigitte la reconduisit à la porte.

— C'est gentil de lui avoir dit qu'il l'aurait, fit-elle. Elle l'aime beaucoup.

— C'était la moindre des choses.

— C'est vrai qu'il est difficile de ne pas l'aimer. Il est tellement… tellement paternel, avec Anny. Il n'y a pas beaucoup de gens qui prendraient le temps de venir la voir comme il le fait. Dans son état…

— Qu'est-ce qu'elle a ?

— Leucémie. Il ne lui reste pas un an, selon les médecins. Déjà, elle ne peut presque plus se déplacer autrement qu'en fauteuil roulant.

— Je vous remercie pour tout.

— Si ça peut rendre service à Karl.

— Il ne devrait pas y avoir de problème pour lui.

Véronique retourna directement chez elle, en proie à des émotions contradictoires. Autant ce qu'elle avait appris l'avait bouleversée, autant elle en voulait malgré elle à Karl. Avec son stupide besoin de garder sa vie secrète et de dissimuler ses sentiments, il passait son temps à semer la méfiance et à tout saboter.

Absorbée dans ses pensées, elle croisa sans le remarquer l'homme en imperméable qui la guettait discrètement, à la sortie de l'allée de pierres. Un homme aux traits effilés, aux cheveux courts, presque ras, et dont les yeux noirs luisaient.

Grâce à un petit mouchard collé à la fenêtre, l'homme avait écouté la plus grande partie de leur conversation.

Il venait d'avoir une idée.

◆

De retour à l'hôtel, Karl ne mit pas de temps à s'apercevoir que sa chambre avait été fouillée. Tous les repères étaient à leur place, mais à l'envers. Encore l'intimidation : on lui faisait savoir qu'on aurait pu fouiller sans qu'il s'en aperçoive.

Le Cullinan B était sorti de son sac, au centre de la petite table, dans la partie « salon » de la suite. À côté de son lit, une immense boîte était posée par terre, entourée d'un large ruban rose. Il y avait une carte attachée au ruban.

« À Kat, en souvenir du passé. »

Il entreprit d'ouvrir la boîte. Quelque chose se mit alors à remuer à l'intérieur. Karl eut l'impression, pendant un moment, que son cœur s'était figé dans sa poitrine. Et, bientôt, ils furent deux à défaire l'emballage.

C'était une femme.

Les cheveux noirs, la lèvre généreuse, l'œil et le sourire assurés, elle portait une longue robe moulante fendue sur le côté. En la voyant, Karl eut un nouvel instant de flottement. Il sentit le bouillonnement rouge monter en lui, comme si quelque chose de profondément enfoui cherchait à refaire surface. Puis l'univers se rétablit.

La fille l'examinait avec une certaine surprise mêlée d'appréhension.

— On peut savoir ce que ça signifie ? demanda Karl.

— C'est un message.

— Je vous écoute.

— Je suis le message.

— Vous êtes… ?

C'était certainement une application des théories de McLuhan que le vieux professeur n'avait pas prévu, songea Karl.

— Si vous preniez le temps de vous asseoir pour m'expliquer ça, reprit-il.

Elle se laissa aller sur le divan sans le quitter des yeux, une expression moitié intriguée, moitié malicieuse sur le visage.

— Et maintenant, reprit Karl, vous pouvez me dire ce que cela signifie ?

— Je ne sais pas. Tout ce qu'on m'a demandé, c'est de vous dire que je suis le message.

— Et qu'est-ce que vous êtes censée faire, ensuite ?

— Moi ? On m'a dit que vous sauriez, répondit la fille, avec une pointe de provocation amusée.

Karl se leva et se prit un jus dans le réfrigérateur miniature.

— Quand je suis sortie de la boîte, vous aviez l'air tout drôle, reprit la fille. On aurait dit que ça ne vous faisait pas plaisir de me voir.

— C'est probablement la surprise, se défendit Karl.

— On aurait dit que vous veniez de voir une apparition !

— Mais c'était une apparition ! reprit Karl en essayant de s'en tirer par l'humour.

— Je veux dire, comme lorsqu'on voit apparaître quelqu'un que l'on croyait mort.

◆

La fille avait bien appris son rôle. Oberkfeld observait la scène avec satisfaction. Il avait eu raison de lui faire confiance : à l'aide d'une teinture noire et d'un maquillage précis, la ressemblance était frappante.

— Il l'a presque reconnue, dit-il pour lui-même. Mais il est encore amnésique.

Cela confirmait que Kat n'était pas seul : dans l'état où il était, il n'aurait pas réussi à se rendre aussi loin par ses propres moyens. Il y avait donc quelqu'un derrière lui. Quelqu'un qui tirait les ficelles. Et ce quelqu'un ne pouvait être que le Rabbin.

Cette fois, le vieux trouble-fête ne s'en tirerait pas à aussi bon compte, songea Oberkfeld. Tout d'abord, il allait laisser de la corde à Kat : s'il retournait à Québec, cela voudrait dire que le Rabbin se terrait là-bas. Il ne resterait plus qu'à entreprendre les recherches pour dénicher sa tanière.

Par le biais de la caméra-espion, Oberkfeld assista sans surprise au dénouement de la scène de séduction ratée. Il ferma l'appareil lorsque la fille sortit, l'air légèrement contrariée par son échec.

Moins de quinze minutes plus tard, elle l'avait rejoint. Oberkfeld lui dit de ne pas s'en faire : elle avait parfaitement tenu son rôle et dit exactement ce qu'il fallait dire. Il lui expliqua ensuite pour quelle raison il n'était pas surprenant que Karl soit demeuré insensible à ses charmes.

La fille parut soulagée de ne pas être personnellement mise en cause. Elle eut même un mouvement de compassion pour Karl.

Le téléphone interrompit leurs explications. C'était Bort qui appelait pour faire son rapport. Conformément aux ordres, il n'avait rien entrepris, mais il avait suivi Véronique. Cela lui avait donné une idée. Oberkfeld la trouva excellente et lui ordonna de mettre les choses en place pour son arrivée.

En raccrochant, il se dit qu'il y aurait juste un ou deux petits raffinements de plus à prévoir. Des raffinements dont Bort n'avait pas à être informé.

Oberkfeld sourit en faisant jouer le diamant entre ses doigts : l'idée de Bort allait lui donner un moyen de pression supplémentaire sur Kat. Il ne resterait bientôt plus qu'à le cueillir et à régler les derniers détails du nettoyage.

L'homme du Syndicat adressa un message aux « dormeurs » de Québec pour qu'ils activent le nouveau contractuel.

3

Cette nuit-là, Karl connut un sommeil tardif, agité et interrompu aux premières heures de l'aube.

Le lendemain matin, à bord de l'avion, les questions et les hypothèses continuaient de se bousculer dans sa tête. Il ne cessait de penser au vieil homme qui avait attendu pendant trente ans pour lui remettre les précieux documents et qui était reparti quelques minutes plus tard en refusant le Cullinan B.

Karl avait pris le temps de tout lire. Les papiers confirmaient ses hypothèses. Tout concordait. Il y avait même un rapport préliminaire pour chacun des sites principaux.

Il songea alors aux manœuvres d'Oberkfeld pour l'intimider: le diamant bleu, la fouille de son appartement, la fille dans la boîte... Pas de doute, ils avaient les moyens non seulement de le tenir sous surveillance, mais d'exercer sur lui des pressions considérables. Alors pourquoi ce changement de tactique, tout à coup ? Pour quelle raison le laissaient-ils partir ? Parce qu'ils croyaient que ce serait plus simple de l'acheter ? Qu'il suffirait de quelques pressions supplémentaires pour le faire céder ?... À moins qu'ils n'aient réellement été convaincus par la découverte du Cullinan B dans ses bagages. Qu'ils aient cru qu'il n'avait pas encore trouvé l'autre partie de son héritage...

Lorsque Karl avait aperçu le diamant dans la main d'Oberkfeld, il avait eu un choc. Bleu, taille coussin, 140,50 carats: c'était une des pierres les plus célèbres au monde. Un diamant dont le poids, en carats, se retrouvait sur la liste qu'il avait saisie dans le repère d'Eugène inc. Dans cette liste, tous les chiffres de la deuxième colonne correspondaient au poids de diamants célèbres.

Quand Oberkfeld lui avait déclaré que la pierre allait avec la fonction, Karl avait perdu ses derniers doutes: c'étaient bien eux qui se cachaient derrière Eugène inc. Derrière Bort. Eux qui avaient dans leurs dossiers une copie de la lettre de son père. Quant à savoir qui ils étaient, leur code les trahissait. Il n'y avait qu'une seule organisation pour l'utiliser, une seule organisation qui soit assez riche et assez narcissique pour vouloir utiliser un tel code et en avoir les moyens: le Syndicat.

Que pouvait-il faire, seul contre une telle organisation ? Pour l'instant, ils lui accordaient un répit. Mais la patience à l'égard des empêcheurs de tourner en rond n'avait jamais été la marque de commerce du Syndicat: il faudrait qu'il agisse vite.

Il eut alors une idée: en se servant de leur code, il pourrait peut-être... Mais, pour cela, il aurait besoin d'aide.

En descendant de l'avion, à Québec, il se rendit directement chez lui. L'appartement ne semblait pas avoir été visité. Il prit une douche, se changea et s'offrit une demi-heure de relaxation. Après quoi, il défit le peu de bagages qu'il avait, remit le Cullinan B dans la bibliothèque et fouilla dans un de ses livres.

Il eut vite fait de retrouver la photo qu'il cherchait. C'était bien lui: la même petite moustache, les mêmes yeux perçants: Otto Oberkfeld. Le régent de l'empire du diamant. Régent en attendant que l'héritier soit en mesure de présider aux destinées de l'empire.

Le plan de Karl prenait tout à coup des perspectives inattendues. Il eut un sourire de triomphe puis il sortit. Il allait chez Véronique.

L'accueil fut plutôt froid. Il lui raconta de façon évasive sa rencontre avec le vieil homme, à Diamantina, l'invitation d'Oberkfeld, l'épisode du diamant bleu, celui du cadeau qui l'attendait dans sa chambre...

— Tu aurais au moins pu me prévenir! fit-elle pour tout commentaire.

Peu désireux de s'attarder sur la question, Karl lui fit part des réflexions auxquelles il était parvenu quant à l'identité de ceux qui se cachaient derrière Eugène inc.

— Et ils t'ont laissé repartir!

— Ce qu'ils veulent, ce sont les papiers, les titres de propriété.

— Mais tu les as!

— Pas vraiment, répondit-il de façon ambiguë.

Véronique s'y attendait, il continuait de se méfier. C'était sans doute en partie pour cette raison qu'il avait décidé, au dernier moment, de prendre l'avion seul.

Elle était bien forcée d'admettre qu'il n'avait pas complètement tort : malgré sa promesse de laisser Anny en dehors de tout ça, elle était allée la voir. Mais c'était de sa faute à lui : s'il n'était pas parti aussi brusquement, après lui avoir laissé croire qu'ils y allaient ensemble…

Elle décida de tout lui dire.

À mesure qu'elle lui racontait sa visite en phrases brèves, Karl prenait un air de plus en plus contrarié. Inquiet.

— Pourquoi avais-tu besoin de cacher ça ? lui lança Véronique, en guise de conclusion.

Il ignora la question.

— J'espère que tu as fait attention de ne pas être suivie, dit-il.

— Suivie…

Elle n'y avait pas pensé un seul instant.

— S'ils m'ont suivie là-bas, reprit-elle, ils doivent aussi surveiller la maison… Ça veut dire qu'ils savent que tu es ici !

— Je ne pense pas.

— Mais… s'ils me suivent…

— J'ai surveillé les alentours de l'appartement avant de venir. Je n'ai vu personne.

Véronique ne savait pas si elle était plus furieuse contre Karl, de ne lui avoir rien dit, ou contre elle-même, d'avoir agi de façon aussi étourdie. Elle se dirigea vers la cuisine, mordit rageusement dans une pomme et prit son veston.

— Il faut que je passe au journal, dit-elle. Je reviens pour le souper.

Karl profita de son absence pour se reposer un peu. La tension des derniers jours se faisait brusquement sentir. Il se rendit dans le salon. De toutes les pièces de l'appartement, c'était celle dont il aimait le plus l'atmosphère. Sans doute à cause de la sensation d'espace que donnait l'immense baie vitrée.

Mais, allongé sur le divan, il ne cessait de s'inquiéter pour Anny, de penser aux détails du plan qu'il ruminait… Si tout se passait comme prévu, il pourrait régler ses comptes avec tout le monde: Bort, Oberkfeld… tous les autres qui s'étaient servis de lui…

Après avoir tourné et retourné sur lui-même pendant une demi-heure, il renonça. Tant qu'à ne pas dormir, aussi bien se rendre à l'hôpital.

Noël Joyeux reposait sur un matelas pneumatique conçu spécialement pour les grands brûlés: un réseau de lisières inégalement gonflables permettait de varier fréquemment la répartition des points d'appui ainsi que la pression sur les différentes parties du corps. Son état était grave mais stable: il ne mourrait pas. Guérir lui prendrait cependant des mois.

Encore sous l'influence euphorisante des calmants, Noël Joyeux souriait de façon béate. Ses pupilles étaient dilatées comme celles des hommes au sous-sol du Beef. Karl ne savait pas quoi dire.

— Il paraît que je vais être l'être humain le plus cancérigène au monde, chevrota allégrement le corps étendu sur le lit pour grands brûlés.

Il expliqua ensuite, entre des rires qui s'égrenaient au ralenti, que les chéloïdes étaient cancérigènes et qu'il serait couvert de chéloïdes. Toutes proportions gardées, son cas était semblable à celui des Vietnamiens brûlés au napalm: il ne restait plus assez de peau intacte pour faire des greffes partout où il aurait fallu. Des chéloïdes se formeraient: des amas de tissu cicatriciel vaguement proliférants, à la limite entre le tissu sain et la tumeur.

Cela n'ajouterait rien au charme déjà discret de Noël Joyeux, songea Karl. Il s'efforça néanmoins d'être réconfortant. Mais il avait l'esprit ailleurs.

Si le traitement infligé à Noël Joyeux était un simple avertissement, il préférait ne pas songer à ce qui pourrait arriver aux autres personnes de son entourage. Il fallait décidément que toute cette histoire s'arrête au plus vite…

Quand il revint à l'appartement, Véronique avait préparé un souper. Ils mangèrent tranquillement, sans parler de choses importantes, comme si, de façon tacite, ils avaient conclu une trêve.

Au dessert, quelqu'un frappa à la porte d'entrée. Une livraison spéciale. Le colis était adressé à K.A.T., aux soins de Véronique Delors.

Karl ouvrit le paquet. En voyant son contenu, Véronique eut un haut-le-cœur : c'était un poisson. Un poisson mort, la mâchoire ouverte. Elle reconnut immédiatement la double rangée de dents triangulaires, coupantes comme des rasoirs : un piranha.

Mais il y avait pire que le poisson. Il y avait ce dans quoi il était emballé : un papier photo. Et la photo était celle d'un visage souriant que Karl n'eut aucune difficulté à reconnaître : Anny. Au dos de la photo, quelques mots avaient été griffonnés :

« Ce soir, six heures, au Beaugarte ».

— Qu'est-ce que tu vas faire ? demanda Véronique, mal à l'aise.

— Sauver Anny, répondit abruptement Karl. Et, accessoirement, notre peau.

— Comment ?

— Vendre au meilleur prix. Et régler mes comptes.

Il avait mis une violence inhabituelle dans les derniers mots.

— Régler tes comptes ? s'inquiéta Véronique.

— D'abord avec Bort. Puis les autres.

— Quels autres ?

— Les autres, répéta simplement Karl.

Véronique continuait de l'interroger du regard.

— Si on n'arrête pas ça tout de suite, ajouta-t-il, tu vas être la prochaine sur la liste. Toi ou Anny.

Il se leva pour téléphoner.

Anny était chez elle. Elle lui raconta que ses deux amis étaient venus la voir et qu'ils lui avaient apporté des cadeaux. Elle avait bien aimé les cadeaux, mais il y avait un des deux hommes qu'elle n'aimait pas beaucoup : celui qui avait l'appareil photo.

Karl prit le temps de la rassurer, puis raccrocha.

Quand il sortit de la maison, deux heures plus tard, Moh le prit en filature, à distance prudente. Mais Karl ne semblait pas se soucier d'être suivi. Il ne détourna pas la tête une seule fois.

À l'intérieur du Bogarte, il n'y avait pas moyen de se tromper : des photos géantes d'Humphrey Bogart étaient accrochées un peu partout. Il y avait aussi des photos de Marilyn. Sans doute pour que les hommes ne se sentent pas en reste.

La salle était immense, mais découpée de façon fonctionnelle en espaces spécialisés. À droite, en entrant, la piste de danse. Au centre, le bar. Au fond, devant les fenêtres, les tables pour discuter. Et, sur une espèce de mezzanine, d'autres tables pour ceux qui voulaient s'offrir un vrai repas.

Autour du bar central, il y avait d'autres tables encore, séparées par des cloisons partielles, ce qui donnait aux clients à la fois l'illusion d'avoir leur propre espace et la possibilité de regarder ce qui se passait autour.

Grâce à l'utilisation massive de boiseries, de pourpre et de plantes suspendues qui atténuaient la hauteur du plafond, on avait su garder un minimum de chaleur à l'endroit malgré ses dimensions. « Hall de centre commercial pour jeunesse tardive, clinquante et semi-luxueuse », avait un jour dit un journaliste. Karl y mettait les pieds pour la première fois.

Il passa directement à côté du bar et se rendit à une petite table, tout au fond, devant les fenêtres. Il avait reconnu son interlocuteur de l'Aquarium. Bort ne semblait pas avec lui.

L'homme s'empressa de s'excuser.

— Je suis désolé de la façon dont on vous a fait venir. Je n'étais pas d'accord, mais il n'a rien voulu savoir. Alors…

— Qu'est-ce que vous voulez ? l'interrompit abruptement Karl.

— Vous le savez bien…

— Le Cullinan B ?

— C'est ça.

— Écoutez, allez dire à votre patron que je veux le rencontrer. Je suis disposé à lui fournir les papiers qu'il désire.

— Quels papiers ?

— Ceux du Brésil. Dites-lui que je suis prêt à faire affaire avec lui.

— C'est que… Je ne sais pas si…

L'homme avait l'air sincèrement étonné. Il ne savait plus que faire et jetait des coups d'œil nerveux en direction du bar.

Karl se retourna et aperçut Bort, qui arrivait à leur table. Comme l'autre homme venait pour faire les présentations, Karl l'interrompit.

— Nous nous connaissons déjà.

— Depuis pas mal de temps, même, ajouta Bort, avec un sourire désagréable.

Karl reformula sa proposition.

Le rictus semblait incrusté comme un masque sur le visage de Bort.

— Nous, ce qu'on veut, dit-il, c'est l'objet. Une fois qu'on l'aura récupéré, on pourra toujours faire le message.

— Mais, sans le Cullinan…

— On veut l'objet, trancha sèchement Bort.

Karl ne comprenait plus. Il devait y avoir des courts-circuits dans les communications entre Oberkfeld et ses hommes de main. Il décida de parer au plus urgent.

— Pour la fille, quelle garantie est-ce que j'ai ?

— Les filles ont toujours été votre faiblesse, ironisa Bort. La sentimentalité…

De nouveau, les mêmes allusions à son passé.

Karl se retint cependant de le questionner. Il en reparlerait, de son passé. Mais plus tard et directement avec Oberkfeld. Dans le marché qu'il lui proposerait, il y aurait une clause concernant Bort.

— Pour la fille ? répéta Karl.

— Elle est toujours chez elle, intervint précipitamment l'homme de l'Aquarium.

— Ça, je le sais.

— Je vous donne ma parole qu'il ne lui arrivera rien.

— À moins qu'il y ait des problèmes, précisa Bort. Je dis ça pour le cas où vous auriez des intentions.

— La pierre est sur mon bureau, laissa finalement tomber Karl. Par-dessus une pile de feuilles. Elle ressemble à un bloc de verre dépoli.

— Je vais la chercher immédiatement, fit alors Bort.

Il eut un signe de tête en direction de l'autre.

— Il va s'occuper de contacter le patron pour lui transmettre votre message.

— Encore un détail, insista Karl. Loki ?

— Votre chien ? Il est de retour chez le vétérinaire.

L'homme aux cheveux ras eut un sourire de triomphe avant de poursuivre.

— Nous étions certains que vous accepteriez notre proposition. De toute manière, il y a tellement d'autres moyens de pression…

Sur ces mots, il se leva et marcha rapidement jusqu'à la sortie, son acolyte sur les talons.

Après avoir téléphoné au vétérinaire, qui lui confirma le retour de Loki, Karl revint à sa table pour se donner le temps de réfléchir.

Quelque chose clochait dans le comportement de Bort et de son complice : ils agissaient tous les deux comme si seul le diamant les intéressait. Pourtant, si cela avait été le cas, Oberkfeld aurait eu l'occasion de s'en emparer quand il avait fait fouiller sa chambre, au Brésil.

Est-ce que Bort jouait sa propre partie ? Peut-être les nouveaux ordres d'Oberkfeld n'étaient-ils pas encore arrivés ? À moins que ce ne soit justement ça, les ordres : profiter du fait qu'il ne soit plus sur ses gardes, qu'il croie profiter d'un répit, pour le frapper au point le plus sensible... Mais alors, pourquoi lui réclamer le diamant ? Ils devaient pourtant le savoir que, sans la pierre, il ne pouvait pas récupérer le reste de son héritage !

Karl n'arrivait pas à comprendre. Mais, pour l'instant, l'essentiel était que Bort récupère le diamant et qu'il transmette le message. Tout danger serait alors écarté pour Anny. Après, il serait possible de rencontrer Oberkfeld et d'aviser sur les mesures à prendre.

Il se leva. Inutile de rentrer chez lui, Bort était déjà assez susceptible comme ça. Autant ne pas le provoquer pour qu'Anny en paie ensuite le prix. Il retournerait chez Véronique, s'installerait dans le salon et essaierait de réfléchir aux détails de son plan.

◆

Bort était excité. Il sentait qu'il approchait du but. Pendant que l'autre homme restait dans la limousine pour tenter de joindre le patron par téléphone, il se rendit tout droit chez Karl.

Sitôt dans la maison, il se précipita dans le bureau. La pierre était bien là. Il la saisit dans sa main, la soupesa et... s'écroula comme une masse.

4

Le contractuel s'assura d'abord que Bort était hors d'état de nuire pour un certain temps. Puis il téléphona au Hilton.

— Oui ? demanda doucement la voix feutrée.

— J'ai trouvé l'objet. Le messager n'a fait aucune difficulté. Pour l'instant, il se repose. Il s'est subitement senti très fatigué.

— Bien. Expédiez le colis.

— J'épingle toujours les deux papillons ?

— Comme prévu.

— Parfait.

— Et téléphonez-moi aussitôt que ce sera fait.

— Entendu.

Le contractuel reposa l'appareil, s'empara du bloc de cristal qu'on lui avait demandé de récupérer et sortit par l'arrière.

De retour au centre-ville, il entra dans un magasin acheter du papier d'emballage. Il expédia ensuite l'objet par taxi à l'adresse qui lui avait été indiquée, en précisant l'heure de la livraison. Un généreux pourboire aplanit toutes les réticences du chauffeur.

Il se rendit ensuite au deuxième endroit prévu sur son itinéraire.

Derrière l'immense baie vitrée du salon, il n'avait aucune difficulté à voir les deux personnes aller et venir dans la pièce. Il s'installa du mieux qu'il put, se mit en position et attendit le moment d'exécuter son contrat.

Il s'agissait d'un travail extrêmement précis : la voix au téléphone avait spécifié qu'il était indispensable que les deux papillons soient épinglés. Et, surtout, qu'ils le soient selon les directives.

Il guettait depuis environ un quart d'heure, lorsqu'il vit surgir Bort et son comparse. Ils étaient en avance sur l'horaire prévu.

Les deux hommes entrèrent en défonçant la porte.

Le contractuel, qui les observait avec sa lunette télescopique, se prépara calmement à faire son travail. Rien ne pressait encore.

◆

Karl et Véronique étaient assis sur le divan, à discuter.

— Je veux le diamant, dit simplement Bort en faisant irruption dans la pièce, un pistolet dans la main droite.

Tout en tenant Karl en joue, il aida l'autre homme à attacher Véronique sur une chaise.

— Tout d'abord le diamant, reprit-il. Et ensuite vous allez me payer ça.

— On peut savoir ce qui se passe ? demanda Karl, tranquillement, en prenant soin de garder les mains au-dessus de la tête.

— Si tu ne me dis pas tout de suite où tu l'as mis, c'est elle qui va faire les frais, cracha Bort.

— Je vous l'ai dit ! Il est sur mon bureau.

— Il « était » sur le bureau, corrigea l'homme au visage effilé. Il y était jusqu'à temps que je le prenne et que je me fasse assommer. Mais ça, on réglera ça plus tard. D'abord le diamant.

— Ce n'est pas nous qui…

— Nous ? l'interrompit Bort, sarcastique.

Il fit un geste en direction de Véronique pendant qu'il continuait de s'adresser à Karl.

— Tu te décides ?

— Je ne l'ai pas ! protesta Karl. Je ne sais pas ce qui est arrivé !

— Tant pis. Tu l'auras voulu.

Il se retourna lentement en direction de la jeune femme. Celle-ci avait les yeux fixés sur le trou noir au bout du pistolet. Ses lèvres tremblaient et elle faisait des efforts pour se retenir de hurler.

— Arrête ! fit Karl.

Bort interrompit son mouvement.

— Devenu raisonnable ? demanda-t-il, avec la même ironie.

— Qu'est-ce que ça va te donner de la descendre ? Elle ne sait rien.

— Justement, si elle ne sait rien, qu'est-ce que je perds ?

Son sourire s'affila.

— Et puis, reprit-il, qui te parle de la descendre ? Tu n'as jamais entendu parler des « B & D job » ?

Karl connaissait les « Black & Decker job ». Les combattants de l'I.R.A. avaient popularisé ce moyen de punir sans tuer. Une perceuse enfoncée dans l'articulation du genou. Tout le jeu délicat des petits os, des tendons, des ménisques et des ligaments était détruit. Les dégâts étaient irréversibles ; aucune chirurgie ne pouvait réparer un tel gâchis. La personne ne pouvait plus marcher.

En Italie, les Brigades rouges avaient simplifié le système en tirant à la mitraillette dans les genoux, quand ils voulaient donner un avertissement. Maintenant, le travail se faisait le plus souvent au pistolet : c'était plus pratique. Mais le nom était resté. À cause des perceuses du début.

— Tu veux que je lui explique ? reprit Bort. Puisque c'est elle qui va profiter du traitement, elle a le droit de savoir, non ?

— Qu'est-ce que c'est ? articula péniblement Véronique d'une voix étouffée.

Karl voyait bien où l'autre voulait en venir : il ne tirerait probablement pas à moins d'y être obligé. Ce qu'il voulait, c'était les avoir à la terreur.

Si Karl avait su où se trouvait le diamant, il le lui aurait dit. Mais il ignorait ce qui s'était passé chez lui. Ou, plutôt, il avait peur de le savoir. L'autre groupe, sans doute. Ceux qui l'avaient « aidé ». Depuis le début, ils intervenaient dans sa vie, le bousculaient, le jetaient dans les pires situations sans égard pour les conséquences… Tant pis pour eux : il allait les utiliser à son tour.

— Je pense que je sais ce qui s'est passé, fit Karl.

— Tu penses ? ironisa Bort.

— Il y a un autre groupe…

Karl n'eut pas le temps d'expliciter davantage : la sonnerie de la porte se fit entendre.

— Va répondre, lui ordonna Bort en faisant signe à son comparse de l'accompagner. Moi, je reste ici avec elle.

C'était une livraison par taxi. Karl remercia le chauffeur et apporta le paquet dans le salon sans l'ouvrir.

— Fais-nous voir la surprise, jeta Bort.

Karl défit l'emballage. Le Cullinan B apparut.

— Tu parlais d'un autre groupe, fit alors l'homme aux cheveux ras, d'une voix tout à coup soupçonneuse et attentive.

Il s'empara du diamant et fit signe à Karl de s'asseoir sur une chaise.

— Je crois qu'il est temps que nous ayons une conversation en profondeur, reprit-il. On a l'habitude des conversations, nous deux. Tu te rappelles, au Brésil… ?

Deux coups de feu claquèrent.

L'homme de l'Aquarium s'écroula comme une masse, un trou rouge au milieu du front. Bort échappa son pistolet et se couvrit l'épaule droite de la main.

Sans perdre un instant, Karl sauta sur le pistolet, assomma Bort d'un coup de crosse et se précipita jusqu'à la chaise où Véronique était attachée. Il défit rapidement ses liens et lui murmura de rester tapie sur le sol, à l'abri du divan.

Quelques secondes plus tard, une voiture démarrait en trombe.

Un piège, se dit Karl. S'il y avait un tireur embusqué dans le jardin, il profiterait du relâchement provoqué par le départ de l'auto pour achever le travail.

Karl rampa précautionneusement vers la fenêtre. Le dos collé contre le mur, il approcha lentement du cadre de la fenêtre et jeta un regard prudent à l'extérieur.

Aucun signe de vie.

Il était maintenant moins sûr que c'était après lui ou Véronique qu'on en avait. Le premier coup était bien destiné à l'homme de l'Aquarium: le petit trou, exactement au centre du front, n'était pas le fruit du hasard. Quant à Bort, sans doute avait-il évité de prendre la balle en plein cœur à cause d'un geste imprévu au dernier moment.

Il revint vers Véronique en rampant et lui remit le pistolet pour qu'elle tienne Bort en joue, au cas où il reviendrait à lui. Puis il sortit.

Le jardin était désert.

Sur le talus, derrière le bosquet de fleurs, il découvrit des traces de pas. Le tireur semblait bien s'être enfui.

Il rentra rassurer Véronique.

— Parti, dit-il.

Elle lui tendit le pistolet et se réfugia dans la salle de bains.

Jusqu'au retour de Karl, elle avait réussi à se dominer. Mais, maintenant que la tension était tombée, son corps la lâchait. Elle vomit tout ce qu'elle put. Son estomac était vide depuis longtemps lorsqu'il cessa de se contracter de façon spasmodique.

Quand elle revint, elle s'était passé de l'eau sur la figure et un sourire hésitant surnageait avec courage sur ses lèvres.

Karl avait fouillé les deux hommes. Il montra à Véronique la bague qu'il avait récupérée au doigt de

Bort : identique aux précédentes. Il y avait également des chiffres gravés à l'intérieur : 125,65.

— Le Jonker, fit Karl. Nos amis ont un sens de l'humour plutôt acide.

— Pourquoi ?

— Le Jonker est un diamant célèbre. Ils l'ont donné comme nom de code à leur homme qui s'occupe du « nettoyage ». Si tu changes le « o » par un « u », ça donne : Junker. Junk, en anglais, ça veut dire déchet, détritus. Et dans les milieux de la drogue…

Véronique le regardait en se demandant comment il pouvait penser à ces choses dans de telles circonstances.

Karl poursuivit son explication.

— C'est le même genre d'humour que de prendre une compagnie d'exterminateurs comme façade pour leurs hommes de main. Des tueurs à gages qui exploitent une compagnie d'extermination.

Bort commençait à bouger. Karl empocha la bague et saisit le pistolet posé sur la table. C'est le moment que choisirent les policiers pour enfoncer la porte que Karl avait réussi à refermer tant bien que mal.

— Police ! Que personne ne bouge !

L'inévitable inspecteur Gratton avait surgi, le pistolet au poing, un sourire de triomphe sur les lèvres.

— En flagrant délit, on dirait, fit-il en s'avançant vers Karl.

Sans cesser de le tenir en joue, il lui enleva l'arme des mains avec un mouchoir.

— Quel est le bilan cette fois ? reprit-il.

Il inspecta rapidement le cadavre, puis se retourna vers Bort, qui revenait à lui.

— Pas de chance, dit-il alors à Karl. Vous en avez eu seulement un sur deux. On ne peut pas réussir à tous les coups, n'est-ce pas ?

— Écoutez, cet homme est recherché.

— Tiens donc ! répliqua avec mépris Gratton. Vous confondez votre liste personnelle avec celle de la police maintenant ?

De sa main libre, Gratton aidait Bort à se relever tout en continuant de tenir Karl en joue. Les deux policiers qui l'accompagnaient s'occupaient, l'un du cadavre, l'autre de Véronique, pour s'assurer qu'elle ne cachait pas d'arme.

— Bonnie and Clyde, hein ? ironisa Gratton.

Il était tout à son triomphe. Il ne vit absolument pas venir le coup.

De sa main valide, Bort avait saisi le diamant posé sur la table. Il l'écrasa dans le visage de l'inspecteur Gratton.

L'homme au teint jaune perdit l'équilibre et s'affaissa avec un cri d'éléphanteau castré. Bort se rua alors vers la sortie en emportant le bloc de pierre translucide. Malheureusement pour lui, il se heurta à l'inspecteur Lefebvre qui entrait. Plus exactement, son menton se heurta au poing de l'inspecteur Lefebvre, lequel leva le bras avec un synchronisme parfait. Le corps de Bort fut soulevé de terre, puis retomba comme un sac de linge sale.

Le policier examina alors lentement les lieux et tendit son mouchoir à son collègue pour qu'il s'essuie le visage. Il fit ensuite un signe aux deux policiers en uniforme.

— Amenez-le au poste, leur dit-il en désignant Bort. Et faites venir l'équipe technique.

Puis il se tourna vers Karl et Véronique.

— Je ne doute pas que vous puissiez tout nous expliquer, fit-il avec son bon sourire. Si on s'assoyait…

Sans attendre, il choisit un fauteuil. Karl et Véronique prirent le divan. Assis par terre, Gratton achevait de redonner à son visage une apparence à peu près humaine ; il avait le nez ainsi qu'un œil sérieusement amochés.

— C'est lui qui l'a tué, se mit à glapir l'homme au teint jaune. Il avait l'arme dans la main quand je suis entré.

Il se leva, saisit l'arme encore enveloppée dans le mouchoir et la tendit à son collègue. Celui-ci examina précautionneusement la pièce à conviction, puis lui demanda :

— C'est l'arme qu'il avait à la main ?

— Oui.

— Tu en es bien sûr ?

— Puisque je te le dis !

— Si c'est comme ça, je n'ai pas le choix…

Il se tourna vers Karl.

— Vous êtes chanceux que l'inspecteur Gratton puisse témoigner en votre faveur, dit-il. Si vous aviez tiré avec cette arme-là, il ne serait plus resté de tête. C'est un PK 45. Il est à vous ?

— Non, c'est celui de l'homme que vous avez arrêté, répondit Karl. Qui vous a averti ?

— Des voisins. Ils avaient entendu des coups de feu… Enfin, ils ont dit qu'ils étaient des voisins.

Il se cala dans son fauteuil avant d'ajouter, sur le ton de quelqu'un qui s'attend à une longue histoire :

— Si vous me racontiez tout ça en détail.

Karl entreprit alors de lui faire un récit presque complet des événements : le piranha enveloppé dans une photo, le rendez-vous au Beaugarte, le chantage, sa décision de céder le diamant, puis l'irruption de Bort dans l'appartement, l'arrivée du colis et les deux coups de feu.

— L'objet, c'est ça ? demanda l'inspecteur Lefebvre en désignant le gros caillou translucide qui gisait sur le tapis, à côté de la porte d'entrée.

Karl fit signe que oui. Il se leva pour le ramasser et le tendit au policier.

— Et ça vaut ?

— Ça dépend.

— Dans les sept chiffres ?

— Plutôt huit.

— Eh bien, le motif me semble être clair. Mais vous avez oublié de nous dire le nom de la personne qu'ils menaçaient de représailles…

— J'aimerais mieux qu'elle ne soit pas mêlée à cette affaire.

— Nous aurons besoin de son témoignage, insista le volumineux représentant de l'ordre. Pour l'enquête.

— Il faudra vous contenter du témoignage de sa sœur, s'obstina Karl.

Et il lui expliqua pourquoi il n'était pas question de faire témoigner Anny. L'homme à la calvitie souriante hocha alors la tête en signe d'assentiment.

— Vous l'avez reconnu ? demanda-t-il en désignant le cadavre.

Karl fit signe que oui.

— C'était l'homme de l'Aquarium ?

Nouveau signe d'assentiment.

— Ça pose un problème, conclut l'abondant policier, sans perdre son bon sourire. Enfin, on verra bien !

Il mit en marche la délicate mécanique qui lui permettait de s'extraire d'un fauteuil. Gratton suivit son exemple et se leva.

— On les amène au poste ? demanda-t-il.

Dans son esprit, ce n'était pas une question. Plutôt le début d'une longue revanche.

— Je pense qu'ils ont eu assez d'émotions pour ce soir, répondit son volumineux collègue. Ils pourront passer faire leur déposition demain… si c'est encore utile.

L'homme au teint jaune lui lança un long regard interrogateur.

— Je t'expliquerai, s'empressa de lui dire Lefebvre en aparté, comme s'il ne pouvait pas parler devant les deux autres.

Cet appel à la complicité professionnelle parut rassurer Gratton.

L'équipe technique finit par arriver. Karl nota avec soulagement qu'ils n'avaient pas utilisé les sirènes. En moins d'une demi-heure, le cadavre fut photographié sous toutes les coutures, mis sur une civière, recouvert d'un drap et emporté discrètement. Le pistolet fut expédié au service des empreintes et le salon passé au peigne fin.

Un expert en balistique examina les deux trous faits par les projectiles dans la baie vitrée, puis rejoignit les autres qui s'étaient répandus dans le jardin, à la recherche d'indices.

Une heure plus tard, les spécialistes se dissipaient, rapidement suivis de Gratton et de Lefebvre.

— C'est fini ! laissa échapper Véronique en poussant un long soupir.

— Au contraire, c'est maintenant que ça commence, reprit doucement Karl.

Sur le tapis, les deux taches rouges brunissaient lentement.

5

Planqué derrière le bosquet, Moh surveillait la baie vitrée. Il avait vu avec inquiétude Bort se précipiter à l'intérieur, pistolet au poing.

Ne pas intervenir, avait dit le Rabbin : il voulait simplement des yeux et des oreilles. Pourquoi fallait-il que ses plans soient toujours aussi tordus ?

Moh avait dégainé son revolver et pris Bort dans sa ligne de mire. Tout aurait été tellement facile. Il n'aurait eu qu'à appuyer: une légère crispation du doigt et la forme gesticulante, dans la fenêtre, se serait recroquevillée de façon définitive. Moitié par fantasme, moitié pour soulager la tension de l'attente, il avait joué à durcir la pression sur la détente, mais sans faire partir le coup. Il aimait sentir la vie de Bort, à l'autre bout, suspendue à un fil de plus en plus ténu.

Quand les détonations retentirent, Moh se plaqua contre le sol. Les coups avaient été tirés derrière lui, un peu à droite. Pas très loin, semblait-il. Lorsqu'il entendit une auto démarrer, Moh se dit qu'il était temps pour lui de se tirer aussi. Sous peu, l'endroit grouillerait de policiers. Et la dernière chose que voulait le patron, c'était certainement qu'il se fasse repérer par les flics.

Il courut en position courbée jusqu'à une brèche dans la haie. Parvenu sur le trottoir, il se mit alors à marcher d'un pas énergique mais non précipité jusqu'au téléphone public qu'il avait repéré, deux coins de rue plus loin.

Le Rabbin reçut l'appel de Moh au moment de se mettre au lit. Il écouta le récit complet des événements avant de poser la première question.

— Est-ce qu'ils avaient laissé quelqu'un derrière pour observer ce qui se passerait ensuite ?

— Je ne pense pas...

Le patron avait certainement senti son hésitation, songea Moh. Il s'en voulait de n'avoir même pas songé à un piège. Les coups de feu l'avaient totalement pris par surprise. Aussitôt qu'il avait entendu l'auto démarrer, de l'autre côté de la haie, il n'avait pensé qu'à se mettre à l'abri. Décidément, lui aussi vieillissait. Il imaginait déjà les remarques sarcastiques du Rabbin.

Ce dernier ne fit cependant aucun commentaire.

— Vous avez entendu les coups de feu ? demanda-t-il, l'air intéressé par ce détail.

— Oui.

— Ils n'avaient pas de silencieux ?

— N... non.

— Bizarre. Ils auraient voulu attirer l'attention qu'ils n'auraient pas fait autrement.

— Pour que je les suive ? s'inquiéta Moh.

Le Rabbin ignora la question et lui dit que l'opération progressait rapidement. Il lui donna ensuite de nouvelles instructions – si l'on pouvait dire ! Son travail était de continuer à pister Kat et de faire un rapport dès qu'il se passerait quelque chose d'anormal.

— Comme quoi ?

— Je ne sais pas encore, mais vous verrez bien.

Médusé, Moh raccrocha : ou bien le patron avait effectivement perdu les pédales, ou bien il était au meilleur de sa forme. Il avait presque l'air content ! Quelle sorte de plan machiavélique avait-il encore bien pu mijoter ?... Et, du côté des adversaires, y avait-il quelqu'un d'aussi tordu que lui ? À quoi est-ce que ça rimait de faire abattre ses propres hommes chez Kat ? Pour le déstabiliser ? C'était un peu cher... À moins que Bort n'ait perdu les pédales et qu'ils aient été obligés de s'en débarrasser... Il y avait aussi la possibilité d'un troisième groupe.

Avec le Rabbin, on finissait toujours par travailler en plein cirage. Et, bizarrement, c'est ce qui réconforta Moh : cette impression de se retrouver dans le brouillard habituel. Peut-être le patron n'était-il pas devenu gâteux, après tout.

Deux heures plus tard, le Rabbin souriait d'aise : ses contacts auprès des « locaux » avaient complété l'histoire racontée par Moh.

Bort n'était que blessé ; on l'avait écroué à l'infirmerie de la prison. L'autre homme était mort. De toute évidence, il s'agissait d'un message. Le lieu et le procédé choisi, le bruit des détonations, tout cela ne trompait pas. Restait à savoir à qui il était destiné. Quel en était le sens.

La blessure de Bort, pour sa part, était intrigante. Était-ce un raté dans l'exécution ? Peu probable. Surtout que, dans son cas, on n'avait pas visé la tête. Avaient-ils voulu uniquement le blesser ? Si oui, c'était qu'ils avaient l'intention de le garder en réserve. Mais dans quel but ?

Le Rabbin croyait le savoir. Et, s'il avait raison, le piège s'était de nouveau refermé un peu plus. Pourtant, un détail le tracassait.

Une fois encore, il passa en revue les principaux événements : mis sur la piste du Cullinan B, le Syndicat avait entrepris une opération de harcèlement et de déstabilisation contre Kat. Ensuite, celui-ci avait trouvé le Cullinan B : le harcèlement s'était aussitôt intensifié et les allusions à l'autre partie de son héritage avaient commencé. Venait alors le voyage au Brésil et le changement de tactique du Syndicat : contact direct et offre de collaboration. Puis retour à Québec et, de nouveau, le harcèlement…

S'ils avaient évalué que Kat était mûr pour être acheté, quand il était au Brésil, pourquoi cette volte-face deux jours plus tard ? Et s'ils n'avaient pas cru pouvoir l'acheter, pourquoi l'avoir laissé repartir d'Amérique du Sud ?

L'explication la plus probable était que le piège s'était refermé encore plus qu'il ne pensait. Le Syndicat devait soupçonner la présence de quelqu'un derrière Kat. Il faudrait manœuvrer avec délicatesse pour ne pas compromettre l'enjeu du Brésil. Peut-être le Syndicat en était-il déjà à soupçonner son intervention… Par chance, s'il devait lui arriver quelque chose, il pouvait compter sur mademoiselle Dubreuil.

Malgré ses protestations et sa fausse modestie, elle allait être une directrice de réseau de premier ordre. Il ne pouvait en être autrement : au cours des années qu'elle avait passées avec lui, en croyant simplement le seconder, il lui avait enseigné tout ce qu'il savait.

◆

Oberkfeld reçut l'appel moins de dix minutes après l'exécution du contrat.

— Les papillons sont épinglés, dit simplement le contractuel.

— Les épingles ont été placées comme prévu ?

— Au millimètre près.

— Bien. Vous contacterez notre associé pour l'autre partie de la transaction. Il vous tiendra au courant, si nous avons encore besoin de vos services.

— D'accord.

Tout s'était déroulé sans anicroches : le délégué régional était mort et Bort blessé. Il fallait maintenant prendre des dispositions pour éteindre les feux.

D'abord le délégué régional. Il n'y avait aucun intérêt à ce que quelqu'un de son importance aille se faire descendre chez des inconnus : ça pourrait exciter inutilement la curiosité. Heureusement, Oberkfeld avait une solution toute prête depuis longtemps, une solution que les récents déboires politiques et financiers de la victime rendraient plausible.

Pour Bort, la question était plus délicate : il en avait encore besoin pour le marché qu'il allait conclure avec Kat. Le problème était de savoir comment réagirait l'homme aux cheveux ras. Soupçonnerait-il d'où était venu le coup ?... Le mieux serait sans doute de le laisser une journée ou deux à l'infirmerie, le temps de construire une explication convaincante.

Il saisit le téléphone et composa le numéro d'un homme politique en vue.

— Bonjour, mon cher... Oui, c'est bien moi. J'ai appris avec plaisir votre nouvelle nomination... Bien sûr, vous avez raison. Il n'y a rien de pire que la criminalité anarchique… C'est justement à ce sujet que je vous appelle. Une chose que je viens d'apprendre… Rien de grave, non. Un banal fait divers. Mais vous connaissez les journalistes… Quelqu'un d'important est impliqué. J'ai pensé que vous aimeriez être informé. Si jamais l'histoire paraît dans les journaux… Il y a déjà tellement de scandales de nos jours… Vous avez bien raison. À qui cela profiterait-il?… C'est devenu un sport national, comme vous dites, de traîner dans la boue les gens les plus respectables à la moindre maladresse. C'est bien pour ça que j'ai pensé que vous aimeriez être prévenu.

Quelques minutes plus tard, tout était réglé à l'entière satisfaction du Régent.

— Je n'ai fait que mon devoir de citoyen, dit-il… C'est ça. Portez-vous bien. Et tâchez de ne pas vous faire mourir au travail… Au revoir. Nous aurons certainement le plaisir de nous rencontrer avant votre prochaine campagne électorale… C'est ça. À bientôt.

Il avait à peine terminé que le téléphone sonnait de nouveau.

La conversation fut brève. Le sourire d'Oberkfeld s'élargit: il y avait une surveillance chez la fille, quand Bort s'était fait épingler. Un des membres de la célèbre équipe du Rabbin: l'Arabe. La confirmation venait d'arriver de Londres, où l'on avait transmis la photo par télécopieur.

Le Rabbin lui-même devait donc être à Québec. Mais il ne tarderait pas à partir. Car son plan était maintenant tout à fait clair: les lancer sur la piste du Cullinan B et les occuper au Québec pour pouvoir travailler en paix au Brésil. Ce n'était pas par hasard que la mise à sac du local d'Eugène inc. et les arrestations avaient eu lieu la veille du départ de Kat pour Rio: son adversaire avait cru pouvoir brouiller les pistes.

Le sourire d'Oberkfeld s'épanouit: il lui suffirait de suivre Kat à la trace. Non seulement pourrait-il ainsi mettre la main sur l'affaire du Brésil, mais il pourrait en finir une fois pour toutes avec le Rabbin. Il avait même contre Kat une arme à laquelle son adversaire n'avait pas pensé. C'était trop simple : il ne ferait qu'utiliser ce que le Rabbin ne manquerait pas de lui avoir dit.

Le seul regret d'Oberkfeld était de ne pas pouvoir être là pour voir la tête de son vieil ennemi, quand celui-ci réaliserait qu'il avait été battu à son propre jeu.

◆

Sur son lit d'infirmerie, Bort luttait contre le puissant somnifère qu'on l'avait forcé à prendre. Il faisait des efforts désespérés pour garder sa lucidité. Qui avait tiré ? Et pourquoi les flics étaient-ils arrivés aussi vite ? Cela sentait le coup monté…

Il aurait eu besoin de toute son énergie, de toutes ses facultés. Mais le médicament lui embrumait déjà le cerveau. Le Syndicat l'avait-il laissé tomber ? Le Syndicat… L'autre groupe… Kat avait parlé… d'un autre groupe…

Les mots et les images se disloquèrent, se diluèrent dans un rêve où le visage de Kat se multipliait jusqu'à couvrir tous les murs de la pièce. Puis les visages se transformèrent en gueules de piranhas à mesure que les murs se rapprochaient, se refermaient sur lui…

L'infirmière trouva que le nouveau malade s'agitait et criait beaucoup dans son sommeil. Sans doute la fièvre, songea-t-elle. À cause de la blessure.

◆

Le lendemain matin, la mort de l'homme de Bromont faisait la une des médias. Il avait été retrouvé sans vie dans la salle de bains de son chalet, disait-on. Une balle dans la tête. Selon la police, le suicide était probable : son éclipse politique, conjuguée à la faillite d'une compagnie de transport dans laquelle était investie une bonne partie de sa fortune, lui avaient porté de durs coups. Suivaient des résumés élogieux de sa carrière financière et politique.

Karl lut les comptes rendus sans étonnement : il s'attendait à ce que l'on couvre l'affaire. Quelqu'un d'une telle importance ne pouvait tout de même pas mourir comme un vulgaire cambrioleur.

Au bas de la cinquième page, il découvrit un entrefilet sur Bort. La petite photo, même embrouillée, permettait de le reconnaître. Selon le journaliste, un individu apparemment pris de folie s'était dépouillé de ses vêtements en hurlant des slogans anti-Juifs. Il avait ensuite assailli un policier et avait essayé de lui arracher son revolver pour « aller descendre tous ces sales Youpins ». Au cours de l'altercation, le forcené avait accidentellement été blessé à l'épaule et il était gardé sous surveillance, dans une clinique de la région.

Quand Véronique se leva, Karl lui montra les articles. Elle vint se serrer contre lui, sur le divan, pour les lire, la tête appuyée sur son épaule.

La veille, jusqu'au départ des policiers, elle avait fait un effort pour se contenir. Ensuite, ils avaient échangé quelques mots. Elle avait alors cru qu'elle réussirait à se dominer. Puis il lui avait simplement mis la main sur l'épaule…

Elle avait éclaté. De longs sanglots convulsifs qui la secouaient tout entière. Karl l'avait alors tenue longuement dans ses bras, sans rien dire, le temps que la tension se relâche, que la crise de larmes s'apaise. Puis il l'avait transportée sur son lit. Il avait ramené les couvertures sur elle, l'avait embrassée sur le front et lui avait tenu la main pendant quelques minutes.

Ensuite il était parti.

Elle aurait voulu qu'il reste. Passer la nuit dans ses bras, sentir son corps musclé contre le sien. Elle aurait aimé qu'il la prenne doucement, de la même façon qu'il l'avait tenue dans ses bras. Mais il était parti dormir sur le divan.

Comment avait-il pu dormir là, juste à côté de l'endroit où quelqu'un venait de se faire tuer ? Il avait même pris le temps de nettoyer le plus gros des taches brun rouge sur le tapis. Elle l'avait entendu voyager à l'évier de la cuisine pendant près de vingt minutes.

— Ils ont déjà étouffé l'affaire, dit Véronique.

— Tu vas voir, ils vont nous dire qu'il ne s'est rien passé !

Quinze minutes plus tard, ils recevaient un appel de l'inspecteur Lefebvre. Celui-ci commença par demander à Karl s'il avait lu les journaux. Sur sa réponse affirmative, il lui expliqua qu'il n'était plus nécessaire de venir déposer de plainte.

— En fait, officiellement, il ne s'est rien passé, fit le policier, reprenant presque mot à mot la prédiction de Karl.

— C'est bien ce que je pensais.

Lefebvre semblait mal à l'aise.

— Ou bien vous avez des protections hautement placées, dit-il…

— Vous croyez ? l'interrompit Karl.

— Si ce n'est pas ça, c'est ceux que nous avons arrêtés hier qui en ont. Et, dans ce cas, ça nous fait remonter encore plus haut.

Le policier hésitait.

— Si j'ai un conseil à vous donner, dit-il finalement, c'est de vous tenir à l'écart. Vous risquez de vous retrouver pris entre deux feux.

— Inutile de vous inquiéter pour moi. Je suis décidé à en finir au plus tôt.

— Puisque c'est comme ça. Mais si jamais vous voulez me téléphoner… même si c'est seulement pour parler…

— Je n'oublierai pas.

Karl confirma à Véronique, avec un sourire entendu, qu'il ne s'était effectivement rien passé.

— Juste quelques taches sur le tapis, dit-il en jetant un regard par terre.

— Qu'est-ce que tu vas faire ?

— Appeler au Hilton. Leur dire que j'accepte le marché.

— Tu ne vas pas leur abandonner ton héritage ! protesta Véronique en s'écartant brusquement de lui comme pour mieux l'englober dans son regard.

— Pas leur abandonner, leur vendre.

— Mais… tu disais que ça n'avait pas de prix !

— La vengeance non plus n'a pas de prix.

— Ça veut dire quoi ?

— Tu verras. Ils veulent les papiers du Brésil, ils vont les avoir. Mais il y aura des conditions.

Véronique hésitait.

— Ils auront beau promettre, quand ils vont avoir ce qu'ils veulent…

— Si je prends des précautions…

— Quelles précautions ?

— Peut-être qu'ils sont intéressés à mes services, fit Karl, avec un sourire moqueur.

Véronique ne savait pas si c'était une boutade pour couper court à la discussion ou s'il était sérieux. Avec lui, il n'y avait jamais moyen de savoir. Il pouvait être si apaisant, presque tendre, et puis tout à coup devenir si dur. Pourquoi fallait-il que tout soit tellement compliqué ?

Elle aurait dû maintenir la relation sur le strict plan du travail : observation et rapport. Au lieu de cela, elle s'était laissée embarquer. Et maintenant, elle devait choisir. Était-ce le trahir que de le protéger contre lui-même ?

Lorsqu'il eut téléphoné au Hilton pour fixer un rendez-vous dans la soirée, elle prit sa décision. Le moment était venu. Elle ne pouvait plus reculer. Et il n'était pas question de fuir ses engagements. Pas après ce que le Rabbin avait fait pour elle. Sans lui, elle n'aurait probablement jamais réussi à se tirer du « gâchis ».

Bien sûr, il avait agi par intérêt. Il le lui avait d'ailleurs avoué dès le début. N'empêche qu'il l'avait fait admettre dans une clinique très discrète où elle avait eu droit aux meilleurs soins.

Quand elle était sortie, il lui avait déclaré qu'elle ne lui devait rien. Simplement, un jour, il lui demanderait peut-être un service. Un chauffeur très stylé, à l'accent britannique, l'avait alors reconduite chez elle. Il lui avait expliqué qu'il n'y avait aucun moyen de les contacter, qu'ils comptaient sur sa discrétion. S'ils avaient besoin d'elle, plus tard, ils la retrouveraient. Pour le reste, ils lui faisaient confiance. Elle était maintenant capable de se débrouiller.

Au début, elle était trop heureuse pour s'inquiéter vraiment. Trop heureuse d'être libérée du « gâchis », de retrouver son appartement, son travail – car son mystérieux bienfaiteur avait réussi à arranger cela aussi.

C'était seulement par la suite que les questions s'étaient mises à la tourmenter : qui était vraiment le Rabbin ? Pour quelle raison avait-il fait tout cela ? Quel service pourrait-il bien lui demander ?...

Puis le temps avait passé. Véronique avait fini par croire qu'elle ne le reverrait plus.

Quatre ans plus tard, le même chauffeur avait sonné à sa porte.

— Mon patron aimerait vous dire un mot, avait-il expliqué. Si vous le voulez, bien sûr.

Ce n'était aucunement un ordre. Une simple invitation. Mais elle l'avait immédiatement suivi sans poser de questions. Par curiosité. À cause d'un vague sentiment de dette, aussi. Et parce qu'elle sentait, malgré tout, pouvoir lui faire confiance.

Le Rabbin lui avait alors expliqué pour quelle raison il l'avait choisie. Mais il lui avait d'abord dressé un bilan minutieux d'elle-même : ses traits de caractère, ses goûts, ses préférences, ses passe-temps, ses études antérieures, ses centres d'intérêt actuels, une évaluation de ses champs de connaissance – rien ne semblait lui avoir échappé.

— Mes collaborateurs ont bien fait leurs devoirs, avait-il jugé utile de préciser, avec un sourire apaisant, comme pour calmer l'inquiétude de Véronique devant un inventaire aussi fouillé et exhaustif de sa vie.

Il ajouta que ses connaissances variées, son attitude générale, sans compter son charme, ne manqueraient pas d'intriguer l'homme qu'elle devait rencontrer. Qu'elle formait un cocktail assez spécial, si elle lui permettait l'expression. Et qu'elle n'aurait pas trop de tout cela pour maintenir le rapport de fascination en sa faveur.

Car c'était cela, le service qu'il lui demandait : provoquer un homme. L'intriguer. Pour gagner sa confiance. S'intégrer à son univers.

Véronique lui avait alors posé l'inévitable question : jusqu'où s'imaginait-il qu'elle allait accepter d'aller pour le séduire ?

Le Rabbin lui avait répondu en riant de ne pas s'en faire : les choses n'iraient pas aussi loin qu'elle semblait le craindre. Peut-être même le regretterait-elle, avait-il ajouté, avec un sourire moqueur. Puis il avait brusquement changé de sujet.

— Votre projet d'article sur les machos… Pardon ! Maintenant, c'est sur la drague… Est-ce que ça avance ?

Elle avait répondu que oui, plus ou moins.

Il avait alors élaboré avec elle un plan d'approche à partir de l'article.

Quand elle lui avait demandé des renseignements sur l'homme qu'elle devait rencontrer, il avait refusé net : si jamais elle avait l'air de le connaître, il se méfierait.

C'était plus sûr qu'elle ne sache rien, si elle voulait éviter de se trahir. Pour unique information, il lui avait montré une photo.

Une fois le premier objectif atteint, une fois bien ancrée dans l'environnement de sa cible, elle n'aurait qu'une seule chose à faire – peut-être deux. La première serait de téléphoner aussitôt que l'homme s'apprêterait à vendre ou à céder son héritage. Car il aurait un héritage sous peu. Des gens feraient pression sur lui pour se l'accaparer. Au début, il résisterait. Mais il finirait par céder. Il y avait toutes les chances qu'il cède. À ce moment, le Rabbin désirait en être informé. Dans les plus brefs délais.

Le vieil homme avait longuement insisté sur le fait qu'elle n'était pas une professionnelle. Il ne voulait pas qu'elle prenne la moindre initiative. Sauf le travail particulier qu'il lui demandait, elle n'était pas faite pour ce métier. Ce serait déjà bien assez de jouer son rôle.

Véronique avait alors demandé au vieil homme s'il était un espion. Il avait répondu que non. Pas au sens où elle l'entendait. Il était plutôt un genre de policier commercial. Pour le moment il s'occupait d'un groupe de financiers peu regardants sur les moyens. Quand tout serait terminé, il pourrait lui expliquer les choses plus en détail. Mais, pour l'instant, moins il y aurait de gens au courant, moins il y aurait de risques de fuite...

Même l'homme qu'elle approcherait devrait tout ignorer. C'était essentiel pour le bon déroulement du plan. Et pour leur sécurité. À tous les deux.

Véronique n'avait pas insisté. Malgré l'étrangeté de la situation, malgré l'esprit tortueux du vieux policier, elle était portée à lui faire confiance. Ne l'avait-il pas tirée du « gâchis » ? Seulement pour ça... D'ailleurs, pour le Rabbin, ça semblait aller de soi qu'elle accepterait, qu'il pouvait compter sur elle.

Lorsqu'elle lui avait demandé comment il avait pu deviner qu'elle acquiescerait à une telle proposition, il lui avait répondu – mi-sérieux, mi-blagueur – que c'était son flair. Que, dans son métier, la capacité d'évaluer les gens d'un coup d'œil était une condition non seulement d'efficacité mais de survie.

Encore là, Véronique n'avait pas insisté.

C'était donc dans cet état d'esprit qu'elle avait abordé Karl, au Clarendon. Mais, aujourd'hui, le simple fait de transmettre une information par téléphone, ce geste qui lui semblait si banal, la déchirait. Le Rabbin l'avait pourtant prévenue…

— Je vais au coin, dit-elle. Chez le dépanneur.

— Qu'est-ce que tu vas faire ?

Elle crut discerner de la méfiance dans la voix de Karl, mais elle se dit que c'était sans doute elle qui projetait sa propre inquiétude.

— Me chercher des serviettes hygiéniques, lança-t-elle avec une nuance de provocation. Tu veux y aller ?

— Si tu veux.

— Autant y aller moi-même. Le temps que je t'explique quelle sorte je prends, quelle sorte rapporter s'ils n'en ont pas…

Quand elle fut partie, Karl sortit à son tour sur le seuil de la porte et la suivit discrètement des yeux. Il la vit s'arrêter à la cabine téléphonique.

— Votre dormeuse, fit mademoiselle Dubreuil en passant l'appareil au Rabbin.

— Oui ? fit ce dernier en saisissant le téléphone avec une certaine impatience.

— Il est décidé à leur vendre, dit aussitôt Véronique.

— C'est ce que j'avais compris.

Le Rabbin avait presque l'air de s'amuser.

— Il a résisté plutôt longtemps, non ? reprit-il avec la même gaieté.

— Mais… s'il leur donne les plans…

— Cessez de vous inquiéter. De toute façon, j'avais décidé qu'il était temps d'avoir une petite conversation avec lui. Je vais simplement la devancer de quelques jours.

— Et moi ? Qu'est-ce que je fais ?

— Rien. Mais, à votre place, je m'inventerais une excuse pour lui expliquer à qui vous avez téléphoné.

— Parce que…

— Je ne sais pas. Mais, si jamais il vous a repérée… Aussi bien prendre les devants, non ?

— Vous avez raison. Et vous aviez raison sur l'autre sujet aussi.

— Lequel ?

— Je ne suis pas faite pour ce genre de métier.

Elle raccrocha.

C'était fini. Elle avait fait ce qu'elle avait à faire. Son seul rôle était de prendre contact puis de l'avertir au moment où il céderait.

Le Rabbin lui avait expliqué dès le début qu'elle trouverait difficile de donner le signal, lorsque viendrait le temps. Sur le coup, elle avait acquiescé, mais sans y croire. Et voilà qu'elle avait presque honte de ce qu'elle venait de faire. Comme si elle avait sacrifié quelque chose de précieux. Une partie d'elle-même. Pourtant, elle lui sauvait la vie ! S'il cédait à la pression des autres, par besoin d'être très perspicace pour deviner ce qui lui arriverait. Une fois qu'ils auraient ce qu'ils voulaient…

Elle fit rapidement un autre appel. Puis elle se rendit au dépanneur, acheta un paquet de serviettes hygiéniques et revint à l'appartement.

La question n'arrêtait pas de s'agiter à l'intérieur de sa tête : était-ce vraiment le trahir que d'essayer de lui sauver la vie ? Même à son insu ?

En entrant, elle attaqua sans attendre.

— J'ai téléphoné au journal.

— Quelles nouvelles ?

— Rien. Juste le rapport officiel de la police. Même pas moyen de savoir à quel endroit Bort est gardé.

Karl la regarda, perplexe. La nuit précédente, elle avait l'air de tout sauf d'une professionnelle. Et, ce matin, elle arrêtait dans une cabine téléphonique. Pour appeler au journal, disait-elle. Pourquoi ne pas avoir appelé de l'appartement ?

Peut-être une impulsion subite. Ce n'était pas impossible.

Le Piège

1

En sortant de la maison, Karl se retrouva face à face avec un homme dans la quarantaine. Malgré l'absence de moustache et de gris dans les cheveux, il n'eut aucune difficulté à reconnaître le chauffeur qui l'avait accueilli au Brésil : mêmes yeux bleus qui ne cillaient pas, même nez aquilin, même allure *british*.

— Vous avez perdu votre emploi ? ironisa Karl.

L'homme ignora la remarque et esquissa un sourire.

— Un ami à moi désirerait vivement vous rencontrer, dit-il.

— Je suppose qu'il ne peut pas se déplacer lui-même ?

— Dans son état, ce serait difficile. Mais je m'excuse, je ne me suis pas présenté. Samuel Stocks. Derrière vous, c'est Mohammed Abou Sa'id.

Karl se retourna. L'autre avait le teint brun, les cheveux noirs et il fixait sur lui des yeux noirs très intenses quoique dépourvus d'agressivité. Karl eut l'impression de l'avoir déjà rencontré.

— Je suppose que je n'ai pas le choix, dit-il.

— Ce serait plus simple si tout se passait correctement, confirma Sam. Nous vous reconduirons où vous voudrez dès que l'entretien sera terminé.

Karl jeta de nouveau un coup d'œil à leurs imperméables. Ils avaient tous les deux les mains dans les poches.

— Pas besoin de sortir la quincaillerie, dit-il.

— Ç'aurait été à regret, veuillez le croire, que nous aurions eu recours à ce genre d'argument, répondit Sam.

— Je m'en doute !

— Disons qu'ils sont disponibles pour parer à toute mauvaise rencontre ultérieure. Si vous voulez bien…

Il lui désigna une voiture garée devant la porte.

— Nous avons pris certaines précautions pour ne pas être repérés, poursuivit-il. Il serait préférable de ne pas prolonger cette discussion à découvert.

L'auto se dirigea vers le Vieux-Québec, s'engagea dans l'avenue Sainte-Geneviève et s'arrêta à proximité d'une haute clôture où était inscrit :

DÉFENSE DE PASSER
MINISTÈRE DE LA DÉFENSE

— Comme vous le voyez, fit Sam, nous n'avons aucun secret pour vous. Le Rabbin a précisé explicitement qu'il ne fallait pas vous bander les yeux. Pour que vous soyez en confiance.

En lui-même, Sam trouvait que c'était un risque aberrant. Moh aussi. Mais le Rabbin avait été formel. Et les ordres étaient les ordres.

Ils empruntèrent une porte peu apparente et se dirigèrent vers le bâtiment de brique aux allures de bunker. Une fois à l'intérieur, un ascenseur les amena plusieurs étages sous terre.

La fille qui les accueillit aurait pu travailler comme mannequin : grande, athlétique, les cheveux noirs, les yeux mauves, la bouche charnue, elle examinait Karl d'un œil à la fois intéressé et discrètement amusé. Son uniforme aurait été à la hauteur dans n'importe quelle soirée chic.

Sans savoir pourquoi, Karl éprouva de nouveau une curieuse impression de déjà-vu. Un instant, il sentit les signes avant-coureurs du bouillonnement rouge monter en lui. Puis l'univers se stabilisa.

Au fond, derrière l'unique bureau de la pièce, il aperçut un vieillard assis dans un fauteuil roulant.

Une couverture de laine sur les genoux, le vieil homme l'observait.

— Si vous voulez prendre place, fit-il, d'une voix un peu grêle, mais qui découpait les mots avec minutie.

Karl et ses deux anges gardiens prirent possession des fauteuils tandis que la fille allait s'asseoir tout près du vieillard.

— Je suppose que vous avez des questions ? crâna Karl.

— Vous croyez ?

Le vieillard semblait l'examiner avec amusement.

— Nous n'avons pas tellement de questions, reprit-il au bout d'un moment. Du moins, pas à votre sujet. Moh et Sam se sont chargés de me fournir à peu près tous les renseignements utiles. Vous seriez surpris de savoir toute l'attention que nous vous avons portée, depuis votre accident.

Karl se demandait dans quel but on lui avouait d'emblée qu'il avait été tenu sous surveillance depuis des années. Était-ce pour l'intimider ? Ou, au contraire, pour lui faire le coup de la confiance et de la sincérité ?

— En fait, continua le Rabbin, ce sont surtout vos questions à vous que nous attendons.

Il se pencha péniblement, sortit un volumineux dossier d'un tiroir et le posa sur le bureau.

— Tout est là, dit-il. Ou à peu près. S'il manque des choses, moi-même ou Longues Jambes pourrons compléter.

Karl nota mentalement que le surnom de la fille était on ne peut mieux choisi.

Nullement troublée par le regard d'inspection que Karl posait sur elle, la fille décroisa les jambes puis les recroisa de l'autre côté, ce qui eut pour effet de faire remonter temporairement sa jupe un peu plus haut. Elle eut un bref sourire, puis retrouva son air un peu distant d'intérêt amusé.

— Tout est là, reprit de nouveau le Rabbin en désignant le dossier. Aussi bien que vous preniez le temps de faire le tour. Ce sera plus vite que d'y aller par questions et réponses.

Karl hésita un peu, puis il se mit à parcourir le dossier de façon systématique. C'était beaucoup plus complet que ce qu'il avait découvert chez Eugène inc.

Il passa rapidement sur la première partie. Quand il arriva à la période du trou noir, il se mit à tourner les pages plus lentement. Des fragments de souvenirs lui revenaient : son travail, ses recherches concernant Williamson, les photos de sa femme, de sa fille… sa première rencontre avec Bort…

Ensuite venait le cauchemar. Il pouvait de nouveau sentir la végétation étouffante du Brésil, l'humidité. Il se souvenait du Rio das Mortes, de l'interrogatoire, suspendu au-dessus du fleuve… De Moh et Sam qui l'avaient sauvé à la dernière minute en faisant exploser une charge de dynamite dans l'eau.

À mesure qu'il lisait, le malaise habituel s'infiltrait en lui. Comme la fois précédente, les deux plans de réalité se superposaient : il était à la fois dans le sous-sol du bâtiment de brique, à lire son dossier, et au Brésil, à revivre le cauchemar du bouillonnement rouge. Il pouvait presque voir la rivière se couvrir de poissons morts, la gueule ouverte, tués sur le coup par la violence de l'explosion. Ses traits étaient parcourus de tics et de crispations. Il saisissait maintenant toute l'horreur de ce qu'on lui avait fait subir. Il comprenait pourquoi il avait refoulé ces choses, pourquoi il les avait enterrées en lui aussi loin qu'il avait pu. Et pourquoi, aussi, le cauchemar revenait dans certaines circonstances. De quoi on s'était servi pour le harceler… Tout était lié. Tout était clair.

Karl demeura plusieurs minutes sans bouger, le regard vide, les mains crispées sur le document refermé. Son corps était agité d'un tremblement irrégulier et ses doigts étaient devenus blancs à force d'étreindre le dossier.

Ils attendirent.

Personne ne parla avant que ses traits ne commencent à se détendre, que la pression de ses mains ne se relâche.

Longues Jambes rompit la première le silence. Sa voix était chaude et rassurante.

— Nous savons tous à quel point cela est pénible pour vous. Mais il le fallait. Il fallait vous redonner votre mémoire. Sinon, vous auriez passé votre vie à poursuivre vos souvenirs perdus… Nous avons besoin de vous, mais entier : avec toute votre énergie, tous vos souvenirs de bonheur passé… et toute votre haine aussi. Nous avons besoin de tout ce que vous êtes. C'est pour cela que nous vous avons pris en charge après votre accident. Pour cela que nous vous avons aidé à refaire votre vie… Le gouvernement américain était prêt à vous aider, lui aussi. À sa manière. Vous auriez profité de sa meilleure clinique… pour le reste de vos jours, probablement.

Longues Jambes s'interrompit. Karl leva alors les yeux vers elle.

— Qu'est-ce que vous voulez ? dit-il.

— Nous vous le dirons tout à l'heure. Soyez sans crainte. Mais d'abord, prenez connaissance de la suite.

Karl hésitait.

— Il est important que vous sachiez exactement tout ce qui s'est passé, reprit Longues Jambes. Que vous ayez une idée complète de la situation.

Le regard de Karl se figea sur le dossier pendant un long moment. Puis il l'ouvrit et reprit là où il avait laissé.

Il revécut toutes les longues étapes de sa réhabilitation, les opérations de chirurgie esthétique, sa réinsertion. Il vit de quelle manière on lui avait créé une situation à sa mesure, une situation qui le mettait à l'abri du besoin financier et le préparait en même temps à sa future mission.

Le récit se poursuivait jusqu'aux événements de la veille, quand Bort avait fait irruption chez lui. Ils n'ignoraient aucune de ses initiatives, aucun de ses contacts avec les gens du Syndicat.

— Pourquoi ? fit Karl… Pourquoi ?

Ce fut le vieillard qui lui répondit.

— À cause de votre héritage. Le Syndicat était certain que vous l'aviez trouvé… Celui que vous appelez Face de rat est leur exécutant. Mais cela, je crois que vous l'avez saisi. Son nom est Bort. Athanase Bort.

— Je sais.

Karl se rappela les insinuations sarcastiques de ce dernier sur leur passé commun.

— Eugène inc. était leur couverture locale, poursuivit le vieillard. Ils utilisent toujours des intermédiaires pour effectuer ce qu'ils appellent le travail de terrain. Bort était leur « chef terrassier », si je peux me permettre cette expression…

— Mais vous ? l'interrompit Karl. Quel est votre intérêt ?

— C'est juste. Si on veut établir une coopération franche, il faut que vous sachiez exactement à quoi vous en tenir sur nous.

Les traits du vieil homme ne conservaient plus aucune trace d'amusement ou de moquerie. Il raconta en phrases brèves de quelle manière le Syndicat avait brisé son pays : pourquoi, à cette époque, il s'était intéressé à Karl. Et à son héritage.

— Mon héritage ?

— Votre héritage, confirma le Rabbin.

— Et c'est ?

Karl hésitait à dire le mot, tellement cela lui paraissait incroyable. Le Rabbin devina son embarras et vint à son secours.

— La source primaire, dit-il.

C'était donc vrai. Un autre avait dit les mots qui le hantaient depuis des jours. Ça ne pouvait pas être une simple coïncidence. Il héritait tout simplement de la plus grosse réserve naturelle de diamants au monde.

Les chercheurs s'étaient longuement disputés sur le sujet. On avait découvert, au Brésil, plusieurs gisements alluvionnaires, mais on n'avait jamais retrouvé la source principale. Certains expliquaient la chose par la dérive des continents : la source primaire aurait été en Afrique ; puis, quand les continents s'étaient séparés, le Brésil aurait hérité seulement de gisements secondaires.

Pourtant, malgré l'avis de plusieurs experts et l'insuccès des recherches antérieures, la source primaire continuait d'attirer tous les ans des centaines d'aventuriers qui s'enfonçaient dans la jungle du nord-est en quête de diamants.

Une telle découverte expliquait l'acharnement du Syndicat. Elle expliquait aussi l'intérêt d'Israël : c'était une occasion inespérée de prendre une revanche à la mesure de son humiliation.

— J'ai donc le choix, fit Karl, sarcastique. Ou bien je vends tout pour une bouchée de pain au Syndicat – ou bien, dans un grand geste humanitaire, je vous le cède pour encore moins.

Le Rabbin prit le temps d'examiner longuement Karl avant de répondre.

— C'est de vous que nous avons besoin, dit-il finalement. Pas de votre héritage.

— Je ne comprends pas. Vous avez dit tout à l'heure...

— Il nous suffit que votre héritage ne tombe pas entre les mains du Syndicat. Si vous voulez l'exploiter vous-même, nous mettrons à votre disposition tous les moyens nécessaires. Pour briser le Syndicat, vous et votre héritage êtes la clé.

La tension de Karl avait presque disparu. Il observait le Rabbin avec intérêt. Celui-ci semblait avoir une volonté et une soif de vengeance qui dépassaient les siennes. Il se rappela alors ce que lui avait dit Longues Jambes : « Nous avons besoin de vous en entier. Avec toute votre haine… »

— Le plan est prêt depuis assez longtemps, reprit le Rabbin. Mais, pour qu'il fonctionne, il manquait un élément essentiel : un prétexte plausible. Vous êtes ce prétexte. Ou, plutôt, votre héritage est ce prétexte.

Le Rabbin raconta alors son plan. Il s'agissait simplement de l'ancien principe : « diviser pour régner ». Mais à un niveau qui dépassait l'imagination. La cible était le fameux Conseil des chefs de secteur, l'organisme qui dirigeait l'ensemble des opérations du Syndicat.

Son plan était assez semblable à celui que Karl avait lui-même élaboré. Mais, alors qu'il avait prévu un simple chantage en menaçant le Syndicat de dévoiler ses codes, la structure de son organisation et les fraudes concernant les principaux diamants célèbres – le Rabbin, lui, envisageait de détruire de l'intérieur l'ensemble de l'organisation.

Karl expliqua néanmoins ce qu'il avait envisagé de faire. Le vieil homme fut d'accord pour intégrer plusieurs éléments à son plan.

— Il faut se servir de la force de l'ennemi pour le briser, dit-il. La retourner contre elle-même. Et cela, c'est vous qui allez le faire.

Le Rabbin parlait de cet exercice de judo financier comme si tout allait de soi. Comme si tout était déjà réglé. Karl décida néanmoins de se donner du temps. Quoi que puisse décréter le vieillard, il réservait sa décision. Il avait besoin de réfléchir à toute l'affaire à tête reposée.

— Et Bort ? lança-t-il. Qu'arrive-t-il de lui, dans votre plan ?

— Chaque chose à son heure. Je sais que cela vous tient à cœur, mais il ne faut pas compromettre le plan d'ensemble par une précipitation malencontreuse dans les détails. Il sera toujours temps de s'occuper de lui.

— Et ce soir, qu'est-ce que je fais ? Vous oubliez peut-être que je dois les rencontrer ?

— Nous ne l'oublions pas, répondit le Rabbin avec un certain amusement. C'est précisément pour cette raison que vous êtes ici... Ils vous font une offre ? Acceptez-la ! Accompagné de votre menace de chantage, cela devrait être convaincant... Une fois que vous serez en place, nous pourrons procéder à l'exécution du plan.

— Il y a un autre problème.

— Je vous écoute.

— Anny et Véronique.

— On peut assurer leur protection.

— Pendant combien d'années ?

— Je sais... Mais quand vous aurez cédé les papiers, croyez-vous que leur situation sera meilleure ?

— Le plan doit prévoir leur sécurité, insista Karl.

— Nous trouverons quelque chose, répondit le Rabbin, avec une surprenante détermination. Si vous le voulez bien, nous allons maintenant mettre au point ensemble les détails du plan.

Malgré l'offre antérieure de le déposer où il voudrait après la réunion, Karl préféra partir seul.

— Longues Jambes va vous accompagner jusqu'à la sortie, fit le Rabbin.

Lorsqu'ils eurent quitté la pièce, le vieillard donna ses instructions à Moh et à Sam. Moh devait continuer de suivre Karl, mais en se tenant plus que jamais à distance. Sam partirait l'après-midi même pour la Suisse : grâce à certains renseignements fournis par Karl, il lui serait possible de mettre la dernière touche à l'opération qu'il avait entreprise plusieurs années auparavant. Moh rejoindrait Sam dès que Karl partirait à son tour pour la Suisse.

Après le départ des jumeaux, le Rabbin se retourna vers mademoiselle Dubreuil, qui était revenue.

— J'ai gagné mon pari. Le blocage continue de tenir.

— J'avais peur qu'il me reconnaisse.

— S'il l'avait fait, il aurait fallu changer nos plans.

— Vous pensez qu'il aurait accepté de poursuivre ?

— Les choses auraient été un peu plus compliquées… Quant à vous, vous avez été parfaite ! La jambe séductrice et la voix maternelle. Un petit chef-d'œuvre de théâtre. Idéal pour raviver l'Œdipe le plus refoulé.

— Dans votre rôle de patriarche agonisant, vous étiez presque aussi bon.

— Dans mon cas, ce n'était pas un rôle, répliqua le Rabbin, avec un humour grinçant.

— Excusez-moi, fit la jeune femme, mal à l'aise.

— Il n'y a pas de mal. C'est la stricte vérité. Je suis en fin de parcours.

— Vous êtes vraiment certain que c'est nécessaire ? lui demanda-t-elle tout à coup.

— Nous en avons discuté des dizaines de fois, trancha le vieillard, avec une impatience mal dissimulée.

Il avait immédiatement compris ce qu'elle avait en tête et il voulait couper court à toute discussion. Après un moment, il ajouta néanmoins, sur un ton de nouveau amusé :

— Vous allez voir, je vais être encore plus convaincant !

Elle fut touchée par l'espèce de sérénité ironique qu'il s'efforçait de démontrer, en plaisantant sur sa disparition imminente. Il en parlait presque avec désinvolture, comme il parlait du Cullinan B, du Brésil, du Syndicat ou de n'importe quel autre élément du plan.

Bientôt, ce serait à elle d'assumer la direction. À elle seule. Car il ne serait plus là. Cela ferait bizarre de ne plus l'entendre grincher au moindre détail, mais prêt à tout pour défendre chacun de ses agents. Quelles que soient les circonstances. Quoi que puissent dire les bureaucrates et les politiciens de Tel-Aviv.

Heureusement, quand tout serait fini, elle pourrait quitter ce local. Repartir à neuf dans un lieu vide de tout souvenir. Avec ce que lui léguait le Rabbin, elle aurait de quoi fonder sa propre agence, si elle le désirait.

Il lui avait également fourni le nom de contacts, en France, en Israël et aux États-Unis. Ils étaient prêts à lui donner quelques contrats. Ce serait l'occasion de faire ses preuves. Ensuite, ce serait à elle de juger si elle voulait continuer de façon indépendante ou si elle préférait s'intégrer aux structures officielles d'un pays. Elle aurait le choix. Car elle allait être une des meilleures de sa profession, lui avait-il prédit.

— Toutes les mesures de protection vous concernant ont été prises ? s'informa le Rabbin, comme s'il avait suivi le cheminement de sa pensée.

— Comme prévu, répondit-elle simplement, d'une voix sourde.

Il lui demanda alors de ramener son fauteuil dans la chambre, près de la fenêtre.

Il était épuisé. Ses traits reflétaient la fatigue qu'il avait partiellement contenue pendant la rencontre. Il ne lui restait plus qu'une seule chose importante à faire. Ce ne serait pas facile, mais c'était pourtant celle qui lui demanderait le moins d'efforts : il laisserait les événements suivre leur cours. Jusqu'à leur terme.

Ses pensées se fixèrent un moment sur Karl. Il se demanda ce que celui-ci ressentirait, quand l'homme du Syndicat essaierait de le retourner. Céderait-il ? Tout son plan reposait sur l'évaluation qu'il avait faite de Karl, de la violence de ses sentiments, de la nature de la relation à son père. S'il s'était trompé, tout raterait. Son plan si longuement mûri pendant ces années d'exil serait un échec. Le Syndicat triompherait. Et, pour lui, il serait trop tard pour échafauder d'autres projets.

◆

Lorsqu'il sortit de l'espèce de bunker, Karl se rendit directement au Clarendon. C'était l'endroit familier le plus proche.

Il se sentait pris, embourbé comme dans un cimetière, au milieu de vieilles rancunes entre de vieux ennemis. Même sa haine pour Bort n'avait plus la virulence qu'il aurait cru. Pourtant, il devait poursuivre sa vengeance : sinon par conviction, du moins par nécessité. Pour se raccrocher à la réalité... Et puis, c'était encore la meilleure façon de garantir la sécurité de Véronique et d'Anny.

Au cours de la rencontre, le Rabbin n'avait pas parlé une seule fois de son père. De son héritage, bien sûr. À plusieurs reprises. Mais pas une seule fois de son père comme tel. Même le dossier était laconique sur le sujet. C'était comme si la seule chose qui le reliait à lui était cet héritage ; que l'exploitation de ses découvertes était le seul lien possible avec ce fantôme insistant.

En guise de famille, il avait un mandat...

Assis près d'une fenêtre dans le bar presque désert, il regardait l'agitation de la rue en s'efforçant de faire le vide, de ne penser à rien. Avant de rencontrer les gens du Syndicat, au Hilton, il fallait qu'il se détende. Qu'il récupère. Pour avoir la force de ne rien laisser paraître.

Mais son esprit revenait sans cesse au plan. Il décida d'y ajouter quelque chose. Un élément qui serait plus convaincant que toutes les menaces. Étant donné ce qui était arrivé au Brésil, ce serait la chose la plus naturelle à exiger.

À la réflexion, il était même étonnant que le Rabbin n'y ait pas pensé. C'était peut-être la vieillesse. Malgré ses efforts pour le cacher, il était évident que le vieil homme n'était pas bien du tout. La mort le rongeait.

Et, bientôt, il était probable qu'elle n'aurait plus rien à ronger.

Karl pensa alors à Véronique. Il décida de lui téléphoner sur-le-champ pour lui raconter ce qui s'était passé. En composant le numéro, il se surprit à penser à Longues Jambes. Elle avait touché quelque chose en lui qui le mettait mal à l'aise. Il se sentait curieusement attiré vers elle. Et ça ne s'expliquait pas simplement par le fait que c'était une femme superbe... Cette manie, que le Rabbin avait, de l'appeler Longues Jambes ! Il aurait bien aimé savoir son nom.

Tout comme celui du Rabbin, d'ailleurs.

2

Oberkfeld avait reçu le message du Grand Conseil. Le texte paraissait tout à fait banal. On s'informait en termes généraux du développement de l'opération Cullinan B : où en était-on ? Quand prévoyait-on arriver au résultat final ?

La missive se terminait par un message de meilleurs vœux et rappelait la hâte qu'ils avaient de le féliciter pour la conclusion de cette affaire.

Un message tout à fait anodin, en somme. Sauf que le Grand Conseil n'avait pas l'habitude d'envoyer des messages anodins. En fait, il n'avait pas l'habitude d'envoyer de messages du tout. Les communications se faisaient habituellement de personne à personne, par les canaux prévus.

Il était difficile de recevoir un avertissement plus clair. Surtout qu'une copie du message avait été expédiée à chacun des autres chefs de secteur. On voulait des résultats. Et on les voulait rapidement. Il pouvait se compter chanceux qu'on ait pris soin de le prévenir.

Oberkfeld comprit qu'il n'avait plus beaucoup de temps. Un rapport avait certainement été fait sur lui. Étant donné sa fonction, le Régent était pourtant censé être le seul lien officiel avec les membres du Grand Conseil. Ils devaient avoir un informateur. C'était la seule explication. Un instant, Oberkfeld essaya de se souvenir de la dernière rencontre des chefs de secteur, de voir s'il pourrait découvrir lequel des responsables servait de mouchard. Puis il y renonça.

Il réglerait ses comptes à la prochaine réunion. Il serait alors en position de force. Non seulement pourrait-il déposer sur la table la conclusion de l'affaire du Brésil mais, avec un peu de chance, il pourrait même annoncer en prime l'élimination du Rabbin. Il consoliderait ainsi sa position à l'intérieur de la hiérarchie en plus de réaliser un bénéfice financier non négligeable. Le Syndicat savait se montrer généreux envers ceux qui le servaient bien.

Mais, pour l'instant, il devait s'occuper de Kat. Se montrer conciliant était de loin la meilleure politique. Toute complication ne servirait qu'à occasionner un retard. Et un retard, dans sa situation, même un retard de quelques jours, pouvait faire toute la différence.

Karl fut introduit dans la suite de l'hôtel par la femme qui lui avait été expédiée dans une boîte, au Rio Palace. Elle avait maintenant les cheveux roux. En l'apercevant, il comprit que c'était à elle que lui avait fait penser Longues Jambes. Malgré le changement de couleur de la chevelure, il y avait entre les deux une ressemblance très nette.

Oberkfeld était installé derrière son bureau, le diamant bleuté posé devant lui. Sur le divan, deux autres femmes étaient assises et regardaient Karl avec un intérêt évident. L'une était blonde, l'autre brune. Dans un fauteuil, de l'autre côté de la pièce, une quatrième femme. Noire, les yeux d'un bleu intense, elle fixait également Karl avec attention.

— Puisqu'il s'agit d'une rencontre amicale, attaqua Oberkfeld, j'ai pris la liberté de voir à ce que l'atmosphère soit agréable. Je vous présente Miss Black, Miss Brown, Miss Goldie et Miss Purple... Mes secrétaires.

Autant les quatre visages avaient chacun leur charme particulier, autant les quatre corps semblaient calqués l'un sur l'autre : minces, souples, muscles élancés, jambes très longues, ventre plat, seins bien formés mais sans exagération... Probablement le produit d'une fréquentation assidue des mêmes institutions spécialisées en design corporel.

Sur un signe d'Oberkfeld, la femme aux cheveux roux alla s'asseoir dans le fauteuil que venait de quitter Miss Black. Cette dernière vint rejoindre Karl, l'accompagna jusqu'au seul divan qui était encore libre et s'installa à côté de lui. Les sièges étaient disposés de telle sorte que Karl ne pouvait pas voir toutes les femmes à la fois. Celles-ci continuaient de le détailler.

— Quand notre entretien sera terminé, fit Oberkfeld, elles se feront un plaisir de prolonger la rencontre avec vous dans des conditions plus détendues. Et vous n'avez pas à vous inquiéter au sujet de vos particularités : elles ont toutes lu votre fiche technique. En fait, cela semble augmenter votre intérêt à leurs yeux. Et quand je dis à leurs yeux... Allez donc comprendre les femmes !

Mind games, songea Karl en se figeant dans son fauteuil. Instinctivement, il avait porté la main à sa ceinture de pantalon.

La mise en scène avait beau être évidente, elle n'en était pas moins efficace pour autant. Oberkfeld voulait le prendre en déséquilibre dès le départ, le toucher au point le plus sensible. Et même si Karl s'en rendait compte, cela ne changeait pas grand-chose.

Oberkfeld se mit à jouer avec le diamant. C'est presque négligemment qu'il ajouta :

— Pour cette raison-là aussi, je suppose, vous êtes intéressé à connaître votre passé ?

— Vous arrivez trop tard. J'ai déjà pris connaissance de ce qu'il y avait à savoir.

« Au début, ne pas avoir l'air trop intéressé, avait dit le Rabbin. Qu'il ait à vous convaincre. Plus il aura à se battre pour vous avoir, plus vous aurez de prix à ses yeux. Et meilleure sera votre couverture. »

— Vous croyez ? fit Oberkfeld en cessant de jouer avec la pierre bleutée pour le regarder droit dans les yeux.

— J'ai rencontré quelqu'un…

— Je sais. Le Rabbin.

« Introduisez le plus possible d'éléments de vérité dans votre couverture. Dites-lui que vous m'avez rencontré. De toute manière, il y a de bonnes chances qu'il l'apprenne. Autant que ça vous serve. »

Le Rabbin avait raison. Avouer à Oberkfeld, spontanément, quelque chose que ce dernier savait déjà ou qu'il avait toutes les chances d'apprendre, le plaçait en meilleure position. Ça établissait sa crédibilité.

— Vous êtes certain que le Rabbin vous a tout dit ? reprit l'homme à la petite moustache acérée.

Il joua un instant avec la pierre. Puis il reprit.

— Il vous a expliqué de quelle manière Bort a réussi à s'emparer de vous ?… Qui vous a donné ?… Qui vous avez servi à couvrir ?

Oberkfeld lançait ses phrases une à une pour laisser à chacune tout son effet.

« Quand il saura, il essaiera de vous retourner, avait dit le Rabbin. Ce sera le moment le plus difficile. Si jamais il réussit, j'aurai tout perdu. Mais je dois prendre le risque. Il me faut tout miser sur vous. »

La contre-attaque s'imposait.

— Il m'a expliqué très clairement ce qu'on m'a fait, répliqua Karl. Ce qu'on « nous » a fait, devrais-je dire. Il a même pris le soin de nommer ceux qui ont participé à cette opération. Ceux qui l'ont ordonnée. Des gens que vous connaissez bien, j'en suis sûr.

« Surtout, ne pas céder trop vite. Il faut qu'ils aient l'impression d'avoir à se battre pour vous gagner à leur cause. Sinon, ils se méfieront. »

— Un regrettable malentendu, fit Oberkfeld. Je vous l'ai déjà expliqué. Personnellement, je crois davantage à la négociation entre gens civilisés. Ce qui n'empêche pas que nous pourrions prendre ultérieurement les mesures correctives qui s'imposent à l'endroit du responsable de cet… accident.

Devant l'absence de réaction de Karl, il revint à la charge.

— Vous n'êtes vraiment pas intéressé à savoir qui vous a donné ? À la place de qui vous avez écopé ?

Karl devait admettre que la question ne le laissait pas indifférent. C'était, curieusement, un des rares points que le dossier du Rabbin laissait dans l'ombre. De quelle façon était-il donc tombé entre les mains de Bort ?

— Je suppose que vous allez me le dire…

« Ne pas faire votre ouverture tout d'un coup. Laissez-les vous gagner pas à pas. Leur victoire n'en aura que plus de prix. »

— Qui, selon vous, était le mieux placé pour nous renseigner sur vos déplacements et vos activités ?

Oberkfeld appliquait le même principe. Il soulevait peu à peu le coin du voile. Par allusions et insinuations plutôt que par accusations directes.

— À qui cela pouvait-il profiter, reprit-il, que tous nos soupçons se concentrent sur vous ? Qui, à cette époque, avait intérêt à attirer notre attention sur le Brésil pour nous détourner de ce qui se passait en Europe sur le marché du diamant ? Et qui, maintenant, peut bien avoir intérêt à nous lancer sur la piste de votre héritage, à vous laisser faire tout le travail et à rester à l'arrière-scène, en attendant que le moment vienne de tout ramasser?... Cela ne vous rappelle pas quelque chose? La méthode ne vous dit vraiment rien?

La cohérence des insinuations ébranla Karl. Se pouvait-il que le Rabbin ait appliqué avec lui le même principe qu'il lui avait recommandé d'utiliser avec Oberkfeld? Construire un mensonge en utilisant le plus possible d'éléments de vérité, mais en les sortant de leur contexte, en leur donnant un autre sens... Renforcer son mensonge en l'appuyant sur des faits irréfutables, simplement réinterprétés...

La façon dont le Rabbin l'avait continuellement manipulé, au cours des dernières années, s'accordait parfaitement avec ce que suggérait Oberkfeld. Le vieillard pouvait très bien avoir prévu que Karl viendrait un jour à découvrir la vérité. Il pouvait avoir voulu prévenir les coups en lui révélant à l'avance cette vérité, mais déformée, interprétée de façon qu'elle s'intègre à son plan.

Karl sentait monter en lui une irritation qu'il avait du mal à contrôler. Après l'avoir sacrifié, le Rabbin aurait-il eu le culot de le remettre sur pied dans le seul but de le pousser une nouvelle fois entre les mains de ceux qui étaient responsables du massacre?

Oberkfeld s'aperçut que l'argument avait porté. Il décida d'exploiter son avantage sur-le-champ.

— Quand ils vous ont secouru, sur le Rio das Mortes, nous avons compris notre erreur. Nous avons alors réalisé quelle organisation était derrière vous, dans l'ombre. Mais nous ne savions pas quel était leur but. C'est seulement il y a quelques mois, quand nous avons découvert que vous vous intéressiez au Cullinan B, que nous avons commencé à entrevoir la vérité... Avec ce qu'il y avait dans la lettre de votre père...

— Quand est-ce que vous l'avez eue? demanda abruptement Karl.

Il voulait le surprendre à son tour. D'autant plus que de la réponse de l'autre allait peut-être dépendre la décision qu'il prendrait.

— Il y a environ un an, répondit sans hésiter Oberkfeld, l'air vaguement étonné, comme si la question lui paraissait incongrue.

Il en avait cependant tout de suite compris l'importance. La réponse qu'il venait de donner, avec une parfaite apparence de candeur, accablait davantage le Rabbin : si la fuite ne datait que d'un an, elle ne pouvait venir que de lui. Karl en conclurait qu'on le sacrifiait de nouveau. Qu'une fois encore, le vieux l'utilisait comme appât pendant qu'il continuait de vaquer tranquillement à ses petites combines.

Après quelques secondes, Oberkfeld reprit, comme si la lumière se faisait subitement dans son esprit.

— Ah !... je comprends où vous voulez en venir.

Il aurait été malhabile de sa part de paraître ne pas comprendre pendant trop longtemps. Kat aurait pu avoir la puce à l'oreille. Le plus ironique était que la fuite remontait effectivement à un an. Au Brésil. Un papier retrouvé sur un ancien lieu de séjour de Kat. Un hôtel... Mais l'important était d'avoir répondu sans hésiter. Cela aiderait à enfoncer le soupçon dans l'esprit de son interlocuteur.

Oberkfeld jugea qu'il était temps de faire diversion. Le travail de sape était suffisamment avancé, il se poursuivrait de lui-même. Mieux valait commencer à faire valoir les autres arguments.

— J'ai une proposition précise à vous faire, dit-il. Trois pour cent des profits, plus une prime de séparation pour la cession de vos droits.

— Une prime de combien ?

— On m'avait demandé de vous offrir trois millions, mais je suis autorisé à aller jusqu'à dix. Comme vous voyez, je joue cartes sur table.

« Ne pas accepter la première proposition. Même s'il vous fait le coup de la sincérité et du fair-play. Il

s'attend à ce que vous exigiez davantage. Ne serait-ce que pour vous venger, pour leur en arracher le plus possible.»

— Vous avez dit vingt-trois pour cent ? reprit Karl.

— Toujours votre humour particulier… Vous devez comprendre que trois pour cent, quand on parle de profits de centaines de millions par année…

Karl ne répondit pas. Il attendait qu'Oberkfeld fasse une autre offre.

— Quatre pour cent, laissa finalement tomber ce dernier.

Après quelques minutes de discussion, Karl vit qu'il serait difficile de l'amener à un pourcentage plus élevé. C'était sur le montant initial qu'Oberkfeld était prêt à laisser du lest. Le Syndicat préférait certainement régler pour une somme initiale plus importante et éviter le pourcentage.

— Je m'en contenterai. Je ne voudrais pas vous mettre en faillite !

— Alors, c'est entendu. Quatre pour cent et trois millions.

— Dix millions, corrigea Karl, comme s'il s'agissait d'une simple distraction de l'autre.

— Dix millions, approuva aussitôt Oberkfeld, avec un sourire. À force de jouer avec des chiffres…

— Dix millions, quatre pour cent et le Cullinan B, fit alors Karl.

«Avoir l'air de céder, puis revenir avec de nouvelles demandes inattendues. Pour créer un flottement au moment même où ils croient la victoire acquise. Plus vous leur ferez de difficultés, plus ils vous croiront.»

— Le Cullinan B ? reprit Oberkfeld, l'air nettement contrarié.

Sa main, qui jouait avec le diamant bleuté, s'immobilisa un instant dans l'air.

— Il y a un problème, dit-il.

— Sûrement un problème que vous pouvez régler.

— Pas vraiment, non. Écoutez, je vais devoir vous expliquer brièvement de quelle manière fonctionne le Syndicat.

Oberkfeld n'avait pas le choix. Il sentait que Karl pouvait se buter là-dessus pendant des jours. Et, du temps, c'était ce qu'il avait le moins. Il allait être obligé de lui expliquer un des secrets de l'organisation.

— Comme vous le savez, je suis un de ceux qui dirigent les opérations du Syndicat. Dans le monde, nous sommes une dizaine. Les chefs de secteur…

— Et alors ?

— Ce que tout le monde ignore, c'est qu'il existe un autre groupe au-dessus de nous. Le Grand Conseil. On les appelle les Cullinans. Par référence aux neuf pierres principales qui en ont été tirées. Comme il s'agissait du plus gros cristal de diamant jamais découvert, il leur semblait…

— Le plus gros avant le Cullinan B, l'interrompit Karl.

— Vous avez raison. Et c'est ce qui fait problème. Quand les membres du Conseil ont entendu parler du Cullinan B, ils ont manifesté le désir qu'il soit taillé en une seule pierre.

— Les diamants de cette dimension sont habituellement fragmentés. Ça va donner une pierre monstrueuse. Invendable.

— Ils n'ont pas l'intention de la mettre sur le marché. Ils la veulent comme emblème de leur groupe.

— Ce n'est qu'un désir…

— Ce n'est effectivement qu'un désir, reprit Oberkfeld. Mais l'essentiel de ma tâche a toujours consisté à satisfaire de mon mieux ce genre de désir. Je suis certain que vous me comprenez. Nous n'avons le choix, ni l'un ni l'autre, d'en venir à un arrangement.

— C'est-à-dire ?

— Trois millions de plus.

— C'est avec plaisir que je les accepterai… Mais je pensais plutôt à autre chose.

— Autre chose ? Quel genre de chose ?

— Un emploi.

— Pourquoi ? Vous n'aurez plus besoin de travailler pour gagner votre vie !

— Pour la gagner, non. Mais pour la conserver... Si vous me donnez un emploi et que vous m'intégrez à l'organisation, vous pourrez m'avoir à l'œil sans problème. Et, plus vous serez sûr de moi, moins sera grande la tentation de vous assurer de façon préventive de mon silence.

Oberkfeld sourit. Sa proposition de Rio n'était pas tombée dans l'oreille d'un sourd. D'ailleurs, Karl avait raison : un emploi était la meilleure façon pour lui de s'assurer une sécurité durable. Bien sûr, il viendrait un moment où il faudrait renégocier les termes de l'entente : l'abandon du pourcentage en échange d'un emploi à vie constituerait un marché honnête. Quant à la prime, Karl pourrait la conserver. Le Syndicat lui devait bien ça !

— C'est probablement faisable, dit-il. Comme je vous l'ai déjà expliqué, nous avons de la place pour des gens comme vous. Quand voulez-vous que l'on procède à la transaction ? Si cela vous convient, je peux contacter Johannesburg ce soir et avoir la réponse définitive demain matin.

— Dans deux jours. À Lucerne.

— Dans deux jours ? reprit l'autre en écho. Mais pourquoi ?

Oberkfeld avait laissé percer son impatience, son désir de régler l'affaire au plus vite. Il s'en voulut de s'être échappé. Karl était assez malin pour s'en apercevoir et tenter de s'en servir.

— Des précautions à prendre, répondit celui-ci. Une sorte de police d'assurance.

— Et il vous faut deux jours pour ça ? reprit Oberkfeld, en déguisant son inquiétude sous un rire amusé.

— Vous attendez depuis des années, ce n'est pas pour quelques jours de plus ! se moqua à son tour Karl.

— Vous avez raison.

Oberkfeld s'efforçait d'avoir l'air détendu. Deux jours, ça pouvait aller. Surtout qu'il était maintenant en position d'annoncer le résultat à l'avance.

— Il y a encore un détail, poursuivit Karl. Quelque chose que vous avez mentionné tout à l'heure.

Pas de doute, il le faisait exprès. Oberkfeld fit un effort pour conserver un ton presque badin.

— Qu'est-ce que c'est ?

— Vous avez dit qu'il y avait moyen de prendre certaines dispositions concernant le responsable du « malentendu » dont j'ai été victime.

— Aucun problème. Vous voulez que je m'en occupe ou vous aimez mieux régler les ultimes détails vous-même ?

— Je préférerais la deuxième hypothèse.

— C'est parfait. Je vous fournirai les indications utiles en temps opportun.

C'était effectivement parfait, songeait Oberkfeld. Si Johannesburg n'approuvait pas l'idée d'une association permanente, ce serait l'occasion de régler deux problèmes d'un seul coup. Deux problèmes qui avaient pour nom Karl et Bort. Il ne serait pas difficile d'arranger quelque chose qui ait l'air naturel, qui ne provoquerait aucun remous et qui ne permettrait en aucune façon de remonter jusqu'au Syndicat. Il avait décidément bien fait de surseoir à l'élimination de Bort et de le garder en réserve.

Karl se leva.

— Je vous ferai parvenir l'adresse où vous pourrez me contacter, à Lucerne, dit-il.

— Pourquoi Lucerne ?

— Mes précautions.

— C'est vrai, vos précautions.

Karl se rendit à la porte puis se retourna.

— Puisque nous jouons cartes sur table, dit-il, je vais vous en donner une preuve.

Il revint vers Oberkfeld, prit un stylo sur le bureau et inscrivit un chiffre suivi de quelques mots sur une feuille blanche.

« 140,50… Régent. Bleu. Coussin. »

— Comment réagirait le Grand Conseil, pensez-vous, s'ils voyaient leurs codes ou même la structure de leur organisation étalés dans les journaux ?

— Il suffirait de quelques heures pour tout rétablir, répliqua sèchement Oberkfeld. Les dommages seraient insignifiants.

— Pour le Syndicat, sans doute. Mais pour vous ?

— Je vois…

— C'est seulement une de mes précautions. Vous allez être le garant personnel de ma sécurité. Votre intérêt et le mien vont se confondre.

Oberkfeld s'attendait un peu à quelque chose du genre. Cependant, le coup le prenait par surprise. Il lui faudrait aviser au plus vite.

— Je pourrais les changer immédiatement, objecta-t-il.

Sa voix manquait toutefois de conviction.

— Ça me surprendrait, fit Karl, avec un sourire de défi. La force de votre organisation est aussi sa faiblesse. Je veux parler de son conservatisme. Ils accepteraient sans problème de changer régulièrement les numéros de téléphone et les codes. Mais toute la hiérarchie symbolique qui fait de vous le Régent ? de tel autre l'Orloff, à Moscou ? ou le Tiffany, à New York ?… Vous croyez que ça, ils accepteraient de gaieté de cœur de le modifier ?

— Vous avez peut-être touché là quelque chose de juste, admit Oberkfeld.

Karl lui tourna le dos et marcha jusqu'à la porte. Oberkfeld le rattrapa avec une question.

— Vous êtes certain que vous ne voulez pas prolonger l'entretien en compagnie de mes secrétaires ? Leur compétence s'étend à de multiples domaines. Je suis sûr qu'elles pourraient se montrer compréhensives pour vos… difficultés antérieures.

Une petite vengeance, songea Karl. Oberkfeld n'avait plus de raison de l'attaquer ainsi. La précaution qu'il venait de lui annoncer avait dû le contrarier sérieusement. Voir son sort entre les mains d'un autre n'était certainement pas une idée qui lui plaisait beaucoup.

— Je vous remercie, fit Karl en se retournant. Je préfère m'occuper de ces choses moi-même.

— Vous-même ? ironisa Oberkfeld. Je savais que vous étiez un solitaire, mais à ce point…

Karl ouvrit la porte.

Au moment où il allait sortir, Oberkfeld le relança de nouveau.

— Si vous voulez être des nôtres, il faudra que vous fournissiez une preuve de votre loyauté. Je suppose que vous devinez de quoi il s'agit.

La voix n'avait plus aucune douceur, aucune nuance d'amusement.

— Bien sûr, fit Karl, sur un ton froid.

— Nous vous demanderons cette preuve lors de la transaction à Lucerne.

« Il frappera son dernier coup quand vous serez sur le point de partir. C'est le moment le plus stratégique. Celui où vous serez le moins sur vos gardes… Essayez de ne pas réagir, d'avoir l'air de dominer la situation. »

Karl ne répondit pas. Il se contenta de refermer la porte avec une délicatesse ostensible.

Un ascenseur le déposa dans le hall de l'hôtel.

Tout s'était passé comme le Rabbin l'avait prévu. Tout s'était même trop bien passé comme il l'avait prévu. Les doutes qu'Oberkfeld avait semés dans l'esprit de Karl, au début de la rencontre, remontaient à la surface.

Il n'arrivait pas à échapper au sentiment d'être un pion. Un pion que tout le monde utilisait allégrement. Ce n'était sans doute qu'une question de temps avant qu'un des joueurs décide de le sacrifier. Mais, cette fois, il était prévenu. Il serait en mesure de se protéger et de régler ses comptes. Tous ses comptes.

◆

— Cinq sur cinq, dit Moh. Tout a marché comme sur des roulettes.

— Rien de spécial à signaler ? demanda le Rabbin.

— Rien. Sauf que j'ai manqué le début de la conversation à cause de problèmes techniques. Mais j'ai réussi à réparer l'appareil à temps. L'essentiel est sur la bande.

— Apportez-la tout de suite à Longues Jambes.

— Et je le laisse filer ?

— Il n'ira pas très loin pour l'instant. Vous pourrez probablement le rattraper chez Véronique.

— Entendu.

Le Rabbin avait reçu l'information avec des sentiments partagés. D'une part, il était satisfait que la prise de contact se soit bien passée. Par ailleurs, Sam était déjà parti pour la Suisse. Le piège se refermait donc comme prévu.

Mais, en même temps, cela signifiait que le dénouement approchait. Et c'est avec un pénible sentiment de vide qu'il appréhendait cette échéance.

3

Les yeux fermés, Sam relaxait dans le fauteuil de sa chambre. Il révisait mentalement les détails de l'opération. D'abord l'hôtel. Puis le taxi, la banque. Et ensuite le restaurant, l'esclandre…

Le coiffeur avait fait du bon travail : ses cheveux avaient non seulement la même coupe, mais les mêmes nuances poivre et sel que sur la photo. Il s'assit devant son miroir et commença à coller sur son menton les morceaux de celluloïd destinés à modifier la forme de son visage. Il fixa ensuite la petite moustache droite, les sourcils broussailleux, et il termina par les verres de contact teintés de gris.

Quand il eut terminé, il examina avec attention le fruit de son travail. Un sourire satisfait lui répondit dans la glace.

Il endossa un veston bleu finement rayé de gris, jeta un dernier coup d'œil au miroir et sortit : il était temps d'entrer en scène.

Il prit un taxi et demanda l'hôtel le plus luxueux de la ville. En sortant, il laissa au chauffeur un pourboire astronomique. À la réception, il fit un éclat parce qu'on ne retrouvait pas sa réservation pour les deux meilleures suites de l'hôtel. Son assurance naturelle et ses allures aristocratiques, alliées à un pourboire magnanime, vinrent à bout des réticences du directeur de l'établissement. Une demi-heure plus tard, les deux suites étaient à sa disposition.

Sans s'attarder davantage, Sam se fit conduire dans l'une des banques les plus importantes de la ville. Le pourboire fit de nouveau écarquiller les yeux du chauffeur.

Une petite valise à la main, il demanda à louer deux coffres. L'employé dut répondre à toute une série de questions sur les systèmes de sécurité, sur les antécédents de la banque en matière de vol ainsi que sur la politique de sélection du personnel au moment de l'embauche. Un interrogatoire que l'employé n'était pas prêt d'oublier, mais qu'il supporta avec la plus parfaite courtoisie. L'homme au complet bleu était un client important : il avait cette aura de luxe et d'argent que tout bon employé de banque sait reconnaître d'instinct.

Après s'être délesté du contenu de sa valise dans les deux coffres sous l'œil vigilant mais discret du préposé, Sam se fit conduire au restaurant.

— Le meilleur de la ville, demanda-t-il au chauffeur, en lui donnant avant même de partir un pourboire qui aurait payé à lui seul une course de plusieurs heures.

Au restaurant, il se composa un menu qui alliait les meilleurs vins aux plats les plus raffinés. Il refusa plusieurs bouteilles, retourna à deux reprises les plats qu'on lui présentait et critiqua la liste des portos pour son manque de choix.

Néanmoins, il paya l'addition sans sourciller, donna un pourboire plus que généreux et remit un montant supplémentaire dans la main du maître d'hôtel en sortant.

— Pour les cours de perfectionnement du cuisinier, dit-il.

Il sortit sans porter attention aux remerciements confus et aux vagues excuses que l'autre lui adressait.

De retour à l'hôtel, il s'enferma dans une des suites qu'il avait louées. Il enleva alors ses verres de contact, son maquillage, sa moustache et ses sourcils postiches, puis il jeta le tout dans les toilettes. Il prit ensuite une douche et se lava les cheveux avec une lotion contenue dans un petit flacon bleu : au bout d'une heure, ils avaient retrouvé leur couleur et leur ondulation naturelle.

Il s'habilla.

Avant de remettre son pantalon et son veston, il les retourna. Le costume était maintenant d'un gris foncé très classique.

Après avoir effacé minutieusement les traces de son passage dans la pièce, il referma la porte derrière lui et quitta discrètement l'hôtel par une sortie secondaire. Une demi-heure plus tard, il avait regagné son premier hôtel.

Un message l'y attendait: «Les photos seront prêtes demain matin.»

Il pouvait se reposer. Pour l'instant, son rôle était terminé.

◆

À son retour, Karl avait parlé avec Véronique pendant plusieurs heures. Il lui avait raconté sa vie d'avant le trou noir: ses études, les expériences avec la drogue, ses contacts avec la jeune pègre...

Véronique avait écouté avec un certain étonnement. Se laisser aller à autant de confidences était, de sa part, inattendu. Par contre, lorsqu'elle l'avait interrogé sur l'affaire en cours, il avait été plus réticent. Il avait fallu qu'elle insiste, qu'elle pose plusieurs questions directes, pour qu'il finisse par lui donner des détails sur le plan du Rabbin. Pour qu'il lui raconte son entretien avec le représentant du Syndicat...

Après beaucoup d'hésitations, il lui avait avoué ses doutes, sa crainte d'être une fois encore manipulé. Il lui avait fait part des insinuations d'Oberkfeld comme quoi c'était le Rabbin qui l'avait sacrifié, au Brésil, et qu'il s'apprêtait à recommencer.

À ce moment, Karl crut remarquer chez Véronique une certaine inquiétude: pendant quelques secondes, elle avait eu un drôle d'air. Mais il se dit que c'était lui qui s'imaginait des choses: à force d'être constamment harcelé, il en venait à soupçonner des complots partout, à ne plus pouvoir se fier à sa perception de la réalité – ce qui était justement un des effets recherchés par le harcèlement.

Le lendemain, Karl demanda à Véronique si elle voulait l'accompagner en Suisse. Même s'il ne portait pas tellement chance aux femmes qu'il approchait, se crut-il obligé de préciser, avec un sourire d'excuse. Elle lui répliqua de cesser de dire des idioties. Il n'était même pas question qu'il parte sans elle.

Dans l'avion, il s'était débrouillé pour lui obtenir un siège à côté du hublot. Elle préféra cependant passer le voyage la tête appuyée contre son épaule, en le tenant par le bras. À peine regarda-t-elle un peu à l'extérieur, au départ et à l'arrivée.

Malgré l'inconfort, Karl s'efforça de ne pas bouger. Après un moment, il inclina légèrement la tête vers la sienne.

Véronique fut un peu déçue de découvrir que la suite comprenait deux chambres à coucher, mais elle s'y attendait.

Sur la table basse du salon, il y avait une grande enveloppe brune contenant des photos. Karl les examina attentivement puis sourit : Sam avait fait du bon travail. Jusqu'à maintenant, tout fonctionnait. Restait à savoir de quelle manière Oberkfeld allait réagir.

Il lui téléphona sur-le-champ pour lui donner rendez-vous dans le restaurant le plus réputé de la ville.

◆

Oberkfeld arriva quelques minutes avant l'heure fixée. Le maître d'hôtel lui fit un accueil chaleureux et le conduisit avec diligence à la table qui était réservée à son nom.

— Monsieur nous fait l'honneur de devenir un habitué, déclara-t-il avec un sourire entendu.

Oberkfeld le regarda sans comprendre. Alarmé, le maître d'hôtel se hâta de préciser :

— Que monsieur se rassure, nous savons être discrets.

Quelques minutes plus tard, lorsque Karl fit son apparition, le maître d'hôtel lui dit, en arrivant à la table :

— Monsieur vous attendait.

Karl s'assit et considéra Oberkfeld avec un sourire moqueur.

— Vous ne m'en voudrez quand même pas de cette petite plaisanterie ?

Devant l'air décontenancé de l'autre, il ajouta :

— J'ai pris la liberté de réserver à votre nom et de dire que j'attendais un certain Karl Adamas Thornburn.

— Je vois.

Le sourire de l'homme du Syndicat gardait un air un peu forcé.

— Et alors ? attaqua aussitôt Karl. Si on réglait notre petit problème immédiatement, nous pourrions ensuite passer aux choses sérieuses.

— Aux choses sérieuses ?

— Le menu !

Karl commanda un Clos des Mouches 1966 au garçon qui arrivait, puis il reprit sa première question.

— Et alors ?

— Ça pourrait aller, répondit Oberkfeld avec réticence. Mais il y aurait des modifications à apporter aux montants... Comment dire ?... Ils trouvent que vous avez un... appétit qui risque de nuire à votre santé... À votre santé financière, ajouta-t-il, après une longue pause.

— Quel genre de diète envisagent-ils ?

— Dix millions. Pas de pourcentage. J'ai bien essayé de les convaincre, mais ils n'ont pas été sensibles à mon argumentation.

Un sourire rusé lui retroussa la moustache.

— En fait, reprit-il, ils ont même été surpris que je n'aie pas trouvé le moyen de régler ce problème de façon plus... expéditive.

La menace n'était même pas voilée : Karl pouvait se compter chanceux d'obtenir quelque chose ! Alors, qu'il ait au moins la décence, sinon l'élégance, de ne pas marchander !

Oberkfeld poursuivit.

— Ils m'ont prié de vous rappeler que l'obtention d'un poste permanent compenserait avantageusement cette petite restriction financière. Je veux parler de la perte du pourcentage... et des risques qui sont rattachés à ce genre de privilège, bien entendu.

Encore la menace. Karl décida de l'ignorer.

— Vous avez les papiers ? demanda-t-il abruptement.

— Notre organisation se méfie de ces traces écrites qui peuvent tomber entre des mains non averties. L'argent est déjà à votre nom, dans une banque. Vous, est-ce que vous avez les papiers ?

— Je vous indiquerai tout à l'heure où ils se trouvent. Il me manque encore quelque chose.

— Pourtant, c'est une offre raisonnable...

— Ce n'est pas ça, l'interrompit Karl. Il me manque une information... Où est-il ?

— Je vois de qui vous voulez parler. Il est à Québec. J'ai l'adresse. Mais il me manque, moi aussi, une information.

Avant de poursuivre, Oberkfeld considéra Karl d'un air rusé qu'il voulait sans doute machiavélique.

— Vous comprendrez que, pour entrer dans une organisation comme la nôtre, on exige une preuve de loyauté.

— Vous vous répétez.

— En fait, il s'agit d'une simple formalité. Nous aimerions connaître l'endroit où se cache le Rabbin.

— Vous perdez votre temps. Il va mourir de lui-même d'un jour à l'autre.

— Raison de plus. Nous ne demandons pas mieux que d'abréger sa douloureuse agonie.

Karl ne savait que répondre. Il s'attendait pourtant à cette demande. Le plus absurde de l'histoire était que le Rabbin aurait probablement été lui-même d'accord avec une telle proposition, s'il avait été certain qu'elle permette la réalisation de son plan.

— On pourrait organiser quelque chose où les deux seraient présents, poursuivit Oberkfeld. Lui et Bort…

Karl avait encore une arme en réserve, mais il hésitait à s'en servir pour couper court à la requête.

— Il n'y aurait pas une autre façon de prouver ma loyauté ? finit-il par demander.

— J'ai bien peur que non. L'exigence n'est pas de moi.

Le coup double proposé par Oberkfeld ne surprenait pas vraiment Karl. Il y avait déjà pensé lui-même. L'idée avait pris forme dans son esprit lorsque l'homme du Syndicat lui avait annoncé un test pour garantir sa loyauté. En échange de la peau de Bort, ils exigeraient celle du Rabbin.

Pendant les deux derniers jours, il avait rusé avec lui-même pour refouler cette idée. Maintenant elle s'imposait. C'était l'issue la plus logique. Il réglerait ses comptes avec tous ceux qui l'avaient manipulé, utilisé, mutilé. Tous ceux qui avaient saccagé sa vie.

— Et alors ? insista Oberkfeld.

Karl prit sa serviette, sortit l'enveloppe brune et la lui tendit. Oberkfeld l'ouvrit, examina les photos.

— Ça signifie quoi, exactement ?

Ses yeux avaient tout à coup un éclat dur et menaçant. Karl accentua son sourire moqueur.

— Laissez-moi vous raconter une histoire, dit-il.

— Vous avez besoin d'avoir une histoire remarquable, si vous voulez profiter longtemps de votre bonne fortune.

— Vous verrez… Elle est très intéressante.

Karl fit une pause, puis il commença à raconter.

— Supposons un photographe qui s'intéresse aux personnalités célèbres, à ceux qui comptent vraiment : les magnats de la finance, de l'industrie. Et supposons qu'il se mette un jour à en suivre un en particulier, à le photographier partout où il va, spécialement quand il visite des banques. Pendant plusieurs années donc, il le suit partout dans le monde. Il note le nom et l'adresse de chaque banque dans un petit cahier. Et, comme il est très curieux, il s'arrange pour obtenir le contenu de chacun des dépôts. Bien entendu, il les note aussi dans son petit cahier.

Karl avait adopté un ton qui tenait à la fois du conte de fées et de l'hypothèse scientifique.

— Un jour, par curiosité, il décide de faire le total. Le chiffre est impressionnant. Pourtant, l'homme n'apporte jamais rien d'autre à la banque que des petits sacs. Des petits sacs remplis de pierres… disons « précieuses », pour le moment.

Oberkfeld regardait maintenant Karl avec un intérêt teinté d'inquiétude.

— À partir d'ici, il y a plusieurs versions possibles, poursuivit Karl. Par exemple, le photographe peut envoyer une copie du dossier qu'il a constitué à l'employeur de l'homme aux petits sacs. Admettons, pour les fins de notre histoire, que cette compagnie s'appelle « le Syndicat ». Dans cette version, les employeurs croient que leur employé en chef a profité de sa situation pour détourner les biens de la compagnie. Après enquête, ils ne trouvent aucune trace de détournement. Mais, comme leur employé contrôlait justement tous les livres, ils se disent qu'il a dû les falsifier. Dans ce type d'hypothèse, vous imaginez facilement le sort que le Syndicat va réserver à son ex-employé en chef!… Quant au photographe, il est évidemment récompensé pour ses loyaux services: on lui offre un poste dans la compagnie.

— Et vous avez une autre version ? fit Oberkfeld en s'efforçant de paraître détaché.

— Tous les contes ont plusieurs versions. Admettons que la première était celle d'un homme que nous appellerons, toujours pour les besoins de notre histoire, le Rabbin.

— Et l'autre ?

— Je ne suis pas encore fixé. Il pourrait bien arriver que le photographe décide de rencontrer l'employé en chef pour discuter de l'affaire avec lui. Par exemple, ils pourraient se rencontrer dans un restaurant. Le photographe pourrait se laisser convaincre par l'autre du danger de son projet initial ; il pourrait alors décider de s'allier à l'employé en chef et de mettre son dossier en veilleuse. Bien sûr, il le garderait quelque part, dans un coffre, par mesure de sécurité. Dans cette version-là aussi, le photographe est récompensé, mais par l'employé en chef. Ce dernier lui accorde un poste plus important encore que dans la première version. Un poste presque égal au sien. Il en fait son bras droit, si on peut dire.

— Et vous, quelle version préférez-vous ?

— Les deux ont leurs avantages. Mais je crois que j'aimerais bien la deuxième.

— Un choix qui m'apparaît judicieux. Avez-vous une idée de la forme que pourrait prendre cette association ?

— Les deux personnages de mon histoire pourraient décider de reprendre ensemble l'enquête du photographe, mais en s'intéressant aux autres employés du Syndicat. Dans les autres secteurs, je veux dire. Les autres employés plus ou moins en chef. Pour leur appliquer le même traitement.

— C'est une idée intéressante.

Oberkfeld devait admettre qu'il avait sous-estimé Karl : son plan était remarquable. Mais il crut bon de commencer par s'y opposer.

— Les employeurs, comme vous dites, ne le croiront peut-être pas. Ils soupçonneront peut-être le coup monté.

— Quand les employeurs verront que le code des comptes de banque correspond au code secret personnel de leur employé en chef, ils feront certainement une enquête. Et quand ils découvriront la trace de son passage – parce qu'il avait ses habitudes dans certains hôtels, dans certains restaurants – leur inquiétude augmentera. Même s'ils n'arrivent pas à tout prouver, même s'ils soupçonnent le coup monté, ils ne voudront pas prendre de risques : un employé en chef qui est aussi vulnérable, qui donne prise à autant de manipulations, n'est pas un bon employé en chef. Ils prendront des dispositions... Vous ne croyez pas ?

Oberkfeld était assez bon joueur pour reconnaître qu'il n'avait pas le choix de négocier.

— Personnellement, pour quelle raison préférez-vous la deuxième version ?

— Je règle mes comptes des deux côtés. Autant avec le Rabbin, qui m'a utilisé pendant des années, qu'avec le Syndicat, qui est responsable de ce qui s'est passé au Brésil.

— Je comprends. Et vous n'avez pas pensé à poursuivre votre histoire, à inventer quelque chose pour les employeurs eux-mêmes ?

— Cette partie-là, nous pourrions l'écrire ensemble.

— C'est justement à cela que j'étais en train de songer.

Oberkfeld retrouva alors son sourire rusé du début.

— Il y a cependant un petit détail qui manque, dans votre histoire, reprit-il.

— Lequel ?

— Pour s'assurer de la loyauté du photographe, les employeurs exigent de lui une preuve : l'adresse du repère où se cache un vieux bandit qui les harcèle depuis des années. Sans cela, il y a bien des chances que l'histoire s'interrompe dès le départ.

Karl réfléchit un moment. Il décida d'abandonner le détour de l'histoire et de faire à son tour une proposition directe. C'est sur un ton subitement plus froid qu'il répondit.

— On règle notre affaire en deux temps. Premier temps, on échange les papiers : vous me dites où se trouve l'argent et je vous indique où se trouvent les titres de propriétés, les cartes, les permis d'exploitation… Deuxième temps, on s'occupe de votre suggestion du début : la rencontre explosive entre le Rabbin et Bort.

La proposition lui permettait de gagner du temps. Karl n'était pas encore certain de vouloir aller jusqu'au bout. Le marché avec Oberkfeld était probablement la meilleure façon de mettre Anny et Véronique à l'abri, mais il hésitait.

D'un côté, sa conviction se renforçait que le Rabbin l'avait utilisé comme leurre pour se protéger et il ne pouvait pas se cacher les idées de vengeance qui lui venaient. D'un autre côté, même si le Rabbin s'était servi de lui, comme il le faisait de n'importe quel agent, il avait fait l'impossible pour le récupérer, pour l'aider à se reconstruire une vie… Mais peut-être était-ce uniquement pour l'utiliser de nouveau.

Au fond de lui-même, il était obligé d'admettre que ce gain de temps était surtout un sursis pour ménager sa conscience. L'idée du coup double lui apparaissait de plus en plus comme la solution inévitable. Il se gardait simplement la possibilité de changer d'idée, par égard aux sentiments ambigus qu'il avait développés à l'endroit du Rabbin.

— Entendu, fit Oberkfeld. L'argent est à cet endroit. En bons du Trésor américains.

Il griffonna sur un bout de papier le nom et l'adresse d'une banque ainsi que le numéro permettant d'avoir accès à un coffre de sécurité.

Karl mémorisa le message. Puis il révéla à Oberkfeld où se trouvaient les papiers.

— Dans le réservoir des toilettes de votre suite, à Rio. Une enveloppe étanche, évidemment.

— Quoi ! Vous les aviez ?

Karl sourit.

— Ils étaient à l'intérieur du journal.

— J'aurais dû y penser !… Mais le diamant ? Comment se fait-il que vous aviez encore le diamant en votre possession ?

— L'homme qui gardait les papiers me l'a laissé. Il était trop vieux et trop malade pour en faire quoi que ce soit.

Oberkfeld songea qu'il avait beaucoup sous-estimé Karl : il lui avait tout de même fallu un culot monstre pour s'amener chez lui avec les papiers et les cacher sur place.

— Si on réglait tout de suite les détails pour les deux autres ? proposa-t-il. Il n'y aura plus qu'à déclencher l'opération lorsque la première partie de notre échange sera complétée.

— Si vous voulez.

— Mais d'abord, dites-moi, combien y a-t-il de comptes à mon nom ?

Karl lui dit le chiffre.

— Et ça fait combien d'argent, au total ?

Karl lui précisa le montant. Oberkfeld parut estomaqué.

— Mais… comment ont-ils pu ?

— Les réserves des banques israéliennes. Tant qu'à ne pas pouvoir les écouler… Et puis, ils étaient presque certains de tout récupérer.

— Astucieux.

— Bien sûr, il est entendu que la majeure partie de cet argent servira à financer des opérations similaires contre les autres chefs de secteur.

Oberkfeld acquiesça, mais son sourire se rétrécit.

Quelques minutes plus tard, ayant arrêté les détails de la phase B, celle concernant les chefs de secteur, ils commandaient un dîner gastronomique pour célébrer leur association.

Le plus ironique était que les hommes du Rabbin feraient presque tout le travail de terrain. Ce serait seulement une fois cette partie de l'opération effectuée que l'on procéderait à la deuxième partie de l'échange impliquant Bort et le Rabbin.

◆

Quelques heures plus tard, Oberkfeld était dans un avion à destination de Rio. Il se rendit directement à l'hôtel et récupéra en personne les documents. C'était bien ce qu'il cherchait : des droits de propriété, de prospection et d'exploitation sur toute une série de petits territoires interreliés, perdus dans la forêt du nord-est.

Après un coup comme celui-là, Oberkfeld était assuré de la reconnaissance permanente du Syndicat. Sa position ne serait plus jamais menacée : tout au plus ses fonctions deviendraient-elles de plus en plus honorifiques à mesure que l'héritier ferait ses preuves. Les privilèges attachés à son titre, eux, ne seraient pas mis en cause. Il resterait l'homme qui avait sauvé le Syndicat. Son renom égalerait presque celui du fondateur. Le Syndicat était loyal envers les employés qui l'avaient bien servi. C'était d'ailleurs une des raisons de sa force : les employés savaient qu'ils pouvaient compter sur cette loyauté.

Oberkfeld appela sur-le-champ le Grand Conseil, à Johannesburg.

Il eut droit à des félicitations verbales immédiates et on lui demanda de venir au plus tôt présenter un rapport détaillé. Il n'était pas nécessaire d'expédier de documents écrits, mais il fallait que les études d'implantation commencent le plus rapidement possible. On envisageait de le décharger de toutes les fonctions d'administration courante pour qu'il se consacre à la réalisation du projet. Ce serait son œuvre d'un bout à l'autre, s'il le désirait. À lui de décider.

Lorsque Oberkfeld raccrocha, son sourire n'avait jamais été aussi sincère. Quoi qu'il puisse arriver, maintenant, il était couvert de partout.

◆

Ce soir-là, Karl expliqua à Véronique de quelle manière il avait détourné les plans du Rabbin à son profit, mais sans lui parler de la deuxième partie des modifications qu'il y avait apportées. Au début, elle avait protesté : il n'avait pas le droit de faire ça au Rabbin.

— Au nom de quoi est-ce que je n'aurais pas le droit ? avait demandé Karl.

— Ils t'ont fait confiance !

— Comme au Brésil ? Moi aussi, je leur ai fait confiance, au Brésil !

Il avait ensuite poursuivi sur un ton plus doux.

— Il n'y a pas de héros qui tienne, face à une organisation. Surtout une organisation comme le Syndicat. Leur objectif premier est de ne jamais créer de remous, de conserver une image de luxe tranquille et d'aristocratie raffinée. Cette image est un de leurs principaux atouts publicitaires : ils la surveillent scrupuleusement et ils éliminent tout ce qui menace d'y porter atteinte… Dans cet univers-là, les héros, ça n'existe pas. Il y a seulement des organisations. Au mieux, on peut choisir entre différentes organisations. Choisir la façon de se faire organiser… C'est quand même une belle fin, pour un « terrassier » ! La plupart meurent avalés par le terrain !

— Mais pense à ce que tu pourrais faire si…

— Pense à ce qu'ils pourraient me faire, eux ! À ce qu'ils m'ont déjà fait. Pense à ce qu'ils pourraient faire à Anny ou à toi !

Véronique ne répondit pas.

— Je vais quand même réaliser une partie de la vengeance du Rabbin, reprit Karl. Toute la clique des chefs de secteur va être liquidée. Et pour ce qui est d'Israël, il y a près de soixante pour cent de Juifs dans le Syndicat : ils devraient bien finir par s'entendre entre eux, non ?… Ce sont des chicanes de famille, tout ça ! Des chicanes qui se font sur le dos des autres. As-tu déjà vu de quelle manière vivent ceux qui travaillent dans les mines ?

— Fais ce que tu veux, répondit simplement Véronique, en se serrant contre lui.

Elle ne savait plus. De quel droit pouvait-on lui demander davantage ? Bien sûr, le contrôle du Brésil échapperait à Israël, contrairement à ce que le Rabbin aurait souhaité. Mais Karl avait raison de dire que sa vengeance serait tout de même accomplie. Et, pour ce qui était des chicanes de famille, il avait peut-être également raison.

Ce qu'elle voulait, c'était lui. Qu'ils s'oublient dans les bras l'un de l'autre. Ne plus penser au travail pour quelques heures. Sentir sa peau contre la sienne. Lentement, elle commença à lui déboutonner sa chemise. Il saisit sa main et arrêta son geste.

— Pourquoi ? Pourquoi ? lui lança-t-elle à plusieurs reprises sur un ton de plus en plus pressant. Tu devrais me donner un peu moins de cadeaux et t'occuper un peu plus de moi.

Il essaya de s'en tirer en blaguant.

— Je te l'ai dit, je ne porte pas chance aux femmes que j'approche. Vaut mieux qu'on en reste où on est.

— Et moi, je te dis d'arrêter tes conneries.

Elle avait presque les larmes aux yeux.

— Tu veux vraiment savoir pourquoi ? lui demanda alors très doucement Karl, en l'éloignant délicatement de lui.

— Oui.

L'agressivité de Véronique était tombée aussi vite qu'elle était apparue.

Karl défit alors la ceinture de son pantalon et lui montra son sexe, ce qu'il était devenu.

— À cause de ça, expliqua-t-il. Les piranhas… Les médecins ont fait ce qu'ils ont pu avec ce qui restait. Au Brésil, la médecine…

La bouche ouverte, elle ne savait plus quoi dire. Le pénis, partiellement en érection, difforme, couvert de tissu cicatriciel, était zébré de marques violacées sur toute la longueur. L'intérieur des cuisses et le bas du ventre avaient subi le même traitement.

— Pourtant, aujourd'hui, avec les changements de sexe… Si on peut en faire à partir de presque rien…

Karl fut sensible à l'effort de la jeune femme pour dédramatiser.

— Je sais, mais les médecins que j'ai vus m'ont conseillé de ne pas prendre de chances. Il paraît que je cicatrise très mal.

— Et tu…

— Je pourrais, répondit Karl, à la question qui s'était étouffée dans la gorge de Véronique. Mais tu imagines le résultat ? Plus ça grossit, plus ça devient… plus les couleurs deviennent…

Il continuait, comme s'il était poussé malgré lui à aller jusqu'au bout d'une horreur qu'il avait trop longtemps contenue.

— C'est comme les ballons qui se déforment à mesure que tu les gonfles, dit-il. Tu imagines une chose comme ça en toi ?

Il en parlait comme d'une chose étrangère à lui, une bête malade et honteuse à laquelle il était lié. Véronique comprit qu'il voyait son sexe blessé à travers les yeux de ce qu'il avait subi là-bas, au Brésil. Les cicatrices étaient saisissantes, mais quand même pas si monstrueuses : c'était toute son horreur refoulée qui s'exprimait à travers sa répulsion physique ; l'atrocité de ce qu'il avait vécu, qui le faisait parler avec autant de violence de ses mutilations. Il avait décidément raison de dire qu'il cicatrisait mal.

Karl poursuivit.

— Tu aimerais ça que… ?

Elle lui mit la main sur la bouche pour le faire taire. Puis elle le prit par la main et l'amena vers le lit.

Appuyant sa tête contre le ventre de Karl, elle commença lentement à le caresser. Au début, ses doigts effleuraient à peine le pénis. Puis, peu à peu, la pression des doigts s'accentua, comme si elle apprivoisait la blessure.

Quand l'organe fut tout à fait rigide dans sa main, elle approcha délicatement les lèvres et elle l'embrassa de façon furtive. Il sentit à peine le frôlement.

Elle reposa ensuite la tête sur son ventre.

— Tu sais, dit-elle, on a tous des choses aussi tordues dans nos têtes. Moi, j'ai toujours eu une peur irrationnelle de me faire défoncer. Sur les tests de Rorschach, je voyais uniquement des vagins éclatés, des organes en sang, des ventres enfoncés… Plusieurs femmes ont ce genre de fantasmes, à ce qu'il paraît. Ce n'est pas toujours aussi violent, mais c'est là. Elles se sentent ouvertes, sans cesse menacées d'être envahies…

Puis elle ajouta, avec une pointe d'amusement dans la voix :

— C'est peut-être de là que vient la fameuse peur des couleuvres, des araignées, des souris – toutes les petites choses poilues et palpitantes qui peuvent s'infiltrer par la moindre fissure, se grignoter un chemin…

La respiration de Karl devenait plus calme, plus régulière, comme si la tension accumulée le quittait peu à peu.

Véronique poursuivit.

— Ce n'est pas d'abord une question d'ordre sexuel. Les hommes ne peuvent pas comprendre l'angoisse de sentir son intérieur exposé, à la merci de tout ce qui peut s'introduire. De tout ce qui peut s'installer au-dedans malgré soi, puis se mettre à proliférer, à grossir. Grossir. Jusqu'à ce que le ventre éclate. Il y a beaucoup de femmes enceintes qui se sont demandé un jour si elles n'éclateraient pas avant d'accoucher. Pas avec angoisse, dans la plupart des cas. Mais l'idée les a effleurées.

Elle fit une pause. Pendant qu'elle parlait, elle n'avait pas cessé de caresser le sexe de Karl qui se dressait maintenant autant qu'il le pouvait.

— Alors, tu vois, reprit-elle, un sexe tordu, comparé à toutes ces terreurs-là, ce n'est pas aussi effrayant que tu penses. Surtout que, même à l'état naturel, c'est loin d'être terrible ! Pour l'aérodynamisme, en tout cas, ça laisse à désirer…

Sa voix avait maintenant une nuance d'humour plus prononcée.

— C'est comme n'importe quelle bestiole, ajouta-t-elle. Il suffit de prendre le temps de l'apprivoiser.

Karl lui avait mis la main dans les cheveux. Elle pressa davantage sa tête contre son ventre et sa main se mit à glisser le long du sexe dressé en suivant le rythme de ses contractions.

Quand ils se déshabillèrent, ils s'en rendirent à peine compte, tellement était fort leur désir l'un de l'autre. Ils firent l'amour le reste de la nuit.

Au matin, les deux oreillers étaient mouillés.

4

Cinq semaines plus tard, Oberkfeld recevait un message. Un seul mot. « Procédez. » Suivi des neufs sceaux des membres du Grand Conseil. Le piège allait se refermer.

Le lendemain, les chefs de secteur étaient tous là. Sans exception.

Devant eux, sur la table, les pierres de différentes couleurs, symboles de leur pouvoir : le Florentin, l'Orloff, le Jubilee, le Tiffany, l'Étoile de la terre, le Shah, le De Beers et, bien sûr, le Régent.

Oberkfeld commença par annoncer la bonne nouvelle : toutes les analyses préliminaires étaient positives, on avait bel et bien découvert la source primaire au Brésil.

Chacun y alla de ses commentaires flatteurs et de ses compliments à l'endroit du Régent. C'était un modèle d'opération bien menée ! Son portrait prendrait certainement place à côté de celui des fondateurs, dans la salle de réunion du Grand Conseil. Seul l'homme de Tel-Aviv avait une attitude plus retenue. Une telle réunion uniquement pour annoncer des résultats préliminaires ? Sans savoir pourquoi, il ne se sentait pas à l'aise. Il était le plus vieux des chefs de secteur et son expérience lui chuchotait de se méfier. L'atmosphère ne lui plaisait pas.

— Il y a un autre point à l'ordre du jour, fit alors le Régent.

Il appuya sur un bouton. Trois secrétaires entrèrent. Elles remirent des dossiers à chacun des membres et se retirèrent.

— Vous comprendrez facilement que je ne pouvais pas faire circuler de tels dossiers à l'extérieur de cet endroit, fit Oberkfeld.

En voyant le contenu des photos et des documents, les visages prirent toutes sortes d'expressions. Karl avait suggéré de croiser les noms ; autrement dit, de faire déposer les diamants par chacun dans le compte établi au nom d'un autre : l'impression de complot devenait plus évidente encore.

Oberkfeld lui avait offert d'assister à la rencontre pour profiter de leur triomphe, mais Karl avait décliné l'invitation. Ils avaient convenu de se rencontrer après la réunion pour procéder à la deuxième partie du contrat.

— Bien entendu, dit Oberkfeld, le Grand Conseil entend que les choses rentrent dans l'ordre. Ils m'ont donné comme mandat que tout se passe de la façon la plus discrète possible. Voici ce que je vous suggère…

D'abord, vous signez une décharge pour que le Syndicat rentre en possession des pierres détournées. Ensuite, vous vous rendez tous à Johannesburg : le Grand Conseil supervisera lui-même la passation des pouvoirs à vos successeurs. Compte tenu des services que vous avez rendus au Syndicat ainsi que de vos évidentes capacités, ils ont prévu des conditions de recyclage généreuses. Vous ne manquerez de rien et l'on vous offrira des fonctions à la mesure de vos compétences dans diverses compagnies. Les détails vous seront communiqués sur place.

— C'est un coup monté, murmura l'homme de Tel-Aviv.

Dans le silence de la salle, sa voix porta comme un cri.

— C'est ce que j'ai cru, moi aussi, concéda Oberkfeld, magnanime. Mais qui aurait pu réunir les deux milliards et demi en diamants nécessaires pour monter un tel coup ?

Oberkfeld songea que la réponse était évidente. Il y avait un seul endroit où une telle fortune avait pu être trouvée. Mais c'était trop gros. Trop évident. Les autres chefs de secteur ne pouvaient y penser. Même pas l'homme de Tel-Aviv. Les quelques dirigeants israéliens au courant de l'affaire montée par le Rabbin avaient mis un soin extrême à ce qu'il ignore tout.

— Oh, un dernier détail, reprit Oberkfeld : en partant, vous êtes priés de laisser sur la table les pierres qui se trouvent devant vous.

Les chefs de secteur durent s'incliner. Ils savaient que c'était un coup monté, mais ils n'y pouvaient rien. Ils n'étaient même pas certains qu'Oberkfeld y soit impliqué. Il pouvait très bien avoir été épargné simplement pour mêler les cartes. Ou pour faciliter la transition.

Et, si ce n'était pas lui, cela voulait dire qu'il fallait monter encore plus haut. Que c'était une intrigue qui se situait au niveau du Grand Conseil. Sans doute une opération montée par un ou plusieurs membres des neuf Cullinans au détriment des autres. Peut-être certains avaient-ils des hommes à eux à placer comme chefs de secteur…

Le mieux qu'ils avaient à faire était d'obtempérer. S'ils évitaient de faire des vagues, le Syndicat leur en saurait gré.

Oberkfeld raconta la réunion à Karl avec des accents de triomphe.

— Ils prennent l'avion de deux heures, conclut-il. On peut maintenant s'occuper de la dernière partie de notre contrat.

Karl se contenta d'un geste d'assentiment. Même si sa décision était prise depuis plusieurs semaines, il trouvait encore difficile de l'accepter.

— Voici ce que j'ai prévu, attaqua Oberkfeld. Bort est un sadique. Nous lui dirons qu'une sanction doit être appliquée et qu'elle doit avoir une forme bien précise. Vous connaissez les bombes Claymore ?

Karl fit signe que oui. Les Américains les utilisaient, au Vietnam, pour garder les voies d'accès.

Oberkfeld poursuivit son explication.

— Nous lui dirons qu'il doit en déposer une devant le Rabbin, sur son bureau ou sur son lit, et qu'il doit actionner lui-même le détonateur, que c'est une sorte de cadeau que nous lui faisons. Il ne pourra pas résister au plaisir.

— Mais lui ? Il va s'en tirer !

Karl savait bien que les bombes Claymore projettent leurs milliers de lames de métal dans un angle de soixante degrés : celui qui se trouve du côté opposé à l'angle d'impact est totalement épargné. C'était précisément pour cette raison-là qu'on les utilisait pour garder les voies d'accès : ceux de l'intérieur ne risquaient absolument rien.

— C'est là qu'est l'astuce, expliqua Oberkfeld. J'ai fait bricoler un modèle spécial. À l'intérieur de la

Claymore, il y aura une bombe à vide. Tout l'air de la pièce sera aspiré.

— Vous êtes certain que Bort ne s'apercevra de rien ?

— Absolument.

— Et qui me dit que vous n'en profiterez pas simplement pour faire liquider le Rabbin par Bort et que vous n'inscrirez pas mon nom comme suivant sur sa liste de travail ?

— Le réalisme, mon cher.

— Ça veut dire ?

— J'avais déjà décidé de me débarrasser de lui. Il a fait trop d'erreurs. D'autre part, il est certain que vous avez pris la précaution d'écrire quelque part l'histoire de notre récente association. Que vous avez également pris des dispositions pour qu'elle fasse surface simultanément à plusieurs endroits du globe, si jamais il devait vous arriver quelque chose…

Karl s'efforça d'afficher un air à la fois surpris et embarrassé.

— Vous voyez, reprit Oberkfeld en riant, je commence à vous connaître !… Vous pouvez être certain que je ne prendrai jamais un tel risque : les réactions du Grand Conseil seraient des plus déplaisantes s'ils venaient à apprendre ce qui s'est passé. Ce sont eux qui contrôlent les services spéciaux de surveillance interne. C'est d'ailleurs pour cette raison que nous n'avons pas le choix. Nous devons poursuivre le plan et passer à la prochaine étape : procéder à l'élimination du Grand Conseil. Autrement, tôt ou tard, il y aura une fuite. Et, à ce moment-là, je ne donne pas cher de notre peau. À tous les deux.

Karl dut se rendre à son argumentation.

— Je suis d'accord, dit-il, mais à une condition : que le Rabbin soit seul en cause. Je veux que les autres soient épargnés.

— Toujours aussi sentimental ?

Puis, devant le regard mauvais que Karl lui jeta, il s'empressa d'accepter la suggestion.

— Je donnerai les instructions en conséquence, dit-il.

Karl lui indiqua où se cachait le Rabbin.

— Demain midi, tout sera probablement terminé, conclut Oberkfeld. La bombe est déjà sur place. À Québec, je veux dire. Il ne me reste plus qu'à transmettre l'ordre de mise en route du plan.

— Quand tout sera terminé, vous aurez le Cullinan B.

◆

Pour écouler le reste de l'après-midi, Karl erra dans les rues de Paris. Il avait hâte de se retrouver avec Véronique. De faire l'amour. Malgré la tension que lui imposaient les événements, les dernières semaines lui avaient apporté un début de paix intérieure.

Leurs relations s'étaient détendues. Véronique lui avait même raconté l'histoire du « gâchis ». Depuis, il comprenait mieux son impulsivité, son besoin presque obsessif de se fier à ses coups de tête. Et, surtout, il se sentait lui-même plus ouvert, comme si de partager les infirmités intérieures de quelqu'un d'autre l'aidait à surmonter les siennes.

Le « gâchis »… Une seule fois, disait-elle, elle avait refusé de suivre son premier mouvement. Une seule petite fois. Et ç'avait été le « gâchis » – elle refusait de l'appeler autrement.

Au premier regard, elle avait tout de suite senti que l'homme lui apporterait des problèmes. Son intuition lui avait soufflé de prendre ses distances. De l'éviter comme la peste. D'ailleurs, elle n'avait jamais pu supporter les blonds.

Pourtant il n'était pas laid. Au contraire. Et il était si gentil. Si attentionné. C'était le premier homme qui avait réussi à la faire parler autant d'elle-même. Il pouvait l'écouter pendant des heures. Avec lui, elle avait eu l'impression d'être enfin comprise, que quelqu'un s'intéressait vraiment à « elle ». Et, ce qui ne gâchait rien, «biquette» y trouvait son compte.

Il s'était infiltré dans sa vie. Comme une drogue. D'ailleurs, sous prétexte de célébrer, il l'avait initiée à différentes drogues. De plus en plus fortes. Il l'avait fait vivre dans un monde de plus en plus irréel. Jusqu'au jour où elle avait perdu son emploi. C'était à ce moment qu'il lui avait fait essayer l'héroïne. Pour la remonter. Juste une expérience.

Elle avait tout de suite été accrochée.

Une semaine plus tard, il lui avait fait le coup du condom percé. Il le lui avait dit la semaine suivante. Presque fier. Il était convaincu qu'au fond d'elle-même elle désirait un enfant. Il voulait l'aider à surmonter ses peurs incontrôlées ! De toute façon, ça lui ferait du bien d'avoir un enfant : ça la stabiliserait !

Véronique, dont les nerfs étaient alors de plus en plus à fleur de peau, l'avait frappé avec la première chose qui lui était tombée sous la main. La malchance avait voulu que ce soit un couteau de cuisine. La gorge de Condom percé n'avait pas offert beaucoup de résistance.

À partir de là, elle ne se souvenait plus de rien. Elle avait repris conscience dans une clinique.

En apprenant ce détail, Karl avait compris pour quelle raison Véronique avait été si touchée par l'histoire de ses « absences », pour quelle raison elle l'avait interrogé aussi souvent.

À la clinique, un homme était venu la voir. Un policier. Services spéciaux… Il avait pris sur lui de tout arranger. L'affaire serait étouffée. Déjà, il n'y avait plus de traces des événements dans les archives de la police. Les journaux avaient également été tenus à l'écart. Ni les policiers ni personne ne l'inquiéteraient plus jamais sur ce qui s'était passé.

Pour l'instant, il fallait qu'elle se désintoxique, lui avait-il dit. Ce serait un dur moment à passer, mais il avait tout prévu pour lui faciliter l'épreuve. Elle était déjà dans une clinique de grande réputation ; elle aurait droit aux meilleurs soins. Évidemment, il assumait tous les frais. Des frais d'ailleurs minimes, puisqu'un de ses contacts – c'était le mot que le vieux policier avait employé – était directeur de la clinique et qu'il lui devait une faveur.

Plus tard, il avait même vu à ce qu'elle récupère son travail.

Véronique avait été très discrète sur l'identité de son mystérieux bienfaiteur ainsi que sur les motifs de sa surprenante générosité. Elle avait simplement dit à Karl qu'elle le lui présenterait, un jour, lorsque son affaire avec Oberkfeld serait terminée.

C'était de cette façon qu'il avait appris l'existence du « gâchis », le premier soir, après qu'ils eurent fait l'amour.

◆

Karl avait acheté des fleurs.

Quand il entra, Véronique n'était toujours pas là. Un mot sur la table disait qu'elle était allée voir une exposition, à l'autre bout de la ville, et qu'elle rentrerait en fin de soirée.

Il s'allongea sur le lit et essaya de faire le vide en lui pour calmer sa mauvaise conscience. Son esprit revenait sans cesse à Longues Jambes. À Moh. À Sam… Il s'endormit.

Ce fut la sonnerie de la porte qui le réveilla. Un courrier lui apportait une lettre.

— Madame m'a demandé de vous remettre ceci en fin de soirée.

Cher tordu préféré, je reviendrai d'ici quelques jours. Je suis retournée à Québec.

Il faut que tu saches la vérité : je travaillais pour le Rabbin. Mais je ne suis pas une professionnelle. Je suis vraiment journaliste. J'ai simplement accepté de prendre contact avec toi et de faire une surveillance discrète.

Il avait besoin de deux informations. Maintenant qu'il va les avoir, je vais lui dire que je ne veux plus travailler pour lui. Je ne ferai plus jamais ce métier. Tu dois me comprendre. Je n'avais pas le choix. C'est lui qui m'a tiré du « gâchis ». Il m'a demandé ce service en échange de ce qu'il avait fait pour moi.

D'ailleurs, il ne voulait pas grand-chose. La première, c'était de lui téléphoner quand tu déciderais de vendre les papiers. Il avait prévu que tu le ferais et il voulait en être informé le plus vite possible. Mon deuxième et dernier rapport concerne l'élimination des chefs de secteur. C'était la seconde chose dont il voulait être informé rapidement, car il avait des dispositions à prendre. Une question de vie ou de mort pour Longues Jambes et les autres, qu'il a dit.

Aussitôt mon rapport terminé, je reviendrai. Je ne veux plus rien avoir à faire avec lui. C'est toi que je veux. J'espère que tu comprendras. Je prends le risque de tout te dire parce que je veux que notre relation soit sans aucune arrière-pensée. Je ne veux pas d'un autre « gâchis ».

Je t'aime, j'ai hâte de te revoir, de te sentir en moi,
je t'aime,
ta Biquette pour longtemps encore, j'espère,

Véronique.

Québec ! Elle était partie à Québec !

Karl se précipita sur le téléphone.

Pas moyen de joindre Oberkfeld.

Il sauta dans un taxi et se rendit à l'aéroport : aucun vol avant le lendemain matin.

En désespoir de cause, il acheta quand même un billet et revint à l'hôtel, où il tenta de nouveau de contacter Oberkfeld. En vain. Le financier devait être en

« conférence particulière » avec une de ses secrétaires, comme il disait.

Le temps passait. Si jamais Véronique allait chez le Rabbin et rencontrait Bort…

Karl avait modérément confiance dans les arrangements d'Oberkfeld. Et il était encore moins sûr que Bort suivrait ses instructions à la lettre : l'homme de main du Syndicat pouvait tout aussi bien décider d'éliminer tous les témoins gênants.

Karl s'en voulait d'avoir caché la vérité à Véronique. Il aurait dû tout lui dire depuis longtemps, songea-t-il. Mais quelque chose en lui avait résisté.

Il réussit à joindre Oberkfeld juste avant que l'avion du matin décolle. Ce dernier lui promit de tenter de surseoir au nettoyage, mais cela lui semblait difficile : les ordres étaient donnés depuis la veille. Il promit néanmoins de prendre les dispositions nécessaires pour que Karl puisse utiliser le réseau local du Syndicat : il les contacterait pour les prévenir de son arrivée et leur dire de se mettre à sa disposition. Peut-être parviendrait-il à récupérer Véronique à temps…

Dans l'avion qui le ramenait de Paris, Karl essaya de calmer son agitation en se forçant à lire les journaux. Ils reprenaient tous, en gros titres, la nouvelle d'un attentat aérien : un avion en direction de l'Afrique du Sud avait explosé en plein vol. Au nombre des victimes, on comptait plusieurs personnalités importantes du monde diamantaire qui se rendaient à Johannesburg pour participer à une réunion d'affaires.

Comme mesure de recyclage, il était difficile d'imaginer plus radical !

L'attentat était revendiqué par une organisation secrète de libération de l'Afrique du Sud, laquelle exigeait le départ du pays de tous les Blancs… Les gens de Johannesburg avaient même trouvé le moyen d'utiliser l'affaire à leur avantage, songea Karl. Les demandes des Noirs seraient taxées d'irréalistes et les positions radicales des Blancs paraîtraient davantage justifiées.

Puis son esprit revint à Véronique. Il pouvait encore arriver à temps. Tout dépendait du moment où elle irait chez le Rabbin… Pourvu qu'elle ne se presse pas trop !

Le trajet lui parut interminable. Il se souvenait du voyage précédent, Véronique appuyée contre lui. Il pouvait presque retrouver la sensation du poids de sa tête contre son épaule.

Sitôt à Montréal, Karl téléphona chez Véronique. Pas de réponse.

Il eut à peine le temps de raccrocher que quelqu'un l'abordait : le réseau était mobilisé et on attendait ses ordres. Karl leur dit que la priorité était d'intercepter Bort et sauta dans un avion privé qui décollait pour Québec. L'homme qui accompagnait Karl dans l'avion lui résuma le travail effectué depuis le premier appel d'Oberkfeld, plusieurs heures auparavant.

Au petit aéroport d'Ancienne-Lorette, une limousine l'attendait. Il donna l'adresse de l'endroit où Sam l'avait amené voir le Rabbin.

Les rues défilaient avec une lenteur agonisante. Il y avait maintenant quinze minutes qu'ils avaient quitté l'aéroport. La tâche n'était pas facile.

— Nous faisons systématiquement le tour des points de rencontre et de tous les numéros de téléphone, expliqua l'homme qui l'accompagnait. On n'a pas encore réussi à retrouver Bort.

Karl s'y attendait. Bort était du genre à se fondre dans le décor et à éviter tout contact à partir du moment où il avait un contrat en cours.

— Si l'équipe régulière n'avait pas été démolie… poursuivit l'homme.

— Vous avez combien de personnes ?

— Les trois dormeurs, dont je fais partie, et le contractuel.

Lorsqu'ils arrivèrent sur les lieux, l'endroit grouillait de voitures de police. Karl se précipita pour entrer. Deux agents le ceinturèrent.

— Laissez-moi passer ! Il y a quelqu'un que je connais à l'intérieur ! Laissez-moi passer !

Les agents ne voulaient rien savoir. C'est alors qu'il aperçut les inévitables Lefebvre et Gratton. Ils sortaient de l'édifice.

Sur un signe du volumineux policier, les agents le relâchèrent.

— Pour une fois, on vous a précédé, grinça Gratton.

Karl ignora la remarque.

— Je veux y aller, dit-il en s'adressant à Lefebvre.

— Ce n'est pas très beau, répondit le policier.

Il avait perdu son bon sourire.

— Combien de victimes ? demanda Karl.

— Un homme et une femme.

Karl le regarda un instant, surpris.

— Vous êtes certain ?

— Dans la mesure où on peut encore être certain après ça.

Un seul homme ! Bort s'en était donc tiré. À moins que ce ne soit le Rabbin... Et la femme ? Était-ce Longues Jambes ?

Karl se mit à espérer. Véronique vivait peut-être.

— Un cinglé, reprit Lefebvre. Paraît qu'il a utilisé un truc du Vietnam. Une sorte de bombe...

— Je sais.

L'inspecteur le regarda avec un certain étonnement.

— On a vu un homme s'enfuir après l'explosion, reprit-il, après un moment. Celui que vous appelez Face de rat.

Ce fut au tour de Karl de paraître troublé.

La fuite de Bort changeait tout. S'était-il méfié du matériel qu'on lui avait fourni ?... À moins que Oberkfeld ne l'ait prévenu.

— Et la femme ? demanda Karl.

Le policier commença par secouer lentement la tête.

— Il est préférable que vous n'alliez pas voir ça, dit-il finalement.

Karl sentit son estomac se tordre.

Non ! C'était trop bête ! Trop absurde !

Il se précipita à l'intérieur. Lefebvre fit signe aux agents de le laisser passer et lui emboîta le pas.

L'ascenseur s'immobilisa. La porte s'ouvrit.

Le Rabbin était recroquevillé dans sa chaise. Une masse sanguinolente, hachée par les milliers de lames de la bombe.

À côté de lui, une autre forme, par terre, baignait dans une mare de sang. Le mur du fond était criblé d'éclats.

Malgré le carnage, la forme par terre était reconnaissable. C'était Véronique. Ce qui en restait.

Karl demeura sur place, figé par l'horreur. Ses hurlements s'étranglèrent à l'intérieur de lui et se condensèrent en une rage glacée. Il était au-delà des cris et de la douleur.

Lefebvre lui mit la main sur l'épaule et le ramena doucement vers l'ascenseur. Karl se laissa faire sans dire un mot, étrangement calme.

— Ne faites pas de bêtises, marmonna confusément le policier, inquiet par la dureté du regard de Karl.

Ce dernier fit un vague signe de la tête et il se dirigea vers la limousine d'un pas décidé. Il savait où trouver Bort. Il savait où l'autre le chercherait.

Il commanda un objet précis au « dormeur » qui l'accompagnait, puis il remit le réseau en attente.

Désormais, il allait agir seul.

5

Karl attendait, assis dans un fauteuil. C'était son dernier rôle de chèvre. Mais, cette fois, il était à la fois la chèvre et le chasseur. Le tigre pouvait venir.

Car il allait venir. Inévitablement. Ce qu'il cherchait était là. Les deux choses qu'il cherchait étaient là : le Cullinan B et Karl.

Depuis deux jours, il attendait. Il avait d'abord posé l'objet sur le bureau, puis il s'était assis. Au cours des deux jours suivants, il n'avait presque pas bougé de son fauteuil.

Désormais, il avait tout son temps.

Quand il eut conscience de la présence de l'autre, Karl tressaillit à peine. En fait, il n'avait pas vraiment entendu de bruit, mais il était certain que Bort était dans la place. La qualité du silence s'était modifiée.

— Je t'attendais, dit-il.

Bort entra précautionneusement dans la pièce, un pistolet dans la main.

— Ce que tu cherches est sur le bureau, reprit Karl.

L'autre l'examina d'un air étonné. Son sourire sarcastique s'atténua un moment, comme si une inquiétude lui venait tout à coup. Puis il se reprit.

— Kat qui abandonne ! On aura tout vu !

— À ta place, je ne prendrais pas le diamant.

— Et pourquoi donc ?

— Il porte malheur. Tu vas le regretter.

— Qui pourrait me le faire regretter ? Toi ? Un type qui laisse tuer sa femme et son enfant sans être capable de les venger ?... Ça ne peut pas être bien dangereux.

Bort gardait Karl en joue. Son sourire s'élargit en un rictus mauvais.

— Ce qu'il y a de bien avec les types de ton espèce, reprit-il, c'est qu'on peut toujours cogner dessus : ils en redemandent !

Karl se contenta de prendre un air de plus en plus abattu.

— Où est le diamant, déjà ? reprit Bort.

— Sur le bureau.

Karl était certain que Bort ne tirerait pas tout de suite. Ce n'était pas son genre. Il voudrait profiter davantage de son triomphe. Si jamais quelqu'un voulait piéger l'homme aux cheveux ras, il pouvait miser sur cette faiblesse.

De façon presque distraite, Karl jeta un regard sur le fil électrique de la lampe, à côté de lui. L'autre regarda le fil à son tour et son rictus s'élargit. Tout en continuant de tenir Karl en joue, il le fit asseoir sur une chaise droite, puis il le ligota avec le fil de la lampe.

Karl se laissait faire avec une étrange docilité, comme s'il était complètement anéanti.

Bort traversa ensuite le salon, passa par la cuisine et poussa la porte du bureau. Le bloc de pierre translucide était bien en vue, posé sur une pile de feuilles comme un vulgaire presse-papiers.

La main tendue, Bort s'avança aussitôt vers le Cullinan B. La porte se referma derrière lui avec un bruit sec. Il sursauta, puis sourit de son inquiétude. Karl était beaucoup trop démoli pour avoir préparé un piège.

Bort traversa la pièce et prit le diamant. Au moment de le soulever, il entendit un léger déclic. Alors il comprit. Mais trop tard. Déjà ses poumons lui remontaient dans la bouche et ses tympans éclataient. Une fraction de seconde plus tard, une pluie d'éclats brillants se répandait sur lui. La bombe à succion d'air venait d'exploser.

Moh et Sam firent irruption dans la pièce quelques instants plus tard.

Karl était toujours ligoté sur sa chaise.

— Il n'y a plus de Cullinan B, dit-il, pendant qu'on le détachait.

— On le suivait, répondit Sam, comme pour s'excuser d'être arrivé une fois que tout était fini.

Longues Jambes entra à son tour.

— Venez avec moi, dit-elle doucement à Karl. J'ai beaucoup de choses à vous expliquer.

Automne 1983

Ils étaient descendus du Clarendon à pied et ils marchaient le long de la rue Champlain. Karl voulait en profiter une dernière fois. Une forme de pèlerinage. Longues Jambes le tenait par le bras.

Il se souvenait de leur première promenade, le lendemain de la mort de Bort. Elle lui avait alors expliqué le vrai plan du Rabbin. Comment il avait prévu sa propre mort. Quel rôle celle-ci devait jouer dans son plan.

— Pour votre crédibilité, avait-elle dit. Et aussi pour que les gens du Syndicat se sentent les coudées franches. Il comptait sur le fait qu'Oberkfeld essaierait de vous retourner, que vous n'auriez pas le choix. À cause de Véronique et d'Anny. Il avait prévu que vous finiriez par accepter leur offre. Il y comptait. C'était l'élément essentiel.

— Autrement dit, j'ai été complètement manipulé d'un bout à l'autre.

— C'était le plan.

Elle lui avait également expliqué le reste.

Le Brésil était seulement la dernière d'une longue série d'étapes. Le Rabbin avait commencé ses travaux d'approche cinq ans plus tôt : l'affaire de l'Australie, la révolte des pays producteurs africains qui voulaient renégocier leurs contrats à la hausse, les Russes qui inondaient le marché avec des synthétiques de plus en plus purs, même les campagnes d'information visant à mettre en doute la valeur du diamant pour pousser le public à revendre…

— Tout ça, avait conclu Longues Jambes, c'était lui. Directement ou indirectement. Il profitait de toutes les occasions, mettait la roue à l'épaule partout où cela pouvait être utile. C'était la période de déstabilisation. Résultat: les finances du Syndicat n'ont jamais été en situation aussi précaire.

— Et alors ?

— C'est ici qu'intervient le Brésil. On leur offre sur un plateau le plus riche gisement au monde. De quoi rétablir la confiance des banques pour un demi-siècle. Ils ne peuvent pas se permettre de laisser tomber ça entre les mains de quelqu'un d'autre. Ils vont y engager leurs dernières réserves… Et c'est justement ce que voulait le Rabbin. Parce qu'il n'y a pas de source primaire. Elle n'existe pas.

— Elle n'existe pas ! avait repris Karl, incrédule.

— Tous les relevés sont faux. Les gisements ont été «salés». Cela a pris trois ans. Moh et Sam ont supervisé les opérations. Ils ont convoyé au Brésil des fortunes en diamants bruts, qui ont ensuite été soigneusement éparpillés et enterrés dans des régions choisies, de manière à nécessiter un maximum d'investissement pour être exploitées. Ce sont des cheminées stériles qui ont été saupoudrées… Quand le Syndicat s'en apercevra, il sera trop tard.

— Mais alors, l'héritage ?

Longues Jambes lui avait expliqué qu'il n'y avait jamais eu d'héritage. Ça aussi, c'était une invention du Rabbin. Williamson avait bien trouvé la partie manquante du Cullinan, mais là s'arrêtait l'histoire. Il n'avait jamais rien découvert au Brésil et il n'avait jamais eu de fils.

Les souvenirs de Karl au sujet de son père lui avaient été implantés hypnotiquement. Il avait bien eu un tuteur, mais ni père ni fortune. Il était simplement un enfant trouvé comme tant d'autres.

Le Rabbin avait construit l'histoire de cette façon parce qu'il savait Karl très vulnérable à l'image du père. Il avait tenu compte de son ambivalence, qui le poussait à la fois à rechercher ce père, à être fasciné par lui – et, en même temps, à lui en vouloir de l'avoir abandonné, à rêver de vengeance.

Il avait compté sur la vulnérabilité émotionnelle de Karl en face du vieil homme, au Brésil, pour qu'il accepte sans trop de suspicion la fortune colossale que ce dernier lui abandonnait. Car c'était essentiel pour le plan : sans le Cullinan B en sa possession, Oberkfeld ne l'aurait probablement pas laissé repartir. Il aurait su qu'il avait les papiers et il l'aurait interrogé en profondeur pour les obtenir. Ensuite, il l'aurait éliminé.

Bien sûr, même sans le diamant, Oberkfeld aurait peut-être choisi de l'épargner et de s'en servir pour remonter jusqu'au Rabbin. Mais mieux valait ne pas prendre de risques : cette partie du plan était déjà bien assez hasardeuse.

De façon inverse, le Rabbin avait compté sur l'agressivité de Karl envers toute figure paternelle située en position d'autorité pour qu'il accepte finalement de le livrer au Syndicat. Sans ce facteur pour faire pencher la balance, le conflit aurait été trop grand entre sa fidélité à l'endroit de Véronique et Anny d'une part, et celle envers le Rabbin d'autre part : il aurait pu tenter un geste désespéré et saboter le plan.

Karl avait finalement compris que le Rabbin ne l'avait jamais sacrifié. Simplement, il lui avait laissé la possibilité de croire qu'il l'avait fait pour que le plan puisse se réaliser.

La veille, Karl avait expédié un message à Oberkfeld. Il lui disait qu'il se contentait de l'argent et qu'il abandonnait toute l'affaire. Pour sa part, il préférait disparaître. Et si jamais quelque chose devait lui arriver, son assurance était toujours valide.

Désormais, les événements suivraient leur cours. Déjà, les journaux annonçaient que le Brésil venait de se voir accorder un prêt important par le Fonds monétaire international. Un mystérieux intervenant avait accepté de garantir le prêt. C'était sans doute là le prix exigé par le gouvernement brésilien pour consentir au Syndicat l'exclusivité des droits industriels et commerciaux.

Un jour, le Syndicat réaliserait que les gisements étaient stériles. À ce moment, un célèbre lord anglais sauterait sur son bateau ou bien serait retrouvé sans vie, après une partie de tennis. Probablement un arrêt cardiaque ou quelque chose de la sorte.

Mais cela ne suffirait pas à rétablir la situation financière de l'organisation. Inévitablement, ils devraient se départir d'une partie de leurs stocks. Et alors, le cours du diamant tomberait. Car, cette fois, il n'y aurait personne pour les aider à amortir le choc, comme eux-mêmes l'avaient fait la fois précédente pour Israël.

Ce serait la panique. Les Russes et les indépendants se dépêcheraient de mettre toutes leurs réserves sur le marché pour s'en débarrasser avant qu'il soit trop tard. Les prix tomberaient. Les petits commerçants se mettraient de la partie. Et les consommateurs. Le marché serait littéralement inondé. L'empire ne mourrait pas, mais il ne serait jamais plus le même. Son monopole irait s'effritant.

La rue aussi achevait sa vie. Coincée entre la falaise et le boulevard, envahie peu à peu par de nouveaux arrivants qui ne s'y intégraient pas, elle se transformait inexorablement en une rue banale où personne ne connaît ses voisins, où chacun se barricade autour de sa télé. Une rue comme les autres.

— Pourquoi les îles Galapagos ? demanda Longues Jambes.

— Un rêve d'enfance.

— Et ensuite ?

— L'île de Pâques. L'île de Komodo. La Nouvelle-Zélande…

— Une raison particulière ?

— J'ai toujours été attiré par les animaux bizarres, les survivants des anciennes époques… Le dragon de Komodo, l'ornithorynque, les statues de l'île de Pâques…

— Je comprends.

— C'est un sentiment étrange, de se retrouver face à un fossile vivant. De savoir qu'il en existait déjà, il y a des millions d'années, que son espèce était dominante et que, maintenant, les derniers descendants sont en train de disparaître… J'ai de l'affection pour les êtres qui ont duré aussi longtemps.

Ils marchèrent plusieurs minutes en silence.

— Là-bas, ils ne devraient pas vous retrouver, reprit Longues Jambes.

— De toute façon, je suis mort, répondit Karl, avec son premier sourire depuis longtemps.

— J'ai vérifié votre nouvelle identité, Sam a fait du beau travail. Il n'y a pas un seul trou. Toute votre vie a été reconstituée : le certificat de naissance, vos résultats scolaires, les voisins qui pourront raconter votre enfance, votre héritage… Votre histoire personnelle est entièrement reconstruite.

Karl acquiesça d'un léger signe de tête.

Avant de rejoindre Longues Jambes, il était passé voir Noël Joyeux à l'hôpital. Son moral tenait bon. Il répétait avec fierté qu'il était maintenant l'homme le plus cancérigène au monde, qu'il songeait à faire inscrire son nom dans le livre Guinness des records.

Karl avait pris congé de lui en disant qu'il partait pour un très long voyage. Il ne savait pas quand il reviendrait.

Par contre, il n'avait pas eu besoin d'aller voir Anny. Elle était morte la veille. Le jour précédent, lorsqu'il lui avait rendu visite, elle disait aller mieux.

— Vous reviendrez ? demanda Longues Jambes.

Cela lui faisait un peu étrange de continuer à le vouvoyer, mais elle aurait été mal à l'aise de ne pas le faire. Comme si elle était prisonnière de la fonction à travers laquelle elle l'avait rencontré au cours des dernières semaines.

Karl ne répondit pas tout de suite. Il ne savait pas.

Maintenant qu'il connaissait les raisons pour lesquelles il s'était tout de suite senti proche d'elle, il hésitait. Elle représentait le passé auquel il voulait échapper.

Longues Jambes !...

Quand le Rabbin l'avait engagée, elle voulait suivre les traces de sa sœur qui travaillait déjà pour lui. Sa sœur qui était morte, là-bas, au Brésil, dévorée par les piranhas. Avec son enfant.

— Je ne sais pas si je reviendrai, finit par répondre Karl.

— Une raison particulière ?

Malgré la douceur de la voix, la question avait jailli avec une intensité qu'il était difficile de ne pas percevoir.

— Je ne porte pas tellement chance aux femmes que je rencontre, répondit Karl, se rappelant avoir déjà fait la même confidence, peu de temps auparavant.

— C'est-à-dire ?

— Le Brésil... puis Véronique... C'est comme si je l'avais senti depuis le début, que ça finirait par... Une sorte de pressentiment...

— Vous lui en aviez parlé ?

— Une fois. Une allusion... Mais qu'est-ce que je pouvais lui dire ?

— Peut-être que si...

— Vous voulez dire que c'est de ma faute ! explosa Karl, sans lui laisser le temps d'achever.

L'idée qu'il ruminait en silence depuis des jours, qu'il essayait de chasser de son esprit, cette idée qui le torturait lui avait finalement échappé. Car c'était cela qui le grugeait : il se reprochait la mort de Véronique. S'il l'avait avertie de ses plans, elle serait encore en vie. Elle aurait sans doute prévenu le Rabbin, mais cela n'aurait rien changé. Pour ce dernier, en tout cas. Il aurait simplement su un peu à l'avance que son plan avait fonctionné. Et il aurait attendu Bort.

— Au lieu de vous crisper sur vos cicatrices, reprit doucement Longues Jambes, vous devriez vous laisser aller davantage. Vous devriez…

— Facile à dire ! Si vous aviez passé à travers ce que j'ai vécu au Brésil…

— C'était peut-être votre femme, coupa avec une certaine brusquerie Longues Jambes, mais c'était ma sœur !

Un long moment de silence suivit.

— Excusez-moi, finit par dire Karl.

— On a tous des cicatrices, reprit Longues Jambes, avec une tristesse nuancée d'ironie. C'est facile de croire que les siennes sont pires que celles des autres. De s'apitoyer. C'est facile. Tous les enfants font ça.

Karl ne répondit pas.

Ils recommencèrent à marcher.

Après avoir pris une grande respiration, Karl lui demanda :

— Vous pensez vraiment que c'est de ma faute ?

— Pas comme vous l'entendez… non.

— Qu'est-ce que vous voulez dire ?

— C'est toujours l'ensemble de notre façon d'être, de notre style de vie, qui finit par influencer ce qui nous arrive. Par exemple, à force de se taire et de se crisper dans une attitude de défense, on finit souvent par provoquer les drames qu'on redoute. Si vous êtes responsable, c'est en ce sens-là. En ce sens-là seulement.

— Vous avez pris ça dans mon dossier ? finit par répondre Karl en faisant un effort pour esquisser un air détaché, légèrement moqueur.

Longues Jambes sourit à son tour, puis éclata franchement de rire.

— Non. J'ai souvent lu votre dossier, c'est vrai… Mais ça, ce sont… des réflexions personnelles, disons.

Ils marchèrent jusqu'à l'église, puis revinrent vers la voiture, bras dessus bras dessous. Comme ils arrivaient, Karl se retourna vers elle.

— Je reviendrai, dit-il.

— Je l'espère bien. Je ne serai plus ici, mais je verrai à ce que vous puissiez me contacter.

Elle augmenta la pression de sa main sur le bras de Karl, l'espace d'un instant. Puis elle regarda son visage avec attention, comme pour graver le détail de chacun de ses traits dans sa mémoire. Des traits durs, dessinés brutalement, mais avec un sourire qui affleurait encore, parfois. Et des yeux d'une douceur inattendue.

Une bombe désamorcée…

Au moment où Karl allait monter dans l'avion, elle sortit un petit livre de la poche de son imperméable et le lui tendit.

— Pour le voyage, dit-elle. Un recueil de réflexions qui n'étaient pas dans votre dossier !

Il prit le livre et l'examina. Le livre s'ouvrit de lui-même à une page dans laquelle une phrase avait été soulignée. Une phrase de Boris Vian : « Fuir, c'est bon pour un robinet. »

Le jour suivant, Dominique Dubreuil prenait l'avion pour Washington, abandonnant derrière elle le personnage de Longues Jambes.

Aux yeux du monde, elle serait désormais madame Ogilvy, une jeune veuve qui parcourait le monde à la recherche d'occasions intéressantes pour dépenser la fortune que lui avait léguée son mari.

C'était une des multiples précautions qu'avait prises le Rabbin pour garantir sa sécurité. Ça et la réserve de diamants qui dormait, dans une vingtaine de coffres bancaires, un peu partout sur la planète. Il lui avait également légué plusieurs propriétés, tant au Québec qu'aux États-Unis et en Europe. Leur gestion était confiée à des sociétés en fiducie qui ignoraient tout de leur véritable propriétaire.

À Washington, elle rencontrerait un haut dirigeant de la National Security Agency. Ensemble, ils verraient comment elle pourrait s'intégrer dans l'univers du renseignement.

Dans le siège à sa droite, Samuel Stocks lisait la section financière du *New York Times*. Il replia son journal et se tourna vers elle.

— Vous pensez qu'il va collaborer ? demanda-t-il.

— Il n'a pas tellement le choix. Avec les informations que j'ai sur lui !

Dans ses bagages, madame Ogilvy avait une quinzaine de dossiers semblables, sur des personnalités occupant des postes clés dans différentes agences américaines. Une autre des précautions du Rabbin.

« Munie d'informations adéquates, disposant d'un réseau d'endroits sûrs et d'une fortune appréciable, riche d'une expérience acquise par des années de contact quotidien avec mon humble personne, vous n'aurez aucune difficulté à vous bricoler une carrière intéressante », lui avait-il dit, lors de leur première rencontre.

C'était ce qu'il lui promettait, en échange d'un engagement à s'enfermer pendant des années dans un bunker souterrain.

Elle ne l'avait évidemment pas cru.

À l'époque, elle ne s'imaginait pas pouvoir passer sa vie à faire ce genre de travail. Encore moins à occuper des fonctions analogues à celle du Rabbin, avec toutes les responsabilités que ça impliquait.

Si elle avait accepté l'offre qu'il lui avait faite, c'était dans la perspective de prendre une retraite précoce, avec une fortune suffisante pour en profiter.

Un projet de cinq à sept ans, avait-il dit. De toute manière, ce serait déjà beau s'il réussissait à survivre aussi longtemps… Une autre affirmation qu'elle n'avait pas trop prise au sérieux.

Et voilà qu'elle se préparait à faire exactement ce que le Rabbin avait prévu !

Après toutes ces années passées à dresser des plans, à soupeser les motifs secrets des individus, à observer le côté caché des choses et à intriguer pour influencer les événements, elle n'était plus capable de s'imaginer dans un rôle de spectatrice désœuvrée, uniquement soucieuse de luxe, de loisirs et de confort.

Elle voulait agir. Exercer une influence sur les événements.

Mais elle ne voulait pas être un simple instrument. Elle voulait choisir elle-même les problèmes auxquels elle s'attaquerait. Ce qui n'était pas évident, dans l'univers très hiérarchisé des agences de renseignements.

La solution idéale aurait été de diriger sa propre agence. Un tel objectif ne pouvait cependant avoir de sens qu'à moyen ou à long terme. Entre-temps, il faudrait qu'elle trouve un compromis. Une section particulière dans une agence existante, peut-être. C'était l'hypothèse qu'elle allait examiner avec l'homme de la NSA.

— Vous avez réfléchi à la manière dont vous allez conduire la conversation ? reprit Sam.

— Oui.

— Même si on a de quoi faire pression sur lui, il faut qu'il puisse justifier ce qu'il fait aux yeux des autres.

— Je sais.

Au début, l'Américain serait totalement opposé à ce qu'elle intègre officiellement l'Agence. Surtout en amenant avec elle sa propre équipe. Cela allait de soi. Aucune organisation ne pouvait accepter des éléments étrangers de cette façon.

— Je vais d'abord le faire parler, reprit la femme. Le laisser expliquer pourquoi ma proposition est inacceptable. Puis je vais lui parler de ce que je lui apporte.

— À mon avis, vous devriez commencer par l'accès aux codes des services de renseignements israéliens.

— C'est ce que je pensais faire. Ensuite, je vais lui proposer un plan en deux étapes : nous commencerons par travailler un an ou deux comme contractuels, le temps de faire nos preuves, puis il nous intègre à l'agence.

Elle ne lui dirait pas que d'autres étapes étaient prévues, qui mèneraient à une autonomisation progressive de son secteur puis à la formation d'une agence indépendante.

De la même manière, elle ne lui dirait pas qu'elle conservait pour elle plusieurs autres sources secrètes d'information. Que c'était là l'héritage le plus précieux que le Rabbin lui avait légué.

— Il va refuser, reprit Sam. Ce n'est pas assez pour justifier de déroger aux règles habituelles de fonctionnement.

— Je sais. Je vais alors lui proposer de lui fournir les noms des principaux agents du Mossad implantés dans les agences de renseignements américaines.

— Même cela, je crains que ce soit insuffisant.

— J'ai pour lui une offre qu'il ne pourra pas refuser.

— Qu'il ne pourra pas refuser ?

— Il va dire que nous sommes un groupe qu'il dirige en secret depuis trois ans, à l'insu de tout le monde. Un long travail de pénétration qui nous a permis de débusquer les taupes.

— Ça lui permet de prendre le crédit de l'opération et de la légitimer.

— Exactement. Et il va pouvoir argumenter que ce serait bête de détruire une pareille équipe… Seules les quelques personnes qui dirigent la NSA avec lui seront au courant de notre existence. Nous resterons clandestins. Puis, dans quelques années, auréolés de nos succès, nous pourrons être reconnus officiellement.

— Vous avez pensé à un nom pour notre groupe ?

— Pas encore. Mais il y a deux choses dont je suis certaine.

— C'est déjà beaucoup, dans notre métier.

— La première, c'est que notre travail va se concentrer sur des opérations d'envergure : pas question de perdre notre temps à courir les chiens écrasés.

— Cela va de soi. Et la deuxième ?

— Pour l'instant, seuls vous et Moh aurez un accès direct à la directrice du groupe. Le reste de l'équipe n'aura affaire qu'à vous deux.

— Les leçons du Rabbin ont porté fruit, à ce que je vois !

— Vous croyez ?

— Et pour désigner la « mystérieuse personne » qui va présider aux destinées de l'organisation, on va utiliser un pseudonyme, je suppose ?

— Évidemment.

— La femme du Rabbin ?... La femme tout court, je trouve que ça fait un peu trop court. Un peu trop commun.

Dominique Dubreuil le regarda un moment en souriant avant de répondre.

— J'ai trouvé, dit-elle.

— Qu'est-ce que ce sera ?

— F.

— F ?

— F.

Remerciements

Ce premier roman doit beaucoup aux conseils et au soutien de plusieurs personnes.

Je tiens particulièrement à remercier Carl, pour nos interminables discussions sur le commerce du diamant, la gemmologie et l'univers passionnant des pierres précieuses. C'est au cours de ces discussions qu'est née l'idée de ce roman.

Je tiens aussi à remercier Marie-Hélène et Denise, pour la lecture patiente des premières versions de ce roman. Leur soutien, leurs critiques et leurs conseils ont été précieux.

Je m'en voudrais d'oublier Bertrand, source inépuisable d'histoires et d'anecdotes, ainsi que Richard, qui a toujours défendu avec vaillance les exigences de la langue française.

Finalement, je dois remercier Norbert, l'expert en tous genres, à qui ce livre doit sa première incarnation.

Et puis, il y a ceux que l'on oublie souvent de remercier : tous les créateurs de mondes imaginaires qui ont marqué notre enfance et notre adolescence. Je voudrais dire ma reconnaissance à tous ces auteurs dont j'ai habité les univers et qui m'ont appris que la littérature ne consiste pas seulement à se raconter des histoires, mais aussi à les raconter aux autres.

Dans le désordre, et sachant que je ne peux en nommer que quelques-uns, je voudrais mentionner Kafka, Franquin, Jean Ray, Ionesco, Henri Vernes, Buzzati, Bob Kane, Marie-Claire Blais, Steinbeck, Jarry, Dumas, Hergé, Camus, Asimov, Dostoievsky, Vian, Conan Doyle, Alex Raymond, Sartre, Sturgeon, Gary, Ducharme, Malraux, Orwell…

L'Homme trafiqué
est le trente-sixième titre publié
par Les Éditions Alire inc.

Ce troisième tirage
a été achevé d'imprimer
en juillet 2004 sur les presses de

Transcontinental
IMPRESSION
IMPRIMERIE GAGNÉ

IMPRIMÉ AU CANADA

JEAN-JACQUES PELLETIER...

... enseigne la philosophie depuis plusieurs années au cégep Lévis-Lauzon. Il siège également sur plusieurs comités de retraite et de placement.

Écrivain aux horizons multiples, le thriller est pour lui un moyen d'intégrer de façon créative l'étonnante diversité de ses centres d'intérêt : mondialisation des mafias et de l'économie, histoire de l'art, gestion financière, zen, guerres informatiques, chamanisme, évolution des médias, progrès scientifiques, troubles de la personnalité, stratégies géopolitiques...

Depuis *L'Homme trafiqué* jusqu'à *La Faim de la Terre*, dernier volet des « Gestionnaires de l'apocalypse », à paraître en 2006, c'est un véritable univers qui se met en place. Dans l'ensemble de ses romans, sous le couvert d'intrigues complexes et troublantes, on retrouve un même regard ironique, une même interrogation sur les enjeux fondamentaux qui agitent notre société.